Lucy Diamond

LA SAISON DES SOUVENIRS

Roman

Traduit de l'anglais (Royaume-Uni)
par Marie Chivot-Buhler

CHARLESTON

PROLOGUE

Plusieurs années plus tôt

MÊME LE LENDEMAIN MATIN, alors qu'ils auraient pu être gênés et subir le contrecoup d'une nuit arrosée, Lara était toujours sur son petit nuage, comme si elle venait de commencer une nouvelle vie, bien meilleure. Avec lui. Étourdie par le bonheur et le manque de sommeil, elle prépara du café et deux tartines grillées avec un reste de pain. Puis ils s'assirent ensemble sur le lit, les jambes entrelacées, fatigués et radieux, sans un mot. On était vendredi matin et elle devait partir au travail, même s'il essayait de la retenir.

— Mais je suis libre ce soir, lança-t-elle timidement. Si tu n'as rien de prévu toi non plus.

— Parfait. Il nous faut un endroit digne de ce nom pour fêter les vingt-quatre heures de notre rencontre.

Il attrapa le guide de New York posé sur la table de chevet et se mit à le feuilleter.

— Hé, pourquoi pas la gare de Grand Central ? On pourrait faire semblant d'être dans un film et courir l'un vers l'autre comme des amoureux.

— Je suis partante, répondit-elle en s'efforçant de dissimuler à quel point ces paroles lui faisaient plaisir.

Des amoureux ! Il y avait donc bien quelque chose entre eux ; quelque chose de réel, de merveilleux ! Elle se sentit comblée. À croire que tous les événements de sa vie n'avaient mené qu'à cet instant : se prélasser avec lui sur les draps froissés et planifier la soirée à venir dans une odeur de pain légèrement brûlé, le tout dans le reflet doré que le soleil de juin projetait sur son épaule nue. Chacune de ses décisions, chaque étape, chaque tournant de son existence l'avait fait avancer dans le long labyrinthe des vingt-six années de sa vie jusqu'à ces circonstances précises. Elle venait de le rencontrer et déjà il lui semblait indispensable : une porte ouverte sur son avenir, soudain empli de couleurs éclatantes. Son expérience à New York se libérait de sa chrysalide pour se déployer vers ce qui s'annonçait comme le meilleur été de sa vie.

— Sauf que… la gare est immense, non ? objecta-t-elle. Comment on se retrouvera ?

— Bonne question, répondit-il en faisant glisser son index au bas de la page.

Même ses doigts étaient beaux, constata-t-elle d'un air rêveur. Elle se demanda s'il jouait du piano, ou de la guitare. Comment pouvait-on avoir tant de certitudes sur quelqu'un tout en ignorant tant de choses à son sujet ?

— OK, apparemment, il y a un bar à huîtres super chic en bas, reprit-il. On pourrait se donner rendez-vous devant ? À 18 h 30 ? Regarde comme c'est classe, ajouta-t-il en lui montrant une photo. Je ne suis pas sûr d'avoir les moyens de t'y inviter, mais on n'aura qu'à prétendre pendant un instant qu'on a ce genre de train de vie. Avant de trouver un lieu plus en accord avec nos budgets ridicules. Qu'en penses-tu ?

— Wow, commenta-t-elle en prenant appui sur son bras pour voir la page.

Il avait la peau couleur miel et dégageait une légère odeur de savon et de café.

— Super, 18 h 30 c'est parfait. Je devrais survivre sans toi jusque-là.

Il lui sourit, ses pommettes captant la douce lumière du matin sous ses cheveux sombres en bataille. La veille, avait-elle mesuré à quel point il était canon avec ses lèvres généreuses, ses beaux yeux et son sourire à vous laisser sans voix ? Elle fut à nouveau grisée de le savoir si proche, de sentir la chaleur de son corps, et l'envie de le toucher fut si forte qu'elle se surprit à tendre la main vers sa joue.

— Merci, dit-il. Tu vois, une preuve de plus que tout est mieux avec toi.

Elle rit. Il exagérait, mais d'une certaine manière ses paroles sonnaient juste. Puis elle se détacha de lui à contrecœur.

— Si seulement je ne devais pas aller au travail ! gémit-elle en fouillant dans sa penderie désordonnée pour voir si elle ne pourrait pas piquer un joli haut à sa colocataire Toni.

Elle se sentait d'humeur à porter quelque chose de clinquant pour montrer au reste du monde qu'elle débordait de joie.

Il se leva et commença à boutonner sa chemise.

— Moi non plus je n'ai pas envie que tu partes. C'était l'une des meilleures soirées de ma vie. J'ai l'impression que tout a changé, pas toi ?

Il la regarda comme si son aveu l'avait rendu vulnérable.

— Si. Je vois très bien ce que tu veux dire.

— Mais on se retrouve dans…

Tandis qu'il enfilait son jean, il fit le calcul.

— … Dix heures et demie ? Le compte à rebours est lancé !

Ils s'embrassèrent à nouveau puis s'enlacèrent, le cœur battant. Il lui plaisait beaucoup. Énormément, même. Il n'avait pas encore passé la porte que déjà il lui manquait – une douleur exquise. Bien sûr, si à ce moment-là elle avait su ce qui allait se passer, jamais elle ne l'aurait laissé partir. Mais…

— À tout à l'heure, Lara, dit-il, puis il sortit.

PREMIÈRE PARTIE
PRINTEMPS

CHAPITRE 1

ELIZA ÉTAIT ASSISE SUR LE MURET, le dos picoté par la haie, lorsqu'une camionnette d'un blanc sale s'arrêta non loin d'elle. Pile à l'heure. Un flot de nervosité tourbillonna en elle comme les flocons d'une boule à neige quand elle vit l'inscription sur le véhicule : STEVE PICKERING, PEINTURE ET DÉCORATION. Les caractères étaient basiques, on aurait dit qu'ils avaient été faits au pochoir à l'aide d'un kit bas de gamme. Le *P* de Pickering était même de travers, comme si celui qui avait appliqué la lettre avait éternué au beau milieu, ou s'était laissé distraire. Elle s'autorisa une moue méprisante. Elle, si elle créait un jour sa propre entreprise de décoration – ou n'importe quelle structure, d'ailleurs –, nul doute qu'elle soignerait son image de marque. Les Magnifiques rénovations d'Eliza Spencer, pourrait-elle s'appeler. Ou alors... Elle envisagea divers jeux de mots possibles en lien avec la peinture. Pinceau d'avril ? Cinquante nuances grisantes ?

Bref. Pour le moment, elle avait d'autres chats à fouetter. Primo : cet homme bouffi et dégarni au ventre rebondi. Il sortait de sa camionnette comme un ours émergeant d'une grotte après l'hibernation.

Aujourd'hui commence un nouveau chapitre de votre vie, l'avait encouragée ce matin-là son application d'astrologie. *C'est parti,* pensa Eliza en sautant du muret.

— Bonjour, dit-elle froidement.

Il portait un vieux T-shirt taché et des baskets couvertes de peinture. *En plus d'être immonde il est cradingue,* songea-t-elle. Une fois vraiment adulte, avec un job et compagnie, jamais elle ne sortirait de chez elle dans un tel état. L'autre jour, au supermarché, elle avait vu une femme hirsute débarquer en robe de chambre. C'était quoi leur problème, aux gens ?

— Je suis votre rendez-vous de 14 heures, annonça-t-elle. Vous vous souvenez de moi ? ne put-elle s'empêcher d'ajouter.

Les sourcils se froncèrent sur le visage rond de l'homme, qui jeta un œil à son téléphone avant de la regarder à nouveau, déconcerté.

— Madame Robinson ?

D'une lenteur affligeante, son esprit se mettait en branle. *Elle n'est pas un peu jeune ?* devait-il se demander. *Quelque chose m'échappe ?*

Eliza croisa les bras et tapota du pied. *Allez, Steve, fais le lien,* se dit-elle. *Tu vas y arriver.*

— Vous voulez un devis pour… reprit-il en regardant à nouveau son téléphone, désorienté.

Visiblement, la logique n'était pas son fort.

— … une rénovation de cuisine ?

Eliza souffla avec sarcasme, plus fort que nécessaire, afin de dissimuler à quel point ce défaut de mémoire la blessait. Malgré tout. Pourtant, elle aurait dû s'y attendre.

De toute évidence il ne se souvenait pas d'elle, à moins qu'il ne joue un petit jeu cruel. Elle se sentit vidée.

— Ouais, il semblerait, répondit-elle, impassible.

Toujours rien.

— Euh… Si on entrait, alors ? dit-il en désignant la maison.

— Non, trancha-t-elle soudain à bout de patience, la désinvolture cédant le pas à la confusion. On n'entre pas. Ou alors par effraction. Parce que ce n'est pas chez moi.

Elle vivait à trente kilomètres de là, à Scarborough ; elle avait dû prendre deux cars puis marcher de la gare routière, après avoir prétexté une migraine pour que sa mère l'autorise à ne pas aller en cours. Et, maintenant, devant cette maison mitoyenne cossue de la périphérie de Whitby, son cœur battait la chamade tandis que Steve Pickering la dévisageait, perplexe. Elle regrettait d'être venue.

L'abattement la gagna. Même après toutes ces années, elle avait espéré lui rappeler quelque chose. Les liens du sang.

— Mon nom n'est pas Robinson, déclara-t-elle, excédée d'avoir à lui expliquer les choses. Je suis Eliza. Eliza Spencer. Ta fille.

Un éclair de surprise le foudroya. Il la regarda avec une expression nouvelle, indéchiffrable. Tendresse ou remords ? Horreur ? Incapable de respirer, Eliza se posait la question tandis qu'ils se dévisageaient, fébriles.

— Eliza ! finit-il par s'exclamer. Wow ! Regarde-toi. Tu dois avoir… quoi, dix-sept ans maintenant ? Wow, répéta-t-il, à croire qu'il ne trouvait rien d'autre à dire.

Elle leva les yeux au ciel, les poings serrés à se marquer les paumes. *Bon sang. Sérieux ?* Il était désespérant.

Quel sale type ! Aurait-il pu montrer encore plus qu'il s'en fichait ?

— Dix-huit ans, rectifia-t-elle, crispée. L'âge adulte. Et j'ai organisé cette rencontre pour avoir des réponses. J'ai besoin de réponses, d'accord ? *Papa,* articula-t-elle pour en rajouter une couche.

Avait-elle rêvé ou ce mot l'avait-il fait frémir ? Ses larges épaules s'affaissèrent et il regarda par terre. Le vent balaya le visage d'Eliza, froid et mordant, et ses yeux s'humidifièrent. Génial. Maintenant il allait croire qu'elle pleurait. Elle s'essuya rageusement les joues.

— Écoute, dit-il en relevant enfin la tête. On ferait mieux de parler de ça à l'intérieur.

— Mais je n'habite pas ici ! répéta Eliza avec agacement.

Bon Dieu, en plus il était complètement bouché !

— Si tu as tellement honte de me parler dans la rue, on n'a qu'à aller dans ta camionnette.

Il hésita, glissant une main dans ses cheveux. *Il avait besoin d'aller chez le coiffeur,* se dit-elle, de plus en plus remontée. *Il est pathétique ! Maman a raison, on se porte mieux sans lui. C'est vraiment naze d'être liée à un tel minable.*

— Écoute, Eliza… reprit-il avant de s'interrompre, en proie à un débat intérieur intense. Je ne suis pas sûr que ça rime à grand-chose d'avoir cette conversation.

Sa voix était si douce qu'il paraissait impossible qu'il ait prononcé tout haut de pareilles horreurs.

La colère consuma Eliza.

— Bordel, mais quelle surprise !

Elle le toisa avec une telle haine qu'elle eut presque l'impression de pouvoir le brûler vif. Et calciner aussi sa camionnette, mettre le feu à la haie.

— Et moi qui espérais que nous pourrions nous comporter en adultes ! Repartir de zéro ! Tenter de créer un lien, comme deux êtres humains…

— Eliza, arrête, la coupa-t-il avec exaspération.

Peut-être même avec tristesse, à y regarder de plus près.

— Elle ne t'a pas dit, hein ? En fait, elle ne t'a jamais rien dit.

Eliza fut prise de court.

— Me dire quoi ?

— Que…

Les épaules de Steve retombèrent. Il détourna le regard vers son utilitaire mal peint.

— À la réflexion, d'accord, allons dans la camionnette. Pour parler vraiment au lieu de…

— Dis-moi, l'interrompit-elle. S'il te plaît. Quoi que ce soit.

— OK. Eh bien… Je ne suis pas ton père. C'est pour ça qu'on s'est séparés, elle et moi. D'accord ? Je suis désolé, ma grande, ajouta-t-il, ses yeux marron soudain humides. J'étais anéanti. Parce que… Parce que ça me plaisait beaucoup d'être ton père. Mais…

Je ne suis pas ton père. D'accord ? Non, Eliza n'était pas d'accord. Chaque mot lui faisait l'effet d'un coup de massue.

— Tu n'es pas… Mais c'est qui, alors ? Qui est mon père ?

Il haussa les épaules en guise d'excuses, presque de condoléances.

— Je ne sais pas, Eliza, désolé, répéta-t-il. Demande à ta mère. Je n'en ai pas la moindre idée.

Elle le fixa avec hargne : ça ne pouvait pas être vrai. Impossible.

— Je ne te crois pas. Sans déconner ! Toujours pas foutu d'être honnête, d'admettre que tu t'es comporté comme un connard avec moi comme avec elle ?

Elle se tourna pour cacher ses larmes.

— OK. Eh bien, barre-toi, alors. On s'en fout. De toute façon on n'a pas besoin de toi !

Tandis qu'elle s'éloignait, quelque chose se rompit en elle. Son élan d'espoir retomba d'un coup, laissant la place à un trouble oppressant. Ce qu'il avait dit ne pouvait pas être vrai, n'est-ce pas ? Parce que, si elle n'était pas la fille de Steve Pickering, qui était-elle ?

— Hé ! l'apostropha-t-il.

Prise de court, elle s'immobilisa sur le trottoir. Au volant de sa camionnette, il ralentit à côté d'elle et se pencha par la fenêtre. Elle sentit son cœur s'emballer.

— Quoi ?

À présent, il semblait énervé.

— Ce ne serait pas toi qui aurais laissé tous ces commentaires sur moi, par hasard ?

Eliza s'essuya les yeux.

— Je ne vois pas de quoi tu parles, parvint-elle à répondre avec hauteur.

— Je te prie de les supprimer. Ce n'est pas un jeu et je n'ai rien fait de mal. Si tu ne me crois pas, demande à ta mère.

Il la planta là, chancelante et le souffle coupé. Elle eut l'impression de se désintégrer en pixels pour prendre une nouvelle forme, inconnue. Celle qu'elle avait été jusqu'alors n'existait plus, annulée. Qui restait-il ?

Le vent se leva à nouveau, soulevant ses longs cheveux châtains. Elle enfonça ses mains dans ses poches, baissa la tête et se dirigea vers l'arrêt de bus. Une larme tomba de son menton sur la chaussée et elle renifla avec colère. Elle était venue chercher des réponses et repartait avec encore plus de questions. Et maintenant, alors ?

CHAPITRE 2

PENDANT QUE SA FILLE FULMINAIT, en larmes, dans le car qui la ramenait de Whitby, Lara Spencer travaillait, installée sur le siège passager de sa voiture à double commande. Les uns après les autres, ses élèves calaient, malmenaient la boîte de vitesses ou, au mieux, déambulaient lentement et sans incident dans les petites rues tranquilles de Scarborough. Lorsqu'elle avait commencé sa formation de monitrice de conduite, elle s'était imaginé qu'elle vadrouillerait un peu partout, mais en vérité chaque semaine elle quadrillait les mêmes quartiers. Conduire pour gagner sa vie sans jamais aller nulle part, faire des demi-tours en trois temps dans des impasses : voilà à quoi se résumait la vie de Lara. Mais bon, ça lui permettait de rembourser son crédit, d'avoir un toit au-dessus de la tête et de les nourrir, Eliza et elle. C'était tout ce qui comptait, non ?

Ce jeudi après-midi-là, c'était la leçon de Jake Watson, dix-huit ans, un garçon sympathique quoique farfelu.

— Vous avez déjà essayé de tuer quelqu'un du regard ? demanda-t-il au beau milieu d'un rond-point comme pour entériner l'opinion que Lara s'était forgée de lui.

— Mets ton clignotant gauche, répondit-elle. Prochaine sortie. C'est ça. Tu disais ? demanda-t-elle lorsqu'il eut franchi le carrefour en toute sécurité. Tu parlais de… tuer des gens ? Du regard ?

— Ouais, répondit-il en passant la troisième par à-coups. En les fixant vraiment, comme ça…

— Les yeux sur la route, Jake, le reprit-elle alors qu'il tournait la tête vers elle pour faire une démonstration. Concentre-toi sur ce que tu es en train de faire. Vérifie ton rétroviseur. Regarde, la voiture derrière toi te double.

— Monsieur est pressé, râla l'adolescent tel un quinquagénaire. Et ce crétin ne respecte pas la limitation de vitesse.

Elle dissimula un sourire en entendant son ton moralisateur.

— Dieu soit loué, tu es un conducteur trop raisonnable pour faire toi-même une chose pareille.

— Exactement ! Alors… Ça vous est déjà arrivé ?

— Non, répondit-elle, amusée.

Voici ce qu'elle savait de Jake Watson : il vivait dans une rue pavillonnaire agréable, des maisons des années 1950 devant lesquelles on tondait sa pelouse et lustrait sa voiture. Sa mère le saluait parfois de la main depuis la porte d'entrée et portait souvent un tablier, signe qu'elle s'adonnait à la pâtisserie ou à quelque autre tâche de fée du logis. Et jusqu'alors Jake s'était montré brave, même s'il venait de l'interroger en toute innocence sur le fait de tuer des gens. Si son instinct soufflait à Lara de ne pas s'aventurer sur ce terrain, elle était trop intriguée pour ne pas lui retourner la question.

— Pourquoi, toi oui ?

Il haussa les épaules.

— En fait, en troisième j'ai fait faire une attaque à ma prof de français en la regardant, donc... du coup, oui, je pense. C'était plutôt moche.

— Mon Dieu ! lâcha Lara en redressant le volant car Jake se déportait vers la ligne centrale de marquage. Reste sur ta voie. Aujourd'hui, on va essayer de ne tuer personne, d'accord ?

Il pouffa. Bon sang, il était adorable. Elle appréciait les gamins loufoques, uniques en leur genre ; ils se démarquaient des autres. Et elle se demanda comment Mme Watson, avec ses airs de sainte et ses tabliers, gérait ce genre de conversation.

— Comment ça se passe à l'école ? s'enquit-elle pour changer de sujet. Quels sont tes projets pour l'année prochaine ?

Elle adorait avoir pour élèves des adolescents : leurs grands espoirs miroitaient devant eux tels des phares. Ils lui parlaient de leurs dossiers d'admission à l'université, de leurs stages, de leurs candidatures à des emplois et à des formations. Certains évoquaient timidement leurs amours ; quelques années plus tôt, un garçon avait même fait son coming out au volant avant de se confier à ses parents. Bien sûr, tout n'était pas idéal, il y avait des situations difficiles : elle avait remarqué des entailles sur les bras de plusieurs élèves et, attristée, s'était interrogée sur leurs souffrances et leur part obscure. D'autres lui livraient les afflictions et les ratés de leurs premières relations, la séparation de leurs parents, le stress des examens et diverses déceptions. L'année précédente, elle avait connu une jeune fille, Romilly, qui maigrissait de semaine en semaine. Un jour, elle avait perdu connaissance au volant à force de s'affamer, puis abandonné ses leçons. Lara n'avait plus eu de ses nouvelles.

Si ses élèves traversaient des périodes complexes, elle se félicitait de leur permettre d'acquérir une compétence qui leur apportait de l'autonomie. Et dans l'ensemble elle s'attachait à eux ; elle adorait leur détermination et leur énergie.

Jake, par exemple, était en train de décrire avec enthousiasme son désir d'étudier la biologie marine, embarqué dans un discours enflammé sur l'intérêt des poissons.

— Non mais c'est vrai, les gens croient que les poissons sont genre des trucs froids, qui n'ont pas de sentiments ni rien dans le crâne. Alors qu'en vrai ils sont juste fascinants, affirma-t-il en accélérant triomphalement après un demi-tour en trois temps réussi.

— Je te crois sur parole, répondit Lara en souriant.

Elle ressentit toutefois une pointe de jalousie, comme souvent lorsque ses élèves formulaient leurs aspirations : quand elle était ado, jamais elle n'aurait imaginé devenir monitrice de conduite. Elle rêvait de quitter sa petite ville du comté de Cumbria pour les lumières étincelantes de Londres, de mener une carrière de journaliste, de travailler dans des bureaux animés grouillant de scoops et de gens passionnants, de s'habiller en noir, d'avoir des cheveux soyeux et de boire du vin rouge dans des bars bohèmes. Et, à vrai dire, pendant quelques années elle avait réussi à obtenir ça, et plus encore. Jusqu'à ce que…

Une sirène hurla derrière eux ; une ambulance aux lumières bleues clignotantes.

— Bon, ralentis et déporte-toi vers la gauche pour céder le passage, indiqua-t-elle à Jake.

— Les fédéraux viennent me coffrer ! s'écria-t-il, si fébrile qu'il en oublia de décélérer tout en faisant dévier la voiture.

— Pied sur le frein ! lui ordonna-t-elle alors que l'ambulance se profilait dans le rétroviseur dans un crescendo de sirène. Freine !

Elle dut écraser sa propre pédale, immobilisant la voiture tandis que l'autre véhicule les dépassait à toute allure, puis elle lutta contre le réflexe de se signer, comme sa mère le faisait chaque fois qu'elle croisait une ambulance ou un cortège funéraire. Lara n'était pas aussi superstitieuse, mais elle savait que la vie pouvait vous prendre par surprise, et pas toujours dans le bon sens.

— Désolé, dit Jake, contrit.

— Dans ce pays, ça s'appelle la police, le taquina-t-elle lorsqu'il se fut ressaisi. Et, même, si le mot AMBULANCE est inscrit en grosses lettres sur le véhicule, ce sont les secours. OK, redresse-toi et allons-y.

Ils sillonnaient la périphérie nord de Scarborough, la ville où Lara et Eliza vivaient depuis dix-huit ans. Elle y avait emménagé après une vague de chamboulements ; enceinte de cinq mois, elle avait quitté son emploi et son petit appartement en colocation dans le nord de Londres pour prendre un nouveau départ avec Steve. Depuis, elle coulait des jours tranquilles dans cette ville où elle s'était fait sa place et dont elle adorait le ciel immense, les plages de sable et le front de mer d'un autre temps. Dans l'impossibilité de poursuivre sa carrière de journaliste ici – à cette époque, Internet n'en était encore qu'à ses débuts et le milieu de la mode se concentrait à Londres –, elle avait dû improviser un changement de métier. Que faire à part écrire des articles sur les ourlets de la saison et les nouvelles coupes de pantalons ? Conduire. OK pour la formation, mais ce serait provisoire, le temps de revenir au journalisme quand les choses se seraient tassées. Pourtant quinze ans plus tard elle en était toujours au même stade, à donner ses leçons et organiser les sessions d'examens, arpentant les mêmes routes du matin au soir au fil des saisons. C'était le début du printemps, marqué par de fortes averses et un vent frais ; la période de l'année où ses élèves se familiarisaient assez vite avec les essuie-glaces.

« Si tu passes tes journées à apprendre à conduire à des ados, comment comptes-tu rencontrer quelqu'un ? » lui reprochait régulièrement sa meilleure amie Heidi.

En effet, en tant que monitrice de conduite, impossible de flirter au bureau ou de minauder devant la fontaine à eau sous le regard de collègues séduisants. Mais comment les gens rencontraient-ils l'âme sœur ? Tout semblait si aléatoire. Par exemple, si Heidi s'était mise à discuter avec Jim, son mari aujourd'hui, lorsqu'ils s'étaient retrouvés assis l'un à côté de l'autre à un concert du groupe Violent Femmes vingt ans plus tôt, c'était un pur hasard. Richie, le frère de Lara, avait connu Jordan à un arrêt de bus à Sheffield suite à l'annulation de leur train ; désormais, ils vivaient ensemble à Auckland et venaient de fêter leurs dix ans de mariage. Dire que des couples si parfaits s'étaient rencontrés parce qu'on leur avait attribué des places voisines à un concert ou parce qu'ils étaient censés prendre le même train… Lara se sentait dépassée à l'idée que leurs chemins auraient pu ne jamais se croiser. Et si vous aviez déjà côtoyé l'âme sœur pour la perdre de vue aussitôt ? Mieux valait ne pas trop s'attarder sur le sujet.

À la fin de la journée, en rentrant, elle repensa à Jake et à sa passion pour la biologie marine. Il lui avait parlé d'un phénomène appelé « incubation buccale » : certaines espèces de poissons incubaient leurs œufs dans la bouche, ce qui en général les empêchait de manger, au risque d'avaler leur progéniture. À quels sacrifices consentaient les parents, humains ou poissons ! Elle se demanda ce qu'éprouvait le poisson lorsqu'il osait enfin lâcher son petit avec l'espoir qu'il s'en sorte et nage seul. Puis elle rit d'elle-même, consciente de ses propres projections. L'automne suivant, en fonction de ses résultats, sa fille Eliza partirait pour l'université. Si Lara se réjouissait que le monde soit sur le point de s'ouvrir à sa fille, elle ne pouvait nier ressentir aussi une peur oppressante à l'idée de se retrouver seule pour la première fois depuis des années. Des questions tournaient boucle et l'empêchaient de dormir. Comment occuperait-elle ses soirées et ses week-ends ? Que ferait-elle dans une maison vide, silencieuse, sans personne à qui raconter sa journée, avec qui rire, critiquer les programmes télé complètement nuls, sans personne contre qui rouspéter pour une serviette mouillée qui traîne encore par terre dans la salle de bains ? Sa mère, elle, allouait une tâche ménagère à chaque jour de la semaine afin d'avoir toujours une « perspective ». Lara ne voulait pas finir ainsi. Mais comment combler l'absence que laisserait Eliza ? Qui était-elle sans sa fille ?

— Salut ma chérie ! lança-t-elle en entrant dans leur petite maison mitoyenne à deux kilomètres de la ville.

Située en haut d'une colline, elle disposait d'une vue sur la mer depuis la fenêtre de la salle de bains, si on se penchait bien, et sur le ciel plein de mouettes. Lara fut accueillie par le son d'une musique à pleins tubes à l'étage – a priori, la migraine d'Eliza s'était calmée.

— Je suis rentrée ! cria Lara sans obtenir de réponse.

Soit. Elle allait préparer le dîner. Puisque tous les jeudis soir Eliza faisait du baby-sitting pour les Partridge, trois maisons plus loin, Lara avait peu de temps pour cuisiner ; elle opta pour un wok de nouilles chinoises, caressa le chat puis se lava les mains, alluma la radio et coupa un oignon. C'était l'heure du bulletin d'informations : un glissement de terrain en Chine à un carrefour très fréquenté. « Un trou de cinquante mètres », annonça le journaliste avec gravité. « Un bus entier et plusieurs véhicules ont été avalés, le nombre de victimes n'est pas encore confirmé. »

Lara s'interrompit, s'imaginant la sensation de voir soudain la route s'évanouir. Avait-on le temps de prendre conscience de quoi que ce soit avant d'être aspiré dans la crevasse ? Est-ce qu'on priait, est-ce qu'on hurlait, est-ce qu'on s'agrippait à son voisin de bus ? Elle visualisa l'horrible accident, suivi d'un silence abasourdi sous les cris alarmés des oiseaux qui survolaient la scène.

Elle frissonna et se remettait à hacher l'oignon quand Eliza déboula furibonde dans la pièce.

— Bonjour, lui dit Lara. Tout va bien ?

Sa question fut accueillie par un grognement de mépris.

— Et elle me demande si tout va bien, commenta Eliza avec sarcasme, comme si le public d'un plateau télé était suspendu à ses lèvres. Eh bien, non, en fait ça ne va pas, *chère mère.* À commencer par tes mensonges : ça, ça ne va pas du tout.

Tes mensonges ? Voilà qui ne ressemblait guère au préambule des complaintes à propos de collants disparus ou d'un haut froissé que Lara avait promis de repasser.

— De quoi tu parles ? s'enquit-elle en prenant une gousse d'ail.

— Je n'avais pas la migraine, aujourd'hui, avoua Eliza. J'ai fait une petite excursion toute seule. Devine où je suis allée.

Lara posa l'ail et dévisagea sa fille, ignorant où elle voulait en venir.

— Pourquoi tu ne me le dis pas, tout simplement ?

— Je suis allée à Whitby, répondit Eliza en arpentant la pièce les poings serrés, sa queue-de-cheval se balançant derrière elle. J'ai vu *papa*. Ou devrais-je plutôt dire Steve ?

OK, voilà qui était inattendu. Et inquiétant, aussi. Pourquoi Eliza l'appelait-elle Steve ? Est-ce que ça signifiait que…

— Qu'est-ce que… ? commença-t-elle, mais sa fille ne la laissa pas aller plus loin.

— Parce que ce n'est pas mon père, n'est-ce pas ? Il me l'a avoué, tu peux arrêter de jouer la comédie.

Eliza avait la voix qui tremblait sous le coup de l'émotion, et ses grands yeux gris étaient accusateurs.

— T'imagines à quel point ça a été gênant ? Qu'il ait été obligé de me dire, au milieu de la rue, qu'il n'était pas mon père ? Est-ce que tu peux seulement *imaginer* ce que j'ai ressenti à ce moment-là ?

Lara dut poser les deux mains sur le plan de travail, soudain au bord de son propre cratère, les pieds sur un sol friable qui menaçait de l'engloutir. Ce secret gardé enfoui si longtemps, et avec tant de soin, était exposé au grand jour pour la première fois depuis des années. C'était suffocant.

— Je suis désolée, parvint-elle à bredouiller. Ça a dû être dur.

— Tu crois ?

Le ton sarcastique d'Eliza était trahi par le rouge qui lui montait aux joues, comme chaque fois qu'elle s'efforçait de ne pas pleurer. Lara s'en rendit compte avec peine.

— En effet, c'*était* dur. C'était absolument horrible, maman !

Lara déglutit.

— Je suis vraiment désolée, répéta-t-elle, consciente que les mots étaient faibles, lamentablement insatisfaisants.

— Eh bien tu sais quoi ? Ça ne suffit pas.

Eliza planta son mètre soixante-dix devant elle, exultant d'une telle hargne que Lara recula d'un pas.

— Et sur ce coup-là tu ne t'en sortiras pas avec des excuses. Tu m'as laissée croire que Steve était mon père et qu'il n'en avait rien à foutre de moi. Tu m'as laissée croire ça alors que c'est faux. C'est vraiment dégueulasse, maman. C'est juste… mal.

Lara ferma les yeux, espérant trouver quelque chose à dire pour arranger la situation, fournir des explications. Mais il n'y avait rien à dire : Eliza avait raison, c'était dégueulasse. C'était mal. Elle avait ça sur la conscience.

— Je…

— Ne répète pas que tu es désolée. Je ne veux plus l'entendre, ça ne m'intéresse pas.

La haine qui émanait d'elle transperçait Lara.

— Je me sens juste tellement blessée. Tu comprends ? Tellement blessée, putain, que tu m'aies menti tout ce temps. Tu vaux mieux que ça !

Ces mots firent l'effet d'une gifle à Lara. Ses mains tremblaient si fort qu'elle dut serrer les poings. Que dire à part qu'elle était désolée ? Pourtant, si elle avait le malheur de prononcer le mot une fois de plus, sa fille allait exploser. Comment expliquer les choses ?

— Au début, ce n'était pas un mensonge, marmonna Lara, le visage en feu.

Eliza la scruta.

— Ce n'était pas un mensonge au début ? répéta-t-elle. Mais ça veut dire quoi, bon sang ?

Lara baissa le regard vers le lino éraflé. Ça voulait dire que, de nombreuses années plus tôt, lorsqu'elle avait annoncé à Steve être enceinte et qu'il était parti du principe que le bébé était de lui, elle n'avait rien objecté, alors qu'une femme plus honnête aurait aussitôt rectifié : le bébé était *peut-être* de lui. Mais elle s'était empêtrée dans les omissions, confrontée à un dilemme moral ; à l'époque ses choix étaient limités. Steve l'avait tirée d'une situation délicate ; c'était un type honnête, stable, prêt à assumer ses responsabilités. Bien sûr, si les choses s'étaient passées autrement, il n'aurait été qu'un lot de consolation : un passage à vide, une soirée arrosée, elle ne l'aurait jamais revu. Sauf que le destin en avait décidé autrement, et elle avait tenté le coup avec lui, bon gré mal gré. Plutôt mal gré, d'ailleurs, avec le recul.

— Ça veut dire que je croyais que tu étais sa fille, répondit Lara d'une petite voix qui lui fit honte. Enfin, que tu étais probablement sa fille, ajouta-t-elle. En tout cas je l'espérais.

Elle eut droit à un long sifflement sarcastique.

— Probablement, elle dit. Probablement. Bon Dieu, maman, tu t'entends ? C'est... Je n'arrive pas à le croire. Pauvre Steve ! Après avoir passé toutes ces années à mépriser cet homme, maintenant je le plains, en fait. Je n'arrive pas à croire que...

Eliza n'en dit pas davantage et émit un son à mi-chemin entre le cri et le grognement.

— Alors c'est qui mon vrai père, celui que tu m'as caché toute ma vie ? Tu avais l'intention de me le dire un jour ou bien ça t'arrangeait de me laisser croire que mon père me détestait et ne voulait rien avoir à faire avec moi ?

Elle pleurait désormais, et son visage rond aux taches de rousseur était baigné de larmes.

— Au fait, tout le monde est au courant ? Grandma, oncle Richie ? C'est un secret de famille bien gardé à l'insu de la pauvre petite Eliza ?

— Non ! protesta Lara.

Même si, en effet, sa mère savait et avait même quitté le Cumbria pour venir l'aider après le départ de Steve. Et, oui, d'accord, Richie était aussi dans la confidence, mais parce qu'il était sage et bienveillant, une oreille attentive. Elle n'était quand même pas allée crier ses secrets sur tous les toits.

— Eh bien… oui, ils sont au courant, avoua-t-elle, consternée à l'idée d'empiler les strates de mensonges. Mais ce n'est pas comme si nous avions comploté derrière ton dos. C'est plus que…

Elle ne trouvait pas les bons mots pour se justifier – s'il en existait – mais peu importait : Eliza se mit à vociférer.

— Comment tu as pu me faire une chose pareille, maman ? Je te déteste de m'avoir caché ça !

En cet instant, Lara se détestait, elle aussi. Si quelqu'un d'autre avait été à l'origine de la souffrance qui se peignait sur le visage blême de sa fille, du tremblement bouleversé de sa voix, elle l'aurait coursé, un rouleau à pâtisserie à la main. Sauf que c'était elle la responsable, elle qui avait infligé ça à la personne qu'elle aimait le plus au monde. Elle retourna mentalement le rouleau à pâtisserie contre elle-même et se frappa de son complexe habituel : si elle avait été une vraie mère, comme cette Mme Watson en tablier, ce ne serait jamais arrivé.

— Ma chérie, je suis vraiment désolée, s'excusa-t-elle une nouvelle fois, mais Eliza l'interrompit.

— Arrête de dire ça, bon sang ! Si c'était le cas nous aurions eu cette conversation il y a des années. Tu ne m'aurais pas menti depuis ma naissance ! s'exclama-t-elle avant de se frotter les yeux avec un mouchoir, ravageant son mascara. Tu ne m'as toujours pas dit qui c'était, d'ailleurs. Ni comment le trouver.

Lara s'efforça de ravaler la panique qui montait en elle. Bien sûr, Eliza voulait trouver son père, savoir qui c'était. Pour sa part, elle était si peu préparée à revenir sur cette histoire qu'elle ne savait pas par où commencer. Elle se ressaisit.

— Écoute, tu es énervée, ce n'est peut-être pas le meilleur moment...

— Oh, c'est le bon moment, crois-moi. Je n'attendrai pas dix-huit ans de plus pour de nouvelles révélations, maman. Ça a assez duré. Tu vas tout me dire. Maintenant.

— J'ai bien peur de ne pas savoir où il est, déclara Lara.

Un vieux film se projeta dans son esprit : elle en train de courir à en perdre haleine à travers la gare de Grand Central, en larmes, avant de s'arrêter devant le bar à huîtres, épouvantée.

— C'était fini avant même de commencer, dit-elle, des regrets dans la voix.

— Quoi ? C'était juste un coup d'un soir ? Toi qui n'arrêtes pas de me seriner de faire attention et de me respecter... Bordel, maman !

Eliza abattit son poing sur la table, faisant s'entrechoquer salière et poivrière. Puis elle expira bruyamment avant de demander d'une voix plus posée :

— Alors, c'était qui ?

Lara baissa la tête, s'efforçant de reprendre ses esprits.

— Il s'appelait – s'appelle toujours, a priori – Ben. Ben McManus, répondit-elle.

Prononcer son nom après si longtemps lui fit l'effet d'une incantation. Il lui sembla que sur son injonction il allait se matérialiser tel un génie de conte dans une volute de fumée.

— Et il venait de Cambridge, mais il m'avait raconté avoir vécu à Glasgow puis à Londres.

Elle revit son beau visage expressif penché au-dessus de la table dans ce bar de Greenwich Village, sous les lumières trop fortes tandis qu'ils se racontaient leur vie. Ses grands yeux gris dont sa fille avait hérité.

— Et pour compliquer le tout, je l'ai rencontré à New York.

Eliza haussa un sourcil, oubliant un instant sa fureur.

— Quoi… J'ai été conçue à New York ? demanda-t-elle, son intérêt piqué.

— Oui. Tu as été conçue à New York, confirma Lara d'une voix monocorde.

Eliza tapota à toute vitesse sur son téléphone, puis le brandit vers Lara.

— C'est lequel, alors ? Un de ceux-là ?

Lara s'avança pour jeter un coup d'œil dans un mélange de réticence et de curiosité. Elle s'était juré de ne plus jamais le chercher, de ne plus le laisser entrer dans sa vie après ce qui s'était passé. Chaque fois qu'elle avait été tentée de taper son nom sur Internet, elle se l'était interdit. À quoi bon ? Pour remuer le couteau dans la plaie ? Et voilà qu'elle passait en revue des visages d'hommes sur le téléphone de sa fille, disposés en une grille comme une carte de bingo ou un registre de police.

— Alors ? la pressa Eliza, trépignant d'impatience. À ton avis lequel de ces Ben McManus est mon père ?

CHAPITRE 3

Assise parmi une grande tablée animée, Kirsten Jensen s'accordait un moment d'introspection. Quand on avait une belle-famille aussi nombreuse et volubile que la sienne (trois belles-sœurs, figurez-vous, qui prenaient beaucoup de place), sourire et feindre de participer à la conversation alors qu'on cogitait secrètement sur des sujets très personnels constituait un talent fort utile. Avec les années, elle était devenue experte dans cet art.

Charlotte, dont c'était l'anniversaire, présidait en bout de table, le visage encore rouge d'avoir cuisiné et servi deux énormes moussakas, l'œil rendu vitreux par le vin, et racontait avoir mis par erreur le soutien-gorge d'une autre un jour après une baignade, ce qui faisait rire tout le monde. Y compris Kirsten, même si elle avait horreur du côté tête en l'air de Charlotte. Cela dit, elle avait beau trouver les sœurs de son mari exaspérantes chacune à leur façon (que de mélodrames, de crises ! Et ces coups de fil à toute heure pour relater leurs dernières péripéties !), elle ne pouvait nier que l'inaltérable bonne humeur de Charlotte était impressionnante. Il suffisait de la voir là, à mimer sa surprise lorsqu'elle avait dû mettre un soutien-gorge trois tailles en dessous de la sienne, puis son embarras en se retrouvant face à la propriétaire du sous-vêtement. C'était tout Charlotte, ça, elle qui avait perdu son père adolescente et s'était fait planter devant l'autel par Alec Dunstable (près de quinze ans plus tard la famille boycottait toujours sa boucherie). On lui avait saisi sa maison cinq ans plus tôt, car son idiot de mari de l'époque (elle avait le chic pour mal les choisir) s'était empêtré dans les dettes de jeu… Le sort ne cessait de lui jouer de mauvais tours, mais chaque fois elle se relevait vaillamment, inébranlable. Les joues rouges, les yeux brillants, elle riait à gorge déployée à la chute de son histoire de soutien-gorge.

Kirsten se demanda pourquoi elle-même n'arrivait pas à se rendre heureuse si aisément. À côté de ce qu'avait enduré Charlotte, elle avait la vie facile. Ses deux parents étaient encore là, elle se plaisait dans son métier de sage-femme et avait un mariage solide, elle vivait dans une jolie maison et était entourée d'amis, avait des loisirs et passait d'agréables vacances chaque année. A priori tous les ingrédients étaient réunis, peut-être pas comme dans un paradis bordé de palmiers, mais au moins pour couler des jours tranquilles. Alors pourquoi sa vie ne lui faisait-elle pas cette impression ?

Cette pensée lui avait traversé l'esprit au magasin de bricolage plus tôt dans l'après-midi. Mais en vérité ça la taraudait depuis un certain temps, quand, après le traditionnel bisou quotidien au lit – pour la forme –, elle restait allongée dans l'obscurité, titillée par la même rengaine de questions déplaisantes. *C'est tout ? Est-ce suffisant ?* Devant les rayonnages de peinture hors de prix aux teintes neutres, elle avait senti un poids nouveau sur ses épaules, comme si ce magasin était l'épicentre même de son ennui, matérialisé. *Bon Dieu, regarde-toi, là, à choisir entre magnolia et vanille, comme si la couleur des murs des toilettes du bas allait changer quoi que ce soit. À croire que ton monde s'est réduit à ça. Qu'est-ce qu'on s'en fout !*

Sa frustration avait dû s'afficher sur son visage, peut-être même avait-elle pesté à voix haute, car à côté d'elle un homme s'était tourné.

— Tout ça, en fait, c'est que du beige, non ? Du beige avec des noms pompeux. Autant les appeler « Chiantise Absolue » et on n'en parle plus, non ?

Si d'habitude Kirsten n'était pas du genre à engager la conversation avec de parfaits inconnus, elle s'était mise à rire : ce type semblait avoir lu dans ses pensées. Il avait un accent du Nord de l'Angleterre et paraissait un peu plus jeune qu'elle avec ses cheveux bruns ébouriffés et sa barbe à la mode. *Il doit lui consacrer plus de temps qu'au reste de sa personne,* songea-t-elle, amusée, en observant son jean et son pull noir délavés.

— Une « Chiantise Absolue » parmi tant d'autres, approuva-t-elle en prenant un pot de peinture, « Œuf d'oie », qui ne lui évoquait rien.

Qu'est-ce qu'un œuf d'oie avait de si spécial pour qu'on veuille en avoir la couleur sur ses murs ? Elle avait grandi dans la très urbaine Milton Keynes et était quasiment certaine de n'avoir jamais vu d'œuf d'oie de sa vie.

— Vous savez, quand j'étais gosse, continua-t-il, je me suis toujours dit que je peindrais ma maison en rouge. Ou avec des rayures. N'importe quoi de vif, de différent. Un truc marrant ! Pourquoi une fois adultes on finit tous par se tourner vers ces non-couleurs affligeantes ?

Kirsten sourit d'une façon polie mais pas trop encourageante. Le type du Nord avait incontestablement raison.

— Quand j'étais jeune, j'adorais le violet, s'entendit-elle répondre. Comme j'étais un peu gothique sur les bords, tous mes habits étaient violets, mes Dr. Martens étaient violettes, même mes cheveux l'ont été un temps. Mais maintenant…

— … maintenant on est là à contempler ces foutus « Blanc lin », « Crème caillée » et « Aucune personnalité », compléta-t-il avec un geste vers les pots. Et puis merde, je vais me la jouer comme au bon vieux temps. Je suis trop jeune pour me résigner au beige de la classe moyenne. Je vais chercher de la couleur. Vous venez ?

C'est le moment où Kirsten aurait dû lui adresser un nouveau sourire poli, faire non de la tête et retourner à sa kyrielle de tons neutres. Elle doutait qu'il existe une teinte baptisée « Aucune Personnalité ». Mais les mots du type résonnèrent en elle, réveillant une part qu'elle étouffait depuis trop longtemps, sous le vin de milieu de gamme et les draps de coton égyptien, et, oui, aussi sous les conversations sans fin lors de dîners à mourir d'ennui. Soudain, elle en eut sa claque des coloris tiédasses.

— Ouais, répondit-elle sur un coup de tête. Je vous suis.

Kirsten revint à l'instant présent au moment où Charlotte concluait son anecdote, ponctuée d'éclats de rire. Elle s'empressa de se joindre à l'assemblée en feignant de ricaner afin que personne ne remarque qu'elle n'avait rien écouté. Était-il toujours question de soutien-gorge ou était-on passé à autre chose ?

— Génial, commenta-t-elle tout en se demandant dans combien de temps ils pourraient partir.

Elle travaillait tôt le matin cette semaine et, en ce jeudi soir, il lui semblait que ses membres fatigués ne seraient bientôt plus en mesure de la soutenir. Elle jeta un œil à son mari de l'autre côté de la table et essaya d'attirer son attention, mais il était accaparé par Annie, qui lui demandait certainement un service en aparté.

Charlotte avait trop bu, Annie quémandait, Gwenn, sa belle-mère, s'épanchait sur ses sempiternels problèmes de santé... Il ne manquait plus que Sophie ressasse une dispute ou une persécution de leur enfance et le tableau serait complet.

Mais peut-être, songea Kirsten, surprise de constater à quel point elle pouvait être mesquine, peut-être devait-elle se détendre un peu. Se ressaisir. Arrêter de tout voir à travers le filtre critique qui voilait son regard depuis sa discussion sur les couleurs avec le hipster du Nord. Curieusement, depuis qu'elle était sortie du magasin, ce type, Neil, n'arrêtait pas de surgir dans son esprit en une petite voix médisante (« Franchement, rouler en Opel Vectra, ça te fait vibrer, toi ? Je me demande comment on peut choisir la voiture la plus chiante du monde »). Et devant sa porte d'entrée la voix était revenue (« C'est ici ? Sans vouloir t'offenser, d'après toi ça ressemble à une maison de rêve ? Perso, je trouve cette baraque assez quelconque »), et désormais elle imaginait même son commentaire sur la soirée d'anniversaire de Charlotte (« Eh bien, quelle teuf de folie, hein ? L'anecdote sur le frigo cassé restera dans les annales »).

Était-il possible d'avoir une crise existentielle dans l'allée « peinture » d'un magasin de bricolage ? Ça paraissait fou, mais elle avait acheté le pot de peinture violette. Il trônait dans la buanderie tel un acte de rébellion, et elle scrutait d'un œil acerbe sa belle-famille entre les murs ivoire de Charlotte (« Hé, ce ne serait pas de la couleur

“Œuf d’oie” ? » eut-elle envie de demander). Elle avait échoué dans un monde de tapis couleur avoine et de fenêtres à double vitrage, dans un mariage confortable avec un mari qui ne la surprenait plus jamais, et tout à coup elle n’eut qu’une envie : fuir.

Elle s’imagina se lever et se précipiter vers la porte. « Désolée, dirait-elle par-dessus son épaule. Je me suis trompée de vie et je m’en vais découvrir ce qui est arrivé à la vraie Kirsten, celle qui s’amusait, fut un temps. Ciao ! »

Ça leur en aurait bouché un coin, à tous. Charlotte aurait peut-être essayé de lui fourguer le numéro d’un psy. Annie aurait levé les yeux au ciel pour marmonner « Quel cinéma ! ». Sophie aurait eu un petit froncement de sourcils circonspect, se demandant si c’était une farce. Gwen aurait soutenu que la même chose lui était arrivée la semaine précédente en pire, une hallucination liée à ses allergies, sans doute. Quant au mari de Kirsten… aurait-il remarqué quoi que ce soit ? Aurait-il seulement tenté de la retenir ?

Mieux valait ne pas y penser.

Sous l’éclairage vif et la musique d’ambiance du magasin de bricolage, Neil avait finalement choisi un pot de peinture turquoise pour sa cuisine.

— C’est celle-là, avait-il affirmé en la soulevant d’un air décidé. Parfait.

— Qu’est-ce que votre femme va en dire ? avait demandé Kirsten, percevant dans sa propre voix une pointe enjouée qu’elle avait aussitôt regrettée.

Ça ne lui ressemblait pas de parler comme ça. Flirtait-elle ?

Il la regarda droit dans les yeux, faisant monter en elle un afflux de sang.

— Quelle femme ? rétorqua-t-il, impassible.

Elle déglutit. Aucun doute, elle s'était montrée dragueuse, beaucoup trop dragueuse, et maintenant il la mettait au défi. À ton tour. Elle était trop froussarde pour continuer sur cette voie. Elle utilisa tout le courage qui lui restait pour prendre le pot de « Prune glacée » sur l'étagère.

— Celle-là, je crois, marmonna-t-elle en examinant l'étiquette – *Peinture émulsion finition mate pour intérieur* –, avant de hocher la tête comme pour se persuader qu'il s'agissait de sa seule préoccupation.

— Je n'ai pas de femme, précisa-t-il, décidé à enfoncer le clou. Ni de mari.

Il avait des sourcils très expressifs, nota-t-elle, sentant ses joues s'empourprer. Avec de tels sourcils, il aurait pu diriger un orchestre sous les applaudissements.

Quant à elle, elle l'avait assez encouragé. Peut-être même trop. Elle devait revenir en lieu sûr.

— Merci d'avoir éclairci ce point, répondit-elle en essayant de masquer sa gêne. Quoi qu'il en soit, ravie de…

— Je m'appelle Neil, au fait.

Il lui tendit la main et elle libéra la sienne du pot de peinture.

— Kirsten.

Et son cœur s'emballa. Peur ou excitation ? Difficile à dire. *Oh mon Dieu !* Où est-ce que ça allait la mener ? Que se passait-il ? Quelque chose se réveillait sous la pression des doigts de Neil. Un instinct primaire pointait le bout de son nez, tâtait le terrain.

— Enchanté, Kirsten, dit-il en la fixant, comme s'il lisait en elle.

Elle remarqua l'inscription *Paysages de légende* en lettres rose fluo sur son pull noir, accompagné d'une pelle rose (était-il jardinier ?), mais ne parvenait à se concentrer sur rien d'autre que sa poigne chaude. Ferme. Pas du tout moite. Une poignée de main parfaite.

— Moi aussi. Merci pour l'inspiration ! dit-elle en reculant brusquement avant de brandir le pot de « Prune glacée », espérant que le geste signifiait *On parlait de peinture. Rien de plus.* Bonne chance avec votre cuisine.

— De même.

Son grand sourire était charmeur, ses yeux bleus entourés de petites rides, et il avait une fossette sur la joue gauche. Il la salua.

— Rebelles de la peinture dans le monde, unissons-nous !

Sur ce, il se dirigea vers les caisses en sifflotant. Kirsten expira de soulagement. *Voilà. C'est fini.* Dès qu'il disparut au bout de l'allée, elle s'empressa de se rejouer mentalement la scène comme une mésaventure amusante. Une mésaventure qu'elle pourrait peut-être même raconter au dîner ce soir, pour en rire avant de l'archiver dans un coin de sa tête. *Et tu as réellement acheté la peinture ?* Elle entendait Charlotte comme si elle y était. *Oh, Kirsten !*

Elle hésita en pensant à cette manie de ses belles-sœurs de lui servir ces *Oh, Kirsten !* sur un ton condescendant, manie qui l'irritait au plus haut point. D'autant plus que Sophie avait sept ans de moins qu'elle, qu'Annie était incapable de faire quoi que ce soit seule et que Charlotte était la personne la moins fiable du monde. *Oh, Kirsten !* On aurait dit qu'elle ne pourrait jamais vraiment comprendre la famille McManus ; ces regards de connivence qui l'isolaient, l'excluaient du clan. Trois sœurs avec leur vécu et leurs *private jokes*, trois mères qui ne se lassaient d'évoquer leurs enfants chéris devant elle, qui n'avait pas d'histoires de ce type à partager. *Oh, Kirsten ! Tu ne seras jamais l'une des nôtres !* Peut-être cette réplique fictive était-elle la raison pour laquelle, malgré son envie de reposer discrètement le pot de « Prune glacée » et de retourner honteusement vers la section des beiges pour prendre une peinture plus appropriée, elle n'en avait rien fait.

Oui, Charlotte. J'ai réellement acheté cette foutue peinture. Et alors ?

— Vous avez encore de la place pour le dessert ? demanda Charlotte. On a le plus beau gâteau d'anniversaire du monde, grâce à Kirsten.

Elle lui adressa un regard pétillant et quelques « Oooh ! » ravis fusèrent. Kirsten s'en voulut aussitôt d'avoir eu tant de pensées malveillantes au cours de la soirée, car les rares fois où les sœurs l'incluaient dans leur bonne humeur collective, elle était traversée par une onde de plaisir. Parce que, quoi qu'elle puisse en dire, elle aspirait à être acceptée. Était-ce lié à son statut de fille unique ? Ou la preuve d'un manque dramatique de confiance en elle ?

Tout le monde s'activa : les assiettes furent débarrassées, les verres à nouveau remplis, et Charlotte cria depuis la cuisine quelque chose à propos de crème et de glace. Kirsten saisit l'occasion pour s'accorder un moment et se réfugier dans la salle de bains du bas, prenant au passage son téléphone dans son sac à main. Comment pouvait-on se trouver dans une pièce bruyante et joviale et se sentir si seule ?

Une fois à l'écart, elle fit les gros yeux devant le reflet de son visage aux joues rouges, rêvant déjà de sa chambre sombre et silencieuse, de son corps épuisé s'enfonçant dans son lit. *Bientôt*, se rassura-t-elle.

Et puis, sans trop savoir pourquoi, elle tapa « Paysages de légende » dans son application de notes et l'enregistra. Au cas où elle en aurait besoin.

CHAPITRE 4

ELIZA AVAIT COMMENCÉ À S'INTERROGER un mois plus tôt, lors d'un cours de biologie sur la génétique, quand son professeur, le docteur Kahn, avait évoqué des maladies et des anomalies génétiques héréditaires. Drépanocytose, mucoviscidose, troubles du foie et défaillances cardiaques... Tandis que la liste s'allongeait sur le tableau blanc, Eliza avait senti monter une vague de panique. Comment savoir quels gènes lui avait transmis son père ? Quelles saloperies traînaient dans les cellules de son corps, attendant de la surprendre un jour ? Qui *était*-elle, en fait ?

Déterminée à obtenir des réponses, elle avait été poussée par cette éternelle rengaine du « *Qui suis-je ?* » jusqu'à Whitby, mais la question tournait encore en boucle dans sa tête à présent qu'elle était installée dans le salon surchauffé des Partridge pour sa soirée de babysitting. Certes, il y avait pire endroit pour traverser une crise d'identité que cette pièce aux rideaux kitsch avec son imposante télévision et sa cheminée électrique, ou encore le canapé qui vous engloutissait sous son avalanche de coussins (Mme Partridge travaillait dans un magasin de tissus d'ameublement). Malgré ce confort matériel, Eliza restait hantée par les révélations choquantes qui venaient d'avoir lieu. Puisqu'elle n'était pas la fille de Steve le Déserteur mais celle de Ben l'Énigme, elle savait encore moins qui elle était. Ben McManus, une parenthèse dans l'existence de sa mère, un homme qu'elle ne connaissait pas mais qui avait contribué à donner la vie à Eliza. (Comment était-ce permis, d'ailleurs ? Quel genre de défaut de conception comportait le corps humain pour que l'on puisse créer une personne à partir d'un rapport sexuel aléatoire, quelques heures après une rencontre ? Sans préparation, sans réflexion, sans permis de procréation… sans même connaître le signe du zodiaque de l'autre, dans le cas de ses parents !)

Taper le nom de son père sur son téléphone et se retrouver devant une série de portraits d'hommes lui avait paru si surréaliste que les mots lui manquaient. Était-ce lui, avec la tignasse blanche et le franc sourire ? Lui, sur le cliché en noir et blanc, posant artistiquement sur sa photo de profil, la main sur le menton ? Bon Dieu, elle espérait que non ! Il avait l'air d'un connard fini. *S'il vous plaît, faites que mon vrai père ne soit pas ce connard*, avait-elle prié avec ferveur. Il n'aurait plus manqué que ça.

— Eh bien ? avait-elle demandé tandis que sa mère passait en revue les images avec une lenteur exaspérante.

Il y avait un Ben McManus cuisinier en Caroline du Nord. Un pompier irlandais qui avait levé des milliers de livres sterling en courant des marathons au profit d'une association de lutte contre le cancer de la prostate. Un jeune étudiant, un joueur de foot de ligue mineure. Et puis…

Sa mère hoqueta en zoomant sur la photo d'un homme au visage avenant, la quarantaine, debout derrière le comptoir d'un magasin, les manches retroussées. C'était lui ? Son expression trahissait un léger malaise, peut-être à cause de l'objectif, mais sinon Eliza constata qu'il avait les mêmes yeux gris qu'elle et ce nez aquilin dont elle avait également hérité (*merci, papa*). Elle repensa au visage bouffi de Steve, à son allure débraillée, puis fixa à nouveau l'homme sur son téléphone.

— C'est lui ?

Sous la photo une légende indiquait *Ben McManus, propriétaire de Carte Blanche, Cambridge.*

— Maman ? insista-t-elle, incapable de supporter le silence plus longtemps.

Lara acquiesça timidement.

— Oui, dit-elle d'une voix étrange. Je suis presque sûre que c'est lui.

Le ventre noué, Eliza étudia à nouveau les yeux du Ben McManus de Cambridge. *Tu es mon père. Salut. C'est bizarre, non ? Est-ce qu'on se ressemble ?* A priori, il ne savait rien de son existence, n'avait aucune idée d'avoir une fille de dix-huit ans, une part de lui ailleurs sur la planète. Pas plus qu'elle cinq minutes plus tôt.

Elle leva la tête vers Lara, voulant à tout prix en apprendre plus.

— Il a l'air sympa.

— Oui, il était sympa. Jusqu'à ce que…

Lara se referma sur elle-même, exaspérante.

— Écoute, je dois préparer le dîner.

Sidérée, Eliza ronchonna.

— Quoi ? Sérieux ? Je n'ai pas fini, maman. Qu'est-ce que tu ne me dis pas ? Il doit y avoir plus à raconter qu'un visage sur un écran. Et je mérite de savoir, non ? Je veux savoir. C'est mon père !

Il lui semblait vivre l'épisode riche en rebondissements d'un feuilleton télé, et c'était à la fois palpitant et terrifiant d'endosser le rôle principal. Crier « C'est mon père ! » était jubilatoire et intense ; c'était vraiment en train de se passer, c'était réel. C'était sa vie, et non l'intrigue dramatique d'un personnage de fiction. Mais sa mère restait fermée tel un porte-monnaie à clip.

— Je ne sais pas quoi te dire d'autre, répondit-elle, le dos tourné, éminçant l'ail comme si sa vie en dépendait. Ça fait presque vingt ans. On peut en rester là pour l'instant ? S'il te plaît ?

Sa voix flancha à la fin de sa phrase et la colère d'Eliza reflua. En partie parce que sa mère paraissait particulièrement affectée, mais aussi parce que, en tant que Bélier au tempérament de feu, Lara pouvait se montrer aussi têtue qu'Eliza : inutile de se bagarrer dans ces moments-là.

Elle sortit en poussant un grognement de frustration et marcha dans la rue en mode automatique, sous le coup de l'adrénaline. Elle avait fini par revenir à la maison quelques minutes avant le baby-sitting pour chercher des manuels et ses écouteurs avant de repartir aussitôt, opposant un visage de marbre qui répondait « Je m'en fous » aux tentatives de sa mère de discuter, de s'excuser, de lui donner un Tupperware de wok. *Lâche-moi*, pensait-elle. *Ça ne m'intéresse pas.*

Dans le confort feutré de la maison des Partridge, au bas de la rue, elle était avachie sur le tas de coussins soyeux aux couleurs d'automne. Dans le babyphone, la respiration profonde de Milo, âgé de quatre ans, avait un côté apaisant couplé au tic-tac régulier de l'horloge de la cheminée. Pepper, leur labrador beige, qui n'avait pas le droit de monter sur le canapé, avait posé sa lourde tête sur le genou d'Eliza et tournait vers elle son œil larmoyant en guise de camaraderie.

Eliza expira lentement. *Je suis là, dans le sanctuaire d'une famille normale, heureuse, qui ne se ment pas et n'a pas de secrets atroces*, pensa-t-elle, le cœur rongé par la jalousie. Le mot LOVE était accroché au mur en grosses lettres dorées et des photos de mariage étaient alignées sur le rebord de la cheminée. Ryan et Samantha Partridge étaient on ne peut plus conventionnels avec leur sortie du jeudi soir, leur pelouse bien entretenue et leur frigo plein d'aliments sains (au grand désarroi d'Eliza). Si jusque-là elle avait éprouvé une pointe de mépris pour ce couple et son existence édulcorée (finirait-elle aussi barbante ? Jamais de la vie), à présent ce cocon était exactement ce dont elle avait besoin. Dieu merci elle était ici, loin de sa mère pour quelques heures, à même de réfléchir seule.

Tout en caressant machinalement les douces oreilles de Pepper, Eliza étudia à nouveau le beau visage de son père. Grisonnant sur les tempes, il avait une mâchoire prononcée et ce genre de sourire qui faisait pétiller les yeux. Il avait l'air de quelqu'un à qui on pouvait faire confiance. Pourtant, sa mère n'avait pas dû être de cet avis à l'époque, sans quoi elle serait restée avec lui plutôt qu'avec Steve. Que s'était-il passé entre eux ? Qu'avait fait Ben pour se voir disqualifié ?

Bien entendu, Eliza avait déjà mené sa petite enquête sur Internet et dégoté quelques informations à se mettre sous la dent. D'après ce qu'elle avait vu sur les réseaux sociaux, Ben McManus avait quarante-cinq ans, était Sagittaire (excellent) et supporter de l'équipe Cambridge United. Il faisait de l'exercice, avait soutenu la gauche lors des dernières élections, était marié et, graphiste de profession, il créait des cartes géographiques sur mesure en plus de vendre des posters vintage. Elle étudia son travail sur sa boutique en ligne : essentiellement des affiches graphiques qu'il appelait *Une Carte de Nous*. À partir d'une liste de villes fournie par les clients, Ben personnalisait une carte vierge avec de grands caractères multicolores. À en croire les illustrations qu'il mettait en avant, beaucoup étaient des cadeaux de mariage, et Eliza devait reconnaître qu'elles racontaient visuellement une histoire, de manière très esthétique. Celle, par exemple, de Morag de Lincoln et Graham d'Exeter ? Ou de Beth de Birmingham et Nina de Brighton, dont la carte comportait une troisième entrée – « Chez nous » – à Stirling. *Bien joué, Ben. Beau travail.* Tout ça lui donnait déjà l'avantage sur Steve.

Elle réfléchit à quoi pouvait ressembler la carte de Ben, à quels endroits il était allé à part New York. Il avait sans doute beaucoup voyagé, s'imagina-t-elle avant de se demander avec vertige si elle avait des demi-frères ou des demi-sœurs disséminés un peu partout dans le monde étant donné les circonstances de sa propre conception. D'après ses recherches, sa femme s'appelait Kirsten et ils étaient mariés depuis dix-huit ans, mais en toute probabilité ils étaient ensemble depuis plus longtemps. Donc quand il avait couché avec sa mère, soit il avait trompé Kirsten, soit Kirsten avait été un lot de consolation. Évidemment, ses investigations sur Internet n'étaient pas exhaustives, mais apparemment Ben et Kirsten n'avaient pas d'enfants, ce qui la mit mal à l'aise. Avaient-ils choisi de ne pas en avoir ? Et si tout à coup Eliza surgissait de nulle part, comment réagiraient-ils ?

Pepper gémit, inquiète à juste titre de perdre l'attention d'Eliza.

— Je sais, ma grande, lui dit-elle en se laissant glisser par terre pour passer le bras autour d'elle.

Elles restèrent blotties l'une contre l'autre un moment, l'haleine de Pepper chargée d'une odeur de viande chatouillant le visage d'Eliza.

— Gentille fille, murmura-t-elle, appréciant la chaleur de ce corps contre elle.

La grande question, bien sûr, restait de savoir quoi faire de ces informations. Comment procéder. Car sa mère allait rechigner à prendre la moindre initiative, c'était couru d'avance. Elle n'avait même pas voulu en parler ; jamais elle ne proposerait d'aller à Cambridge, de passer quelques coups de fil ni de lui organiser une rencontre père-fille. Il avait incombé à Eliza de forcer les choses avec Steve ; clairement, elle allait devoir faire de même avec Ben McManus. (Elle trouvait bizarre d'utiliser son nom complet, mais comment l'appeler ? « Papa » ? Trop tôt. « Ben » ? Trop copain-copain. « M. McManus » ? Trop formel.)

Le bip inconnu d'une notification la tira de ses pensées et elle regarda autour d'elle, surprise de voir un Samsung noir dépasser au bout du canapé ; il avait dû tomber d'une poche et glisser sous la marée de coussins. Elle le prit délicatement et vit s'afficher sur l'écran un message d'une certaine Nikki :

Salut bb, je pense à toi en me touchant. Je suis super mouillée, là.

Vu la vitesse à laquelle Eliza le relâcha, on aurait dit que le téléphone était infecté par la peste.

— Dégueu. Beurk ! C'est qui, cette Nikki ? demanda-t-elle à Pepper. La maîtresse de M. Partridge ?

Pepper lui lécha tendrement le visage mais Eliza grimaçait toujours, comme si elle avait mordu dans quelque chose d'acide. *Pouah ! Qu'est-ce qui ne tourne pas rond chez tous ces gens ? Un minimum de loyauté envers la personne qu'on a épousée, ce serait trop demander ?* Si dix minutes plus tôt elle enviait encore les Partridge et leur vie bien rangée de banlieusards, à présent il lui semblait ne pouvoir faire confiance à personne. Pas même aux couples barbants avec véranda et Volvo, pots de houmous hors de prix dans le frigo.

Le téléphone vibra à nouveau. *Bon Dieu, encore Nikki.*

Tu m'excites tellement, bb. G envie de toi.

Glauque. Les mots étaient d'autant plus moches qu'ils apparaissaient avec, en arrière-fond, la lente respiration de Milo dans le babyphone. *Un peu de dignité, Nikki,* aurait aimé lui dire Eliza. Quant à M. Partridge, quel porc ! Elle envisagea de taper une insulte en réponse mais jugea que ce serait abuser.

— Vaut mieux pas, hein, Pepper ? dit-elle avant d'allumer la télévision. Tuons le temps en regardant des conneries, décréta-t-elle en optant pour une émission sur des femmes au foyer blasées dans une banlieue chic des États-Unis.

Jusqu'au retour des Partridge, il y eut encore plusieurs messages de cette Nikki, dans la même veine peu subtile. Elle était persévérante, il fallait lui accorder ça. Eliza éteignit la télé lorsqu'elle entendit la porte d'entrée. En d'autres circonstances, les choses en seraient peut-être restées là ; elle aurait laissé M. et Mme Partridge vivre leur vie, ce n'était pas ses oignons. Mais, ayant découvert quelques heures plus tôt qu'elle-même avait été victime de duperie et de mensonges séculaires, elle ne pouvait plus fermer les yeux sur une tromperie de plus. Quand le couple revint, les joues rosies par le vin et le dîner, elle eut donc du mal à supporter le sourire innocent de

Mme Partridge et la main possessive de son mari posée au bas de son dos. *Il te ment ! C'est un connard,* enrageait une voix dans la tête d'Eliza. *Ne crois pas un traître mot de ce qu'il te dit, Samantha !*

Mme Partridge alla jeter un œil à son fils et Eliza se leva, après avoir donné une dernière caresse à Pepper pendant que M. Partridge cherchait son portefeuille. *Je sais où tu habites, mec,* pensa-t-elle alors qu'il lui tendait un billet de vingt livres. *Je t'ai à l'œil.*

— Merci, dit-elle en fourrant l'argent dans sa poche.

Et tout à coup son cœur s'emballa, et les accusations lui brûlèrent la langue. *Et puis merde,* décida-t-elle à la dernière seconde. L'heure était venue de défendre la justice et la vérité.

— Au fait, monsieur Partridge, ajouta-t-elle, votre téléphone n'a pas arrêté de biper. J'ai jeté un œil au cas où ça aurait été important ; les messages provenaient d'une certaine Nikki.

Le visage de M. Partridge se contracta puis pâlit, et son menton tressaillit sous le coup de la panique. *Bien,* songea-t-elle sans éprouver la moindre pitié. *Oui, tu fais bien de t'affoler, sale type.* Puis, incapable de ne pas enfoncer le clou, elle ajouta :

— Il était question de… se sentir mouillée et d'avoir envie de vous.

Elle se figea soudain : sa femme était à la porte. Bon Dieu. Avait-elle entendu ?

— Enfin bref, merci, dit-elle en les évitant tous deux du regard tandis qu'elle traversait la pièce. Au revoir !

Quelques secondes plus tard, elle sortit de la maison dans la nuit fraîche et humide, fière de sa témérité alors qu'elle se dépêchait de rentrer chez elle. Waouh. Que venait-il de se passer ? Elle avait vraiment dit ça ? Jusqu'à présent, le monde était habitué à la gentille Eliza, la jeune fille raisonnable et polie, considérée comme une enfant, élève, amie et baby-sitter responsable. Découvrir que vous n'aviez pas le sang ni les gènes que vous croyiez pouvait vous métamorphoser. *Qui suis-je ?* se demandait-elle en boucle depuis des semaines. Eh bien, peut-être que son vrai moi, le plus pur, se révélait enfin. Voilà peut-être qui elle était censée être : Eliza.2, celle qui n'avait pas peur de dénoncer les comportements abusifs, qui se contrefichait des règles et des conventions sociales. Bon sang, elle se sentait bien ! Tellement bien. Alors pourquoi pas ?

CHAPITRE 5

LARA AVAIT DÛ S'ENDORMIR sur le canapé en attendant Eliza ; tout à coup il était 1 heure du matin et elle était gelée, avait la nuque raide d'être restée dans une position inconfortable. La veste et les chaussures d'Eliza étaient dans le hall et la porte d'entrée verrouillée ; elle avait dû aller directement au lit. Lara éteignit les lumières et monta à son tour, le cœur gros. Clairement, elle n'avait pas encore été pardonnée.

Le lendemain matin, un vendredi, lorsque Eliza déboula dans la cuisine et se servit un bol de céréales, son air glacial et lourd de reproches montrait que le pardon n'était toujours pas à l'ordre du jour.

— Comment s'est passé le baby-sitting ? lui demanda Lara pour n'avoir droit en réponse qu'à un grognement mécontent.

— Tu sais quoi, gronda Eliza en mélangeant son lait à ses céréales, ne parle que si tu as quelque chose à dire. T'embête pas à papoter. À partir de maintenant, je ne veux plus entendre que des faits. Ce qui s'est passé avec Ben puis avec Steve ; la vérité.

Elle fit claquer la porte du frigo avec une telle force que les bouteilles de lait s'entrechoquèrent.

Les yeux fixés sur son petit déjeuner, Lara savait très bien qu'elle ne pouvait s'en prendre qu'à elle-même. De cette décision à la hâte prise de nombreuses années auparavant, elle subissait aujourd'hui toutes les conséquences. Elle devait s'expliquer.

— OK, dit-elle calmement. Pour commencer, Steve t'aimait réellement, déclara-t-elle, ce qui au moins était vrai. Il t'installait dans un siège pour bébé sur son vélo et t'emmenait en balade le long de la mer quand il faisait beau. Il te mettait même un petit casque trop mignon.

Eliza restait tendue, même si Lara crut déceler un léger adoucissement.

— Quoi d'autre ?

— Il passait des heures à jouer à la poupée avec toi, continua Lara, sentant une boule se loger dans sa gorge au souvenir des paluches de travailleur manuel de Steve, de la façon dont il bataillait avec les minuscules robes et les meubles miniatures. En fait, il était le genre de père que j'aurais rêvé d'avoir quand j'étais enfant, avoua-t-elle, sachant que c'était l'une des principales raisons qui l'avaient fait rester avec lui. Et puis on s'est dit que ce serait chouette que tu aies un frère ou une sœur, alors...

— Votre vie sexuelle, je m'en passe, l'interrompit Eliza, acerbe.

— Eh bien... c'est assez important, en fait, parce que c'est pour ça qu'il est parti.

Elle posa sa cuillère, ayant perdu l'appétit. Pour ce genre de conversation, il valait mieux un grand verre de vin qu'un bol de muesli au yaourt.

— Il s'est avéré qu'il était infertile, poursuivit-elle, des mots encore difficiles à prononcer.

Après un an de tentatives, il était allé faire tester son sperme dans une clinique à son insu. Le verdict avait été terrible.

— Il a compris qu'il ne pouvait pas être ton père.

Eliza en resta bouche bée.

— Et tu lui avais dit le contraire ? Maman, ça craint.

Lara ferma les yeux. Comme si elle n'en avait pas parfaitement conscience. Pour Steve, ce genre de blessure constituait un point de non-retour. Sans le liant d'un enfant pour combler toutes les brèches de leur relation, leur couple avait implosé.

— Oui, admit-elle. Je ne suis pas fière de lui avoir fait du mal.

Sa voix trembla. Répéter à Steve qu'elle n'avait jamais eu l'intention de le tromper ni de le piéger n'avait en rien apaisé sa colère. Il ne pouvait pas faire comme si de rien n'était. Il se sentait ravagé, utilisé, abusé. Quelques jours plus tard, il avait déménagé et Lara s'était juré de se dédier corps et âme à Eliza, sachant qu'il ne reviendrait pas.

— Et donc… c'est tout ? demanda Eliza avec dureté. Tu t'es dit « Oh, bien, je vais laisser Eliza croire que Steve ne l'aimait pas assez pour vouloir la revoir » ? Ça ne t'a jamais traversé l'esprit de m'expliquer ça ? Ou de retrouver mon vrai père ?

— J'ai essayé, se défendit Lara.

À l'époque, il n'y avait pas encore les réseaux sociaux, ce n'était pas si facile de retrouver la trace de quelqu'un, mais elle avait entrepris des recherches à l'ancienne à la bibliothèque de Scarborough : en épluchant les annuaires de Glasgow, de Cambridge et de Londres, trois villes où elle savait que Ben avait vécu, pour recopier les coordonnées de tous les McManus. Elle avait appelé et écarté ceux de Glasgow avant de joindre un numéro à Cambridge qui semblait être le bon. Elle avait téléphoné deux fois et laissé un message, mais il ne l'avait jamais rappelée.

Le sentiment de rejet s'était à nouveau abattu sur elle face à ce silence qui s'était prolongé d'un jour à une semaine jusqu'à perdurer des mois. Elle aurait dû se douter qu'il s'en ficherait ! Vu la façon dont il s'était comporté depuis le début... « Qu'il aille se faire voir, avait pesté la mère de Lara quand elle lui avait confié ce qu'il en était. Il m'a tout l'air d'un bon à rien : il ne vous mérite pas, Eliza et toi. Tu n'as pas besoin de lui. Les hommes compliquent tout, crois-en mon expérience ! »

— Tu n'as pas vraiment essayé, ça paraît évident, lui reprochait désormais Eliza, maussade. Hier soir, ça m'a pris à peu près deux secondes de le trouver sur Google.

Elle se leva, poussant la chaise si brusquement qu'elle vacilla sur ses pieds arrière.

— Allez, j'en ai assez entendu. Je sors.

— Je suis désolée, la supplia Lara.

Elle se sentait pitoyable, la pire mère du monde.

— On en reparle ce soir, d'accord ? Je te dirai tout ce que tu veux savoir. OK ?

Elle n'obtint pour réponse que le claquement de la porte d'entrée et se laissa tomber sur sa chaise. Quoi qu'en pense Eliza, Lara avait toujours eu l'intention de lui révéler la vérité un jour. Mais au fil des années il était devenu de plus en plus difficile d'aborder le sujet, et elle s'était retrouvée à reporter sans cesse la discussion, se retranchant derrière le mensonge. Au début, elle s'était persuadée que sa fille était trop jeune pour comprendre, puis qu'elle était trop innocente pour qu'on lui parle des aléas de l'amour et de la conception, et enfin, une fois atteint l'âge ingrat de l'adolescence, qu'elle ne voudrait rien entendre sur la sexualité de sa mère. Même quand Eliza avait eu dix-huit ans fin mars, Lara s'était dégonflée. Elle avait peur, elle s'en rendait compte avec le recul. Peur de devoir reprendre contact avec Ben, peur d'être rejetée. Peur d'avoir enchaîné les mauvaises décisions. Et, inconsciemment, cette peur l'avait amenée à tenir les hommes à distance au fil des années. À deux reprises, elle avait fait preuve d'un piètre instinct en matière de relations amoureuses. Eliza était devenue sa priorité ; hors de question de se remettre dans une position de vulnérabilité.

Lara n'avait donc rien dit, et ça se retournait contre elle. Désormais, c'était pire que si elle avait joué franc jeu dès le départ. Sa fille lui pardonnerait-elle un jour ? Comment rétablir la confiance alors qu'Eliza se sentait trahie ?

Pendant ses leçons de conduite, le téléphone de Lara était toujours en mode « Ne pas déranger », avec pour seules exceptions le numéro d'Eliza et celui de son école. Lorsqu'elle l'entendit sonner deux minutes après avoir pris Billie, une nouvelle élève, pour un cours d'essai, Lara s'inquiéta donc. La voiture était à l'arrêt, garée devant le lycée de Billie sur Filey Road, et Lara faisait son traditionnel topo d'introduction sur le fonctionnement du moteur.

— Je suis vraiment désolée, un instant, s'il te plaît, dit-elle en prenant son téléphone.

C'était Eliza, qui savait pourtant qu'elle ne devait la joindre qu'en cas d'urgence absolue de type « la maison est en feu ». Quel était le problème ?

— Il faut que je réponde.

— OK, dit Billie en haussant les épaules.

Elle avait un air nonchalant avec ses yeux écartés, sa voix douce et son poignet couvert de bracelets en argent qui tintaient les uns contre les autres.

— Allô ? Tout va bien, ma chérie ?

Lara perçut un reniflement à l'autre bout de la ligne et pressa le téléphone contre son oreille, gagnée par la panique.

— Eliza ? Tu m'entends ?

— Oui, je suis là. Euh…

Il y eut un temps d'arrêt si long que Lara crut que la communication avait été coupée, puis la voix d'Eliza se fit à nouveau entendre, basse et hésitante.

— Maman… tu peux me rendre un service ? Ne t'énerve pas mais… il s'est passé quelque chose.

C'est un bon jour pour voyager, disait l'horoscope d'Eliza ce matin-là. *Foncez ! Votre périple commence aujourd'hui. Mais bien sûr*, pensa-t-elle en se traînant hors de son lit. Et comment elle était censée faire ? Cambridge, c'était beaucoup plus loin que Whitby ; trop loin pour prendre le car en feignant une migraine.

— Si seulement je pouvais me barrer d'ici, se plaignit-elle à ses amies Bo et Saskia, qu'elle rejoignit pour la pause du matin à leur endroit de prédilection de la salle commune. Si j'avais une voiture, je partirais tout de suite. J'ai appris un truc complètement dingue, hier soir.

Elle leur raconta toute l'histoire, ponctuée par les soupirs théâtraux et les interjections fréquentes de Saskia (elle était Verseau, elle adorait en faire des tonnes). Bo, quant à elle, se contenta de hausser un sourcil à la fin de son récit.

— Je peux te trouver une voiture, affirma-t-elle.

Ce fut facile. Incroyablement facile. Tyrone, le demi-frère de Bo, laissait tout le temps Bo conduire la sienne et ça ne le dérangerait pas qu'Eliza la lui emprunte, lui assura Bo : il était sans emploi en ce moment et passait ses journées sur le canapé à jouer à la Xbox, ce n'était pas comme s'il en avait besoin.

— Oh mon Dieu, s'exclama Eliza. Tu es sûre ? Quand penses-tu qu'il pourrait me la prêter ?

Bo bondit sur ses pieds et mit son sac sur son épaule.

— Maintenant ?

On ne s'ennuyait jamais avec elle – elle était Scorpion : téméraire, imprévisible et futée. Le seul inconvénient, dans leur amitié, c'était qu'en comparaison avec les idées audacieuses et surprenantes de Bo, Eliza se sentait fade, voire un peu lâche. Le semestre précédent, par exemple, Bo n'avait pas hésité à hacker le système informatique de l'école pour relever les notes de ses amies. Quand ça avait été son tour d'apporter un gâteau, elle s'était pointée avec des *space cakes* à l'insu de ses camarades du cours de politique, et elle assumait aussi totalement sa sexualité, enchaînant copains et copines avec une confiance que lui enviait Eliza, elle qui était vierge et doutait tant d'elle-même. (*Est-ce que je coucherai un jour avec quelqu'un ?* était l'une des questions récurrentes qui la taraudaient, juste après l'actuel *Qui suis-je ?*)

Là, elle allait se montrer aussi hardie que Bo.

— OK, acquiesça-t-elle. Ça me va. Oui !

Vingt minutes plus tard, Eliza était assise derrière le volant de Tyrone ; simple comme bonjour.

— Tu es sûre que ça ne l'ennuiera pas ? demanda-t-elle à nouveau à travers la fenêtre ouverte.

Le doute s'insinuait en elle, maintenant que l'adrénaline retombait. Elle avait déjà manqué l'école la veille et il lui serait impossible d'être de retour pour le cours de biologie de l'après-midi. Sans compter qu'elle était sur le point de prendre la voiture du frère de son amie sans même lui avoir demandé la permission. Ça ne lui ressemblait pas du tout. Mais bon, si ça se trouvait, son père était un rebelle amateur de sensations fortes, et ses gènes se manifestaient enfin chez elle. Cette idée lui donna un nouvel élan de courage.

— Mais non, ça ne l'ennuiera pas. Il ne s'en rendra même pas compte.

Tyrone n'était pas là quand elles étaient arrivées, la maison était calme, mis à part l'aboiement endiablé de Frank, l'insupportable jack russell de Bo. Mais il avait été facile de trouver les clés de son demi-frère. Comme Bo avait presque épuisé son forfait téléphonique, au lieu de lui envoyer un message, elle lui avait laissé un mot sur la console de l'entrée, promettant qu'Eliza payerait l'essence et que la voiture serait de retour sous peu.

— J'ai écrit « sous peu » au cas où il y aurait du trafic, avait-elle expliqué. Mais comme je te le disais il l'a à peine utilisée depuis qu'il a perdu son boulot. Et s'il a besoin d'aller quelque part mon beau-père a un van, il pourra le prendre. Affaire réglée.

Elle tapa sur le toit de la voiture comme si elle avait l'habitude de prêter les véhicules des autres. Ce qui, connaissant Bo, était fort possible.

— Amuse-toi bien. Et ne reviens pas avant d'avoir obtenu toutes les réponses, d'accord ?

— J'y compte bien, répondit Eliza en s'efforçant de refréner une pointe d'appréhension alors qu'elle réglait le GPS sur son téléphone.

Hier Steve, aujourd'hui Ben… à croire qu'elle jouait au bingo-papa, les rayant de la liste les uns après les autres dans une chasse à l'homme à travers le pays. Et puis merde, comme l'avait dit Bo, elle voulait des réponses, elle en avait marre des secrets. Et, si sa mère avait le culot de lui reprocher ça plus tard, Eliza ne se priverait pas de lui rappeler ses propres fautes.

Il était 10 h 30 et, d'après son téléphone, en appuyant un peu sur le champignon, elle pouvait être à Cambridge en milieu d'après-midi. Rencontrer son mystérieux père. Entendre sa version des faits et apprendre un peu à le connaître avant de reprendre le volant pour être à Scarborough autour de 21 heures. Certes, ça faisait pas mal de route en une journée, mais ce ne devait pas être insurmontable. D'autres y arrivaient.

— Merci ma poule, lança-t-elle à Bo de sa voix la plus assurée.

Puis, avant de changer d'avis, elle démarra le moteur, enclencha une vitesse, vérifia son rétroviseur et recula doucement, comme sa mère le lui avait enseigné.

L'euphorie la gagna lorsqu'elle accéléra dans la rue. Elle le faisait. Elle le faisait vraiment ! Elle passait à l'acte, comme avec M. Partridge la veille, comme avec Steve. Elle prenait les choses en main pour connaître la vérité qu'on lui devait. Et personne ne l'arrêterait.

Du moins c'est ce qu'elle pensait. Car lorsque Tyrone revint à la maison et constata la disparition de sa voiture, il n'eut pas le réflexe de vérifier si quelque part un mot griffonné à la hâte n'expliquait pas où elle était. Tyrone avait déjà appelé la police.

Pendant ce temps, Eliza roulait vers le sud, se préparant à la jouer cool quand elle se présenterait à Ben, à se montrer mature, charmante et sacrément sympathique. Elle avait toujours observé les pères de ses amies avec envie, même les plus ringards qui faisaient des blagues pourries et portaient des gilets affreux. Elle était encore petite quand Steve était parti, mais il y avait des photos de lui qui la lançait en l'air tandis qu'elle riait aux larmes, et aussi des vidéos sur lesquelles on le voyait lui lire une histoire ou la pousser sur la balançoire, et ils avaient l'air si heureux ensemble. Les mensonges mis à part, sa mère était géniale, mais ce n'était pas la même chose qu'avoir aussi un père dans sa vie, elle le savait.

Perdue dans ses pensées, elle mit du temps à remarquer le gyrophare de la voiture qui la suivait. Le gyrophare de la voiture de *police* qui la suivait, pour être précis. Oh mon Dieu. C'était pour elle ? Avait-elle dépassé la limite de vitesse ? Elle n'avait pas fait attention.

S'empressant de mettre son clignotant, elle se rangea sur le bas-côté pour s'arrêter maladroitement devant les portes d'un stade de rugby. Son cœur galopait tandis que les policiers se garaient derrière elle. Le gyrophare lui était donc bel et bien destiné. Deux agents sortirent, deux hommes, et marchèrent vers la voiture de Tyrone. L'un d'eux tapota à sa vitre et elle l'ouvrit, les doigts tremblants. Il avait le visage rose comme une noix de jambon, les cheveux couleur caramel et dégageait une odeur désagréable d'après-rasage.

— Pouvez-vous descendre du véhicule, s'il vous plaît ?

Merde. Après avoir éteint le moteur, elle sortit, trempée de sueur par le stress. Un homme assis sur une énorme tondeuse tournait en rond sur le terrain de rugby et elle déglutit avec difficulté, sentant son regard sur elle.

— Je suis l'officier Shah, et voici l'officier Vowles. Quel est votre nom, s'il vous plaît ? demanda le second agent, bloc-notes et stylo en main.

Il avait la peau criblée de cicatrices, vestiges d'une acné, et des sourcils épais parfaitement tracés, de ceux qu'Eliza et ses amies rêvaient d'avoir.

— Eliza Spencer.

— Eliza… Spencer, répéta-t-il en l'écrivant. Et savez-vous pourquoi nous vous avons fait vous arrêter, Eliza ?

Elle regarda par terre. Deux mégots et un vieux paquet de chips délavé traînaient dans l'herbe.

— Je n'en suis pas sûre…

Sa mère avait-elle eu vent de ses projets ? Ou alors avait-elle vraiment conduit trop vite ? Lara allait la tuer si on lui retirait des points sur son permis.

— Vous n'en êtes pas sûre, répéta le premier type, les lèvres serrées. Eh bien, je vais vous donner un indice, Eliza : la voiture devant laquelle nous nous trouvons. Ce n'est pas la vôtre, n'est-ce pas ?

Elle sentit son estomac se contracter puis la peur l'envahit. *OK, rembobinons.* Elle en revint à Bo. *Bien sûr que ça ne l'ennuiera pas,* lui avait-elle assuré – et voilà où elle en était. Apparemment, ça avait ennuyé Tyrone au point qu'il appelle la police.

— Eh bien, non, mais…

Elle avait la bouche sèche. Comment se sortir de ce pétrin ?

— Non. Elle fait l'objet d'une déclaration de vol, en fait.

Eliza baissa la tête.

— C'est la voiture du frère de mon amie. Elle m'a dit que je pouvais la lui emprunter.

— Votre amie a dit ça ? s'étonna l'officier Shah en levant l'un de ses fabuleux sourcils. Alors que ce n'est pas sa voiture ? Parce que son frère ne semblait pas au courant de cet arrangement quand il a parlé à nos collègues.

Un silence pesant s'ensuivit.

— D'ailleurs, j'imagine que vous avez réglé la question de l'assurance avant votre petite virée ? Vous vous êtes au moins occupée de ça avant d'entreprendre votre voyage illégal ?

L'assurance. Eh mince. Elle avait tellement été pressée d'aller à Cambridge qu'elle n'avait même pas pensé à l'assurance. *Merde.*

— Euh…

Au summum de l'embarras, elle avait le visage en feu. Qui était-elle ? Une jeune fille débile et complètement à côté de ses pompes. Comment avait-elle pu croire une seconde que c'était une bonne idée ?

— Non, marmonna-t-elle dans un murmure. Je… Je n'ai pas pensé à…

— Vous n'y avez pas pensé, gronda l'agent Shah. Non. Savez-vous que conduire une voiture sans assurance constitue un délit ?

Elle hocha la tête, les yeux rivés sur le sol afin de ne pas pleurer. Sa mère allait péter un câble en apprenant qu'elle était partie de façon si impulsive. Mais elle avait d'autres choses en tête en ce moment, OK ? Les deux derniers jours avaient été extrêmement éprouvants pour elle ! Les policiers allaient-ils l'arrêter ? Qu'allait-il se passer ?

— Peut-on voir votre permis de conduire de conduire ? demanda l'agent Vowles.

— Il est chez moi. Je suis désolée, ajouta-t-elle, sentant les larmes lui monter aux yeux. Je suis vraiment désolée.

Les agents échangèrent un regard et semblèrent se radoucir un peu.

— Vous savez, nous prenons ce genre de chose très au sérieux, déclara l'agent Shah. Par exemple, nous pourrions vous mettre une amende et vous retirer six points de votre permis rien que pour l'absence d'assurance. Quant au vol de voiture…

— Je ne l'ai pas volée, protesta Eliza, la lèvre tremblante. C'est un malentendu, je vous le promets. Je suis amie avec la sœur de Tyrone, Bo – elle m'a donné les clés. Si je l'appelle, elle vous le confirmera, je vous le jure.

Son cœur se tortillait dans sa poitrine comme un poisson à un hameçon ; la panique commençait à l'étourdir. Une autre voiture rugit en passant, faisant tressaillir le paquet de chips délavé.

— S'il vous plaît, est-ce que je peux l'appeler ? Elle parlera à Tyrone. Je n'ai rien volé. Je croyais que ça ne posait pas de problème. Et je suis vraiment navrée concernant l'assurance, mais je peux régler la question tout de suite par téléphone, si vous m'en donnez l'occasion.

Sa voix n'était plus qu'un couinement, les larmes allaient déborder.

— S'il vous plaît !

Les flics se regardèrent à nouveau.

— Très bien, concéda l'agent Shah. Commencez par appeler votre amie. Réglons cette histoire.

C'était le plus gentil des deux.

— Pendant ce temps, je contacte M. Sanderson pour lui faire savoir qu'on a retrouvé son véhicule.

Quelques minutes tendues s'écoulèrent pendant les coups de fil, dont dépendait le dénouement de l'affaire. Bo se confondit en excuses et lui promit de régler le problème, puis Eliza dut supporter la désapprobation des sourcils parfaits de l'agent Shah pendant sa conversation avec Tyrone.

— Je vois, lâcha-t-il sur un ton grave. OK. Aucun souci. Je vous envoie tout de suite la localisation exacte, monsieur.

Dans l'attente du verdict, Eliza était sur le point de vomir. L'agent Shah arborait une mine sévère.

— La bonne nouvelle, commença-t-il, c'est qu'il ne va pas porter plainte. En fait, quand je lui ai raconté ce qui était arrivé, il a changé de version : il était bel et bien au courant de l'emprunt mais ça lui était sorti de l'esprit.

Le policier n'en croyait pas un mot, mais Eliza éprouvait une immense gratitude envers le frère de Bo.

L'officier n'avait pas fini.

— Et ça doit vraiment être votre jour de chance, car par-dessus le marché il se trouve que sa police d'assurance couvre tout conducteur de son véhicule.

— Oh ! Quel soulagement !

Le beau-père de Bo et de Tyrone travaillait dans les assurances, et visiblement il avait bénéficié d'un bon deal. Elle eut presque envie de se mettre à genoux pour exprimer sa reconnaissance.

— Merci.

— Vous n'êtes pas totalement tirée d'affaire, cela dit. D'une part, à juste titre, M. Sanderson refuse que vous alliez plus loin avec sa voiture. Et il vous prie de payer son trajet en taxi jusqu'ici pour venir la récupérer.

L'euphorie d'Eliza retomba rapidement, cédant la place au désarroi.

— Très bien, répondit-elle tout en se demandant combien pouvait coûter un taxi de Scarborough jusqu'aux environs de Driffield.

Assez pour engloutir ses économies gagnées grâce au baby-sitting, sans aucun doute.

— Et… moi ? Est-ce que je…

Elle n'arrivait pas à demander si elle était en état d'arrestation.

— Est-ce que je vais avoir des ennuis ?

— Eh bien, vous avez fait perdre son temps à la police, vous ne trouvez pas ? répliqua l'agent Vowles sans sourire.

Elle acquiesça d'un air contrit.

— Non, nous n'allons pas vous verbaliser, si c'est la question. Mais la prochaine fois réfléchissez. Réfléchissez aux conséquences de vos actes. Conduire un véhicule, ce n'est pas un jeu, OK ? Les conséquences auraient pu être bien pires.

Eliza baissa la tête. C'était la deuxième fois en deux jours qu'un homme en colère lui disait que ce n'était pas un jeu. Même si à aucun moment elle n'avait considéré les choses comme tel.

— Je sais. Désolée. Du coup… Du coup… vous allez me laisser là ?

Les policiers échangèrent un coup d'œil.

— Vous pouvez marcher jusqu'à Driffield et prendre un car, suggéra l'agent Vowles, tout sauf serviable. Ou alors croisez les doigts pour que M. Sanderson veuille bien vous ramener.

— Il y a quelqu'un que vous pouvez appeler ? s'enquit l'agent Shah en la voyant blêmir.

— Oui, répondit-elle, redoutant la conversation qui l'attendait. Merci, se souvint-elle d'ajouter.

Lorsque les policiers retournaient à leur voiture, elle serra les dents et composa le numéro de sa mère.

— Maman ?

Elle avait la gorge nouée et, pendant une seconde, lorsqu'elle entendit cette voix gentille et inquiète qui lui demandait si tout allait bien, elle ne put prononcer un mot.

— Je suis là, dit-elle avant de prendre une profonde inspiration. Maman… tu peux me rendre un service ? Ne t'énerve pas mais… il s'est passé quelque chose.

CHAPITRE 6

Lara n'aimait pas annuler ses leçons, surtout quand l'élève était assis à côté d'elle, mais parfois c'était inévitable. Elle promit à Billie un remboursement intégral et un nouveau créneau, tout en se confondant en excuses, et heureusement l'adolescente le prit plutôt bien. Sentant qu'une journée difficile se profilait, Lara annula toutes ses autres leçons avant d'appeler Tyrone pour lui proposer de le conduire elle-même à Driffield. Non seulement le trajet lui donnerait l'occasion de le caresser dans le sens du poil, mais cela éviterait aussi de payer une somme exorbitante de taxi. Le hasard voulait que Lara ait enseigné la conduite à Tyrone sept ou huit ans plus tôt, ce qui l'adoucirait, espérait-elle en se remémorant qu'il avait eu son permis du premier coup.

Gentil garçon à l'époque, Tyrone était toujours un chic type, Dieu merci. Un jeune homme bien éduqué. La colère ou la contrariété qu'il avait dû ressentir en constatant la disparition de sa voiture semblait s'être dissipée lorsqu'il glissa son corps élancé sur le siège passager du véhicule de Lara.

— Ravi de vous revoir, lança-t-il avant de rire en regardant les doubles pédales. La vache, ça me rappelle des souvenirs !

— Bonjour, le salua-t-elle pendant qu'il attachait sa ceinture. Comment vas-tu ? Il va sans dire que je suis consternée. Crois-moi, je compte bien passer un savon à ma fille dès que je l'aurai sous la main.

— Ah, c'est rien, répondit-il avec un geste apaisant.

Il avait des yeux de husky, d'un bleu pâle comme la glace. Avec ça, des pommettes parfaites et d'épais cheveux noirs qui lui arrivaient aux épaules. Un physique frappant, digne d'un guerrier, jusqu'à ce qu'il se fende d'un de ses grands et francs sourires.

— J'ai fait bien pire à son âge. Et si je dois en vouloir à quelqu'un ce serait plutôt à Bo, qui semble penser que nous vivons dans un État communiste où ma voiture appartient au peuple.

Il grogna, plus amusé que mécontent.

— Si ça peut te rassurer, Eliza est une bonne conductrice, déclara Lara lorsqu'ils partirent. Très raisonnable et mature. Je sais qu'elle n'est pas allée faire des dérapages ou rien d'autre qui aurait pu endommager ta voiture.

Il rit.

— Bien sûr qu'elle est bonne conductrice, c'est votre fille ! plaisanta-t-il, et Lara sentit son cœur se réchauffer devant tant de gentillesse, ses épaules se décrisper une fraction de seconde.

Peut-être que ce n'était pas si grave, en fin de compte.

— Pourquoi elle allait à Cambridge, au fait ?

— Quoi ?

Inutile de préciser que Lara le découvrait.

— Ouais, c'est ce que Bo a dit. Qu'elle devait aller à Cambridge aujourd'hui pour… Je sais pas. Un truc super urgent, d'après ma sœur. Tellement urgent qu'apparemment elles ne pouvaient pas attendre que je sois de retour pour me demander l'autorisation de prendre ma voiture.

Il y eut une pause étrange.

— J'ai l'impression que vous n'étiez pas au courant de cette partie de l'histoire.

Lara avait la bouche sèche. Partir avec la voiture du frère de je ne sais qui était bête et irréfléchi, mais aller à Cambridge sur un coup de tête, vraisemblablement pour retrouver Ben et semer la pagaille… ? Elle se figea à l'idée de savoir sa fille si loin de la maison, en quête de son père et pleine de fougue, telle une justicière.

— Non, reconnut-elle en clignant des paupières pour se concentrer sur un carrefour.

— Oups. Désolé. Je viens de la mettre dans de sales draps ?

— Non, ce n'est rien.

Sauf que ce n'était pas rien, loin de là. Et elle avait beau être fâchée contre les manigances de sa fille, Lara savait que ce scénario catastrophe aurait pu être évité. Elle n'aurait pas dû la rembarrer si abruptement la veille. Bien sûr, une jeune fille de dix-huit ans attendait plus que quelques bribes d'information. Mais de là à foncer tête baissée à Cambridge…

— Bref, dit-elle, les mains crispées sur le volant, car cela ne regardait pas Tyrone. Où tu en es, toi ? Qu'est-ce que tu as fait ces – quoi ? – huit dernières années ?

Tyrone se lança dans un bref récapitulatif de sa vie, mais Lara avait du mal à suivre, préoccupée par Eliza et ce qui aurait pu se passer si la police ne l'avait pas arrêtée. Sa fille n'avait pas assez d'expérience sur autoroute pour conduire jusqu'à Cambridge toute seule, dans un véhicule qu'elle ne connaissait pas de surcroît. Et si elle avait eu un accident ? Si elle avait fini par se fatiguer, ou se laisser distraire, si elle s'était déconcentrée une seconde ? Ces choses-là arrivaient. Tout pouvait basculer si vite !

Elle repensa alors à l'un des pires épisodes de sa vie, Eliza avait trois ans. Elle avait réussi à se détacher de sa poussette, au milieu de la rue. Lara ne s'en était pas aperçue et la petite était tombée tête la première sur la route. Combien de temps s'était-il écoulé avant que Lara ne s'élance pour la rattraper, au moment où une Skoda Octavia freinait dans un crissement de pneus quelques mètres devant elle ? Une seconde, deux ? Assez longtemps, en tout cas, pour que le monde vacille et se brouille, avant qu'Eliza se retrouve blottie dans ses bras dans un vacarme de klaxons.

Après coup, elles avaient toutes les deux fondu en larmes, mais il y avait eu plus de peur que de mal. Une bosse sur la tête de la petite, quelques cheveux blancs sur celle de Lara, et la confirmation que le conducteur de l'Octavia avait d'excellents réflexes. Toutefois, le spectre de cet instant atroce où tout aurait pu chavirer ne l'avait jamais quittée. Et si la voiture ne s'était pas arrêtée à temps ? Et si Eliza était morte ? L'idée d'un univers parallèle la hantait, un univers dans lequel sa fille n'était plus, dans lequel Lara n'était plus qu'une mère endeuillée, anéantie par le chagrin. Elles avaient eu de la chance de s'en sortir toutes les deux jusque-là.

Une demi-heure plus tard, Tyrone interrompit la conversation pour pointer du doigt une Volkswagen blanche garée au bord de la route, et Eliza piteusement assise à côté sur un carré d'herbe.

— Elle est là, indiqua-t-il.

La pauvre, pensa Lara avec un pincement au cœur en s'arrêtant derrière la voiture blanche, des images de sa fille à tous les âges défilant dans son esprit. Maintenant, tout à coup, elle était devenue une jeune femme avec du fard à paupières, un jean déchiré et la mine renfrognée. *Je la perds*, songea Lara, prise de vertige, en tirant le frein à main. *Sans que je m'en rende compte, elle a grandi et veut suivre sa propre voie. Et là, cette voie l'écarte de moi.*

Eliza grimaça quand ils approchèrent, puis, les joues rouges, bougonna des excuses à l'adresse de Tyrone en lui tendant les clés.

— Réfléchis à ce que je t'ai dit, lança Lara au jeune homme qui les saluait et rejoignait sa voiture. Sur le fait de devenir moniteur de conduite, penses-y. Tu serais bon !

Après un salut de la main, il partit, et Eliza fit la moue.

— Quoi, tu essaies de le convertir ? Bon sang, maman, c'est tout ce que tu as en tête ?

Tu parles d'une Eliza repentante et contrite !

— Eh bien, non, à l'évidence, répondit sèchement Lara en écartant les mains pour faire allusion à leur présence sur cette route un vendredi en milieu de journée. Curieusement, j'ai eu l'esprit accaparé par autre chose, ce matin. Par exemple, par le fait que tu te mettes dans le pétrin avec la police, après avoir pris la voiture de quelqu'un avec l'idée débile d'aller à Cambridge !

Elle n'aurait pas dû dire « débile ». Elle le regretta aussitôt. Elle sentit Eliza s'éloigner d'elle.

— Et j'étais censée faire quoi ? Quand je ne peux plus te faire confiance pour me dire la vérité ? Je ne vais pas attendre que tu veuilles bien me distiller des infos sur mon existence ! Toute ma vie je n'ai fait que ça et j'en ai marre !

Tyrone, qui avait fait demi-tour, passa devant elles en les saluant. Lara lui rendit son geste avec un grand sourire qui se referma dès qu'il fut parti.

— Rentrons, dit-elle. On parlera de tout ça sur le trajet.

La jeune fille recula pour esquiver tout contact.

— Je ne rentre pas à la maison, rétorqua-t-elle. Vas-y, toi, si tu veux. Ne t'inquiète pas pour moi.

— Qu'est-ce que tu veux dire, tu ne rentres pas à la maison ? Bien sûr que nous…

— Non.

La voix d'Eliza était basse mais chargée de menaces. La fillette de la poussette était devenue une vraie barre de fer.

— Je vais à Cambridge. Et si tu ne veux pas venir pas de problème, je prendrai le car. Ou au pire je ferai du stop.

— Liz, tout ça est…

Lara s'interrompit une microseconde avant de dire « ridicule ». Personne n'appréciait de se faire traiter de ridicule, surtout pas une ado en quête de vérité.

— J'ai dix-huit ans et je veux rencontrer mon père. J'y vais, et tu ne m'arrêteras pas.

Lara fixa ses pieds et inspira. Une discussion qu'elles avaient eue trois ou quatre ans plus tôt lui revint. Elle était allée chez le médecin à cause d'une jambe gonflée, pour s'entendre dire qu'il y avait un caillot de sang susceptible de se détacher à tout moment et de remonter vers ses poumons, potentiellement mortel. Elle avait été soignée et tout était rentré dans l'ordre, mais la possibilité de faire une attaque, voire de mourir, l'avait secouée. La semaine même, elle avait rédigé un testament et s'était forcée à aborder avec Eliza la question de qui s'occuperait d'elle si le pire survenait.

Grandma et Heidi seraient là, lui avait promis Lara, mais Eliza avait fait non de la tête.

« J'irai chercher papa, avait-elle affirmé avec dédain. Je l'obligerai à assumer son rôle de père, pour une fois. »

Ça aurait dû lui mettre la puce à l'oreille, lui donner un avertissement : l'idée de retrouver son père trottait dans la tête d'Eliza. Mais, au lieu d'affronter le problème, Lara avait fait l'autruche. Et voilà où ça les avait menées.

Une Mini bleu ciel passa à vive allure, de la musique à plein volume s'échappant de la fenêtre.

— OK, dit-elle. Je comprends. Mais allons au moins dans la voiture pour en parler calmement.

Eliza ne bougea pas d'un pouce.

— Je ne monte pas dans la voiture à moins que tu ne dises qu'on va à Cambridge. Aujourd'hui, répondit-elle les bras croisés.

Lara abdiquait. Aller à Cambridge en quête d'un insaisissable Ben McManus, était la dernière chose qu'elle avait envie de faire. Elle avait tiré un trait sur le passé, scellé son cœur brisé et oublié cette histoire. Mais Eliza ne lui laissait pas le choix. Si ce périple devait avoir lieu, comme sa fille semblait l'avoir décidé, Lara ne pouvait pas la laisser l'entreprendre seule.

— Très bien, grommela-t-elle. Tu as gagné. Monte dans la voiture. On y va.

— Alors, il était comment, ce mystérieux père ? s'enquit Eliza. J'ai le droit de poser la question ou tu comptes continuer les cachotteries ? C'est dans ton intérêt de me donner ta version de l'histoire avant que je ne lui demande la sienne. Tu ne crois pas ?

Elles roulaient depuis vingt minutes dans un silence tendu et Eliza avait déjà mangé presque tous les crackers au fromage et deux des sandwichs que Lara avait achetés dans une station essence pour le déjeuner. Si Lara avait espéré adoucir l'humeur belliqueuse de sa fille avec des en-cas, elle s'était fourré le doigt dans l'œil.

OK, alors. Plus de secrets. Autant en finir, résolut-elle.

— Eh bien, commença-t-elle, ravie de devoir garder les yeux sur la route plutôt que d'affronter le regard de sa fille. Je dois reconnaître que, le soir où j'ai rencontré ton père, je me suis dit qu'il n'y avait personne de plus génial au monde.

Elle s'efforça de prendre une voix neutre mais ne put s'empêcher de soupirer.

— Je l'ai trouvé vraiment extraordinaire.

Ça sonnait peut-être niais mais c'était la vérité. Si elle avait préféré éviter de trop penser à Ben McManus, c'était en partie parce que leur relation – si on pouvait appeler ça ainsi – n'avait mené à rien et que ça l'avait anéantie. Elle s'était repassé en boucle leurs conversations, leur complicité, leur passion, en cherchant des erreurs, des failles, des signes avant-coureurs montrant qu'il n'était pas aussi emballé qu'elle. Mais soit il jouait sacrément bien la comédie, soit elle était sacrément idiote, car elle avait été incapable de pointer le moindre regard, la moindre réaction qui aurait démenti ce qu'elle avait ressenti. Alors qu'est-ce qui était allé de travers ? La réponse lui échappait aujourd'hui encore ; le souvenir de Ben était une blessure douloureuse qu'il valait mieux ne pas rouvrir.

Mais elle allait plus vite que la musique.

— Donc, comme je te l'ai déjà dit, nous nous sommes rencontrés à New York, poursuivit-elle d'une voix ferme alors qu'elle mettait son clignotant pour dépasser un camion qui traînait. J'y faisais un stage de quatre mois au sein d'un magazine.

— Waouh ! s'exclama Eliza. Sérieux ? Tu ne me l'avais jamais dit ! Je pensais que tu étais là-bas en vacances.

Lara garda le silence un instant. Elle avait du mal – et Eliza aussi, visiblement – à associer la jeune femme indépendante et audacieuse qu'elle avait été à l'époque à la vieille mère barbante qu'elle semblait être devenue.

— Oui, reprit-elle doucement, envahie par le souvenir de sa fébrilité à son arrivée dans la métropole et du sentiment permanent d'être sur un plateau de cinéma éclatant et lumineux. C'était plutôt excitant. J'ai adoré.

— Wow, lâcha Eliza. Et Ben alors ? Mon père ?

Elle avait l'air gênée, comme si elle testait le mot.

— Il travaillait aussi là-bas ?

— Il voyageait avec des copains, répondit Lara en luttant pour ne pas soupirer à nouveau. Il était entre deux jobs ; une pause dans sa carrière, m'avait-il dit, donc...

— Quoi, sa carrière dans une boutique de cartes ?

— Non, répondit Lara en actionnant les essuie-glaces alors qu'il se mettait à pleuvioter. À l'époque, il était graphiste dans une entreprise, je crois, mais il s'accordait un peu de temps pour réfléchir à ce qu'il voulait faire de sa vie.

— D'accord, dit Eliza avec impatience. Et que s'est-il passé ?

CHAPITRE 7

C'était facile à dire avec le recul mais, en cette belle journée d'été où elle avait rencontré Ben, Lara avait eu l'impression que la chance lui souriait. Que tout s'emboîtait, que les rouages de sa vie étaient particulièrement bien huilés. En allant au travail, le hasard voulut qu'elle puisse s'asseoir dans le métro bondé, alors que d'habitude elle devait rester debout, serrée parmi les autres passagers, le visage collé sous une aisselle en sueur. Ensuite, près du bâtiment où elle travaillait, elle vit un billet de vingt dollars par terre ; après avoir consciencieusement vérifié qu'il ne venait pas de tomber de la poche de quelqu'un, elle le prit. Ce n'était pas tout. Au bureau, la machine à café capricieuse fonctionna parfaitement. Pour une fois, le papier ne resta pas bloqué dans l'imprimante. Lara fut chargée d'écrire un article sur les maillots de bain et le rédacteur en chef apprécia son titre, « Du rififi chez les bikinis ». Ensuite, lorsqu'elle sortit déjeuner dans Madison Square (oui, bien sûr elle s'acheta un sandwich au pastrami, en bonne New-Yorkaise), un étonnant papillon bleu vint se poser sur sa main l'espace d'un moment exquis durant lequel elle retint sa respiration. Le soleil chaud de juin brillait et elle lui offrit son visage telle une plante en floraison. À croire que les astres étaient alignés en sa faveur.

Jusque-là, Lara n'avait pas encore vraiment fréquenté ses collègues en dehors du cadre professionnel, et ce fut donc avec plaisir qu'elle accepta la proposition de son amie Janine d'aller prendre un verre après le travail – avec son billet de vingt dollars dans son portefeuille. Bon, d'accord, « amie » était peut-être un grand mot : secrétaire au sein du magazine, Janine avait dix ans de plus que Lara et essayait clairement de la prendre sous son aile. Arrivée à New York quelques semaines plus tôt, Lara était encore naïve, voire un peu empotée ; le contraire d'un poisson dans l'eau. Elle était ravie d'avoir quelque chose à faire ce soir-là, pour une fois, plutôt que rentrer dans la petite chambre lugubre de sa colocation pour écrire des lettres où elle raconterait à quel point elle s'amusait.

Elles allèrent chez Stefano, un bar du Lower East Side, et il était là, assis près de l'entrée avec deux copains. En toute honnêteté, c'était un de ses amis que Lara remarqua en premier, à cause de sa chemise Paul Smith, le genre de détails qui attirait l'œil d'une journaliste de mode. Et puis elle reconnut leur accent britannique et elle tendit l'oreille. Lorsque Janine et elle passèrent devant eux, les yeux de Lara croisèrent ceux de Ben, une seconde à peine, et elle tressaillit ; une réaction chimique.

Aujourd'hui encore, elle ignorait comment un seul regard avait pu les lier à ce point. Ça ne lui était jamais arrivé. Il était séduisant, bien sûr, avec ses cheveux brun foncé ébouriffés, ses yeux gris et son sourire à craquer, son jean cigarette et sa chemise noire délavée aux manches retroussées. Le pouls de Lara s'accéléra et sa peau se couvrit de chair de poule, comme si son corps se préparait à un événement majeur. *Ah, le voilà,* semblait lui souffler son cœur. *C'est lui.*

Le juke-box diffusait *The Boys of Summer,* comme si tout avait été mis en scène, et ses amis et lui riaient, bière en main. Depuis, chaque fois qu'elle entendait cette chanson, Lara pensait à ce moment où, sans qu'elle en soit consciente, elle s'était retrouvée à un carrefour de sa vie, face à deux voies possibles. *Avec lui. Sans lui.*

— C'est qui ce type ? Tu le connais ? Il n'arrête pas de te regarder, fit remarquer Janine en commandant des boissons et un bol de cacahouètes, avant de leur trouver un coin tranquille.

Le rouge monta aux joues de Lara quand elle tourna la tête et qu'il leva sa bouteille vers elle en une sorte de salut.

— Aucune idée, répondit-elle, remerciant son ange gardien de lui avoir rappelé de retoucher son rouge à lèvres et son mascara aux toilettes avant de quitter le bureau et de lui avoir soufflé de porter cette jupe crayon qui mettait ses jambes en valeur, accompagnée d'une chemise en crêpe bleu vif empruntée à Toni, sa colocataire.

À l'époque, ses épais cheveux bruns lui descendaient dans le dos et, par cette chaleur estivale, elle avait l'habitude de les relever en un chignon lâche, avec quelques mèches qui lui encadraient le visage. Et puis elle s'était fait couper peu de temps avant une frange droite qui lui donnait un air d'Audrey Hepburn version étudiante en art, à en croire l'un des graphistes au travail, un compliment qui ne manquait pas de la ravir chaque fois qu'elle y pensait.

— Il est pas mal, non ? commenta Janine en lui donnant un coup de coude. Hein ?

— Tu trouves ? rétorqua Lara en lançant une cacahouète pour la rattraper dans sa bouche.

Son frère et elle avaient rendu leur mère dingue pendant toute leur adolescence avec cette manie – « On n'est pas chez les singes ! » fulminait-elle en essayant de leur taper sur les mains. Ce qui, bien évidemment, les encourageait encore plus, Richie soignant particulièrement sa technique. Des années plus tard, Lara n'avait pas perdu la main, et elle lança une autre cacahouète en l'air, sentant le regard du type sur elle lorsqu'elle la rattrapa habilement. Décidément, les éléments étaient de son côté, ce jour-là. Sauf que…

Oh mon Dieu…

La cacahouète…

Coincée…

— Ça va, ma belle ? entendit-elle dire Janine.

Et elle…

Elle toussait et…

— Tout va bien ? Je peux faire quelque chose ?

Une autre voix – oh bon sang, le type était venu à leur table, c'était tellement humiliant ! Elle tenta de sourire avec charme mais commençait à ventiler et à virer sans aucun doute au cramoisi et…

Il lui frappa dans le dos une fois, deux, alors qu'elle se disait que ce serait bien fait pour elle de s'étouffer dans un bar du Lower East Side pour avoir voulu épater un inconnu, un parfait exemple de sa poisse…

Un nouveau coup dans le dos, plus fort, et la cacahouète ressortit. Elle rutilait sur la table devant eux. *Ha ha ha !* L'univers se tordait de rire. *Bah alors, on dirait que ta tentative d'avoir l'air cool s'est retournée contre toi, hein ?*

Envahie par une bouffée de chaleur, la sueur perlant entre ses omoplates, où il avait tapé, Lara prit une inspiration, soulagée d'en être à nouveau capable. Puis elle cacha la cacahouète pleine de salive sous une serviette.

— Merci, dit-elle d'une voix rauque, mortifiée d'avoir gâché l'image enjouée qu'elle avait voulu véhiculer.

Quelle cruche, franchement ! Ça ne lui arrivait qu'à elle.

— Désolée.

— Bois quelque chose, l'encouragea Janine en poussant sa bouteille de bière devant elle. Ça va maintenant ?

— Oui, dit Lara en tournant les yeux vers le jeune homme. Je ne sais juste plus où me mettre. Merci de... eh bien, de m'avoir sauvée d'une mort intempestive. Ce n'est pas tout à fait comme ça que je m'imaginais tirer ma révérence.

Il lui sourit.

— Mais de rien. J'ai bien fait de suivre le cours de secourisme.

— Tu es anglais ! s'exclama Janine, ravie. Lara aussi ! Et tu es... ?

— Ben, répondit-il, avec un accent du Sud, mais pas un accent snob. Bonjour, Lara.

— Bonjour, Ben, dit-elle timidement en tendant la main par réflexe.

Janine gloussa.

— Ah, vous deux ! s'écria-t-elle en abattant ses paumes sur la table, les faisant sursauter. Vous êtes tellement *british* ! À vous serrer la main dans un bar ! C'est le truc le plus anglais que j'aie jamais vu !

Ben rit.

— On peut toujours compter sur les Anglais pour se montrer guindés et gauches.

— Oui, la prochaine fois que tu me sauves la vie, aie la courtoisie de te présenter d'abord, plaisanta Lara. Je rigole. Merci. Est-ce que je peux t'offrir quelque chose à boire ?

— Je m'en occupe, intervint Janine en se levant, avec la subtilité d'une entremetteuse née. C'est une Budweiser que tu buvais ? Je reviens tout de suite.

Ils se retrouvèrent seuls. Ben s'assit et ils se sourirent.

— Alors… ça fait partie de tes hobbies de venir à la rescousse d'inconnus qui s'étouffent ?

— Tu es la première. J'espère que tu te sens spéciale. Même si, soit dit en passant, tu aurais pu continuer un peu plus longtemps pour que je puisse essayer la manœuvre de Heimlich. Je ne l'ai encore jamais mise en pratique.

Elle rit.

— Désolée. Quel égoïsme de ma part ! La prochaine fois je ferai mieux.

— S'il te plaît. J'étais en train de m'y préparer. Je m'en réjouissais, pour être honnête. Même si mon rêve ultime c'est secourir un gamin. Tu sais qu'il faut leur mettre la tête en bas en les tenant par les pieds ?

Elle ne savait pas si elle devait le croire ; elle n'y connaissait pas grand-chose en matière d'enfant.

— C'est pas vrai, rétorqua-t-elle, suspectant qu'il se moquait d'elle.

— Mais si ! Il faut les retourner et leur tapoter le dos. Et laisser opérer la gravité.

Janine revint et posa une bouteille de Bud sur la table.

— C'est un cours particulier de secourisme ou c'est ouvert à tout le monde ? Tchin, en tout cas. Aux rencontres inattendues.

— Aux rencontres inattendues.

Alors qu'ils discutaient tous les trois, Lara songea qu'il lui plaisait. Il lui plaisait vraiment, faisant naître en elle des palpitations qu'elle n'avait pas ressenties depuis longtemps. Drôle, chaleureux, il lui témoignait un intérêt sincère, sans compter qu'elle était contente de rencontrer un Anglais après avoir passé les dernières semaines seule, sans amis. La conversation coulait naturellement, au fil des verres. Il était graphiste, mais s'accordait une pause dans sa carrière pour « se trouver », lui expliqua-t-il en mimant des guillemets comme si l'expression le gênait, avant de rire lorsqu'elle lui prit le bras et dit :

— Tu es là. Je t'ai trouvé !

Ils discutèrent de leur vie à Londres ; il louait un appartement dans le quartier de Stoke Newington tandis qu'elle vivait en colocation avec des copines à Camberwell. (« C'est quoi déjà ce super pub à Camberwell ? Le Sun ; ça t'arrive d'y aller ? — Tout le temps ! C'est mon pub de quartier ! ») Ils évoquèrent leur famille respective – il avait plus de sœurs qu'il n'en fallait à aucun homme, et Lara le fit rire en lui décrivant des vacances en camping désastreuses que Richie et elle avaient dû subir avec Frances, leur mère, un été à Morecambe. Puis il lui parla de son voyage, de tous les endroits qu'il comptait visiter au cours du mois à venir avec ses amis, Sam et Charlie. Lorsqu'il apparut évident que Ben ne retournerait pas à sa place, Sam et Charlie vinrent les rejoindre et tous les cinq partagèrent frites et bières.

Au bout d'un certain temps, Janine devait « rentrer au bercail », selon son expression, lançant un clin d'œil à Lara avant de filer. Elle avait deux enfants en bas âge et son mari finissait par avoir des sueurs froides s'il restait trop longtemps seul avec eux. Peu après, Sam et Charlie annoncèrent qu'ils allaient manger une pizza, laissant Lara et Ben seuls à la table.

Le bar s'était bien rempli. C'était un endroit à l'ambiance plutôt décontractée, tout en bois sombre et à l'éclairage tamisé, avec pour fond sonore de la musique calme et le cliquetis de tables de billard derrière eux. Au plafond un ventilateur brassait l'air moite et au-dehors Lara voyait le ciel virer du rose doré au violet. Ils venaient de se rendre compte qu'ils étaient allés au même festival à Glastonbury l'année précédente, où ils avaient vu presque exactement les mêmes groupes.

— Peut-être qu'on a dansé l'un à côté de l'autre, plaisanta Lara. C'est trop bizarre !

— On aurait pu se rencontrer il y a un an ! s'écria-t-il en se tapant le front comme s'il considérait les douze derniers mois comme du temps perdu.

— Ou même plus tôt si on s'était croisés au Sun, renchérit-elle. Le monde est petit.

Ils se turent un instant en se regardant, hésitant quant à la suite. Elle sentait une véritable alchimie entre eux, un jeu de séduction facile, alors qu'ils n'étaient que deux inconnus dans un bar. Deux personnes qui appréciaient de discuter et de partager quelques verres, et peut-être que ça s'arrêterait là. Il partait à Boston dans une semaine et elle… non. Ça faisait partie de l'expérience à l'étranger, non ? Engager des conversations, faire des rencontres avant de continuer vers le lieu suivant, la personne suivante. De nature pragmatique, Lara préparait sa phrase pour dire que ça avait été sympa de l'avoir connu et lui souhaiter un bon voyage.

— Eh bien… commença-t-elle – avec regret, pour être honnête, car c'était de loin la personne la plus drôle et la plus intéressante qu'elle ait côtoyée depuis des lustres.

S'ils avaient été au Royaume-Uni, elle se serait certainement laissé surprendre par la suite de la soirée. Mais avant qu'elle ait pu terminer, il demanda :

— Tu veux manger quelque chose ? Ou ça te dit d'aller faire un tour ?

Lara n'avait pas encore exploré la ville de nuit. Toni sortait souvent avec des amis ou allait chez ses parents à Brooklyn pour des dîners en famille, et Lara redoutait de s'aventurer trop loin toute seule après le coucher du soleil. Elle était intimidée, comme si elle prenait cette nouvelle ville avec des pincettes, craignant de s'y plonger vraiment. Avec Ben, elle se sentait différente : plus téméraire, plus intrépide. Pour avoir déjà un peu visité le Lower East Side de jour, elle sut lui montrer le Katz's Deli où a lieu la fameuse scène de *Quand Harry rencontre Sally* et les immeubles traditionnels du quartier dont elle avait lu l'histoire dans son guide touristique. Mais, lorsqu'ils se dirigèrent vers Greenwich Village, elle se retrouva en territoire inconnu et se réjouit de découvrir tout ça avec lui : une profusion de bars, de restaurants et de boutiques bohèmes, de la musique qui se déversait par les fenêtres ouvertes, l'humidité et les odeurs de la ville plongée dans la nuit. Des couples s'embrassaient aux coins des rues. Les chauffeurs de taxi klaxonnaient aux feux rouges, le bras à la fenêtre.

— C'est incroyable, commenta Ben en regardant autour de lui. J'ai l'impression d'avoir changé de dimension pour atterrir au milieu d'une vraie aventure, tu vois ce que je veux dire ?

— Complètement.

Ils passèrent devant un club de jazz en sous-sol et aperçurent un couple en train de danser, elle dans une robe rouge qui virevoltait autour de ses genoux, lui en costume bien taillé, le col ouvert. Lara avait envie de rire tant tout était cinématographique.

— C'est comme être dans un film, fit-elle remarquer. Merci.

— Pour quoi ?

— Pour… avoir débarqué ce soir. Pour être apparu pile au moment où j'avais besoin de toi, dit-elle, avant de rire, embarrassée par ses propres mots. Maintenant c'est moi qui parle comme dans un film. Un très mauvais film.

— Je suis content d'être dans ton mauvais film, répondit-il en lui prenant la main. Je passe aussi une excellente soirée. Le genre de soirée qui ne devrait jamais se terminer. À mon tour de sortir des répliques niaises. Qui a écrit tout ça ? s'écria-t-il en brandissant le poing sur le ton de la plaisanterie. J'exige de voir mon agent. Et le scénariste !

Ils continuèrent à marcher en discutant. Se souvenant qu'elle avait une pomme dans son sac, un reste du déjeuner, elle la sortit et l'essuya sur sa chemise avant de croquer dedans et de la lui proposer. *Quoi de plus agréable que partager une pomme avec un charmant inconnu ?* songea-t-elle, heureuse, si à l'aise tous les deux que leurs paroles se chevauchaient, ponctuées par des éclats de rire.

— Avant ce soir, j'avais l'impression d'être une fabulatrice, avoua-t-elle.

Peut-être était-ce la bière qui lui déliait la langue, ou alors cette proximité telle que leurs épaules ne cessaient de se frôler, leur complicité devenant physique, délicieusement tactile.

— Comment ça ? Oh, ne me dis pas que tu es une espionne ! Tu t'appelles vraiment Lara ? (Il s'arrêta en la scrutant d'un air taquin.) Est-ce que c'est le moment où tu vas me révéler que tu travailles sous couverture et qu'en fait tu es un type de soixante-huit ans originaire de Dundee répondant au nom de Malcom ?

Elle rit à nouveau. Elle se sentait légère. Elle se sentait libre, merveilleusement libre.

— Ah, zut. Démasquée !

Il se mit à rire aussi, d'un rire qui avait fait pousser des ailes à Lara. Elle l'appréciait un peu plus à chaque minute. Est-ce que c'était réciproque ? Il lui semblait que oui.

Lorsque la pomme fut finie, Lara s'arrêta près d'un grand bac de fleurs et y enfouit un pépin dans la terre chaude.

— Qu'est-ce que… Tu fais du jardinage clandestin ?

Elle rougit.

— Oh. C'est juste une vieille manie. Je plante toujours des pépins après avoir mangé une pomme. J'aime bien imaginer que des arbres poussent sur mon passage, où que j'aille. Qui sait ?

— Une sorte de princesse des arbres disséminant son verger à travers le monde.

— Un truc comme ça, répondit-elle en espérant qu'il ne la prenne pas pour une fille bizarre.

Elle était tellement habituée à semer des pépins de pommes, des noyaux de cerises et des graines de tomates qu'elle n'y prêtait plus attention, mais elle concevait que ça puisse paraître étrange.

— J'adore, dit-il en souriant, et ils se remirent en route, ignorant le vendeur de roses qui essayait de leur en fourguer une. Bref, tu disais que tu avais l'impression d'être une fabulatrice. Dans quel sens ?

— Je voulais dire…

Elle s'efforça de convertir ses pensées en phrases.

— Eh bien, je suis ici depuis bientôt trois semaines et je n'arrête pas de dire à mes proches que je m'éclate, que j'adore New York, tout ça, sauf que...

Elle hésita, redoutant de se mettre à nu, d'exposer sa vulnérabilité.

— ... sauf que c'est un peu exagéré. Je me sens souvent seule. Bien sûr, j'ai été à Times Square et à l'Empire State Building, en bonne touriste, mais je n'ai pas exploré la ville de l'intérieur. Pas vraiment. Mais ça...

Elle désigna d'un geste ce qu'il y avait autour d'elle, les néons des pizzerias et des comptoirs de kebabs, les bars et les restaurants, les zigzags des escaliers de secours sur chaque immeuble, la rumeur des badauds et de la circulation. Elle avait l'impression tout à coup de se fondre dans le décor, de s'imprégner de tout son être de cette soirée, New York coulant dans ses veines avec un plaisir grisant.

— Ça, l'instant présent, c'est dingue. Et je suis très contente d'être là, de découvrir – on est où ? MacDougal Street. Je suis très contente de remonter MacDougal Street pour la toute première fois, parce que ça y est, j'ai réussi. Je vis enfin New York. Alors merci.

Sous la lueur des lampadaires, son regard était doux.

— Eh bien, ce n'est pas encore fini, dit-il. La soirée ne fait que commencer. Je pourrais marcher des heures, pas toi ? Même si... Attends une seconde.

Ils étaient arrivés à un croisement et il examina un bar de l'autre côté de la rue, parcouru par une énergie nouvelle.

— Hallucinant. C'est là ! Le Cafe Wha? est sur ma liste des endroits à voir. Jimi Hendrix et Bob Dylan venaient souvent ici. Wow. On y va ? Ça te tente ?

— Carrément ! répondit-elle, attendrie par son enthousiasme et son empressement enfantins, ravie qu'il ne sente pas obligé de la jouer cool devant elle. Allons-y.

Le Cafe Wha? était un bar sombre à l'ambiance grunge, avec sur les murs des photos de musiciens encadrées et des tables entourées de banquettes. Des ampoules pendaient du plafond et un groupe jouait sur scène les dernières notes d'une chanson saluée par des applaudissements. L'endroit grouillait de jeunes branchés vêtus de T-shirts des Stooges ou des Ramones, avec des tatouages sinueux et les yeux maquillés, et, pendant quelques secondes de flottement, Lara regretta de ne pas porter quelque chose de plus original à la place de sa tenue de bureau, avant de décider qu'elle s'en fichait. Ben leur commanda un pichet de bière à partager et ils se serrèrent sur les dernières places libres d'une banquette, forcés de s'approcher l'un de l'autre afin de s'entendre parler par-dessus un nouveau morceau de musique.

Ils allèrent danser et puis, de retour sur la banquette pour reprendre leur souffle, leurs yeux se rencontrèrent et l'instant suivant, ils se penchèrent au-dessus de la table pour s'embrasser. Les lèvres de Lara contre celles de Ben, les yeux fermés, son corps submergé de sensations. *Oh mon Dieu.* Il embrassait merveilleusement bien. Avant cette soirée, elle était d'avis que les baisers étaient une étape préliminaire pas très intéressante et guère hygiénique. Elle s'était fait violence pour tolérer les langues intrusives de ses précédents copains, la tête en arrière à en avoir mal au cou et le goût désagréable de la bouche d'autrui – rien de formidable, de son point de vue. Mais avec Ben, wow, elle comprenait enfin, et le concept ainsi que la pratique du baiser prenait tout son sens.

— Pfiou, lâcha-t-elle lorsqu'ils finirent par s'écarter.

Il avait les pupilles dilatées, et les lumières colorées leur balayaient le visage. Sous leurs pieds, le sol tremblait au gré des basses. Elle se sentait ensorcelée, victime d'un sortilège digne d'un conte de fées.

— C'est… incroyable, cria-t-il par-dessus la musique. Cette soirée, je veux dire. Toi. Qu'est-ce que tu m'as fait ?

Elle éprouvait la même chose. Ne l'avait-elle pas su dès le premier instant ?

— Oh, ce n'est que le début, répondit-elle avec l'espièglerie née de son aisance à son égard – à leur égard. Allons chez moi.

Une fois là-bas, ils se précipitèrent dans son lit.

— Attends, je dois avoir un préservatif quelque part, dit-elle en se levant nue pour aller fouiller dans le kit *Sex in the City* que son amie Jodie lui avait offert comme cadeau de départ.

— Wow, Lara, fit-il d'une voix enrouée en se redressant sur un coude pour la contempler.

Le store de la chambre était cassé et laissait filtrer la lueur orange du lampadaire de la rue, découpant leurs silhouettes.

— Tu es si belle !

Personne n'avait jamais dit une chose pareille à Lara. Personne ne l'avait jamais non plus regardée de cette manière, comme s'il l'observait réellement et appréciait ce qu'il voyait. Ce compliment fit monter en elle une vague de chaleur, mais elle n'arrivait pas à se détendre totalement. Elle restait sur ses gardes, doutant de la sincérité de Ben. Après tout, la pièce était à peine éclairée.

— Je parie que tu sers ça à toutes les filles, marmonna-t-elle en se glissant à nouveau dans le lit.

— Pas du tout. Je te jure que non.

Sous ses vêtements, elle découvrit un corps svelte et musclé, un torse ferme et pale dans la faible luminosité, des jambes nues au teint de pêche.

— Tout va bien ? demanda-t-il. Je ne veux pas que tu penses que c'est seulement physique. Car ce n'est pas le cas, Lara.

— Continue, gémit-elle.

Elle voulait que rien ne s'arrête – ses baisers, le sexe, la soirée tout entière. Mais elle savait ce qu'il voulait dire : ça n'avait rien d'un coup d'un soir. Cela ne faisait aucun doute : c'était le début de quelque chose.

Le lendemain matin, au réveil, leur complicité semblait toujours aussi naturelle, instantanée et géniale. Lara avait du mal à le croire. Tout à coup, l'été qui s'annonçait prenait une tout autre tournure, baigné d'une aura dorée, plein de promesses de bonheur et de découvertes. Ben parlait déjà de réorganiser son itinéraire pour pouvoir passer plus de temps avec elle. Elle réfléchissait aux endroits qu'ils pourraient explorer le week-end. *Voilà,* ne cessait-elle de s'émerveiller, *c'est lui.* Elle ne l'avait peut-être pas rencontré au Sun, ni à Glastonbury, mais finalement la troisième fois avait été la bonne, le destin les avait réunis, et bon sang ce qu'elle était heureuse ! Tout s'emboîtait à la perfection ; c'était écrit. Avant de se dire au revoir, ils se donnèrent rendez-vous le soir devant le bar à huîtres chic de la gare de Grand Central, et toute la journée elle avait trépigné d'impatience à l'idée de le revoir.

Sauf que… le sort en avait voulu autrement. Un coup de théâtre auquel elle ne s'attendait pas. Elle ne l'avait pas revu, pas une seule fois, jamais. Sans conteste, c'était la plus grande déception de sa vie.

CHAPITRE 8

— POURQUOI TU TE COMPORTES toujours comme ça ? avait dit Kirsten à Ben la veille. Avec tes sœurs, je veux dire. Pourquoi tu les laisses te mener par le bout du nez ?

Ils se préparaient à aller au lit quand cette conversation avait eu lieu, dans leur chambre à coucher éclairée par les lampes de chevet, lui en équilibre sur une jambe pour ôter une chaussette (après s'être entendu dire que devoir s'asseoir pour mettre et enlever ses chaussures était le premier signe de la vieillesse, il était déterminé à lutter, à quarante-cinq ans à peine).

— Quoi ? demanda-t-il, si surpris qu'il vacilla et dut prendre appui sur le sol. Elles ne me mènent pas par le bout du nez.

Kirsten grogna. Elle avait tout un éventail de façons de grogner, calibrées selon son humeur. Il reconnut la catégorie « Raillerie ».

— Ben, tu es trop gentil avec elles, elles te marchent complètement dessus ! « Tu peux me ramener cela ? Tu peux aller me chercher ceci ? Fais ci, fais ça, répare-moi ça, prête-moi ça... » Honnêtement, c'est insupportable. Je te le dis pour ton bien, c'est insupportable. Elles profitent de toi ; tu dois leur parler.

D'abord, Ben ne répondit rien. Au fil des années, il y avait eu d'autres crises de ce genre, Kirsten trouvant insupportables différentes choses relatives à sa famille. À croire que ses sœurs faisaient tout pour la contrarier, vu la façon dont elle était sur le pied de guerre avec elles.

— Elles ne me mènent pas par le bout du nez, répéta-t-il avec douceur, arrachant une chaussette, puis l'autre, avant de les jeter dans le panier à linge.

Elles atteignirent toutes les deux leur cible ; il avait toujours la main, se félicita-t-il intérieurement.

— Je suis leur frère, elles me demandent un coup de main de temps en temps. Où est le mal ? Ça ne me dérange pas.

Occupée à se démaquiller devant la coiffeuse, Kirsten examinait son reflet en se passant un coton sur une paupière, puis sur l'autre. Enfant, Ben avait toujours été fasciné de voir sa mère se métamorphoser sous l'effet de poudres et de crèmes, devenant une nouvelle version d'elle-même, pomponnée, avec des traits différents et des yeux de biche. Chaque fois, le lendemain matin, il se sentait soulagé de revoir son visage naturel, plus doux. Avec Kirsten il éprouvait la même chose ; elle était si jolie et si vulnérable à la fin de la journée, libérée de son fardage de sortie, toute propre. Son petit visage clignant des yeux lui rappelait un bébé hérisson, même s'il ne le lui dirait jamais. Il n'était pas complètement idiot.

— Bien sûr que ça ne te dérange pas, rétorqua-t-elle, sarcastique. Ce bon vieux Ben, ça ne le dérange pas.

C'est ce qu'elles se disent. Mais elles te prennent pour une bonne poire. C'est quand la dernière fois que l'une d'elles a fait un truc sympa pour toi ?

— Ce n'est pas comme ça que ça marche, répondit-il en retirant son jean avant de le poser sur le dossier de la chaise.

Personne ne s'asseyait jamais sur la chaise qui se trouvait dans leur chambre ; elle servait à entasser les vêtements. Il envisagea d'ajouter « Tu ne peux pas comprendre », mais Kirsten, fille unique, avait toujours pesté, sous le coup de l'ivresse, contre la réputation injuste dont pâtissaient les enfants uniques d'être gâtés et égoïstes. Selon elle, ce préjugé venait d'une jalousie primaire, tout le monde détestant secrètement ses frères et sœurs. Il n'avait pas envie d'entrer une fois de plus dans ce débat.

— Et ce sont mes sœurs. Je ne peux pas leur dire non.

Elle expira bruyamment : il avait prononcé ce qu'il ne fallait pas.

— C'est exactement là où je veux en venir, s'écria-t-elle en s'appliquant de la crème de nuit sur les joues. Tu peux dire non, Ben. C'est très simple. Non, Charlotte, je ne vais pas jeter un œil à ton démarreur puisque je ne suis pas mécanicien, d'accord ? Non, Annie, tu ne peux pas nous emprunter notre tondeuse tant que tu ne nous auras pas rendu la perceuse. Où est-elle, d'ailleurs ? Tu crois qu'elle l'a cassée ? Et non, Sophie, je n'ai pas le temps de vider ton garage digne de la caverne d'Ali Baba car, attention, scoop : tes deux grands gaillards de fils pourraient très bien lever leur cul pour le faire plutôt que jouer à des jeux vidéo du matin au soir. Tu vois ? Ce n'est pas compliqué.

— Je sais, dit-il, trop fatigué pour parlementer.

Il avait eu une grosse journée au travail et les soirées avec sa famille étaient toujours éreintantes, même s'il les adorait. En plus, même s'il n'avait aucune intention de renier ses sœurs (la tête qu'elles feraient ! Elles seraient tellement outrées et blessées ! Ses oreilles bourdonnaient rien qu'à l'idée de l'avalanche de coups de fil qui s'ensuivrait), il y avait des moments où mieux valait donner raison à Kirsten pour pouvoir dormir plus vite. Ce n'était peut-être pas la manière la plus saine de régler les désaccords conjugaux, mais tant pis.

— Alors tu vas leur dire, n'est-ce pas ?

Il passa son T-shirt par-dessus la tête en évitant son regard. Dans des moments comme celui-ci, Kirsten lui donnait la sensation d'être faible. Mais il n'était pas faible, OK ? Il n'y avait rien de mal à vouloir la paix.

— À Annie, surtout, ajouta-t-elle, sans réponse de sa part. Maintenant qu'elle est célibataire, on dirait qu'elle est incapable de s'occuper de tâches ménagères on ne peut plus ordinaires. Et que tu es la seule personne sur Terre à savoir réparer des choses. Alors que, tu vois, il existe un tas d'hommes à tout faire. Et des vidéos sur YouTube !

Il soupira. Kirsten et Annie ne s'étaient jamais entendues ; elles se ressemblaient trop, se disait Ben, tranchées toutes les deux dans leurs opinions et du genre à dire ce qu'elles pensaient sans réfléchir. Il se frotta le torse, sentant poindre l'indigestion.

— Elle traverse une période difficile, déclara-t-il en se dirigeant en boxer vers la salle de bains attenante à leur chambre pour aller se brosser les dents.

— Ouais, mais ce ne sont plus des petites filles, si ? parvint-elle à riposter juste avant que sa brosse à dents électrique se mette à vibrer.

Par chance, il n'entendit pas le reste et fixa d'un air sombre son reflet, espérant que l'interruption due aux soins dentaires permette de clore le sujet.

Ses sœurs n'étaient plus des petites filles, certes, mais il avait toujours veillé sur elles. Depuis l'attaque cardiaque de leur père au volant de son taxi à l'âge de cinquante-neuf ans, Ben avait assuré son rôle d'aîné pour remettre la famille d'aplomb du mieux qu'il pouvait. Le nouvel homme de la maison, comme l'appelait sa mère. Celui sur lequel elles se reposaient trop, d'après Kirsten.

Les années avaient passé mais les habitudes ont la dent dure et certaines encore plus que d'autres. Ils avaient tous déménagé plusieurs fois un peu partout dans le pays pour finir par revenir s'installer à Cambridge ou ses environs, et Ben avait eu à cœur de garder un œil sur ses sœurs. Et il avait du pain sur la planche, entre leurs échecs sentimentaux, les crises pécuniaires et la tripotée d'enfants qui impliquaient autant de coups de main de leur grand frère martyr. « Qu'est-ce qu'on ferait sans toi ? » s'exclamait souvent Gwen, sa mère, avec une tendresse pleine de reconnaissance. Et, secrètement, il se délectait de sa position bien établie d'enfant prodige, celui qui ne commettait jamais le moindre faux pas. À ce qu'il pouvait en dire, la situation convenait parfaitement à tout le monde. Sauf à sa femme, apparemment.

Après avoir fini de se brosser les dents, il avait redouté que Kirsten continue à médire sur sa famille. Pouvait-il revenir sans danger ?

De retour dans la chambre, il la trouva en train de regarder son téléphone. Elle leva le nez vers lui avec une expression étrange ; il la scruta avec circonscription, puis se mit au lit en se demandant ce qui se tramait.

— Ah, au fait, dit-elle d'un ton détaché, presque désinvolte, qu'il ne lui connaissait pas. Cet après-midi, j'ai acheté de la peinture pour les toilettes du bas.

OK. Ils étaient passés à autre chose, visiblement.

— Ah oui, répondit-il, neutre. Parfait. Je m'en occuperai ce week-end, promit-il pour faire preuve de bonne volonté.

— Finalement, j'ai choisi une teinte prune. Ça change.

— Prune ?

D'où est-ce que ça sortait, ça ?

— Pour les toilettes ? Je pensais qu'on les repeindrait en crème.

— En fait…

Elle se comportait de manière très fuyante, c'était déconcertant. Elle ne le regardait même plus.

— Je me suis retrouvée à discuter avec…

Elle hésita. Une microseconde, mais il le remarqua. Il se mit sur ses gardes.

— … avec un type au rayon peinture du magasin de bricolage, et je me suis demandé, mais pourquoi on se rabat toujours sur des couleurs si fades ?

— Et donc tu as acheté de la peinture violette, c'est bien ça ? Pour nos toilettes du bas ?

Elle brancha son téléphone et le posa sur la table de chevet, l'écran tourné vers le bas.

— Oui, voilà. Parce que j'en ai marre de tout ce qui est ennuyeux.

On entendait l'agressivité crépiter tel un bouclier. *Lâche-moi,* ça voulait dire. *N'insiste pas.*

— OK, répondit-il, décontenancé, tandis qu'elle se dirigeait vers la salle de bains et fermait la porte.

Ennuyeux ? S'il y avait eu quelqu'un d'autre dans la pièce, Ben l'aurait fixé avec effarement. *Bizarre, non ?* aurait dit ce regard. *Il se passe quoi, là, à ton avis ?*

Le lendemain, derrière le comptoir de sa boutique, il repensa à leur discussion tout en remplissant la grille de mots croisés dans le journal, pendant une période creuse. Les vendredis après-midi étaient souvent assez tranquilles, l'accalmie avant le week-end. En fin de semaine, les gens avaient d'autres choses en tête : leurs projets pour la soirée, la perspective de faire la grasse matinée le lendemain et de profiter de leur temps libre, ou alors le mystère qui nimbait le type à qui sa femme avait parlé au rayon peinture du magasin de bricolage. Cet individu sans nom qui semblait avoir fait germer dans l'esprit de sa femme l'idée que son existence était ennuyeuse.

Quand il s'était levé pour prendre son petit déjeuner, il avait vu la peinture en question, bien en évidence sur la table de la cuisine. Kirsten était sage-femme et assurait la garde du matin cette semaine-là, une autre raison pour sa mauvaise humeur de la veille, se persuada-t-il. En se préparant du thé, les yeux bouffis et regrettant la dernière tournée d'irish coffee de Charlotte, il avait toisé le pot de peinture avec suspicion avant de l'étudier de plus près. « Prune glacée », indiquait l'étiquette, et il grimaça devant l'intense teinte violet-vermillon, certain que les W.-C. paraîtraient plus petits et plus sombres une fois peints de cette couleur, rappelant l'intérieur d'un ventre. Voire une plaie. Rien d'agréable pour un moment d'intimité.

La boutique de Ben se situait dans une rue calme, pas particulièrement pittoresque, et de là où il était assis il vit un couple passer devant la vitrine, main dans la main. À travers la porte fermée, il entendit leur rire flotter entre eux et ressentit une pointe de tristesse. Kirsten s'ennuyait-elle vraiment ? En avait-elle assez de lui, de leur vie commune ? Il se demanda quand ils s'étaient tenus pour la dernière fois comme le couple dehors et n'eut pas l'impression que c'était jamais arrivé au cours de l'année. Quand avaient-ils cessé de se prendre par la main ?

La cloche de la porte tinta et le couple entra. D'une vingtaine d'années, estima-t-il, ils avaient tous les deux la peau hâlée et les cheveux blondis. Des Australiens, devina Ben. Travailler dans un commerce à Cambridge affûtait le regard pour cerner les touristes.

— Bonjour, dit le type, qui avait les yeux bleu clair et une dent de requin au bout d'un lien en cuir autour du cou. On adore vos cartes dans la vitrine, celles qui sont personnalisables.

Oui, des Australiens, nota Ben, des images de grandes vagues de surf et de désert rouge jaillissant dans son esprit.

— Pourriez-vous nous en faire une ?

— Bien sûr.

Ben griffonna les détails donnés par le type – Jonathan de Perth, Cate de Melbourne –, pendant que la fille (Cate, a priori) déambulait dans la petite boutique, examinant les posters et les cartes postales de Cambridge qu'il avait conçus, avant de s'arrêter devant l'œuvre préférée de Ben : la gravure en métal de la carte du comté de Cambridge datant du milieu du XVIIe siècle. Elle était à vendre pour la coquette somme de huit cents livres et Ben l'adorait tellement qu'il aurait été dégoûté que quelqu'un jette son dévolu dessus. Il savait aussi que, s'il s'avisait de la ramener à la maison pour l'accrocher au mur, Kirsten hausserait un sourcil affligé et exigerait que la gravure retourne droit à la boutique en attendant que quelqu'un l'achète.

« C'est un magasin, pas ta garçonnière », aimait-elle répéter.

Cela faisait douze ans que Ben possédait la boutique et les affaires marchaient plutôt bien. Quand il était revenu à Cambridge à la mort de son père, il avait d'abord vadrouillé au volant de son taxi sans plus aucune envie de faire quoi que ce soit de sa vie, conduisant des clients à l'aéroport, à la gare, à l'hôpital, dans le centre-ville, que ce soient des personnes âgées, des infirmes, des fêtards ivres ou des touristes épuisés par le décalage horaire. Les revenus étaient corrects et les courses régulières, et être dans le taxi de son père, faire son travail à sa place, lui avait apporté un certain réconfort – d'autant plus que son père avait désapprouvé la décision de Ben d'abandonner son poste prometteur de graphiste dans une grande entreprise pour partir en voyage. « Dans la vie d'un homme, il arrive un moment où il doit mûrir et se ranger », lui avait-il souvent répété, bombant le torse comme il aimait le faire lorsqu'il se lançait dans l'un de ses sermons de père. Il semblait que ce moment était arrivé.

Le problème, c'est qu'après avoir passé un an au volant d'un taxi, Ben avait eu l'impression de se trouver dans une impasse. Une impasse de plus en plus étroite. Kirsten et lui étaient déjà mariés et il avait eu une vision d'horreur en s'imaginant passer le reste de ses jours coincé sur le siège conducteur d'une voiture pendant que la vie suivait son cours de l'autre côté du pare-brise. Tout ce qu'il faisait, c'était conduire des gens à différents endroits, sans jamais aller nulle part lui-même. Sa créativité ressemblait à une fleur fanée, sans la moindre stimulation. Il aspirait à davantage, avant que la dernière de ses feuilles se flétrisse et tombe. La prise de conscience avait eu lieu un après-midi, lorsqu'il avait déposé un couple d'âge moyen au crématorium pour les funérailles de leur neveu. Ce neveu était mort soudainement suite à sa chute d'une volée de marches en pierre où il s'était brisé la nuque. Il avait à peine vingt-sept ans, le même âge que Ben.

— On ne sait jamais, n'est-ce pas, avait dit l'homme d'un air sinistre, ce que nous réserve le sort. Tout ce qu'on peut faire, c'est profiter de la vie, chaque jour.

— Et ne rien remettre au lendemain, avait renchéri sa femme en se tamponnant les yeux. Faites ce dont vous avez envie avant qu'il soit trop tard.

Le sentiment s'était niché au plus profond de Ben : il ne profitait pas de la vie, il ne tirait pas le meilleur parti des opportunités. Il avait mis de côté toutes ses ambitions sans rien essayer. Ne devait-il pas au neveu de ce couple et à tous les autres jeunes partis trop tôt de s'en donner les moyens, de saisir toutes les chances qui s'offraient à lui ?

Comme si une force supérieure l'avait entendu, il avait eu une nouvelle idée d'activité dès le lendemain. Il discutait avec une cliente qui lui racontait que son mari venait de Leeds et que les premières années de leur relation les avaient amenés à passer beaucoup de temps sur l'autoroute M1. L'anecdote avait évoqué dans son esprit des points convergeant sur une carte satellite, et Ben avait songé à tous les voyages du même type effectués par d'autres couples. Pouvait-on représenter une relation sur une carte ? Il avait alors découvert que, avec des couleurs vives sur un fond neutre, il était possible de raconter une histoire visuelle, de manière claire et efficace. Il avait commencé modestement, en offrant des affiches aux amis et à la famille, avant de créer un site Web et d'en faire une plateforme de commerce indépendant. Peu à peu, les commandes avaient afflué de partout dans le pays, puis du monde entier, et après six mois environ il avait décidé de se jeter à l'eau, d'abandonner le taxi afin de lancer sa propre affaire.

Il s'était diversifié dans les souvenirs de Cambridge, créant des affiches et des cartes postales, des sacs en toile et des mugs, qu'il vendait dans différents lieux touristiques de la ville et puis, quand cinq ans plus tard le vieux magasin de cartes anciennes avait été à céder, la perspective d'avoir sa propre échoppe et une vitrine au sein de la ville avait été très séduisante. Depuis, il avait embauché deux employés à mi-temps pour l'aider à tenir la boutique quand il dessinait les cartes personnalisées, et ses résultats progressaient chaque année.

— Vous avez beaucoup voyagé, j'imagine, dit l'Australienne en s'arrêtant devant une vieille carte de Patagonie. Rien qu'à voir ces plans j'en ai la bougeotte. Hé, Jon, quand est-ce qu'on va en Amérique du Sud ? Il y a tellement de choses à découvrir dans le monde, hein ?

Ben sourit poliment mais fut rattrapé par le syndrome de l'imposteur, comme chaque fois qu'on l'interrogeait sur ses propres voyages. Heureusement que Nick, son assistant, était dans l'arrière-boutique en train d'emballer les affiches à expédier et ne voyait pas son expression bizarre. Car, en vérité, même si Ben adorait les cartes, qui ne cessaient de l'émerveiller et de le fasciner, il était gêné de reconnaître qu'il n'avait pas exploré tous ces endroits exposés dans les cadres accrochés aux murs de son magasin. Il n'était jamais allé en Grèce ni à Rome ; il n'avait pas été en Chine, en Indonésie ni en Australie. Clairement, il n'avait pas visité la Patagonie. Est-ce que c'était important ? Est-ce que ça faisait de lui un charlatan ?

« Ton père n'est pas mort parce que tu es allé à New York », lui avait gentiment rappelé Kirsten quelques années plus tôt, quand elle avait évoqué l'idée d'aller en vacances dans un pays lointain (la Thaïlande ? Bali ?), à laquelle il avait opposé plusieurs arguments.

La question écologique, avait-il souligné. Les longs vols. Les maladies tropicales. Et puis elle avait lâché cette phrase, à propos de son père, comme si elle avait lu en lui. Bien sûr que le voyage de Ben aux États-Unis n'avait pas provoqué la crise cardiaque de Stewart McManus. Il le savait, évidemment, en être humain rationnel. Pourtant, il avait du mal à se défaire de cette superstition qui l'habitait toujours : la hantise que, s'il détournait le regard de sa famille, s'il repartait trop loin, une tragédie risquait de se produire, et ce serait sa faute.

Est-ce que ça faisait de lui un idiot ? Ou, comble de l'ironie, un vendeur de cartes qui lui-même n'avait pas voyagé ? C'était presque aussi ridicule qu'un chauffeur de taxi qui n'allait nulle part.

« Il nous faut un peu d'aventure », lui avait dit Kirsten à l'époque, et les mots résonnaient à présent dans sa tête, alors qu'il remerciait les jeunes Australiens pour leur achat, leur promettant que leur affiche serait prête quelques jours plus tard.

Kirsten et lui pouvaient encore vivre des aventures ensemble, songea-t-il en regardant tristement le couple se reprendre naturellement par la main. Mais il ne lui avait jamais rien proposé de tel, n'est-ce pas ? La spontanéité avait insidieusement disparu de leur relation. Sur un coup de tête, il prit son téléphone et composa son numéro, soudain animé par le besoin de prouver qu'il était encore capable de la surprendre.

CHAPITRE 9

La pluie se mit à tambouriner sur le pare-brise tandis que Lara et Eliza s'approchaient de Peterborough, et l'un des essuie-glaces grinçait à chaque passage ; le caoutchouc avait besoin d'être remplacé. À la fin du récit de Lara sur sa rencontre avec Ben, avant qu'il disparaisse de la circulation après leur nuit mémorable, Eliza exprima tout haut son indignation.

— Et donc quoi, il t'a posé un lapin ? Tu es restée là à l'attendre ? s'écria-t-elle. Comment a-t-il pu faire une chose pareille ?

— Eh bien… hésita Lara, mais Eliza continuait sur sa lancée.

— Que s'est-il s'est passé, à ton avis ? Pourquoi il n'est pas venu ?

— Je ne sais pas, soupira Lara. Je suis allée à son auberge de jeunesse le lendemain matin, mais on m'a dit qu'il était parti l'après-midi précédent, avant même notre rendez-vous.

— Sérieux ? commenta Eliza, révoltée. Mais quelle enflure !

— C'est bien mon avis, approuva tristement Lara.

Pourtant, elle ignorait toujours si c'était aussi simple que ça. Était-ce vraiment un baratineur de première, une enflure, comme venait de le dire sa fille, un mec qui ne cherchait qu'un coup d'un soir ? Si tel était le cas, il avait été incroyablement convaincant. Qui aurait voulu d'une relation avec un type pareil ? Pas elle. Alors bon débarras, finalement.

En avait-elle trop fait ? S'était-elle montrée excessivement enthousiaste ? Le lendemain matin, sur le ton de la plaisanterie, elle avait demandé comment ils allaient passer le reste de leur vie ensemble – mais c'était pour rire. Pourtant, lui-même ne s'était pas caché de vouloir une relation, annonçant qu'il avait changé d'avis quant au fait de retourner en Écosse après son voyage.

« Il paraît qu'il fait bon vivre à Camberwell », avait-il dit en haussant un sourcil, réveillant les papillons dans le ventre de Lara.

Oui, s'il te plaît, avait-elle pensé, souriant à cette idée.

Cependant, au réveil, il s'était peut-être rendu compte qu'elle ne lui plaisait pas tant que ça, une fois passé l'effet de la bière. Peut-être que ses poignées d'amour l'avaient rebuté, ou la vue de ses fesses nues, de ses cheveux emmêlés. Peut-être qu'elle avait pété toute la nuit. Ou alors en fait il était père de famille. Dans ce cas, bon débarras aussi.

Quelle que soit la raison, il allait sans dire que cette expérience avait terni toutes ses rencontres suivantes. Elle avait été assez bête pour croire en l'amour, comme dans les contes de fées. Et c'était vraiment stupide de sa part de s'être s'imaginé que quelqu'un puisse tomber raide dingue d'elle !

Les hommes finissaient toujours par partir. Son père. Ben. Steve. Même Richie, son frère, avait déménagé à l'autre bout du monde pour aller vivre avec Jordan, son petit ami néo-zélandais – à présent son mari –, et on aurait pu croire qu'il était mort tant sa mère et elle avaient pleuré son départ. Elles l'espionnaient sur Facebook comme deux ex jalouses, à l'affût du dernier détail à se mettre sous la dent : elles soupiraient d'admiration devant les photos de leur maison cossue, leur labradoodle Daisie, leur vie sociale, la grande et belle famille de Jordan… Lara était contente pour eux, sincèrement contente, mais leur bonheur se faisait au prix du manque qu'elles ressentaient, elle et sa mère, dont le salon ressemblait à un sanctuaire dédié à son fils. Qu'est-ce qu'ils avaient, tous ces hommes, à toujours décamper ?

— Ce matin, tu m'as dit que tu avais essayé de le recontacter, lui rappela Eliza, une fois que tu étais sûre que j'étais sa fille. Que s'est-il passé ? Il n'avait pas envie de me connaître ?

— Ce n'est pas tout à fait ça.

Après avoir photocopié les pages des annuaires de la bibliothèque qui l'intéressaient, elle avait méthodiquement appelé tous les McManus de la liste, jusqu'à arriver à un numéro à Cambridge, sous le nom de G. McManus, où une jeune femme avait décroché.

— Bonjour, avait dit Lara avec la pointe d'appréhension qui accompagnait ses coups de fil. Je cherche à joindre Ben McManus. Est-ce qu'il est là ?

Elle avait déjà posé cette question tant de fois pour n'obtenir qu'un nombre incalculable de « Faux numéro » qu'elle avait été surprise lorsque la femme avait répondu :

— Non, Dieu merci. Vous venez de le rater.

Lara avait mis quelques secondes à reprendre ses esprits. L'avait-elle enfin trouvé ? Elle devait en avoir le cœur net.

— Oh, OK. Et ce Ben, il a dans les trente ans, c'est ça ? Il a étudié à Glasgow ?

— Oui, mais comme je viens de vous le dire il n'est pas là, d'accord ? Il n'habite même pas ici, lui avait-on asséné d'une voix impatiente. Oui, une minute ! avait crié la femme juste après, par-dessus un cri étouffé. Je dois y aller. Au revoir.

— Attendez ! s'était écriée Lara sous le coup de l'émotion.

Il était donc de retour à Cambridge. Il existait.

— Pourrais-je lui laisser un message, s'il vous plaît ?

— Non, certainement pas. Je ne suis pas sa secrétaire. D'ailleurs je ne lui adresse même pas la parole, en ce moment !

Et, avant que Lara ait pu ajouter un mot, son interlocutrice avait raccroché. Bizarre. Il était donc en vie mais continuait de mettre les femmes en rogne. Rien d'étonnant. Venait-elle de parler à l'épouse de Ben ? À sa petite amie ? À l'une des sœurs dont il lui avait parlé ? Que se passait-il là-bas, exactement ?

En entendant ça, Eliza fit claquer sa langue, outrée.

— Quelle mégère ! s'exclama-t-elle. Alors qu'est-ce que tu as fait ?

— Eh bien, j'ai réessayé, expliqua Lara. Environ une semaine plus tard, j'ai rappelé un soir pour essayer d'en savoir plus.

Cette fois, les choses avaient été différentes. C'était à nouveau une jeune femme qui avait décroché. La même ? Lara n'aurait su le dire, mais elle s'était montrée plus agréable.

— Il n'est pas là, avait-elle répondu. C'est toi, Kirsten ?

— Non, avait dit Lara en se demandant qui était cette Kirsten.

La fille remontée à qui elle avait parlé la fois précédente ? Combien de femmes y avait-il dans la vie de Ben McManus, d'ailleurs ?

— C'est... c'est Lara, avait-elle continué. Pourriez-vous lui transmettre un message de ma part, s'il vous plaît ? C'est très important. Pourriez-vous lui demander d'appeler Lara Spencer dès que possible ? Je vous donne mon numéro.

— Bien sûr. Attendez une seconde, je cherche un stylo... OK, allez-y.

— Laisse-moi deviner, intervint Eliza. Il ne t'a jamais rappelée.

— Il ne m'a jamais rappelée, confirma Lara. Et, tu sais quoi ? À ce stade, j'en avais ma claque de courir après un gros nul tout sauf fiable. Ce n'était pas ce que je voulais pour toi. Je refusais que quiconque te traite de cette manière ! (Elle haussa le ton, énervée.) Tu méritais mieux que ça. Nous méritions toutes les deux mieux que ça.

Le silence s'abattit dans la voiture et Lara n'avait pas la moindre idée de ce qu'Eliza pensait. Lui reprochait-elle d'avoir baissé les bras si vite ? Était-ce le cas ? Elle aurait pu insister davantage, bien sûr ; elle aurait pu envoyer une lettre à l'adresse, rappeler jusqu'à lui parler, elle aurait même pu se déplacer jusqu'à la maison et frapper à la porte. Elle n'en avait rien fait. Elle avait clos le chapitre Ben McManus et était allée de l'avant. Car, honnêtement, vu la façon dont il s'était comporté, il n'avait plus droit à une autre chance.

— Arrêtons-nous ici pour faire une pause, proposa-t-elle en voyant un panneau indiquant une station-service, avant de mettre son clignotant.

À force de froncer les sourcils, elle avait mal à la tête ; un peu d'air frais lui ferait du bien. Elle avait aussi besoin de s'accorder un instant en s'isolant aux toilettes. À présent qu'elle avait révélé la vérité à Eliza, la majeure partie en tout cas, elle se sentait vulnérable, comme si son armure s'était fêlée, révélant une blessure qui n'avait jamais tout à fait cicatrisé.

Elle se gara en marche arrière, sous le regard d'un berger allemand qui penchait la tête dans la Volkswagen voisine, et essaya d'anticiper ce que ça lui ferait de revoir Ben. Il devait avoir accompli un tas de trucs incroyables. S'il avait une boutique de cartes, c'était certainement parce qu'il avait voyagé aux quatre coins du monde, où il avait accumulé des expériences hallucinantes. Elle espérait qu'il lui épargnerait l'humiliation de se montrer perplexe lorsqu'ils se retrouveraient face à face. *Lara qui ? Quand ?* Ce serait tellement gênant s'il ne se souvenait pas d'elle, la forçant à marmonner *OK, laisse tomber, mais on a couché ensemble à New York et voici ta fille de dix-huit ans.* Au moins, ça permettrait de briser la glace, se résigna-t-elle.

Dehors, il faisait frais, avec une légère brise, et il ne tombait plus qu'un doux crachin qui lui mouillait le visage. *C'est le genre de temps humide qui vous ravage les cheveux*, pensa Lara en mettant sa capuche. Au risque de paraître frivole, elle ne voulait pas revoir Ben pour la première fois depuis si longtemps avec une tête de mouton.

Eliza s'éloignait déjà.

— Je reviens tout de suite, dit-elle par-dessus son épaule.

Lara s'acheta un café et arpenta l'étendue d'herbe où l'on pouvait faire courir les chiens. Le ciel était marbré de nuages qui le rendaient bas et oppressant, comme s'il allait pleuvoir pour l'éternité. *Qu'est-ce que je suis en train de faire ?* se demanda-t-elle pour la centième fois avant de sursauter lorsqu'un labrador rondelet couleur sable vint coller sa truffe humide contre sa jambe.

— Désolé ! cria son maître, un homme de grande taille avec une légère barbe.

Il tenait la main d'une femme en manteau rouge pendant que deux petites filles sautillaient et virevoltaient non loin. *Une vraie famille, avec le chien et tout,* observa Lara avec envie, comme chaque fois qu'elle croisait la cellule familiale parfaite. Non seulement certains y parvenaient, mais ils donnaient l'impression que c'était facile. C'était l'un de ses plus grands regrets, d'avoir échoué à offrir à Eliza un tel cadre dans lequel s'épanouir.

— Il est un peu trop amical, dit l'homme comme si ça pouvait être un défaut. Albert, viens ici. Au pied !

Lara se pencha pour caresser le flanc chaud d'Albert avant qu'il se précipite vers son maître en agitant la queue. Son pelage lui fit penser à Bruce, le grand chat noir qu'elles avaient recueilli cinq ans plus tôt et qui se montrait toujours profondément offusqué si son dîner était en retard. Quand elle avait adopté Bruce, on lui avait expliqué au refuge qu'il avait été abandonné, avait pris de mauvaises habitudes et se montrait méfiant envers les hommes. *On est pareils, toi et moi, mon grand,* avait pensé Lara, éprouvant une affinité immédiate pour ce regard jaune suspicieux. Mais, ce jour-là, au milieu du tumulte, elle n'avait pas réfléchi à qui lui donnerait à manger. Elle se représenta son air indigné, la queue dressée, dans la maison plongée dans l'obscurité et le froid, lorsqu'il verrait sa gamelle vide. Puis, comme elle avait un cœur d'artichaut, elle eut peur qu'il se sente à nouveau délaissé. Qui pourrait venir le nourrir ? Sa mère et sa meilleure amie, Heidi, avaient toutes les deux une clé de chez elle mais elle n'était pas sûre de vouloir expliquer à sa mère le motif de leur absence. Il n'y avait pas plus pessimiste que Frances, surtout en ce qui concernait les hommes ; jamais elle n'envisageait qu'il puisse y avoir une lumière au bout du tunnel, ce qui les attendait, c'étaient forcément des déchets toxiques. En revanche, Heidi était tout l'opposé, et en définitive Lara avait besoin de positiver, aujourd'hui.

En sortant son téléphone, elle vit que Heidi venait justement d'envoyer un message sur leur groupe du club de lecture.

Tout le monde est toujours de la partie ce soir ? Je viens de dévaliser le rayon vin de Tesco. J'ai trouvé le livre assez pourri, désolée, mais je me réjouis d'en débattre !

Lara sourit. Heidi trouvait beaucoup de livres « pourris ». « J'ai compris dès le deuxième chapitre qui était le tueur », soutenait-elle chaque fois qu'elles discutaient d'un thriller. « Ils s'entendent écrire ou quoi ? » bougonnait-elle si elles abordaient un livre sélectionné pour un grand prix. « Pas aussi bon que *Le Hobbit* » était son verdict récurrent pour tout roman vaguement fantastique. Natalie, autre membre du cercle, avait même commandé à Heidi un T-shirt avec ce slogan imprimé dessus ; c'était devenu une réplique culte entre elles.

Lara appuya sur « Appeler » et reprit une gorgée de café en attendant que son amie réponde.

— Non, impossible, était le refrain habituel de Heidi quand elle décrochait. Ne t'avise pas de me lâcher, Spenno. Je ne voulais pas gâcher la surprise sur WhatsApp, mais j'ai préparé du café, un cake aux noix et un tas d'autres trucs qui m'ont pris trois plombes. Ne me sers pas ton « Je suis vraiment fatiguée » à la con en disant que tu préfères rester chez toi, sinon on va sérieusement se fâcher.

Lara rit. Heidi et elle s'étaient rencontrées le premier jour d'école primaire de leurs enfants et étaient devenues amies dès qu'Eliza était apparue main dans la main avec le fils de Heidi, Ned, en annonçant qu'ils allaient se marier.

— Eh bien bonjour, chère mère de la mariée, avait lancé Heidi à Lara, les yeux pétillants. Ma future belle-fille et vous devriez passer prendre le thé un jour. Que nous parlions des préparatifs.

Si elle n'avait pas été si sympathique, Heidi aurait pu intimider Lara : elle faisait partie de ces femmes qui semblaient tout avoir : le mari, les trois enfants, le cochon d'Inde et une brillante carrière en tant que photographe de mariage ; une autre de ces familles parfaites. Mais elle était si chaleureuse et si marrante qu'il était impossible de ne pas l'apprécier. Sans compter son côté déluré, que Lara avait découvert la première fois qu'elles étaient sorties : bourrée à la tequila, Heidi s'était mise à faire une démonstration de coups de pied hauts au bar avant de flirter éhontément avec M. Hawkins, le professeur vacataire de violon de l'école qui avait toujours l'air stressé.

— Fuis-moi tant qu'il est encore temps, Lara, avait bafouillé Heidi sur le chemin de retour, trébuchant contre une voiture garée et déclenchant une alarme stridente. Je suis une catastrophe ambulante, je préfère te prévenir.

— Tu rigoles ? Ça fait des années que je ne me suis pas autant amusée, avait répondu Lara en l'aidant à se relever. Tu ne te débarrasseras pas de moi comme ça.

Depuis, elles avaient noué une forte amitié. Heidi et son mari, Jim, étaient du genre à garder leur porte grande ouverte à tout le monde et, quoique secrètement envieuse de leur solide mariage et de leur vie de famille épanouie, Lara était ravie d'y avoir été accueillie, ou du moins d'avoir le sentiment d'avoir une place particulière parmi eux.

— Je ne me défile pas parce que je suis fatiguée, lui dit-elle à présent au téléphone, pour être aussitôt interrompue par un soupir sonore.

— Je le savais ! Je le savais, bordel ! Et moi qui trime avec mon foutu glaçage et tout ça pour quoi ? Pour…

— Je suis en route vers Cambridge, s'empressa d'ajouter Lara avant que son amie ne pète un câble.

À ce moment-là, elle aurait tout donné pour être dans l'agréable salon de Heidi, à jacasser avec leur groupe de lecture autour de verres de vin et de gâteaux, à refaire le monde avant de se rappeler, plusieurs heures plus tard, qu'elles étaient censées discuter d'un roman.

— Et je ne serai pas de retour avant tard ce soir. Plutôt même pas avant demain, en fait, réfléchit-elle tout haut en consultant sa montre et en faisant des calculs.

Merde. Où allaient-elles dormir ?

— Même si tes pâtisseries me font très envie. Désolée.

— Quoi ? Cambridge ? Depuis quand ? Pour quoi faire ?

Ne se contentant jamais de poser une seule question quand elle pouvait en caser quatre, Heidi les avait dégainées comme des coups de feu.

— Tu te souviens de ce type dont je t'ai parlé, celui que j'ai rencontré à New York ?

— Le mec canon, coup d'un soir énigmatique, qui a bousillé à jamais ta vie sentimentale en mettant la barre incroyablement haut en plus d'être un connard ? Oui, bien sûr. Pourquoi ? Non ! Sérieux ? Tu l'as retrouvé ? Vous êtes de nouveau en contact ?

— Eh bien...

La pluie dégoulinait sur sa capuche et ses épaules et elle alla s'abriter. Elle n'avait pas envie de finir le trajet avec un pantalon trempé.

— C'est une longue histoire. En gros, Eliza a découvert que c'est son père. Elle est très remontée. Et nous sommes en route pour aller le voir, une visite à l'improviste. Enfin, c'était l'idée d'Eliza, pas la mienne, pour tout dire. Elle m'a plus ou moins forcé la main. Bref, poursuivit-elle, consciente qu'elle s'éloignait du sujet de son appel, je me demandais : tu as toujours une clé de chez moi, non ? Est-ce que tu pourrais y faire un saut pour nourrir le chat ? Nous serons de retour demain, donc si tu pouvais juste lui donner deux cuillérées de croquettes ce soir, ça devrait être...

Mais Heidi ne comptait pas se laisser détourner par le chat.

— Oh mon Dieu, Lara. Je n'arrive pas à le croire. Tu vas le revoir. Celui qui s'est fait la malle. La vache !

— Je m'abstiendrai de l'insulter aujourd'hui, plaisanta Lara, pince-sans-rire. Mais oui, je vais le revoir. Et je suis terrorisée, en fait.

— Ne flippe pas ! Ça pourrait être un tournant décisif dans ta vie ! Des retrouvailles après, quoi, presque vingt ans ? Waouh. C'est énorme. Comment tu te sens ? Qu'est-ce que tu vas dire ? Qu'est-ce que tu portes ?

Lara jeta un coup d'œil à son jean mom basique et à son pull bleu marine assez informe : rien qui faisait très héroïne de comédie romantique. Son métier consistant à rester assise dans une voiture toute la journée, elle privilégiait des vêtements confortables ; elle prêtait à peine attention à ce qu'elle enfilait, du moment que c'était présentable.

— Je doute que ça se passe comme ça, répondit-elle.

— Pourquoi pas ? Votre nuit à New York avait l'air mémorable. Imagine qu'un regard suffise à restaurer la complicité, cette alchimie à l'état pur, les années qui s'évanouissent quand vos yeux se rencontrent. Vous tombez dans les bras l'un de l'autre, un orchestre se met à jouer…

— Vu la chance que j'ai, ce sera plutôt un air de trombone déprimant.

Son regard tomba sur un couple qui se précipitait vers l'entrée de la station-service, l'homme tenant sa veste au-dessus de leur tête, et elle dut se détourner, ne se souvenant pas depuis quand on n'avait pas fait une chose de ce type pour elle.

— Bon, je dois filer. Désolée pour le club de lecture, mais si tu pouvais passer nourrir le chat, ce serait génial, merci.

— Bien sûr, pas de problème. Juste… Tiens-moi au courant, d'accord ? Et bonne chance.

— Merci.

Après avoir raccroché, Lara se demanda si elle n'en avait pas trop dit à son amie. Si, au final, elle n'aurait pas mieux fait de s'adresser à sa mère, qui aurait abordé cette excursion en des termes froids et factuels, conformes à la réalité. Car l'enthousiasme débordant de Heidi était certainement disproportionné, et Lara redoutait désormais que Ben rejette Eliza, comme il l'avait fait avec elle.

Mon Dieu, pourvu que ce ne soit pas un salopard fini, pria-t-elle en terminant son café, qu'elle lança dans la poubelle la plus proche. Enfin, pas tout à fait *dans* la poubelle : elle rata sa cible, le gobelet rebondit contre le bord et tomba sur le sol, ce qui lui valut le regard torve d'une femme affublée d'une charlotte en plastique qui crut sans doute que Lara jetait des ordures par terre. Grommelant dans sa barbe, Lara se baissa pour le ramasser et le mettre dans la poubelle, puis retourna dans la boutique de la station-service en quête d'une tablette de chocolat d'urgence. Elle allait en avoir besoin.

CHAPITRE 10

Elles remontèrent en voiture pour repartir. Il leur restait moins d'une heure de route. C'était ridicule mais, depuis que Heidi l'avait interrogée sur ses vêtements, plus elles approchaient de Cambridge, plus Lara avait envie de se changer pour porter quelque chose de plus attrayant. À l'époque où elle avait rencontré Ben, elle était jeune et se souciait bien plus de son apparence : pour commencer, elle arborait sa fameuse frange à la Audrey Hepburn et, au lieu d'y penser seulement de temps en temps, elle mettait systématiquement du maquillage et des bijoux et pouvait passer des heures à choisir sa tenue pour une occasion particulière. Avance rapide jusqu'au présent : de citadine-à-la-mode, elle était passée à femme-qui-sort-les-poubelles. Quelle que soit la tournure des événements à venir, Lara avait encore une once de fierté et voulait éviter de se montrer déprimante aux yeux de Ben dans ses vieilles fringues de travail, les cheveux pleins de frisottis, fatiguée par un long trajet. Elle préférerait susciter en lui le regret amer vis-à-vis de ce qui aurait pu se passer. Qu'il remarque, même inconsciemment, qu'elle avait bien vieilli et s'en était très bien sortie sans lui. Elle repensa à son reflet chiffonné aux toilettes de la station-service et ajouta à sa liste de courses du mascara, du rouge à lèvres et une brosse.

Lorsqu'elles arrivèrent en périphérie de Cambridge, les papillonnements dans le ventre de Lara redoublèrent. *Respire,* s'intima-t-elle. *Garde ton sang-froid.* Les choses risquaient d'être bizarres avec Ben, mais elle s'en remettrait. D'une façon ou d'une autre.

Ses pensées revinrent aux semaines qui avaient suivi leur nuit ensemble ; la morosité et la solitude qui l'avaient gagnée, l'impression que tout le monde s'éclatait à New York excepté elle. Toutefois, quelques jours plus tard, elle s'était changé les idées grâce à l'arrivée de Richie avec des copains, à l'occasion d'un enterrement de vie de garçon au cours d'un long week-end de folie. Lara s'était forcée à mettre un haut à paillettes et à se farder le visage pour les accompagner, oubliant temporairement sa déprime.

— Voici Danno, Sarge, Mick et Steve, lui avait dit Richie lorsqu'elle était arrivée au bar, avant de lui présenter d'autres types dont elle avait oublié le prénom depuis.

Ils avaient pour objectif de s'amuser et de s'enivrer, et leur bonne humeur s'était révélée contagieuse. Exactement ce dont elle avait besoin.

Raison pour laquelle elle avait commandé une tournée de shots et lâché prise peu à peu.

Raison pour laquelle elle s'était laissé entraîner dans des jeux d'alcool et une surenchère de plaisanteries, de taquineries et de railleries.

Raison pour laquelle elle ne s'était pas défilée en tentant de rentrer chez elle lorsqu'ils avaient poursuivi la soirée dans une boîte glauque près de Times Square puis, plusieurs verres plus tard, totalement saoule, sur la piste de danse elle avait fini par se coller à Steve, le témoin du futur marié. Jusqu'à lui rouler un patin avant de l'inviter chez elle, parce que finalement pourquoi pas ? Elle se fichait de tout, et puis on dit qu'après une chute de cheval il faut remonter aussitôt en selle.

Si elle avait espéré briser le sort que lui avait jeté Ben, c'était raté. Le lendemain matin, au lieu de se sentir libre et soulagée, elle s'était réveillée avec la pire gueule de bois de sa vie, et avec une seule envie : que ce grand type qui ronflait sorte de son lit. Un grand type nu avec qui elle avait très peu en commun, elle s'en était vite rendu compte : après leur aventure elle s'était sentie encore plus mal. Une fille facile. Pouilleuse. Il lui avait fallu une douche brûlante et une détox d'un mois.

Cela dit, il avait été gentil, lui offrant un petit déjeuner dans le café à côté de chez elle plutôt que de détaler comme d'autres l'auraient fait. Il avait même proposé de ressortir ensemble tant qu'il était à New York ou, puisqu'elle rentrait au Royaume-Uni à l'automne, de se revoir peut-être à ce moment-là. OK, avait-elle accepté sans le penser. Si Steve semblait être un type bien, pas prise de tête, il n'était pas Ben ; elle ne ressentait ni étincelle ni complicité et était persuadée de ne jamais le recroiser.

Sauf que trois mois plus tard, de retour à Londres, elle avait découvert avec horreur qu'elle était enceinte. Entre son déménagement et l'effervescence de retrouver ses amis anglais, tout avait été si mouvementé que, lorsqu'elle s'était rendu compte de son état, il était trop tard.

— Au fait, Steve m'a demandé de tes nouvelles, lui avait dit son frère peu après au téléphone.

Richie et Steve n'étaient pas vraiment amis mais évoluaient dans des cercles proches.

— Il sera à Londres le week-end prochain pour le mariage d'Adam. Tu veux que je lui passe ton numéro ?

C'était l'un de ces moments décisifs où l'avenir peut basculer d'un côté comme de l'autre. Pile au milieu, pendant quelques secondes étourdissantes, Lara avait peiné à garder l'équilibre. Le bébé était-il de Steve ou de Ben ? Tous deux avaient utilisé un préservatif et Lara n'avait jamais été très au fait des dates de son cycle ; elle n'en avait donc pas la moindre idée. Mais quelle importance ? Depuis le résultat du test de grossesse, son dépit d'avoir grandi sans père lui revenait en pleine figure. Il était parti quelques semaines après sa naissance, et elle avait beau s'efforcer de ne pas le prendre personnellement, elle s'était toujours demandé ce qu'elle avait eu de si repoussant. Ayant connu la douleur de cette absence, ne devait-elle pas au moins tenter de soudoyer un père pour son enfant à naître ?

Cette option pragmatique se présentait juste sous son nez, et fit pencher la balance. Comme si, après l'avoir abandonnée en mer en pleine tempête, l'univers avait finalement pensé à lui lancer une bouée de sauvetage. Après une inspiration fébrile, elle avait donc répondu « D'accord », dans l'espoir que cette décision lui réserve un avenir radieux.

— Mais as-tu jamais été amoureuse de lui ? avait hasardé Heidi des années plus tard au cours d'un échange de confidences alcoolisées sur leurs relations passées. Amoureuse au point de te jeter sous les roues d'un bus pour le sauver ? De lui arracher ses vêtements sous le coup de la passion ? Est-ce qu'il t'a fait rire chaque jour que vous avez passé ensemble ?

Malheureusement, Lara n'avait pas eu besoin de réfléchir.

— Pas vraiment, avait-elle avoué, les yeux baissés. Non. Ce n'était pas comme ça.

Cependant, on ne pouvait rien reprocher à Steve quant à sa réaction en apprenant la nouvelle. Bien sûr, élever un enfant ne faisait pas partie de ses priorités lorsqu'ils s'étaient revus grâce au coup de pouce de Richie, mais il n'avait pas sauté au plafond ni pris ses jambes à son cou. Il avait blêmi, certes, les yeux rivés sur sa pinte, voyant probablement son futur se réduire à une petite maison jumelée avec voiture familiale en lieu et place de la glorieuse perspective d'autres conquêtes, encore possible un instant plus tôt. Et puis il avait relevé la tête et ri nerveusement.

— Wow. Je ne m'y attendais pas.

— C'est fou, non ? avait répondu Lara, le cœur battant à cent à l'heure.

Elle aurait compris qu'il essaie de se débarrasser d'elle avec des excuses et un peu d'argent, elle aurait tout à fait compris. S'il s'était enfui en courant elle aurait compris car elle, sa première réaction avait été la panique et le déni.

Mais le mariage de ses amis lui avait peut-être donné envie de se caser lui aussi.

— Eh bien, avait-il ajouté, ce n'est pas la manière la plus conventionnelle d'entamer une relation mais tu... tu me plais vraiment, Lara. Cette soirée à New York, je n'arrête pas d'y penser.

Au secours. Elle n'était pas certaine de pouvoir supporter tant de culpabilité. Car, bien sûr, des deux nuits passées à New York avec ces deux hommes si différents, une seule tournait en boucle dans sa tête, et ce n'étaient pas les tripotages alcoolisés avec Steve.

— Et donc, avait-il poursuivi sans rien remarquer, on pourrait… tenter le coup ?

Pauvre Steve. Il était si confiant – certains diraient naïf – qu'il n'avait même pas pensé à demander : « Au fait, tu es sûre que le bébé est de moi ? » D'accord, elle n'en était pas sûre, mais il n'avait pas besoin de le savoir, avait décrété Lara avec une pointe de remords tandis qu'elle acquiesçait en souriant, s'efforçant de réprimer son appréhension.

— J'étais convaincue qu'il ferait un bon père pour Eliza, avait-elle dit à Heidi. C'était le plus important : qu'elle ait deux parents qui l'aiment. Et il l'aimait. Il était vraiment un super papa.

— Mais tu ne peux pas rester avec un homme juste pour ses qualités de père, avait gentiment souligné Heidi, même si Lara n'avait pas besoin qu'on le lui rappelle. S'il rend tes enfants heureux et que tout marche de ce côté-là, c'est génial, mais la base, ça devrait être qu'il te rende heureuse, toi. Et vice versa. Jim et moi, on se fait tourner en bourrique la moitié du temps mais je l'aime plus que tout. Il me fait toujours rire comme personne.

Elle avait rempli le verre de Lara avant de le lui fourrer dans la main.

— Lara, tu es la femme la plus adorable que je connaisse, mais Steve et toi vous étiez mis ensemble pour de mauvaises raisons. Or il y a quelqu'un qui est fait pour toi, crois-moi.

Au fil des années, ces mots étaient revenus régulièrement à l'esprit de Lara. Elle savait que Heidi avait raison. Oui, Steve était stable et fiable, mais la vie avec lui avait été assez… fade, au risque de paraître cruelle, comme du porridge ou un duffle-coat. Chaque jour, Lara s'était sentie plus étriquée, plus morose, piégée dans ce couple quand le reste du monde débordait d'histoires passionnantes, d'aventures et de défis excitants. Elle avait cessé de s'intéresser à ce qu'elle aimait auparavant : un haut incroyable, un magnifique manteau. Elle avait laissé pousser sa frange parce qu'elle n'avait plus le temps d'aller chez le coiffeur. À moins qu'ils sortent, ce qui arrivait rarement, elle ne prenait plus la peine de porter du maquillage ou des bijoux. À quoi bon ? Elle était trop occupée par ailleurs et le jeu n'en valait pas la chandelle.

Bref, tout cela appartenait au passé et pleurer sur les relations ratées ne servait à rien. Surtout qu'elles s'approchaient désormais du centre de Cambridge, suivant les indications vers l'hôtel économique qu'Eliza avait déniché, et que Lara allait peut-être enfin pouvoir boucler la boucle. Mettre la main sur la pièce manquante d'un puzzle demeuré énigmatique depuis si longtemps. *Accroche-toi, ma grande*, se dit-elle avec la chair de poule. *Ça va secouer.*

CHAPITRE 11

KIRSTEN APPLIQUA DÉLICATEMENT le doppler fœtal sur le ventre de la femme et un silence tendu emplit le cabinet. Elle consultait dans un centre de santé municipal. Allongée sur la couchette aux draps blancs, sa patiente Alice Weatherly serrait les poings ; elle avait déjà enduré trois fausses couches. C'était sa quatrième grossesse et elle gardait les yeux fermés, redoutant encore de mauvaises nouvelles.

L'appareil servait à écouter le cœur du bébé, mais jusqu'à présent Kirsten n'avait pas réussi à le détecter. Elle le fit glisser délicatement sur la courbe du ventre d'Alice, espérant que le minuscule cœur battait toujours. *Allez, petit. Porte-toi bien, s'il te plaît.* C'était le pire aspect de son travail, devoir annoncer ce genre de choses, voir se décomposer une femme sous le coup d'un chagrin incommensurable, entendre ses sanglots déchirants en sachant qu'aucune parole ne pouvait atténuer la douleur. Comment ces femmes parvenaient-elles à s'infliger ça encore et encore ? Leur résilience et leur courage l'épataient, elles se montraient tellement fortes et déterminées. En comparaison, elle se sentait faible, consciente de ses propres limites. Est-ce que ça faisait d'elle quelqu'un de mauvais ? Ou de pragmatique ?

Les gens partaient souvent du principe que, puisqu'elle était sage-femme, elle devait avoir accouché d'une ribambelle d'enfants. Mais, en vérité, si Ben et elle avaient longtemps essayé et même fait deux séries de FIV, ils n'avaient pas pu en avoir . Et, pour tout dire, ça lui convenait. Ça lui convenait tout à fait.

Oui, d'accord, de temps en temps elle se surprenait à regarder les enfants de ses amis, ou leurs neveux et nièces, et à s'émerveiller que, wow, ils aient déjà cinq ans, dix ans, qu'ils soient au lycée, aient des piercings, boivent au parc, se rebellent. Ils choisissaient leur orientation, ils quittaient la maison. Ça aurait pu être elle avec ses enfants, oui. Ils auraient pu avoir ces conversations, si elle avait pris une autre trajectoire. Mais ce n'étaient pas tant des regrets qu'une vague curiosité, une déception passagère. Rien qui vire à la déprime.

Pour Ben, c'était différent. Il avait eu le cœur brisé lorsqu'ils avaient décidé qu'ils ne pouvaient pas se permettre une troisième tentative de FIV, tant du point de vue émotionnel que financier, et qu'il était temps de tourner la page. D'abandonner. Pendant plusieurs mois, apathique et effacé, il avait sombré dans la dépression, comme si l'espoir qu'on lui avait retiré avait créé un vide en lui, un creux impossible à combler. Quant à elle, elle avait dû faire face à la culpabilité de ne pas se sentir plus éplorée, à la honte de ne pas pleurer comme lui la famille qu'ils ne fonderaient jamais. Qu'est-ce qui clochait chez elle ? Leurs amis avaient été très présents à leurs côtés, réconfortants et bienveillants. Même les sœurs de Ben avaient eu le tact de moins parler de leur progéniture pendant un temps, donnant à Kirsten l'inconfortable impression de ne pas mériter une telle compassion. Les FIV, les injections et les hormones avaient constitué une épreuve terrible ; pour elle qui était réservée, perdre tout contrôle et toute dignité avait été humiliant, malgré la gentillesse des infirmières et du personnel. Par certains aspects, oui, elle avait été soulagée qu'ils arrêtent de s'infliger ça. Admettre cette réalité la dévalorisait-elle ?

« Nous sommes bien tous les deux », ne cessait-elle de répéter à Ben pour essayer de lui remonter le moral, le soutenant comme un infirme.

Et il avait fini par voir le bout du tunnel ; leur mariage avait survécu à cette mauvaise passe et ils étaient allés de l'avant, du moins l'avait-elle cru.

Sauf qu'elle avait à présent le désagréable sentiment que quelque chose manquait dans sa vie, qu'il y avait un trou sous la surface. Qu'ils n'étaient peut-être pas si bien tous les deux. Il venait de l'appeler et avait paru très satisfait de lui proposer d'aller boire un verre ensemble le soir. Il avait réservé une table au restaurant de tapas qu'elle aimait bien sur Green Street. Alors qu'elle avait travaillé aux aurores toute la semaine et qu'elle était rincée. Alors qu'ils étaient allés chez Charlotte la veille et qu'elle rêvait d'une seule chose : se coucher tôt.

Elle avait hésité, puis avait fini par répondre oui, génial, parce qu'il faisait un effort, mais elle se sentait lasse. Un de ces deuils à retardement dont ses amies lui avaient parlé ? Sa mère avait-elle raison, la vie conjugale connaissait-elle des hauts et des bas ? Quoi qu'il en soit, se sentir plus emballée à l'idée de trouver le numéro de téléphone d'un homme croisé au rayon peinture qu'à la perspective d'une charmante soirée en compagnie de son mari n'était pas ce qu'on pouvait appeler une réaction saine à la crise de la quarantaine.

Quelques jours plus tôt, elle était restée éveillée des heures dans son lit pendant que Ben dormait à côté d'elle, ronflant légèrement, la tête sur l'oreiller. *J'aspire à autre chose,* s'était-elle dit soudain en contemplant le noir de la pièce. *J'ai besoin qu'il se passe un truc, une tragédie, un challenge, je ne sais quoi pour faire palpiter mon cœur.*

En parlant de cœur… Elle déplaça le doppler et il se fit soudain entendre, ce battement rapide du fœtus ; des sabots au galop. Un sourire fendit le visage d'Alice et elle rouvrit les yeux.

— Voici votre bébé, dit Kirsten en souriant à son tour.

Elle devait être à fleur de peau car, lorsqu'une larme roula sur la joue d'Alice, Kirsten sentit sa gorge se nouer, comme si elle allait éclater en sanglots.

— Parfait ! s'écria-t-elle en serrant la main d'Alice.

Il était déjà 17 heures et la journée était passée à toute vitesse. Arrivées à leur hôtel, elles avaient fait une virée shopping de dernière minute dans la rue commerçante, où elle avait opté pour une jupe en jean et une chemise zébrée à manches courtes qui la mettait en valeur sans en faire trop. Elle leur avait aussi acheté quelques articles de toilette pour la nuit, des pyjamas en coton bon marché et des sous-vêtements propres, ainsi qu'un rouge à lèvres car, merde, elle avait besoin de tous les stimulants possibles.

— Je peux avoir ce parfum ? avait demandé Eliza, tentant sa chance à la caisse. Après tout, c'est une occasion très particulière.

— Oui, oui, d'accord, avait cédé Lara, si nerveuse qu'elle n'avait pas regardé le prix.

Lorsque le caissier avait bipé les articles, elle avait pris conscience que ce coup de tête allait lui coûter une fortune.

Après s'être refait une beauté dans leur chambre, Lara tuait le temps en débarrassant les restes du déjeuner acheté sur la route. Un raisin en main, elle se rappela tout à coup un incident : à l'âge de trois ans, Eliza s'était étouffée avec un grain de raisin un samedi midi, son petit visage passant de la surprise à l'effroi alors qu'elle luttait pour respirer. La première pensée de Lara avait été qu'elle allait tuer Steve pour ne pas l'avoir coupé en deux : ne lui avait-elle pas dit mille fois que les raisins présentaient un risque ? Mais, tout de suite après, une voix dans sa tête dans sa tête lui avait soufflé ce qu'il fallait faire quand un enfant s'étouffait : *les retourner et leur tapoter le dos. Et laisser opérer la gravité.* Elle avait donc bondi de sa chaise, attrapé Eliza et lui avait mis la tête à l'envers, lui tapant le dos une, deux fois. *S'il vous plaît, mon Dieu, faites que ça marche !* Elle levait la main pour renouveler la manœuvre quand Eliza avait poussé un cri : le grain de raisin vert vif était tombé sur le lino.

— Oh mon Dieu ! murmura-t-elle à présent, sous le coup d'une révélation.

Elle n'y avait pas pensé à l'époque, trop occupée à réconforter Eliza et à lancer des regards noirs à Steve, mais cette voix avait été celle de Ben. Il avait prononcé ces mots chez Stefano et ils avaient dû rester enfouis en Lara, catalogués comme « Informations utiles ».

— Je viens de penser à un truc, dit-elle, et elle raconta cette histoire à Eliza. Tu ne trouves pas ça bizarre ? Ton père t'a sauvé la vie sans même savoir qu'il te l'avait donnée.

— Beurk, dégueu ! Dis pas « donné la vie » comme ça ou je vais vomir. Mais oui, c'est un peu flippant.

Elle sauta du lit.

— Il est temps d'y aller, d'ailleurs. De rencontrer en personne le sauveur. On y va, maman. La boutique ferme à 18 heures.

Lara jeta le sac d'ordures dans la petite poubelle de la chambre, où elle aurait aussi aimé se débarrasser de ses réticences.

— OK.

Elles comptaient passer au magasin à l'improviste, la fin de la journée leur paraissant un moment opportun pour discuter.

— J'espère qu'il sera là, après toute la route qu'on a faite, bougonna Lara. On devrait se préparer à l'éventualité qu'il soit en vacances ou…

— Il n'est pas en vacances, la coupa Eliza en traversant la pièce. J'ai appelé de la station-service et j'ai raccroché quand il a répondu. Il est fidèle au poste, il vend ses vieilles cartes racornies. Alors, on va lui dire bonjour ?

Lara et Eliza durent se frayer un chemin entre les touristes, les cyclistes et les badauds dans les rues étroites. La nuit tombait et les vitrines éclairées projetaient des carrés de lumière sur les trottoirs mouillés. Le centre-ville était en ébullition, plongé dans l'ambiance animée du vendredi soir. Mais, au bout de quelques minutes, elles s'engagèrent dans Hobson Street et laissèrent la foule derrière elles. Le calme soudain renforça la nervosité de Lara. Elles y étaient presque.

— C'est là. Mon Dieu.

Eliza se figea et pointa du doigt l'enseigne « CARTE BLANCHE ». Elle se mordit la lèvre, moins hardie tout à coup.

— Tu penses que je lui ressemble ?

— Oui, répondit Lara en étudiant le visage bien-aimé de sa fille, ses lèvres roses et pleines, ses prunelles d'un gris perçant, ses délicates petites oreilles.

Certes, les traits de Ben s'étaient dissipés dans sa mémoire au fil des années, mais elle voyait une similitude dans leurs yeux, leur bouche pulpeuse.

— Je trouve que tu lui ressembles. En tout cas par rapport à l'époque.

Eliza lâcha un rire nerveux.

— Quoi, je ne ressemble pas à l'homme d'âge moyen qu'on a vu en photo ? Ouf, quel soulagement !

Marcher vers le magasin faisait l'effet d'être en plein rêve. Comme si à tout moment le décor pouvait se fragmenter et se dissoudre, comme si Lara allait se réveiller et se retrouver chez elle, dans son lit. Le sol ne semblait pas stable sous ses pieds ; dans ses poumons l'air était poisseux. Son cœur battait très fort désormais, au rythme rapide d'un *Merde merde merde merde merde.*

Une cloche carillonna à la porte quand elles entrèrent, un détail désuet qui en temps normal aurait charmé Lara, mais dans ces circonstances son organisme était si chargé en adrénaline qu'il lui était difficile d'apprécier le raffinement du magasin. Il y avait deux autres clients : une femme aux cheveux roux qui faisait tourner un présentoir de cartes postales, et un homme plus âgé qui contemplait une photo du pont des Soupirs. Un air de jazz flottait dans la pièce et derrière le comptoir un barbu métissé dodelinait de la tête en rythme. Mais où était Ben ?

— Il est peut-être dans l'arrière-boutique, murmura Lara en repérant au fond du magasin une porte entrouverte derrière laquelle elles n'aperçurent qu'un grand meuble de rangement et une fenêtre à guillotine.

Lorsque le barbu leva la tête et croisa son regard, Lara se rendit compte qu'elles devaient paraître louches, figées ainsi sur le seuil.

— Je peux vous aider ? demanda-t-il.

C'était le moment. Maintenant ou jamais.

— Nous cherchons Ben, répondit-elle d'une voix curieusement aiguë, même à ses propres oreilles. Ben McManus.

— Ah, fit l'homme. Vous venez de le rater, malheureusement. Je peux quand même faire quelque chose pour vous ?

CHAPITRE 12

UNE PINTE DE BIÈRE et une table à l'écart à la Salamandre : c'est un bon début pour ce vendredi soir, songea Ben en prenant une première gorgée fraîche qui lui fit l'effet d'un élixir. Il se détendit. Nick avait proposé de s'occuper de la fermeture du magasin pour lui permettre de partir plus tôt et c'était désormais le week-end, avec Kirsten, qui n'allait pas tarder à arriver – qui sait, elle serait peut-être si charmée que Ben ait organisé cette soirée qu'il parviendrait à la convaincre de faire l'amour en rentrant ? Si elle n'était pas trop crevée. Merde, elle serait probablement crevée puisqu'elle venait de terminer une semaine de garde du matin. Il avait oublié ce détail, emporté par son élan de faire quelque chose de spontané, pour une fois.

Son téléphone se mit à sonner et il le prit sur la table, mais l'appareil se tut la seconde suivante. Un numéro inconnu s'afficha à l'écran ; sûrement une arnaque. Mais, alors qu'il portait à nouveau la pinte à ses lèvres, il vit deux femmes s'approcher : une d'âge moyen à l'air nerveux, et une beaucoup plus jeune, au regard direct insondable. Elles se dirigeaient vers sa table, ce qui était bizarre, et plutôt agaçant vu qu'il y avait beaucoup d'autres places libres. Et pourquoi la plus jeune le fixait-elle ainsi ? Des clientes en rogne que Nick lui avait envoyées ? Ou alors de ces ferventes croyantes qui comptaient le convertir ?

Elles finirent par se planter toutes les deux devant lui. Qu'est-ce que c'était que ce cirque ? Une délégation ?

— Ben ? dit la femme la plus âgée en prenant la plus jeune par la main, comme par solidarité. Je suis Lara. On s'est rencontrés à New York.

Son cerveau mit une seconde à comprendre – Lara ? New York ? – mais il la vit se décomposer, à croire que son temps de réaction avait suffi à l'ébranler.

— Il y a dix-neuf ans, poursuivit-elle, abattue. Dans un bar, dans le Lower East Side. Je…

— La fille qui s'est étouffée avec une cacahouète, la coupa-t-il. Oui, je me souviens.

Des images défilèrent soudain dans son esprit, éclatantes de couleurs comme si c'était hier. Il se revit marcher avec elle dans les rues en pleine nuit. Les taxis jaunes, la musique s'échappant des bars en sous-sol, la lumière des néons. Tous les deux à danser dans un bar. Avant de rentrer chez elle. La sensation de sa peau. Il déglutit, peinant à croire que cet épisode du passé, si parfait et pur dans sa mémoire, se fondait dans le présent, se superposant comme des calques d'architecte. Un diagramme de Venn reliant des personnes et des endroits.

— Bien sûr que je me souviens, poursuivit-il en la considérant d'un œil nouveau tout en essayant de faire correspondre la femme qui se trouvait devant lui et la jolie fille qui l'avait ensorcelé cette nuit-là. Wow, Lara. Bon sang. Je n'arrive pas à le croire…

— Et je suis Eliza, intervint la jeune femme ; enfin, la jeune fille plutôt, elle ne devait pas avoir plus de vingt ans.

Elle avait de longs cheveux châtains et de grands yeux gris maquillés d'une épaisse couche de mascara et, lors de la brève pause qui s'ensuivit, elle retira sa main de celle de Lara pour croiser les bras sur sa poitrine, les poings fermés. Il y avait chez elle quelque chose de très intense, et elle le toisait toujours de son air dur comme le roc lorsqu'elle ajouta :

— La fille de Lara.

— Oh, fit-il poliment. Bonjour.

— Et la vôtre, aussi, apparemment, embraya-t-elle avant d'émettre un rire nerveux. Surprise ! s'exclama-t-elle en ouvrant les bras.

Perplexe, il la fixa, oscillant entre cette jeune femme – Eliza, elle avait dit ? – et la plus âgée, Lara. *La vôtre aussi.* Quoi ? Sa *fille ?*

— Mais… bafouilla-t-il en attendant la suite.

En attendant une explication. Mais rien ne vint. La pièce paraissait en apnée, à l'affût de sa réaction.

— C'est une blague ? demanda-t-il.

Eliza prit un air renfrogné.

— Wow, c'est génial comme réponse. Je me sens vraiment formidable.

— Non, répondit calmement Lara.

Ben n'était plus en mesure de parler : il avait une fille ? Cette jeune femme était sa fille ?

— Ce n'est pas une blague, ajouta-t-elle.

— Mais… bêla-t-il sans pouvoir aller plus loin.

Bouche bée, il sentit sa poitrine se comprimer. Ce ne pouvait pas être vrai, si ? Comment était-ce possible ?

— Je ne comprends pas. Comment…

Il s'interrompit à nouveau, les yeux passant désespérément de l'une à l'autre, n'en croyant pas ses oreilles.

Lara et Eliza. La fille qui l'avait subjugué tant d'années en arrière réapparaissait comme par magie. Rien que ça, c'était complètement dingue. Mais s'entendre dire en plus que cette jeune femme dépenaillée à l'air maussade était sa fille, son enfant… Il lui sembla que le monde tournait trop vite, tout à coup. Comme s'il avait été propulsé dans un univers parallèle.

— Attendez une seconde, reprit-il, on avait utilisé un préservatif, non ? Désolé, ajouta-t-il lorsque Eliza tiqua et plaqua théâtralement ses mains sur ses oreilles.

— Oui, répondit Lara en jetant un regard navré à Eliza. Mais bon… Ces choses-là arrivent quand même.

Ces choses-là arrivent, se répéta-t-il, étourdi. Quel euphémisme pour décrire cette bombe : une fille, en chair et en os, juste sous ses yeux. Sa fille !

Et puis, intense et amer, un sentiment d'injustice émergea avec une nouvelle question.

— Pourquoi vous ne me dites ça que maintenant ? demanda-t-il puisque depuis toutes ces années il avait un enfant et que personne n'avait pensé à l'en informer. Comment se fait-il que je n'en aie pas entendu parler avant ?

— J'ai essayé ! se défendit Lara.

Lorsqu'il vit son menton tressaillir, il fut ramené dans une rue de Manhattan en pleine nuit ; il se rappela la fougue de la jeune fille, la façon dont il s'en était gentiment moqué ; elle l'avait tout de suite intrigué. Il avait du mal à faire correspondre celle qu'elle avait été à l'époque à la femme qu'elle était aujourd'hui.

— Je t'ai appelé, affirma-t-elle. Plusieurs fois. Mais…

Les souvenirs lui revenaient, intenses et vivaces.

— Je suis désolé de ne pas être venu à notre rendez-vous, dit-il lorsqu'elle s'interrompit. Mais je t'avais laissé un message. Tu ne l'as pas reçu ?

Le visage de Lara changea. Un instant, elle sembla abasourdie, avant de se montrer méfiante.

— Non, finit-elle par répondre. Je n'ai reçu aucun message. Je suis même allée à ton auberge de jeunesse, où on m'a seulement dit que tu étais parti avant notre rendez-vous.

Il avait du mal à suivre. Il n'avait pas les idées claires. Ils s'écartaient de l'information principale – le fait que, coucou, il avait une fille ! –, pour ergoter à propos de messages et d'appels. Sans oublier que Kirsten allait arriver d'une minute à l'autre et qu'il n'avait pas la moindre idée de la tournure qu'allait prendre cette conversation. Bon Dieu.

— Je...

Les mots lui manquaient. Les deux femmes se tenaient toujours là, le surplombant d'un air menaçant, et il se réfugia dans les convenances pour obtenir du répit.

— Hum. Vous voulez vous asseoir ?

Elles prirent place.

— Ça doit être un choc, marmonna Lara – un euphémisme si absurde qu'il eut presque envie de rire. Qu'on vienne comme ça aujourd'hui te trouver, c'était... poursuivit-elle avant de jeter un coup d'œil à Eliza. Ça s'est fait sur un coup de tête.

— Sur un coup de tête ? répéta-t-il avec une pointe de colère dans la voix.

Il peinait à réprimer le sentiment d'injustice qui bouillonnant en lui : depuis tout ce temps il avait une fille mais ne la rencontrait que maintenant. Comment pouvait-on considérer que c'était normal, et réglo ?

— Quoi, après dix-huit, dix-neuf ans ?

Eliza le fixait sous ses épais cils noirs.

— Moi-même, je ne l'ai découvert qu'hier, déclara-t-elle. Que tu es mon père, je veux dire. Jusque-là je croyais être la fille d'un peintre-décorateur de Whitby qui ne voulait pas de moi. Alors que…

— Je n'en savais rien, affirma-t-il, désireux d'éviter à tout prix qu'elle pense du mal de lui, qu'elle le mette dans le même sac que ce peintre de Whitby.

Si Lara n'avait pas reçu son message, elle avait dû croire qu'il n'avait pas daigné venir à leur rendez-vous. Quelles horreurs avait-elle pu raconter à Eliza à son sujet ?

— Si j'avais su… si j'avais eu la moindre idée que tu existais, que tu étais ma… hésita-t-il, butant sur le mot. Que tu étais ma fille, j'aurais tout fait pour te retrouver. Je te le promets.

Il se frotta la joue, cherchant les mots justes pour cette conversation intense, inouïe. Il avait toujours du mal à le croire. Surtout là, cinq minutes avant l'arrivée de Kirsten à leur rendez-vous censé raviver la flamme. Certes, son épouse voulait pimenter les choses, mais sans doute pas à ce point-là !

— Je ne sais pas quoi dire, avoua-t-il. Je suis un peu dépassé, en toute honnêteté.

Il jeta un coup d'œil vers la porte du pub, qui s'ouvrit, son cœur s'emballant à l'idée que ce soit sa femme, mais heureusement c'était un groupe de braillards en liesse à la perspective de fêter le début du week-end.

— Comment se fait-il que tu lui aies posé un lapin ?

Eliza l'accusait avec une expression critique. Sur sa veste un badge prônait *Merde aux conservateurs* ; un autre représentait un chat noir qui disait *MIAOU* dans une bulle de bande dessinée. Tout chez elle fascinait Ben – un livre qu'il aurait eu envie de dévorer. *OK, ma fille est donc de gauche et aime les chats*, enregistra-t-il avant de se rendre compte qu'Eliza continuait de parler.

— Maman, je veux dire. Comment se fait-il que tu te sois volatilisé sans jamais la recontacter ? Elle se serait donné un peu plus de mal pour te retrouver si tu ne l'avais pas plantée comme ça. Ou si tu avais pris la peine de la rappeler. Nous aurions pu avoir cette conversation il y a des années.

Elle le regarda dans le blanc des yeux, le toisant d'un air peu affable.

— Alors, que s'est-il s'est passé ?

Il tressaillit, pas franchement ravi de passer pour le méchant de l'histoire. En quoi était-ce justifié, alors qu'on l'avait laissé dans l'ignorance tout ce temps ? S'il fallait blâmer quelqu'un, c'était Lara ! Mais il ne voulait pas entamer sa relation père-fille par une dispute, ni avec Eliza ni avec sa mère.

— Écoute, je tiens à discuter de tout ça à tête reposée et à vous expliquer ce qui m'est arrivé, dit-il, mais ma femme doit arriver d'une minute à l'autre, donc…

— Bien sûr, répondit Lara, sautant sur le prétexte pour partir.

— Non, objecta Eliza, vu qu'on a fait toute la route depuis Scarborough pour venir te rencontrer.

— Si vous m'aviez prévenu à l'avance… hasarda-t-il avec désarroi. Disons, il y a environ dix-huit ans, nous aurions pu organiser un meilleur moment pour…

— Je t'ai déjà dit que j'avais essayé ! rétorqua Lara, le regard noir. Et, contrairement à toi, je suis allée au bar à huîtres ce soir-là, mais…

— Oh merde, la coupa-t-il sans plus l'écouter car la porte s'était ouverte sur Kirsten, ses cheveux blonds scintillant au-dessus de ses épaules alors qu'elle scrutait la salle pour le repérer.

C'était un cauchemar, sauf que Ben était bien éveillé et bourré d'adrénaline.

— Vous devez partir, lâcha-t-il en tremblant. Je ne peux pas… je ne peux pas gérer ça maintenant. Est-ce qu'on peut… ?

Il ne sut que proposer car Kirsten slalomait déjà entre les tables dans leur direction, et il avait le cerveau complètement vide. Bon sang, elle arrivait. Deux mondes se télescopaient. Comment allait-il s'en sortir ?

— Salut ! s'exclama-t-il avec un enthousiasme surfait, se levant si brusquement que la table vacilla et qu'il dut rattraper sa pinte.

Il s'approcha pour lui embrasser la joue, luttant contre l'irrépressible envie de s'accrocher à elle et de rester ainsi, les yeux fermés jusqu'à ce que le monde revienne à la normale.

— Salut, répondit-elle en s'écartant et en jetant un coup d'œil interrogateur à Lara et Eliza. Tu t'es fait des amies, on dirait ?

— Oh ! Non. Je… euh… je leur indiquais juste leur route, débita-t-il en priant le ciel pour qu'elles ne le contredisent pas, voire, pire, qu'elles révèlent la vérité à Kirsten. Euh. Oui. Donc… c'est sûrement plus facile que je vous explique à la porte, improvisa-t-il, je vais vous montrer le chemin à prendre.

Pressé de mettre fin à la petite sauterie, il était prêt à dire n'importe quoi mais heureusement, après un quart de seconde d'hésitation, Lara et Eliza se levèrent.

— Je reviens tout de suite, Kirsten, lança-t-il en les poussant vers la sortie avec une agitation frénétique. Je suis désolé, marmonna-t-il, ses épaules s'affaissant alors qu'ils se dirigeaient vers la porte. C'est ma femme. Je ne peux pas… je dois… Désolé.

— OK, fit Lara.

Son visage était plus rond que lorsqu'ils s'étaient rencontrés et ses cheveux aussi étaient différents, mais sa moue blessée était flagrante. Il avait oublié à quel point elle était expressive, à quel point ses émotions s'affichaient sur ses traits, au vu et au su de tous.

— C'est tout ? On n'a droit à rien d'autre ?

— Non ! Enfin, pour l'instant, forcément, vu que je suis ici avec ma femme et qu'elle n'a aucune idée que…

— Que nous existons ? Que tu as couché avec moi à New York ? OK. Ouais. C'est bien ce que j'avais cru comprendre quand tu ne t'es pas souvenu de moi tout à l'heure. Viens, Liz, on y va.

— Attendez ! protesta-t-il. Ce n'est pas…

Il ne semblait plus capable de terminer la moindre phrase. Dans son esprit en véritable chute libre, les pensées se bousculaient si fort qu'il ne parvenait plus à les traiter.

— Je veux vous parler à toutes les deux, je vous le promets ! Mais vous voyez bien que c'est impossible pour le moment !

Il poussa un soupir de frustration, conscient que sa supplique était plus offensive que conciliante. Conscient qu'il ignorait comment gérer la situation. *Réessaie*, s'intima-t-il.

— Est-ce qu'on pourrait se voir demain ? S'il vous plaît ?

Lara et Eliza se regardèrent.

— D'accord, répondit Lara après un instant, mais ses yeux restaient méfiants.

Eliza, qui fixait désormais le sol, haussa une épaule. Il n'aurait su dire ce qu'elle pensait. Sa propre fille, sa chair et son sang, dont il ne connaissait rien, se rendit-il compte, atrocement déchiré entre son épouse, qui l'attendait dans le pub sans se douter de rien, et ces deux femmes : Lara, pour qui il avait craqué à New York, et sa mystérieuse fille. Mais pour le moment, Kirsten était sa priorité. Il n'avait pas le choix.

— OK, on échange nos numéros ou… ?

— Tu as déjà le mien, dit Eliza sans lui laisser le temps de finir. Je t'ai téléphoné pour te reconnaître quand nous sommes arrivées. Mon numéro est celui du dernier appel entrant.

Elle haussa à nouveau les épaules avec désinvolture, comme si elle s'en fichait, alors que sa manière de se tordre les mains trahissait le contraire.

— Envoie-moi un texto. Si tu veux.

— J'en ai envie, lui assura-t-il. Je le ferai. Désolé que tout ça soit si…

Il n'y avait aucun mot pour décrire le tumulte des cinq dernières minutes ; il était obligé de laisser une phrase de plus en suspens.

— Je suis un peu dépassé. Je ne pensais pas te revoir un jour, dit-il à Lara. Quant à toi…

Il se sentit submergé par l'émotion en regardant Eliza, et, en la regardant vraiment, et il crut reconnaître sur ses traits le nez de sa sœur, ses propres yeux, le menton droit de son père. C'était réel. Tout cela était bien réel.

— Mon Dieu. Je n'arrive pas à le croire, bégaya-t-il dans un flot d'émotions. Je meurs d'envie de te connaître, d'accord ? Je n'ai pas les mots pour exprimer ce que je ressens. Je t'enverrai un texto, OK ? Nous allons trouver une solution.

Eliza, songea-t-il en retournant dans le pub, hagard. Il dut s'appuyer un instant contre un mur pour se ressaisir, hors de la vue de Kirsten, mais il savait déjà que tout avait changé, de manière irréversible. Eliza était sa fille. N'avait-il pas toujours voulu un enfant, quelqu'un à aimer et à chérir ? Kirsten et lui avaient essayé d'en avoir pendant des années, endurant en silence de s'entendre dire si souvent « Vous serez les prochains ! », une remarque bienveillante de ses sœurs lorsqu'elles avaient eu les leurs, pour devoir supporter ensuite les regards attristés et les commentaires compatissants du genre « Ça doit être difficile » quand à deux reprises les FIV avaient échoué.

Accepter que ça ne leur arriverait pas lui avait pris un certain temps, l'affliction s'estompant en regret de ce qu'ils auraient pu avoir. Devoir refréner ses rêves de paternité avait été le plus difficile : apprendre à ses enfants à faire du vélo, par exemple, se lancer avec eux dans des constructions de Lego et des circuits de billes, assis par terre dans le salon, acclamer des tirs au but dans le jardin, voir les petits visages s'illuminer le jour de Noël. C'était génial d'être oncle et il s'investissait à fond avec chacun de ses neveux et nièces, mais ce n'était pas la même chose. Non, vraiment pas la même chose.

Pourtant, désormais… après quelques minutes d'une conversation surréaliste, il s'avérait qu'en fin de compte il était père. Un degré supplémentaire, une nouvelle palette de couleurs venaient s'ajouter à sa vie plutôt routinière. Une tout autre personne. Et…

— Tout va bien ? lui demanda Kirsten lorsqu'il la rejoignit, et son cœur frémit à nouveau, se demandant s'il paraissait différent, si elle lisait sur son visage que le monde avait changé du tout au tout.

— Oui, bien sûr. Je vais te chercher quelque chose à boire, proposa-t-il, ne se sentant pas en mesure de se comporter normalement alors qu'il avait encore l'esprit en ébullition.

Lorsqu'il s'était imaginé père, il n'avait jamais envisagé que ce serait si… eh bien, si stressant. Si compliqué. Et, bon sang, comment allait-il annoncer la nouvelle à sa femme ?

— Voilà pour vous, mesdames, dit la serveuse qui arborait des cheveux noirs coupés en un carré millimétré et un piercing au nez. Une Peroni et un gin-tonic. Bonne dégustation !

Eliza et Lara s'étaient réfugiées dans une pizzeria non loin pour se restaurer et débriefer. En temps normal, Eliza aurait eu un sourire en coin à ces mots, sachant que sa mère avait en horreur la manie des serveurs de claironner « Bonne dégustation ! » avec un entrain surfait. Lara détestait qu'on lui dise quoi faire, elle ne supportait même pas la voix du GPS, se sentant « menée à la baguette ». « Merci, je vais décider moi-même si je le déguste ou non », avait-elle marmonné plus d'une fois dans sa barbe une fois le malheureux serveur parti.

Ce jour-là, toutefois, Eliza n'adressa à l'employée qu'un sourire triste, trop bouleversée pour faire un commentaire ou taquiner sa mère, aussi pâle et abasourdie qu'elle. Elles avaient à peine échangé un mot depuis qu'elles avaient laissé le pub derrière elles, et *lui* par la même occasion, incapables d'articuler quoi que ce soit d'autre que « bon sang » et « j'y crois pas ». Certes, ce n'était pas comme si elle s'était attendue que son père saute de joie au premier coup d'œil lorsqu'elles lui auraient annoncé la nouvelle. Mais, tout de même, elle se serait bien passée de la stupeur, voire de l'horreur qui s'était peinte sur son visage, sans parler de son empressement à se débarrasser d'elles. Elle avait eu tellement envie de lui plaire ! À un niveau très primitif, son idée de venir ici était liée à son manque de confiance en elle, au sentiment qu'elle ne pouvait savoir qui elle était sans la pièce manquante du puzzle. Elle avait espéré une sorte d'approbation, obtenir la confirmation qu'elle en valait la peine, qu'elle méritait un père. Au lieu de quoi elle se sentait plus vulnérable et perdue que jamais.

Pour couronner le tout, sa mère paraissait plutôt secouée, elle aussi – sa tête quand elle l'avait vu au pub ! Elle avait semblé tellement déçue, comme si la version actuelle de Ben McManus n'arrivait pas à la cheville de l'image idyllique de ses souvenirs. *Est-ce que j'ai bien fait ?* s'était demandé Eliza dans un soudain accès de panique en les regardant, mais c'était trop tard.

Elle avait dû grimacer à nouveau car Lara lui serra la main comme si elle lisait dans ses pensées.

— Ne t'inquiète pas, la rassura-t-elle. Ce n'était pas génial mais au moins c'est fait : il est au courant de ton existence et il a un peu de temps pour reprendre ses esprits avant qu'on le revoie.

— Si on le revoit. Ça ne m'étonnerait pas qu'il ne me recontacte pas. Il est sans doute en train de se faire la malle à l'instant même, prêt à jeter son téléphone dans la benne la plus proche.

Elle eut soudain envie de pleurer, sa dernière bribe d'optimisme la quittant tandis que le visage hébété de Ben lui revenait en tête.

— Je ne sais même pas si je l'aime bien, déclara-t-elle tristement. J'aurais préféré ne jamais venir !

CHAPITRE 13

BEN N'AVAIT QUE DE VAGUES SOUVENIRS de New York, car son voyage avait pris fin avant même de réellement commencer. Il était parti avec Sam et Charlie, deux copains de la fac de Glasgow, pour passer un mois de folie à sillonner les États-Unis. À vingt-six ans, il avait atteint ce stade où on se demande ce qu'on va faire du restant de ses jours, où les portes semblent se fermer plutôt que s'ouvrir. Après ses études, il avait enchaîné quelques jobs, pour une agence de photo, puis un temps dans une entreprise de marketing, et au noir pour plusieurs festivals écossais ; ils n'avaient rien donné de sérieux ni de durable. Puis il avait obtenu un poste au sein d'une multinationale de la finance, pour laquelle il concevait les plaquettes et campagnes publicitaires, ce qui lui valait un revenu substantiel, une assurance de santé privée et un somptueux bureau à Bishopsgate. Les trois premiers mois, il avait cru avoir atteint son objectif – enfin la réussite ! –, puis le lustre s'était terni lorsqu'il avait découvert les pratiques d'investissement douteuses de la société. Il s'était alors demandé s'il était en train de vendre tous ses principes.

« Pour l'amour de Dieu, fiston, tu ne peux pas continuer à papillonner et à changer de boulot comme de chemise, l'avait fustigé son père, exaspéré, quand Ben lui avait fait part de ses inquiétudes au téléphone. Ils te paient bien, non ? Alors où est le problème ? Tu dois t'en tenir à quelque chose, pour une fois, te ranger. »

Facile à dire pour lui ; Stewart McManus était chauffeur de taxi depuis près de trente ans et n'était pas près de raccrocher. Du moins c'est ce qu'ils pensaient tous.

Au bout d'un an, au moment de coupes budgétaires, Ben avait opté pour un départ volontaire, ce qui lui avait permis d'esquiver une décision difficile qu'il n'aurait peut-être jamais eu le cran de prendre. Le voyage aux États-Unis était censé être un tour de piste final : un temps pour réfléchir, et l'occasion de s'amuser entre potes, de voir le monde. Un dernier goût de liberté au pays même de la liberté, avant de mûrir et de faire des choix éclairés. Et puis, le premier jour, quelques heures à peine après avoir foulé le territoire américain, il avait rencontré Lara et avait complètement craqué pour elle. Peut-être, se disait-il, jeune fou qu'il était, avait-il envisagé son avenir sous le mauvais angle. Peut-être n'était-ce pas tant le travail qui importait, mais avec qui on passait son temps en dehors. Une soirée avec cette fille du Nord, drôle et gentille, un poisson hors de l'eau à New York, selon son propre aveu, avait suffi à lui faire voir les choses différemment. Rencontrer la bonne personne et tomber amoureux étaient peut-être la vraie réponse à tous ses questionnements ? Ce matin-là, il s'était réveillé à côté d'elle et, avec plus de certitudes qu'il n'en avait jamais eu, il avait pensé : *voici la femme avec laquelle je vais passer ma vie.*

Enfin, jusqu'à ce que la vie elle-même interfère dans ses projets ; jusqu'à ce que la malchance ou le mauvais timing ou le Destin considèrent d'un air moqueur sa mine d'amoureux transi et objecte : *Je ne crois pas, mon pote.*

Depuis, il s'était efforcé de se sortir Lara de la tête – il n'avait pas le choix –, mais pendant tout ce temps elle était restée une petite lueur dans un coin de son esprit : le très bon souvenir d'une merveilleuse soirée, vertigineuse, quand tout semblait encore possible, quand sa vie s'apparentait à un horizon infini, scintillant d'opportunités. Pourtant, à son insu, toutes ces années – quoi ? ces dix-huit dernières années ? –, elle avait élevé sa fille, leur fille, sans qu'il en ait la moindre idée.

Impossible de poursuivre la soirée l'air de rien quand une telle bombe venait d'exploser. Au bar, en attendant le verre de vin de Kirsten, il passait en revue les diverses façons d'aborder le sujet, mais rien ne fonctionnait ; quoi qu'il dise pour annoncer à sa femme ce qu'il venait d'apprendre, elle serait forcément sous le choc. Cependant, mener une conversation normale lui semblait également hors de portée : son esprit revenait sans cesse à Lara et Eliza plantées devant lui à prononcer ces paroles hallucinantes. Plus tard, lorsque Kirsten alla leur chercher une autre tournée, il envoya un rapide texto à Eliza – *Désolé pour tout à l'heure. On se voit demain ? 11 heures devant l'horloge Corpus ?* –, en se jurant que, lorsque sa femme reviendrait, il prendrait le taureau par les cornes et lui avouerait tout. Jouer cartes sur table en exprimant sa propre stupéfaction avant de la supplier de le croire et de lui pardonner. Malheureusement, à la seconde où il s'apprêtait à se lancer – *Donc, ces deux femmes à qui je parlais quand tu es arrivée* –, Kirsten poussa un cri de surprise et se précipita pour aller embrasser un couple d'amis qui venait d'entrer, avant de les ramener à leur table.

— Regarde qui est là !

Plus moyen de s'expliquer. Aucune chance de raconter la folle nuit qu'il avait passée à New York et ses répercussions tardives. Ben se réfugia donc dans l'alcool en compagnie de leurs amis, Molly et Rob, avec qui ils partagèrent des tapas et plusieurs autres tournées de bière, puis des Irish coffees pour finir la soirée. Son secret resta enfoui en lui, un lourd poids sur la conscience, dans un fatras de sentiments confus : excitation, émerveillement, curiosité, mais aussi une colère insidieuse contre Lara, une douleur grandissante face à tout ce qu'il avait raté. Des souvenirs avec elle n'arrêtaient pas de refaire surface : son rire, ses pas de danse adorablement maladroits dans le bar grunge où ils avaient atterri, et, le lendemain matin, l'assiette de tartines qu'ils avaient partagée dans sa petite chambre. Bizarrement, il revenait sans cesse à ce moment : il avait été si heureux d'être à son côté, ses cheveux châtain foncé cascadant dans le creux délicat de son épaule. Une boule se formait dans sa gorge en repensant à la sensation de sa joue contre l'épaule nue et fraîche de Lara, qu'il avait embrassée comme pour se familiariser avec cette partie d'elle en particulier. Il se rappela s'être réjoui à la perspective d'apprendre à connaître intimement le reste de son corps au cours des années à venir, qu'il était persuadé de passer avec elle. Mais de là à envisager qu'un enfant, une jeune femme de dix-huit ans, serait le fruit de cette nuit-là, c'était une surprise totale.

Enfin, techniquement, c'était une seconde surprise, car une autre s'était produite deux heures à peine après son départ de chez Lara. Sur son petit nuage, il était retourné à son auberge de jeunesse miteuse, où il avait trouvé un mot sur son lit non défait qui disait *Urgent – Appelle chez toi dès que possible.* C'était le premier d'une cascade d'événements : le désarroi d'apprendre que son père avait été victime d'une crise cardiaque, le vol de retour d'urgence le jour même, le trajet en taxi de l'aéroport à l'hôpital, peu importe le coût, puis un marathon de trois jours au chevet de son père qui s'accrochait à la vie dans l'unité de soins intensifs.

Dans la panique, c'est seulement au moment de s'embarquer dans l'avion pour Londres que Ben s'était souvenu de son rendez-vous avec Lara le soir même. Dans l'enceinte stérile et étouffante du terminal de l'aéroport, son visage souriant lui était apparu comme un rêve venu d'ailleurs, avant que la vie le confine dans ces circonstances oppressantes, dans ce retour frénétique, dans la peur qu'il soit déjà trop tard. *Lara*, avait-il songé, et rien que son prénom lui avait serré le cœur, tel le regret physique de ce qui aurait pu advenir. Il devait lui faire savoir que tout avait changé ; que, en un clin d'œil, le temps d'un appel téléphonique transatlantique, la vie avait pris une tournure inattendue.

Il s'était précipité dans le couloir à la recherche d'un téléphone public, fourrant les mains dans ses poches en quête de monnaie, au moment où une annonce dans le haut-parleur informait que l'embarquement commençait pour le vol vers Heathrow et que les passagers étaient invités à préparer leur billet et leur passeport. Il avait couru dans l'allée, à contre-courant de la marée de voyageurs tirant derrière eux leurs valises vers les portes d'embarquement. Le premier téléphone qu'il avait vu était utilisé par une femme confortablement appuyée contre le mur, en pleine conversation.

— Oh, je sais, susurrait-elle avec le plaisir évident de qui se livre à des ragots croustillants partis pour durer un moment.

Il ne pouvait pas attendre. Si elle était comme sa mère et ses sœurs, elle était capable de rester des heures en ligne.

Il avait couru encore, plus vite, dépassé des toilettes et une cafétéria, évité un groupe de filles coiffées de chapeaux de cow-boy roses. La sueur perlait à son front : quoi qu'il arrive, il ne pouvait pas rater son vol. Il ne pouvait pas manquer l'opportunité de dire au revoir à son père, de lui tenir la main et d'espérer une dernière parole, une dernière étreinte, les ultimes bribes de la sagesse paternelle. Car il n'était pas question de savoir *si* son père allait mourir, lui avait confié sa mère entre deux sanglots au téléphone. Ce n'était pas *si*, mais *quand. S'il vous plaît, faites que j'arrive à temps. S'il vous plaît.*

Enfin un autre téléphone, qu'il avait repéré à bout de souffle. Les mains tremblantes, il avait saisi le combiné. Une tonalité, *ouf. Connexion à l'opérateur réussie. Transfert vers le bar à huîtres, c'est bon.* Ça avait sonné. Il avait inséré d'autres pièces dans la fente, plein d'adrénaline, avant d'entendre son vol être appelé à nouveau. *Oui, oui, une minute. Ne partez pas sans moi.* Ils ne pouvaient pas partir sans lui, si ?

Un message préenregistré sur les horaires d'ouverture avait retenti dans son oreille, suivi d'un long bip quand le répondeur s'était enclenché.

— Hum. Bonjour. Je m'appelle Ben, avait-il bégayé, à court de mots à présent qu'il devait parler. Je suis censé retrouver quelqu'un devant le restaurant ce soir, à 18 h 30. Elle s'appelle Lara. Elle a de longs cheveux bruns. Elle est… elle est très belle. Elle est adorable. Si vous la voyez m'attendre, pourriez-vous lui laisser un message ? C'est Ben. J'ai dû rentrer chez moi, une urgence familiale. Mais... Euh... dites-lui que je la retrouverai, avait-il improvisé au moment où sa dernière pièce tombait dans un cliquetis et que l'écran se mettait à clignoter, annonçant la fin de la communication. Dites-lui que je la retrouverai ! avait-il répété frénétiquement avant que ça coupe.

OK. C'était loin d'être parfait, mais avec un peu de chance celui ou celle qui écouterait ce charabia percevrait l'urgence de la situation et transmettrait son message à Lara. Quant à la suite... Eh bien, il trouverait une solution quand il aurait le temps d'y réfléchir. Pour le moment, il avait un avion à prendre. Il avait tourné les talons pour courir vers la porte d'embarquement et Lara lui était sortie de la tête.

Soixante-douze longues heures de pleurs plus tard, Stewart McManus avait capitulé et rendu son dernier souffle tel un regret. Autour de lui les moniteurs avaient bipé à l'unisson, un chœur de plaintes, relayés par les gémissements de sa mère. Ben avait pris ses sœurs et sa mère dans ses bras, tous en larmes, anéantis.

— Je suis vraiment navrée, avait dit l'infirmière par-dessus leurs sanglots.

Bref. Ça remontait, mais apparemment Lara n'avait jamais eu le message. Il n'avait pas non plus tenu sa promesse de la retrouver, il devait le reconnaître. Bref. Le plus important désormais, en ce samedi, était qu'il devait voir sa fille pour la deuxième fois et Lara pour la troisième, avec une gueule de bois carabinée. Sans compter qu'il n'avait toujours pas réussi à annoncer la nouvelle à sa femme. Après s'être douché et avoir bu un café fort, se sentant à nouveau à peu près humain, il venait de s'armer de courage pour lui proposer de discuter lorsqu'il avait remarqué, trop tard, qu'elle portait son legging et rangeait son tapis de yoga dans son sac.

— Discuter de quoi ? Ça ne peut pas attendre ? J'ai mon cours d'ashtanga dans vingt minutes, il faut que je parte.

Oui, dit-il, se maudissant d'éprouver du soulagement. Aucun problème. Ça pouvait attendre.

L'horloge Corpus, aussi connue sous le nom d'horloge Grasshopper, faisait partie des curiosités de Cambridge : un cadran rond plaqué or, composé de cercles concentriques, surplombé d'un monstre mécanique qui mangeait chaque minute. Encastrée dans le mur au bout de Bene't Street, l'horloge était une attraction touristique populaire et, en y arrivant deux minutes avant 11 heures ce matin-là, le pouls de Ben s'accéléra : Eliza était en train de la prendre en photo pendant que Lara regardait autour d'elle. Leurs yeux se rencontrèrent et il se força à sourire, même s'il avait toujours du mal à intégrer que cette femme d'âge moyen était la fille charmante rencontrée à des milliers de kilomètres de chez lui. Il repensa à son visage jeune et expressif de l'époque, à l'odeur de ses cheveux. Au bourdonnement enivrant de la ville alors qu'ils se promenaient en pleine nuit, main dans la main.

Lara de Manhattan, hein ? Elle lui avait plu tout de suite, dès qu'elle était entrée dans le bar, avec son sourire timide. Leurs regards s'étaient croisés et il avait aussitôt été hypnotisé, incapable de se concentrer sur la conversation de ses amis car il l'observait, le haut de sa nuque pâle et sexy en dessous de ses cheveux relevés en chignon. Il se souvenait d'avoir commencé par dire qu'il était venu aux États-Unis pour se trouver, et elle avait posé sur son bras sa petite main couverte de taches de rousseur avec un sourire avant de répondre : « Tu es là. Je t'ai trouvé. »

Oui, s'était-il dit, saisi par sa beauté, par son doux sourire. Il ne pouvait plus la quitter des yeux. *Tu m'as trouvé.*

Depuis, il avait repensé à elle de temps à autre, se demandant avec une pointe de regret ce qu'elle était devenue. Ils avaient évoqué les villes et les pays qu'ils voulaient visiter ; elle lui avait parlé de ses aspirations professionnelles, lui avait confié vouloir faire carrière en tant que journaliste. Chaque fois qu'il songeait à elle, il l'imaginait à Melbourne, Toronto, Paris, à des salons de mode et des conférences de rédaction. À ses yeux, elle représentait l'espoir. L'espoir, la liberté et l'indépendance. Le champ des possibles.

— Bonjour, dit-il d'un ton détaché, puis il sourit à Eliza, qui se retourna et lui sourit en retour. Salut, ajouta-t-il la gorge nouée. C'est donc bien réel. Je ne t'ai pas rêvée.

— J'ai bien peur que non. Désolée pour hier soir, d'ailleurs. C'était mon idée de débarquer comme ça à l'improviste. Je ne pouvais plus attendre.

— Pas de problème. Je crois qu'on a tous les deux assez attendu, approuva-t-il sans pouvoir contenir une note d'amertume à l'encontre de Lara. On va boire un café ? proposa-t-il en faisant un geste vers Trumpington Street. On peut aller chez Fitzbillies, c'est une institution de Cambridge. L'établissement existe depuis près d'un siècle, tu sais ! Elle est célèbre pour ses petits pains de Chelsea. Mais évidemment les pains ne sont pas si vieux.

Il était en train de babiller ou quoi ? Oui, il babillait, mais les deux femmes paraissaient aussi nerveuses que lui et elles se contentèrent de hocher la tête.

Fitzbillies était un lieu approprié pour une conversation sérieuse, se convainquit Ben lorsqu'ils y entrèrent quelques minutes plus tard. Quand il était enfant, sa mère les emmenait ici de temps en temps, ses sœurs et lui, leur faisant plaisir avec des gâteaux pour compenser l'ennui des achats d'uniformes scolaires. L'endroit lui avait toujours semblé chaleureux et accueillant, comme si rien de mauvais ne pouvait se produire entre ces murs. Après s'être installés à une table près de la fenêtre et avoir choisi boissons et viennoiseries, ils gardèrent le silence un instant, personne ne sachant trop comment engager la discussion. Désireux de tirer les choses au clair en sa faveur, Ben prit une profonde inspiration et se lança.

— Donc. Je vais te raconter ce qui s'est passé une fois que nous nous sommes quittés, dit-il à Lara, tendu.

En mélangeant du sucre à son thé, elle leva la tête et planta son regard dans le sien.

— Oui, répondit-elle. Ce serait un bon début.

— En gros… eh bien, mon père a fait une crise cardiaque.

Aujourd'hui encore, il lui était pénible de prononcer tout haut ces mots. Stewart McManus avait toujours été un type solide et plein de vie ; ça paraissait toujours aussi injuste qu'il ne puisse plus donner son avis ou raconter ses anecdotes extravagantes de chauffeur de taxi.

— J'ai dû rentrer tout de suite pour être auprès de lui. Il est mort trois jours plus tard.

Il allait sans dire qu'il n'avait pas été question pour lui de retourner aux États-Unis après le décès de son père ; ça aurait été une insulte à sa mémoire. Il y avait les obsèques à organiser, sa mère et ses sœurs à épauler et, puisque la voiture de Stewart attendait dans l'allée et que sa mère n'arrêtait pas de sangloter que c'était ce qu'aurait voulu son père, Ben avait pris le volant pendant dix-huit mois abrutissants, jusqu'à craquer.

— Oh mon Dieu, je suis vraiment désolée ! s'exclama Lara, le ramenant au moment présent. Quelle horreur !

— Oui. Mais je suis tout aussi navré que tu aies poireauté devant le bar à huîtres. Je te jure que j'ai appelé de l'aéroport pour demander qu'on te guette à 18 h 30 et qu'on te transmette mon message.

Elle garda le silence un instant, ses joues s'empourprant tout à coup.

— Personne ne m'a rien dit, affirma-t-elle d'une voix tendue, puis elle soupira, l'évitant toujours du regard. OK, à mon tour. Je me suis rendu compte assez tard que j'étais enceinte mais je ne savais pas si… dit-elle en rougissant. Pour la faire courte, il y a eu quelqu'un d'autre, marmonna-t-elle.

Oh, songea Ben, pris au dépourvu. À ces mots, il se surprit à éprouver ce qui ressemblait à un soupçon de jalousie. Elle n'avait pas évoqué de petit ami à l'époque ; il s'en serait souvenu. Et lui qui avait cru qu'ils avaient partagé quelque chose de très particulier !

— Après toi, ajouta-t-elle comme si elle lisait dans ses pensées. Une autre histoire sans lendemain, disons.

Ce ton détaché et le choix de ses mots firent ciller Ben : *Une histoire sans lendemain ?* C'était ce qu'il avait représenté pour elle ? Mais Eliza s'immisça alors dans la conversation, articulant à peine, la tête entre les mains.

— Euh, pour votre information, cette discussion est assez gênante. Maman, on a vraiment besoin d'entrer dans les détails ?

Lara avait les yeux brillants et les lèvres pincées.

— En fait, oui, je crois qu'il le faut : ton père semble plutôt fâché et froid avec moi, alors j'essaie de m'expliquer.

— Ne dis pas « ton père » comme ça alors qu'il est assis juste en face de nous, rétorqua Eliza en faisant la grimace. Argh ! Peut-être que vous feriez mieux d'avoir cette discussion seulement tous les deux, sans moi.

Ben serra les dents.

— C'est bon, je préfère parler de toi, de toute façon. Dès qu'on aura éclairci certains points, je veux tout savoir sur toi. Si j'ai l'air fâché ou froid, c'est seulement parce que j'aurais voulu te rencontrer plus tôt, ajouta-t-il en proie à l'émotion. J'ai toujours voulu être père.

— J'ai toujours voulu avoir un père, renchérit Eliza. Enfin, j'en ai eu un pendant un temps mais quand il a fini par découvrir qu'il ne pouvait pas avoir d'enfant, il a compris que je n'étais pas sa fille, alors il est parti.

Elle se pinça les lèvres un instant comme si c'était toujours douloureux, même après des années.

— Et je l'ai appris il y a deux jours, d'ailleurs. Avant, je croyais qu'il n'en avait rien à cirer, de maman ou de moi.

— Il n'en avait pas rien à cirer ! objecta Lara. Il t'aimait vraiment. S'il est parti, c'est ma faute, pas la tienne, Liz.

— C'est le peintre-décorateur de Whitby ? demanda Ben. Ça m'a tout l'air d'être un crétin fini s'il a pu te tourner le dos comme ça.

Il s'adressait à Eliza, pas à Lara, et fut gratifié d'un petit sourire. Mais Lara reprit la parole.

— Ce n'est pas un crétin, contra-t-elle sèchement. Il s'est montré bon envers nous, au moins au début. Et je croyais qu'Eliza était sa fille. Enfin, j'espérais qu'elle le soit. Et tu sais quoi ? Avec le recul, j'aurais préféré que ce soit le cas. Ça aurait simplifié la vie à tout le monde.

— Maman ! Tu ne peux pas dire ça devant Ben !

— Pourtant, c'est la vérité. J'étais censée faire quoi ? Steve était présent, il était gentil, il a proposé de nous donner une chance, dit-elle avant de se tourner vers Ben, les yeux plissés. C'est plus que tu n'en as fait, enfin, les circonstances mises à part.

Ben la fixa, perplexe. Elle était sérieuse ?

— Et j'étais censé faire quoi, vu que je ne savais même pas que tu étais enceinte ? rétorqua-t-il en essayant vainement de garder son sang-froid.

Franchement, elle jouait avec ses nerfs. Comment osait-elle le faire culpabiliser alors que s'il n'avait rien su de tout ça c'était entièrement sa faute à elle ?

Soudain, Eliza posa la main sur son bras.

— Hé, attends, dit-elle en regardant à travers la vitre. Ce ne serait pas ta femme, là-bas ?

L'ironie du sort – une de plus –, c'est que Kirsten s'était sentie particulièrement sereine ce matin-là après son cours de yoga : fourbue mais radieuse après une heure d'étirements énergiques. Elle adorait le rythme de l'ashtanga, la sensation de faire travailler chaque muscle en exécutant ses enchaînements, l'esprit calme, le corps revigoré. C'était le week-end, le soleil perçait à travers les nuages ; elle planait. Du moins pendant dix minutes. Jusqu'à ce que, sur le trajet du retour par le centre-ville, son regard tombe sur son mari chez Fitzbillies en compagnie de deux femmes, celles à qui il avait parlé la veille. Des touristes à qui il indiquait leur chemin, avait-il prétendu. Kirsten n'était pas née de la dernière pluie. On ne la bernait pas deux fois de suite.

Lorsqu'il la repéra à travers la fenêtre, il parut paniqué, il n'y avait pas d'autre mot. Il se tramait quelque chose, aucun doute là-dessus, et il était hors de question que Kirsten poursuive sa route sans savoir de quoi il retournait.

Dans une poussée d'adrénaline elle entra dans le café. Ils semblaient tous trois effarés de la voir : la femme d'âge moyen, la plus jeune, et Ben encore plus. Il se leva, faisant racler sa chaise dans un crissement.

— Kirsten, dit-il. Salut. Hum, c'était bien, le yoga ?

Sa question idiote suffit à la faire grogner. Pensait-il sérieusement qu'elle était venue ici pour discuter de ses vinyasas ?

— Que se passe-t-il ? demanda-t-elle, le regard oscillant entre Ben et les deux femmes, les pseudo-touristes. Je vous ai déjà vues hier, non ? Y a-t-il quelque chose que je devrais savoir ?

Ben ferma les yeux, se décomposant, et elle perdit pied en voyant la culpabilité s'afficher sur son visage. *Oh mon Dieu. Qu'est-ce que c'est que ce cirque ?*

— Je voulais t'en parler hier soir, je te le jure, marmonna-t-il. Et j'ai essayé ce matin, mais… Assieds-toi, reprit-il en tirant un autre siège.

On aurait dit qu'il était sur le point de vomir. Quoi que ce soit, c'était grave. Il était vraiment secoué.

— S'il te plaît. Je dois te dire quelque chose.

— Tu préfères qu'on s'en aille ? intervint Lara.

— Tout ça est très dramatique, commenta Kirsten en tentant de dissimuler la peur qui montait en elle tandis qu'elle prenait place.

Il n'allait pas lui annoncer qu'il était en train de mourir, un truc de ce genre, au moins ?

— Je… Bon Dieu, c'est un vrai choc pour moi, tu dois me croire, commença-t-il tristement en se passant la main sur le visage. Je n'en savais rien jusqu'à hier. Rien du tout.

— Tu ne savais rien de quoi ?

Kirsten n'avait jamais aimé les surprises.

— Dis-moi, Ben.

Elle avait déjà l'esprit en ébullition, à planifier quelle équipe d'oncologie elle lui recommanderait à l'hôpital si c'était un cancer, à prévoir de réorganiser ses rotations en fonction de ses rendez-vous, de ses traitements. Mais il reprit la parole.

— J'ai une fille, annonça-t-il de but en blanc. Eliza, précisa-t-il en désignant tristement la jeune femme assise à côté de lui. C'est elle.

La fille, Eliza, était mortifiée, écarlate.

— Bonjour, dit-elle d'une minuscule voix.

La pièce sembla vaciller. Kirsten s'attendit à ce que la table bascule, que les tasses et théières se fracassent par terre.

— Quoi ?

Était-ce une plaisanterie ? Forcément. Mais un coup d'œil au visage de Ben confirma à Kirsten que... non, c'était tout sauf une plaisanterie.

Il hocha la tête.

— C'est la vérité. Moi-même, je viens de le découvrir. Je n'en reviens toujours pas.

Il désigna la femme assise là, agrippée à sa tasse comme si ses mains y étaient collées.

— Voici Lara. Euh, la mère d'Eliza.

Kirsten cligna des yeux mais ce n'était pas un rêve. Il était toujours là, en train de déblatérer ces aberrations, la bouche s'ouvrant et se refermant pour déverser toute cette folie.

— Mais comment ? parvint-elle à articuler. Je veux dire… quand ?

Cette Eliza n'était encore qu'une ado, mais Kirsten et Ben étaient ensemble depuis près de vingt ans, et mariés depuis dix-huit. Ça ne collait pas. Ça ne collait tout simplement pas.

— C'est arrivé quand ?

— Hier soir, au pub, répondit Ben, fébrile. Je te jure que je n'en savais rien, jamais je…

— Non, l'interrompit Kirsten, je ne te demandais pas quand tu l'avais su. Je te demandais quand elle a été conçue. Quand est-ce que tu as couché avec… avec Lara, ici présente ?

Sa voix se brisa en prononçant le nom de l'autre femme, les implications de cette révélation crépitant comme les étincelles d'une disqueuse. Il l'avait trompée. Il l'avait trahie. Il y avait même un enfant pour le prouver, une jeune femme en chair et en os assise ici, terrifiée. C'était plus qu'elle ne pouvait encaisser.

— Bon sang, Ben ? s'écria-t-elle en s'agrippant à la table alors que la pièce tanguait à nouveau.

À la réflexion, elle le préférait quand il était ennuyeux et prévisible.

— Comment as-tu pu me faire ça ?

Il baissa la tête, totalement anéanti, comme il se devait de l'être.

— C'est arrivé quand j'étais à New York, murmura-t-il. Toi et moi, on était d'accord que… On n'était plus vraiment en couple à l'époque, si tu te souviens bien, alors…

Il n'alla pas plus loin, sans doute à cause du regard assassin de Kirsten en réaction à son malencontreux « si tu te souviens bien ». Si elle se souvenait ? Oh elle se souvenait parfaitement bien ! Il était parti vivre de grandes aventures, lui annonçant qu'ils devraient faire une pause pendant un temps ; qu'elle resterait toujours sa meilleure amie mais que, comme il ne savait pas dans combien de temps il reviendrait, il ne voulait pas lui faire miroiter quoi que ce soit. En gros, il partait avec ses potes et voulait prendre son pied sans entraves. Sauf qu'il était revenu presque aussitôt car son père était à l'hôpital et, en bonne poire, Kirsten s'était précipitée à ses côtés pour lui apporter son soutien et le consoler dans cette tragédie. En l'espace de six semaines, elle avait même changé de boulot pour venir s'installer à Cambridge. De son point de vue, la pause dans leur relation avait été minime : à peine quelques jours. Mais visiblement il n'avait pas perdu de temps.

Stupéfaite, furieuse et blessée, elle se rendit compte qu'elle tremblait.

— Ben, tu es resté à New York moins de quarante-huit heures, lui rappela-t-elle d'une voix chevrotante.

Les gens les regardaient mais elle s'en fichait, leurs œillades ricochaient sur elle comme si elle portait une armure. Elle se revit lever tristement le visage vers le ciel à l'heure où son avion devait décoller, lui souhaitant en silence un bon voyage ; il lui avait manqué dès la première minute. Lui, en revanche…

— Tu es en train de me dire qu'il t'a fallu moins de quarante-huit heures pour coucher avec une autre ? Et la mettre en cloque ? Désolée, marmonna-t-elle à Lara, par un étrange automatisme de politesse.

Pourquoi, d'ailleurs ? Elle ne devait rien à cette femme, pas même de bonnes manières !

Mais c'était au tour de Lara d'accuser Ben.

— Tu avais une copine ? Quand on s'est rencontrés, tu avais une copine ? demanda-t-elle, horrifiée. Je ne le savais pas, dit-elle à Kirsten, les yeux écarquillés. Je jure que je ne me serais pas approchée de lui si j'avais été au courant. Il n'a jamais évoqué de copine !

— Maman, laisse tomber, la supplia Eliza en se levant, rougissante et désemparée. Je suis désolée, dit-elle à la tablée avant d'éclater en sanglots. C'est ma faute. Je suis vraiment, vraiment désolée !

— Attends ! s'écria Lara, mais la jeune fille se précipitait déjà hors du café, les joues couvertes de larmes.

Lara bondit à sa suite, la porte claquant derrière elle. Puis, alors que Kirsten se tournait vers Ben, tressaillant de chagrin et de colère, assaillie par un million de questions, elle entendit un cri, un crissement de freins et enfin un hurlement déchirant.

— Oh mon Dieu ! dit Ben avant de se lever de table et de se ruer dehors.

Au milieu de la route, un cycliste, en état de choc, se dégageait de son vélo, tremblant comme une feuille, non loin de Lara qui gisait sur la chaussée, immobile, une traînée de sang écarlate sur le front.

CHAPITRE 14

C'était atroce. Le pire moment de la vie d'Eliza, l'un de ceux où tout se déroulait au ralenti. Elle croyait que Lara était morte. Sa mère avait cogné le bitume dans un bruit ahurissant, il y avait du sang partout et elle n'ouvrait toujours pas les yeux. Eliza était si terrifiée qu'elle en avait oublié tous les gestes de premiers secours qu'elle avait appris.

— Je n'ai pas pu m'arrêter ! Elle s'est jetée devant moi ! ne cessait de dire le cycliste, aggravant le sentiment de culpabilité d'Eliza, vu que sa mère lui avait couru après.

Ben et Kirsten arrivèrent. Ben appela une ambulance pendant que Kirsten s'agenouillait et vérifiait le pouls de Lara avant de retirer son sweat-shirt pour la couvrir, se tachant de sang au passage. Eliza, quant à elle, ne pouvait s'arrêter de pleurer.

— Est-ce qu'elle va s'en sortir ? demanda-t-elle à Kirsten en s'accroupissant à côté d'elle. Maman !

Ouvre les yeux, s'il te plaît. Je suis vraiment désolée, maman !

Il se trouvait que Kirsten, quand elle n'était ni furieuse ni en train de crier, était sage-femme et gardait son calme en cas de crise, Dieu merci, contrairement à Eliza. Elle lui expliqua que Lara avait subi une commotion cérébrale mais n'était absolument pas morte, et que, même s'il semblait y avoir beaucoup de sang, la blessure de sa tête était superficielle, rien qui mette sa vie en danger. Elle lui dit de ne pas s'inquiéter, elle connaissait à peu près tous les médecins urgentistes de Cambridge, ils étaient tous excellents. Ce qui était sacrément gentil de sa part, franchement, vu qu'Eliza venait en gros de bousiller son mariage par son existence même.

Cela dit, dès que les secours furent sur place, elle fila assez vite, refusant toute étreinte ou excuse de Ben mais assurant qu'ils n'en avaient pas fini. Ben, démuni, la regarda remonter la rue en colère avant de reporter son attention sur la situation présente, le bras passé autour d'Eliza alors qu'il parlait aux ambulanciers. Puis il sortit un vieux mouchoir de sa poche pour qu'elle s'essuie les yeux et il lui assura qu'il resterait avec elle. Lorsque Lara fut couchée sur un brancard et poussée dans l'ambulance, il alpagua un taxi afin qu'Eliza et lui la suivent jusqu'à l'hôpital.

— Je suis vraiment désolée, geignit Eliza pour la millième fois, claquant des dents à cause du choc, mais il se contenta de la serrer contre lui et lui répéta que rien n'était sa faute et qu'il n'y avait pas de quoi être désolée.

Et, malgré son inquiétude pour sa mère et la conviction que, quoi qu'on en dise, elle était responsable, entièrement responsable, une sensation chaleureuse se logea au fond d'elle parce que, au final, son père semblait être un type bien. D'une certaine façon, elle était contente de l'avoir trouvé, même si elle n'était pas certaine qu'il éprouve la même chose pour le moment, vu le cataclysme qu'elle avait provoqué entre sa femme et lui.

Arrivés à l'hôpital, ils trouvèrent Lara allongée qui attendait de passer une radio pour vérifier si son poignet était cassé. Les blessures sur son visage et sur ses mains avaient été pansées et une infirmière leur expliqua que, même si elle avait repris conscience, les antidouleurs qu'on lui avait administrés l'assommaient et qu'il ne fallait pas attendre trop de conversation de sa part.

— Maman, tu m'as fait tellement peur ! Ça va ? gémit Eliza en lui caressant doucement le visage, mais Lara n'émit qu'un grognement, un bruit étranglé, les yeux à peine entrouverts.

La radio révéla que oui, elle avait le poignet cassé et que, si une opération n'était pas nécessaire, elle devrait porter un plâtre pendant six semaines environ.

— Nous allons la plâtrer, et lorsqu'elle aura repris ses esprits le médecin décidera quand elle pourra rentrer chez elle. Mais de toute évidence quelqu'un devra la garder à l'œil les vingt-quatre premières heures, à cause du choc qu'elle a reçu à la tête. Est-ce que vous pourrez vous en charger, monsieur… désolée, je n'ai pas saisi votre nom.

Eliza avait le visage en feu. *Non !* s'épouvanta-t-elle, c'était beaucoup trop en demander, ça allait trop loin, des années-lumière trop loin, surtout après ce qui venait de se passer avec Kirsten !

— C'est bon, je peux le faire, intervint-elle. J'ai dix-huit ans, je suis sa fille, donc…

Mais Ben avait pris la parole lui aussi.

— Oui, bien sûr, dit-il avec un petit hochement de tête à l'intention d'Eliza. Vous logerez toutes les deux chez nous jusqu'à ce qu'elle puisse rentrer à la maison. On veillera sur elle ensemble, d'accord ?

— Mais...

— Franchement, ça va. On va trouver une solution. Ne t'inquiète pas.

C'est ça, avoir un père ? songea-t-elle avec reconnaissance en appréciant ce bras toujours passé autour d'elle, cette présence réconfortante. *Avoir quelqu'un qui monte au créneau et prend les choses en main ?* Mais comment s'en était-elle sortie jusque-là ?

Lara flottait dans une mer calme, en suspension dans des eaux noires mais apaisantes, se contentant d'exister, sans rien faire ni penser à quoi que ce soit. Et chaque fois qu'elle ouvrait les yeux elle était surprise de constater qu'en fait elle était allongée entre les draps lisses d'un lit et non dans ce milieu aquatique imaginaire. Elle bougea un doigt à titre expérimental et le tissu lui rappela le linge de lit de l'hôtel de leur lune de miel, à Ben et elle. C'était où, déjà ? Le nom exact lui échappait, mais elle se revoyait agrippée à ce drap durant leurs ébats et, dans le feu de la passion, elle s'était retrouvée à penser *Voilà une literie de qualité.*

Il y avait cette jolie vue du balcon sur la mer, aussi. Quel bel endroit ! Ils aimaient s'installer là le soir pour boire des cocktails – leurs apéritifs, les appelait-il –, et elle se rappelait très bien la chaleur du soleil qui lui picotait la peau, comme si elle rayonnait. Elle rayonnait vraiment, inutile de le dire, de pur bonheur. Mariée à Ben McManus, l'amour de sa vie ! Y avait-il sur Terre une femme plus chanceuse qu'elle ? Certainement pas.

Où que ce soit, il faisait chaud, ça, c'était certain. Il avait attrapé un coup de soleil sur le nez dès le premier après-midi, et les épaules de Lara avaient rougi aux endroits où ils avaient appliqué de la crème à la va-vite ; l'évolution de leur teint au fil des quinze jours de vacances se voyait sur les photos, du blanc blafard au rose, puis au doré. Elle repensa au sol de la douche qui devenait rugueux de sable lorsqu'ils frottaient le soir leur peau pour en retirer le sel, après une journée à la plage. Oh, ça avait été les plus beaux jours de sa vie, un coin de paradis rien que pour eux pendant deux semaines merveilleuses. Aujourd'hui encore elle se rappelait le doux parfum des fleurs roses qui flottait dans l'hôtel ; Ben en avait glissé une derrière l'oreille de Lara le premier soir, et elle avait ri en se laissant faire. Elle s'était sentie comme une princesse.

Bien sûr, l'arrivée des enfants avait tout chamboulé, mais chaque fois que la famille s'était agrandie ils avaient été épatés par la quantité d'amour qu'ils avaient à donner. D'abord Eliza, bien sûr, et puis... Lara fronça les sourcils, à la dérive dans sa mer noire. Comment s'appelaient leurs autres enfants ? Malgré tous ses efforts, elle n'arrivait pas à se rappeler leur prénom. En panique, elle tenta de visualiser leur visage, les fêtes d'anniversaire, leurs traits de caractère, mais elle avait de plus en plus mal à la tête. Bon sang, elle ne savait même plus si ses propres enfants étaient des filles ou des garçons ! C'était ridicule. Affreux ! Quel genre de mère était-elle ?

Elle perçut une voix, toute proche. « Maman ? Tu m'entends ? On va juste chercher un sandwich et on revient, d'accord ? », mais elle n'avait aucune idée de qui parlait. Était-ce l'un de ses mystérieux enfants ? Étaient-ils fâchés contre elle ? Elle changea de position et ouvrit la bouche pour répondre mais les mots étaient trop lourds pour franchir ses lèvres, ses paupières, des poids impossibles à soulever. Lorsqu'une nouvelle vague de néant la submergea, elle se laissa envelopper dans l'étreinte de ses réconfortantes profondeurs, baissant le volume de ses pensées jusqu'à ne plus entendre la voix agréable du silence.

Eliza semblait si fragile et chamboulée que Ben décida qu'il leur fallait manger quelque chose, de toute urgence puisqu'ils ne s'étaient mis sous la dent que quelques bouchées de leurs petits pains de Chelsea, avant l'irruption de Kirsten qui leur avait coupé l'appétit. *Pauvre Kirsten*, pensa-t-il, rattrapé par la culpabilité. Il lui avait envoyé plusieurs textos pour se justifier et s'excuser, mais jusque-là elle n'avait pas répondu. Ça allait forcément se régler, non ? Avec un peu de temps elle comprendrait, parce que… eh bien, parce qu'il allait lui faire comprendre. Il devait arranger les choses.

— Viens, allons nous chercher un sandwich et prendre un peu l'air pendant qu'ils plâtrent ta mère, proposa-t-il à Eliza. On peut bien s'absenter vingt minutes, ils ont nos numéros s'ils ont besoin de nous joindre.

Elle étudia la question sous toutes les coutures puis finit par hocher la tête, et il ouvrit la marche vers la sortie.

— Tu sais, ce n'est pas comme ça que j'envisageais mon premier jour avec ma fille, plaisanta-t-il tandis qu'ils avançaient. On aurait pu te louer un vélo et faire une balade ensemble à Grantchester, c'est très joli par là-bas.

Il faisait la conversation pour la distraire, et ses efforts lui valurent au moins un petit sourire fugace.

— Bonne idée, dit-elle, puis sa lèvre inférieure se remit à trembler. Au fait, merci pour tout. Je ne sais pas ce que j'aurais fait toute seule. Je serais sûrement encore en train de pleurer au milieu de la route.

— C'est rien, répondit-il. Aucun problème. Hé, ça sert à quoi, les papas ? Au moins je rattrape un peu le temps perdu, non ?

Il répéta les mots dans sa tête avec une sorte d'ébahissement tandis qu'ils suivaient les panneaux vers le café. *Ça sert à quoi, les papas ?* Il n'arrivait toujours pas à croire que cette phrase s'applique à lui. *Je suis son père,* s'émerveilla-t-il. *Je prends soin d'elle, je règle les problèmes, je lui achète un sandwich. C'est ce que font les pères.* Bon sang comme c'était agréable ! Vraiment très agréable.

Une fois qu'il eut dévalisé la moitié du snack-bar – ils étaient tous deux affamés –, ils trouvèrent un jardin avec des arbustes et un pommier en fleur.

— Et voilà, dit-il en étalant leur pique-nique de fortune entre eux sur le banc. Sers-toi. Pendant un instant, faisons comme si nous étions ailleurs. Parle-moi de toi. Je veux tous les détails, s'il te plaît.

Elle rit en ouvrant un paquet de sandwichs au thon.

— C'est bizarre, non ? Enfin… il y a plein de trucs à dire mais… par où commencer ? dit-elle avant de mordre dans le pain, le front creusé par un froncement de sourcils songeur. Dans l'ensemble, je suis plutôt quelqu'un de bien, je crois, reprit-elle timidement. T'inquiète, je n'ai pas été en maison de correction ni quoi que ce soit, je n'ai pas de casier judiciaire, enfin…

Elle s'interrompit et il se demanda pourquoi, mais jugea préférable de ne pas la questionner. *Quelle conversation surréaliste !* songea-t-il tandis qu'elle prenait une autre bouchée. Le choc initial de la découverte de sa paternité commençait à s'estomper et il se sentait désormais curieusement calme. Fasciné, mais en même temps détaché, comme si ce n'était pas vraiment réel. *J'ai une fille. Apparemment, elle est plutôt quelqu'un de bien.* C'était un bon début.

— Euh, quoi d'autre ? poursuivit-elle. Je suis Bélier, comme maman. J'ai des amis vraiment top et un chat qui s'appelle Bruce. Je prépare mes examens de fin de cycle et j'aimerais aller étudier la psychologie à l'université d'Édimbourg.

— Édimbourg ? Oh, sympa, commenta-t-il. C'est marrant, j'ai étudié à Glasgow et j'ai aussi passé des soirées géniales à Édimbourg. J'adore l'Écosse.

Ils se sourirent, prenant acte de ce minuscule point commun ; il était stupéfait d'en être aussi ravi.

— Tu peux compter sur moi pour venir te rendre visite là-bas, poursuivit-il. Enfin… si tu es d'accord, bien sûr. Si tu en as envie.

Chaque fois qu'elle souriait, de jolies pommettes roses se dessinaient sur son visage.

— J'en ai envie, dit-elle en acquiesçant.

— Génial. Moi aussi.

Un silence s'ensuivit tandis qu'ils mangeaient leurs sandwichs et qu'il réfléchissait à laquelle des nombreuses questions il allait lui poser lorsqu'elle le prit de court en l'interrogeant à son tour.

— Et toi ? s'enquit-elle. Je sais que tu es graphiste et que tu aimes le foot ; j'ai fait quelques recherches sur Internet, avoua-t-elle. Mais ta famille ? Est-ce que j'ai des oncles et des tantes ? Des cousins ?

— Tout un tas. J'ai trois sœurs : tu as donc trois tantes et pas mal de cousins, dit-il en comptant rapidement sur ses doigts. Huit cousins, plus une nouvelle grand-mère. Ils vivent tous ici, à Cambridge, et ils sont géniaux. Bavards, sache-le, surtout mes sœurs. Curieuses aussi, mais drôles, tu vois, on se marre bien. J'imagine déjà leurs cris d'excitation quand elles apprendront ton existence.

— Super ! s'exclama-t-elle, s'illuminant. On n'a pas une grande famille. Grandma habite au bout de la rue, elle a déménagé de Keswick quand mon p... quand Steve est parti, et mon seul oncle vit en Nouvelle-Zélande. Pas de cousins pour l'instant. Ni de tantes. En parlant de famille... ajouta-t-elle en se mordant la lèvre. Est-ce que... J'espère que ça ne va pas sembler bizarre, mais est-ce que je suis susceptible d'avoir des problèmes génétiques ? Tu es en bonne santé ?

Il crut qu'elle plaisantait mais son regard était si sérieux qu'il entrevit à quel point il devait être étrange et déroutant de ne pas connaître son héritage biologique, de ne pas avoir d'idée claire quant à la personne qu'on était ni de quelle famille on venait.

— Eh bien...

— Désolée, c'est trop personnel ? enchaîna-t-elle, gênée. On a étudié la génétique il n'y a pas longtemps en cours de biologie et ça a vraiment résonné en moi, le fait que j'en sache si peu sur ce qui m'attend. J'en suis venue à m'interroger sur qui j'étais vraiment. Et du coup sur toi aussi.

Il acquiesça d'un air compréhensif.

— Eh bien, du côté de la santé, je ne crois pas qu'il y ait vraiment de quoi se faire du souci, répondit-il. Laisse-moi réfléchir. Ma sœur Sophie a du diabète de type 1, mais elle le vit bien. Ma sœur Charlotte a de l'asthme, ses enfants aussi. Hum... et, quant à moi, j'ai eu toutes les maladies infantiles et je me suis cassé le bras deux fois, mais sinon jusque-là je n'ai pas eu de gros pépins.

— Et ton père ? Tu n'as pas dit qu'il avait eu une crise cardiaque ? Je croyais que les maladies du cœur étaient héréditaires.

Il se frappa la poitrine.

— Je n'ai jamais eu aucun problème avec le mien. Papa fumait comme un pompier et a passé sa vie assis derrière le volant d'un taxi. Je fais du sport, je me déplace à vélo, je ne fume pas… Je prends soin de moi, ne t'inquiète pas.

— Cool, fit-elle, puis elle hasarda une blague. Tant mieux, car je ne m'en sors pas très bien quand des proches finissent à l'hôpital.

— Hé, ne sois pas trop dure envers toi-même. Laisse-moi te dire une chose : personne n'aime voir ses parents à l'hôpital. Mais ta mère va se porter comme un charme en un rien de temps. Comme un charme, tu vas voir.

Elle lui jeta un coup d'œil en coin.

— Je peux te demander autre chose ? Est-ce qu'elle a représenté quelque chose pour toi ? Quand vous vous êtes rencontrés à New York, je veux dire, précisa-t-elle avec une moue, comme si elle regrettait déjà sa question, sans pouvoir s'empêcher d'aller jusqu'au bout. Parce que, dans sa version, vous aviez l'air d'avoir bien accroché, tous les deux. Est-ce qu'elle te plaisait, au moins ? J'ai cru comprendre qu'elle était dévastée que tu ne sois pas venu au rendez-vous.

— Elle me plaisait, oui, affirma-t-il, toujours échaudé par les propos de Lara selon lesquels ils n'avaient été qu'une histoire sans lendemain, or il tenait à établir clairement qu'il n'était pas ce genre de personne. Elle me plaisait beaucoup, ajouta-t-il. Il y a tout de suite eu un déclic entre nous. Elle était tellement drôle, intelligente et cool !

Eliza sembla trouver ça amusant.

— Ne nous emballons pas, railla-t-elle. Je doute que ma mère ait jamais été cool. Elle est le contraire de cool, en fait. Elle a failli pleurer quand je lui ai parlé de mon intention de me faire tatouer cet été.

— Un tatouage, où est le mal ? commenta-t-il avant de s'être demandé si c'était une remarque parentale appropriée.

Trop tard. Eliza levait déjà les mains au ciel en s'écriant :

— Exactement ! C'est ce que je lui ai dit. Parfait, ça fait deux contre une, alors.

— Euh… émit-il, impuissant.

Mais elle passait déjà à autre chose, comme si la question du tatouage était réglée. *Merde.*

— Pour en revenir à maman, devine quel est son métier maintenant. Je te donne un indice : c'est littéralement le boulot le moins cool qui existe.

— Wow.

Ben se prêta au jeu. A priori, ça voulait dire qu'elle n'était pas devenue une journaliste de renom, comme il se l'était imaginé.

— Je ne sais pas… euh… Est-ce qu'elle est l'un de ces volontaires qui errent dans les centres-villes armés d'un bloc-notes et d'un seau de collecte de dons pour rallier les passants à des associations dont personne n'a jamais entendu parler ?

— Non, mais tu as droit à cinq points pour cette proposition, répondit-elle. Je vais te le dire. Elle est monitrice d'auto-école. Franchement… lâcha-t-elle en se frappant le front. C'est plutôt triste. Tellement chiant. Tu ne trouves pas ?

— Eh bien…

Il hésita parce qu'il n'était pas certain que son propre job lui vaille une bonne note selon les critères de carrière d'Eliza.

— C'est un emploi important, quand même, non ? Elle aide les gens en leur permettant d'acquérir une compétence très utile, donc…

Eliza lui adressa un regard en coin lourd de sens et il se mit à rire, même s'il ressentit une pointe de déloyauté. Il n'était pas sans savoir qu'une des règles d'or de la parentalité – outre le fait de ne pas encourager une ado impulsive à se faire tatouer – était de ne pas médire sur le compte de l'autre parent. Du moins pas ouvertement.

— Bref, poursuivit-elle. Du coup, ce que je me demande, c'est pourquoi tu ne t'es pas donné la peine de la recontacter plus tard, si ça semblait avoir si bien marché entre vous. Pourquoi tu n'as pas essayé de la retrouver ?

Le sourire s'évanouit aussitôt du visage de Ben. C'était une bonne question, plus pertinente qu'elle ne pouvait l'imaginer, vu la promesse qu'il avait faite sur le répondeur du bar à huîtres. Heureusement, ni Lara ni Eliza n'étaient au courant.

— Eh bien, dit-il, et soudain il se revit à l'époque, au chevet de son père, lui tenant la main.

Il aurait tout donné pour que le cœur de son père continue de battre. *Je ferai n'importe quoi*, avait-il promis à n'importe quelle divinité susceptible de l'entendre. *Je me rangerai, comme il le souhaite, je ferai de mon mieux.*

— Après la mort de mon père, répondit-il, hésitant, les choses ont été assez compliquées pendant quelque temps.

C'était peu dire. Il était chamboulé, comme toute la famille. Sa mère était restée catatonique pendant des semaines, ses sœurs étaient effondrées. Le jeune homme insouciant et optimiste qu'avait connu Lara n'existait plus ; il s'était désagrégé au cours du vol de retour, remplacé par cette coquille vide impassible qui devait tenir le coup pour organiser les funérailles, s'occuper de tout le monde et conduire le fichu taxi de son père. C'était plus simple de mettre ses rêves de côté, de les archiver dans le dossier le plus proche que de s'accrocher à une vision romantique de la vie.

Et puis Kirsten avait été là, sa copine de Londres avec laquelle il n'arrêtait pas de se séparer et de se remettre depuis un an. Et, même s'ils avaient rompu peu de temps avant qu'il parte voyager, car ils avaient bel et bien rompu, quoi qu'elle en dise, quand elle l'avait appelé, il avait été facile de retomber dans le confort d'une relation avec son doux regard et ses marques de tendresse.

A posteriori, il se rendait compte qu'il avait été assez passif à l'époque, s'appuyant sur elle et appréciant son soutien calme et pragmatique. Pour être honnête, il n'était probablement pas dans les bonnes dispositions pour s'engager dans une relation, quelle qu'elle soit, et il aurait dû s'accorder de l'espace pour faire son deuil plutôt que se raccrocher à une femme devenue sa bouée de sauvetage. Ce qui ne voulait pas dire qu'il ne l'aimait pas. Il l'aimait, à cent pour cent. Mais il s'était toujours demandé s'ils n'avaient pas brusqué les choses. Si, dans d'autres circonstances, elle aurait proposé d'emménager à Cambridge si tôt. Peut-être s'étaient-ils mariés trop vite, pour de mauvaises raisons.

Il avait continué à conduire le taxi et à se mettre en quatre pour ses sœurs et sa mère, pendant que ses rêves s'éloignaient jusqu'à devenir hors de portée. Donc non, il n'avait pas vraiment pensé à Lara ni rien entrepris pour retrouver sa trace. Car le Ben qu'elle avait rencontré, drôle, spontané, qui croquait la vie, avait disparu. Qu'avait-il à lui offrir, désormais ? Rien.

Eliza le dévisagea, les yeux plissés, comme si sa réponse succincte ne la satisfaisait pas.

— Enfin… bien sûr, si j'avais eu la moindre idée que tu existais, j'aurais fait des pieds et des mains pour te trouver, se sentit-il obligé de préciser. Mais à l'époque j'étais…

Il déglutit, cherchant ses mots.

— J'avais l'impression que l'eau avait coulé sous les ponts. Après tout ce temps, je ne pensais pas qu'elle s'intéresserait encore à moi.

Il repensa au gouffre qui s'était ouvert entre le Ben de New York et le Ben en deuil, épuisé, chauffeur de taxi. Il avait sombré dans la dépression, il s'en rendait compte désormais. Écrasé par la vie.

— Je ne me considérais plus digne d'elle, je crois.

Il ouvrit un paquet de chips, ne sachant comment se sortir de cette impasse, mais les paroles suivantes d'Eliza lui firent l'effet d'un rameau d'olivier.

— Eh bien, si ça peut te réconforter, tu étais digne d'elle et de moi, car tu m'as sauvé la vie d'une certaine façon, tu sais ?

— Ah bon ?

Elle acquiesça et lui raconta qu'elle s'était un jour étouffée avec un raisin et que Lara s'était souvenue de son conseil de premier secours.

— Merci, du coup, conclut Eliza avec nonchalance. Tu ne t'en es certainement pas rendu compte à l'époque, mais c'est comme si tu avais eu une prémonition ce soir-là, sur cette fille géniale que tu allais avoir et sur ton devoir de prodiguer à maman un conseil capital afin que je survive jusqu'à l'âge de venir te retrouver.

Elle souriait et il s'aperçut que lui aussi. Il exultait.

— Ça me réconforte en effet, dit-il, estomaqué qu'une remarque anodine dans un bar puisse avoir des répercussions des années plus tard. Wow. Merci de m'avoir dit ça.

— Merci à toi, renchérit-elle. Et puis, tant qu'on y est, si tu as d'autres conseils susceptibles de me sauver la vie, je suis tout ouïe.

Elle mit les mains derrière ses oreilles et les bougea d'avant en arrière.

— Tout ouïe.

Il sourit à nouveau. *Elle est géniale*, songea-t-il, heureux. *Vraiment, absolument géniale.* Une brise fit frémir les branches du pommier à côté d'eux et soudain un souvenir ressurgit en lui, un détail auquel il n'avait pas pensé depuis des années. Une jolie fille aux yeux sombres, lui souriant sous sa frange juste après avoir planté un pépin de pomme dans le centre de New York.

— Au fait, est-ce que ta mère sème toujours des pommiers ?

Eliza eut l'air intriguée.

— Quoi ?

— Rien, répondit-il, se sentant idiot et préférant changer de sujet. Alors, mon premier conseil susceptible de te sauver la vie est de faire attention à un énorme morceau de thon à la mayonnaise qui est sur le point de tomber de ton sandwich sur ton jean.

— Arf.

Elle tourna le pain juste à temps pour manger le bout en question, puis lui sourit en s'essuyant les lèvres.

— Merci. Bien joué. OK, j'ai le plaisir de t'annoncer que tu as réussi le test. Tu peux rester.

Elle plaisantait, évidemment, mais c'était incroyable comme le cœur de Ben débordait de joie. Comme il se sentait bien, se réjouissait d'être avec elle, d'avoir d'autres conversations, de lui transmettre tout ce qu'un père devait transmettre. Il allait sérieusement réfléchir à ces responsabilités, peut-être même en faire la liste. Jusqu'à ce que le visage de Kirsten lui revienne en mémoire, son expression lorsqu'elle s'était éloignée de lui, agrippée à son sweat-shirt couvert de sang. Elle allait lui pardonner, non ? Il existait forcément un moyen de faire une place à Eliza dans sa vie sans détruire tout le reste, n'est-ce pas ?

CHAPITRE 15

— QUE SE PASSE-T-IL ? demanda Lara.

Elle cligna des yeux, en panique, lorsqu'elle découvrit à son poignet droit un lourd plâtre luisant qui n'était pas là auparavant. Elle regarda autour d'elle, frénétique.

— Où sont-ils tous passés ?

Elle se tut à nouveau car la pièce vacillait autour d'elle, comme si elle était ivre, l'esprit assailli d'images sans queue ni tête. De la crème solaire. Une fleur rose dans ses cheveux. Mais où était-elle ?

— Bonjour, dit une femme en blouse d'infirmière. Je suis Rebecca, je m'occupe de vous aujourd'hui. Vous êtes à l'hôpital, vous avez été renversée par un cycliste et vous vous êtes cassé le poignet. Vous avez aussi une petite bosse sur la tête. On vous a donné des antidouleurs puissants, c'est pourquoi vous vous sentez peut-être un peu bizarre.

Elle avait un visage gentil, remarqua Lara, toujours dans les vapes. Et de très beaux cils sombres. Étaient-ce des vrais ? Tout cela était-il vrai ?

— Votre mari et votre fille sont là mais ils sont juste sortis manger un bout, poursuivit Rebecca. Ils vont bientôt revenir, j'en suis sûre.

— Mon mari ? répéta Lara.

Ça ne tournait pas rond. Il y a quelques minutes, elle se trouvait ailleurs, elle en était certaine. Elle flottait dans la mer. Une plage de sable blanc. De grands verres à cocktail. Un monde qui s'était mystérieusement fissuré pour être remplacé par cette chambre d'hôpital, avec des rideaux délavés autour du lit et une forte odeur d'antiseptique.

— M. McManus, c'est ça ? Ils ne devraient pas tarder. En attendant, est-ce que je peux vous apporter une tasse de thé ou de café ? Avez-vous faim ?

— Non, merci, marmonna Lara avant de fermer à nouveau les yeux parce qu'elle avait l'esprit trop embrouillé pour voir le monde.

Et parce qu'elle préférait les choses telles qu'elles étaient à la mer, avec Ben en chemise blanche à manches courtes sur ses bras bronzés, le bruit des vagues en arrière-fond. Ses membres lui semblaient lourds lorsque le sommeil la gagna à nouveau puis, Dieu merci, elle dériva très loin.

Kirsten avait réussi à retenir ses larmes sur tout le trajet de retour mais, dès qu'elle eut franchi la porte d'entrée, elle craqua et s'effondra dans le hall, les mains plaquées sur les yeux, et pleura sans plus pouvoir s'arrêter. Jamais elle ne s'était attendue à ça. Ben, infidèle ? Ben, père de l'enfant d'une autre ? Elle n'y aurait pas cru si elle n'avait pas entendu les mots de la bouche de son mari à l'instant. Qu'elle ait souhaité ces derniers temps qu'il se montre plus entreprenant, plus surprenant, n'était pas sans ironie, une fois de plus. Être prévisible, ce n'était pas si mal après tout. N'aurait-il pas pu être plus prévisible, finalement ?

Son téléphone sonna, c'était à nouveau lui, mais elle ignora l'appel. Comment trouver les mots pour discuter ? Qu'y avait-il à dire dans pareille situation, de toute façon ? La révélation de l'existence de sa fille, de sa tromperie, sapait complètement leur mariage. Plus rien ne serait jamais pareil. Malgré elle, cette Lara avait offert au mari de Kirsten exactement ce qu'il désirait depuis toujours, l'enfant qu'elle-même n'avait pu lui donner. Elle ne pouvait le supporter. Était-ce une sorte de punition, son châtiment pour ne pas avoir tenté une troisième FIV lorsqu'il l'avait suppliée de le faire ?

Elle appuya la tête contre la porte, avec la désagréable impression que le monde se moquait d'elle. À l'époque, Ben et elle avaient fait de leur mieux pour surmonter ensemble l'impossibilité d'avoir des enfants, mais à présent elle avait le sentiment d'être seule à l'origine de leur échec. Son appareil reproducteur à lui fonctionnait parfaitement, hein ? Une partie de jambes en l'air avec une autre et il avait engendré un être vivant, les doigts dans le nez. Kirsten n'en avait pas été capable et cela la rendait malade. Tout le monde saurait désormais qu'elle était la seule à blâmer.

Les mains tremblantes, elle prit conscience de son piètre choix de mot et les larmes dévalèrent ses joues de plus belle. « Blâmer » était toxique, un terme déplacé pour évoquer l'incapacité d'un couple à concevoir. Comment une chose pareille pouvait-elle être la faute de quiconque ? Elle n'avait jamais, absolument jamais, utilisé ce mot avec ses patientes dans le cadre de son travail. Toutefois, bizarrement, elle considérait pouvoir se l'appliquer à elle-même. Imaginer des médisances dans cette veine-là de la part des sœurs de Ben ne fit que redoubler ses pleurs. Elle avait essayé, d'accord ? Elle avait essayé de lui donner un bébé, merde !

La « chambre du bébé », c'est ainsi qu'ils appelaient la petite pièce de leur maison, pour plaisanter, tendrement, quand ils avaient emménagé. Lorsqu'ils étaient encore jeunes et insouciants, avant même d'avoir discuté d'avoir un enfant, quand ce n'était encore qu'une boutade, pour prétendre être de vrais adultes. Le surnom de la pièce l'avait longtemps hantée après l'échec de leurs FIV, quand il était devenu évident qu'aucun bébé ne viendrait jamais agrandir la famille, qu'il n'y aurait pas besoin de chambre supplémentaire. Ils avaient arrêté de dire la « chambre du bébé », jusqu'à décider de la peindre en blanc et d'y installer un bureau et un meuble de rangement pour créer un espace de travail. Mais la pièce conservait entre ses murs un résidu de tristesse qui restait perceptible même pour quelqu'un d'aussi pragmatique que Kirsten.

Sauf que Ben avait tout fait voler en éclats. Qu'il l'ait trahie vingt minutes ou vingt ans plus tôt, c'était pareil. L'idée qu'il lui ait caché son petit secret pendant si longtemps la rendait malade. Lui, avec cette femme, dès son premier jour à New York ; cela en disait long sur ses sentiments pour Kirsten, qu'il passe à autre chose si facilement. *Quel connard !* enragea-t-elle. *Quel gros porc !*

Attendez une minute. Un détail lui traversa l'esprit. Au mur de leur salon était accrochée une affiche noire et dorée du plan de Manhattan que Ben avait achetée à une foire d'art contemporain quelques années plus tôt et qu'il avait voulu garder plutôt que la vendre au magasin. Ça fit tilt dans sa tête à s'en décrocher la mâchoire. C'était pour ça qu'il l'avait choisie ? Repensait-il à son adultère chaque fois qu'il la contemplait ? Ressentait-il une palpitation pour cette femme super fertile que

Kirsten venait de rencontrer, juste avant de la voir être poussée dans une ambulance ?

Une rage folle se répandit dans ses veines alors que les pièces du puzzle s'assemblaient. Elle se leva et courut au salon, où l'affiche la narguait sur le mur. *Ha ha, le petit secret de Ben ! Eh bien, c'est fini.* D'un geste brutal, elle l'arracha de son crochet et la lança contre la cheminée. La vitre se cassa lorsque l'image heurta le socle carrelé, projetant des éclats scintillants.

— Va te faire foutre, Ben, sale menteur ! hurla-t-elle.

Ça aurait pu être cathartique si son cœur ne s'était pas brisé en même temps.

En larmes, remontée à bloc, elle se précipita à l'étage pour fourrer quelques affaires dans un sac. Que Ben se débrouille avec son bazar. Elle se tirait de là.

— Maman !

Un peu plus tard, Lara fut réveillée par le chuintement du rideau autour de son lit et trouva Eliza à son côté.

— Tu reviens à toi ? Comment tu te sens ?

Lara ouvrit les yeux et la scène prit forme devant elle. Un lit d'hôpital. Le poignet dans le plâtre. Le mal de tête. La douleur au visage, comme si on avait passé une râpe à fromage dessus. Oh Seigneur, et sa fille, si pâle et inquiète. Elles étaient à Cambridge, se souvint-elle, des bribes de leur voyage lui revenant à l'esprit et – oui. Elles étaient venues pour trouver Ben. *Merde. Ben.* Il était également là, au bout du lit, la mine aussi sinistre que la Grande Faucheuse.

— Je vais bien, ma chérie, dit-elle plus vaillamment que ce n'était le cas, puis elle referma les paupières car tout la dépassait, c'était trop intense, des images continuaient de jaillir.

Elle l'avait rêvé, n'est-ce pas, que Ben était son mari ? Les visions de leurs vacances ? Oui, pas de doute : désormais elle se souvenait de s'être assise dans ce café avec lui, elle se rappelait l'assiette de viennoiseries, son visage si froid et austère. Et ensuite, que s'était-il passé ?

— Je ne sais pas, marmonna-t-elle pour répondre à sa propre question.

— Tu as été renversée par un vélo, tu te rappelles ? Tu t'es cassé le poignet et tu as eu une commotion cérébrale. Tu as couru pour me rattraper. Désolée, d'ailleurs.

Lara rouvrit les yeux en entendant le ton affligé d'Eliza.

— Ce n'est rien, dit-elle.

Le brouillard s'éclaircit peu à peu pour révéler de nouveaux souvenirs : Eliza en pleurs qui se ruait dehors. Lara qui lui emboîtait le pas, rongée par le remords, si déterminée à la réconforter qu'elle ne s'était pas arrêtée avant de traverser la route. Un cri non loin, le crissement de freins de vélo, un visage rose paniqué penché au-dessus d'elle. Et puis… ça. Ici.

— Foutus cyclistes, plaisanta-t-elle mollement. Ils ne peuvent pas se déplacer en voiture, comme toute personne sensée ?

— Hé, on ne dénigre pas les cyclistes, merci bien, riposta Ben avec une jovialité forcée, mais le cerveau de Lara embrayait déjà sur autre chose.

Une minute. En voiture, se répéta-t-elle avec une pointe de panique. Elles devaient rentrer, retourner à Scarborough. Mais comment allait-elle conduire avec son poignet cassé ?

— Ne t'inquiète pas, dit Eliza avant que Lara puisse réfléchir à la question. Ben… enfin papa… Arf, désolée, je ne sais pas comment t'appeler, maugréa-t-elle en lui jetant un coup d'œil. Il a été génial, il s'est occupé de tout. Nous allons dormir chez lui ce soir ; il a dit que ça ne posait pas de problème.

— Absolument, renchérit Ben. Tu n'as qu'à me dire où est ta voiture et me donner les clés et je peux aller la chercher et vous ramener, toutes les deux.

— Les médecins estiment que tu pourras sortir à la fin de la journée, mais quelqu'un doit garder un œil sur toi pendant vingt-quatre heures, enchaîna Eliza comme s'ils formaient un duo, lui dictant à tour de rôle ce qu'elle devait faire. Oh, au fait, Ben est d'accord avec moi concernant les tatouages. Soit dit en passant.

— Quoi ? Non ! protesta faiblement Lara.

Elle tourna la tête pour fusiller Ben du regard. Qu'est-ce qu'il avait bien pu lui dire ? Mais ce mouvement brusque l'étourdit. Était-ce un cauchemar ? Forcément, puisque Eliza venait de dire qu'elles dormiraient chez Ben le soir. *Hors de question*, décida-t-elle farouchement. Il lui avait bien fait comprendre qu'il était furieux contre elle, qu'il la détestait, et il était donc la dernière personne sur Terre à qui elle voulait avoir affaire. Elle n'avait pas besoin de son hospitalité. Ni qu'il conduise sa voiture. Elle voulait rentrer chez elle et oublier le plus vite possible cette visite à Cambridge. De préférence sans qu'Eliza se fasse tatouer au passage.

— Je n'ai pas tout à fait dit que je pensais qu'elle devait se faire tatouer… rectifia Ben, gêné.

— On va à l'hôtel, décréta-t-elle en parlant en même temps que lui, incapable de regarder sa fichue mine contrite. Je doute que ta femme soit ravie de nous voir débarquer. On a créé assez de problèmes.

Un instant, Ben parut abattu – bon Dieu, il devait être dans de sales draps avec sa femme. Puis il secoua la tête.

— Je n'arrive pas à joindre Kirsten, mais si ça lui pose problème il y a d'autres solutions. Vous pouvez aller chez ma mère, par exemple.

— Oooh, ma nouvelle grand-mère ! s'écria Eliza, s'illuminant tout à coup. Tu crois que ça ne la dérangerait pas ?

— Non, objecta à nouveau Lara, une note de désespoir dans la voix. Merci, mais non.

Bon sang, après tout ça il était impensable qu'elle s'installe chez la mère de Ben. Elle préférait encore dormir dans sa voiture. Elle préférait même dormir dans la rue s'il le fallait.

— Et puis demain, Ben, alias papa, nous ramènera à Scarborough avec ta voiture, pour que je ne rate pas l'école lundi, et il prendra le train pour revenir à Cambridge, continua Eliza comme si Lara n'avait rien dit. Désolée, maman, j'ai envisagé de conduire moi-même mais je ne suis pas sûre d'être capable d'assumer tout le trajet seule, s'empressa-t-elle d'ajouter. Et l'idée qu'on soit juste toutes les deux me stresse un peu, au cas où tu aurais toujours ta commotion demain, parce que s'il arrivait quelque chose je ne saurais pas quoi faire. Ça ne t'ennuie pas ?

Elle avait l'air si nerveuse que Lara sentit son cœur flancher.

— Non, marmonna-t-elle alors que si, bien sûr que ça l'ennuyait.

Ça l'ennuyait au plus haut point que leur voyage ait viré à un tel fiasco. Pour commencer, si elle ne pouvait pas conduire, elle ne pouvait pas travailler. Et puis Ben apparaissait sous un jour nouveau à présent qu'elle savait qu'à l'époque il avait une copine, Kirsten. Il la détestait peut-être de ne pas lui avoir parlé d'Eliza plus tôt, mais finalement elle ne le portait plus tellement dans son cœur depuis cette nouvelle qui lui avait fait l'effet d'une bombe.

Ben et Eliza se mirent à organiser les choses à voix basse, et le menton de Lara tremblota alors qu'une nouvelle vague d'anxiété la gagnait. Pourquoi avait-elle laissé germer en elle l'espoir, même infime, que quoi que ce soit de positif puisse ressortir de cette mascarade ? Elle avait été trop bête d'entretenir, de chérir pendant si longtemps le souvenir de leur soirée à New York avec un tel romantisme. Combien de fois s'était-elle rejoué cette nuit-là ! Elle avait considéré Ben comme un amour perdu, le seul homme avec qui elle avait ressenti une connexion immédiate si intense, une étincelle si puissante. À présent qu'elle savait qu'à l'époque il n'était même pas libre, elle se sentait cruche. Il n'avait pas pensé un traître mot de tout ce qu'il lui avait dit, c'était évident. Ça ne lui arrivait qu'à elle, ces choses-là !

Toutefois, au moins il avait bel et bien essayé de lui laisser un message. Tout aurait pu tourner différemment, si… Enfin, il ne servait à rien de s'engager dans cette voie désormais, n'est-ce pas ? Elle n'allait pas révéler à Ben ce qui s'était vraiment passé ce soir-là. À quoi bon ? Un peu plus tôt, Heidi l'avait bombardée de SMS pour savoir comment ça s'était déroulé et Lara avait été obligée de répondre qu'en fait il n'y avait plus aucune étincelle, et plus la moindre complicité, et qu'elle s'était trompée du tout au tout pendant dix-neuf ans : ils ne partageaient rien de spécial. Pourtant, malgré tout, son inconscient lui jouait des tours, comprit-elle dans un sanglot, notamment avec ce rêve ridicule qu'elle avait fait, dans lequel ils étaient mariés et passaient des vacances ensemble. *Regarde ce que tu aurais pu avoir dans un autre monde, vous auriez eu droit à votre happy end*, semblait-il la narguer. Pour l'amour du ciel, son foutu cerveau n'avait-il rien appris ?

— Oh maman, ne pleure pas, s'écria Eliza, accablée. Ça va aller, crois-moi. Je blaguais pour le tatouage. Plus ou moins.

— C'est trop pour moi, lâcha Lara, à bout.

Pourquoi n'avait-elle pas insisté pour qu'Eliza et elle rentrent à Scarborough quand elle l'avait récupérée au bord de la route la veille ? Pourquoi avait-elle accepté de venir ?

— N'importe quoi, la gronda l'infirmière en arrivant à ce moment-là. Dans six à huit semaines il sera comme neuf.

Lara n'avait pas le cœur de lui dire qu'elle ne parlait pas de son poignet. Si seulement c'était son seul souci ! Elle referma les yeux, ça paraissait être son dernier refuge.

CHAPITRE 16

Le dimanche matin, Ben et ses passagères improbables se mirent en route vers Scarborough à bord de la voiture de Lara, une once d'appréhension amère flottant entre eux, comme si un déodorant de voiture intitulé « Malheur » pendait au rétroviseur. Eliza prit place sur le siège à côté de lui pendant que Lara s'affalait à l'arrière, épuisée et abattue. Ben sentait que le voyage allait paraître beaucoup plus long que les trois heures et trente-huit minutes annoncées par le GPS. « Donnez-moi du courage », disait son père quand il était au bout du rouleau, et Ben récita mentalement ces mots tel un mantra silencieux avant de mettre le contact.

La soirée précédente avait été… eh bien, la qualifier d'« extrêmement gênante » restait un euphémisme. Lara avait été autorisée à sortir de l'hôpital en fin d'après-midi, et il les avait ramenées toutes les deux chez lui, après avoir prévenu Kirsten par un texto d'excuses que c'était son idée.

Ça ne veut rien dire. Je le fais pour Eliza. Je leur ai proposé de les raccompagner à Scarborough, mais ensuite tu es ma priorité. Notre mariage est ma priorité. Peux-tu me rappeler, s'il te plaît ?

Elle n'avait pas répondu, mais n'avait pas eu besoin de le faire : il avait très bien compris les sentiments de sa femme à son égard lorsqu'il était rentré chez eux. Du côté de Kirsten, la penderie était vide et le plan de Manhattan encadré qu'il avait accroché dans le salon avait été fracassé contre la cheminée, jonchant le tapis de bris de verre comme une couche de givre. Pour la touche finale, elle avait dû projeter le pot de cette horrible couleur prune contre le mur car elle avait giclé absolument partout. Le canapé, la télévision, les photos de mariage, les rideaux : tout était éclaboussé de peinture. On aurait dit une scène de crime, et c'était lui le criminel.

— Oh mon Dieu, s'était écriée Eliza, effarée en voyant le désastre. Écoute, on va partir. Je vais conduire, j'y arriverai. Tu dois lui parler…

— Non, avait-il objecté, fatigué mais déterminé.

Quel genre de père serait-il s'il se résignait à cela alors qu'Eliza lui avait confié qu'elle appréhendait l'idée d'entreprendre un tel voyage toute seule ? Alors qu'il avait déjà gaffé à propos du tatouage et que Lara était encore fragile et à côté de ses pompes, les yeux rouges d'avoir tant pleuré ? En plus, Kirsten avait emporté sa brosse à dents et des vêtements ; elle dormait probablement chez une copine et ne reviendrait pas ce soir.

— Tu ne vas nulle part pour le moment, tu as l'air épuisée, avait-il dit à Eliza. Je vais nettoyer ce bazar avant qu'on prépare la chambre d'amis, puis on se fera livrer quelque chose à manger.

La soirée avait été plutôt calme. Lara était allée se coucher aussitôt que le lit avait été prêt et Ben avait cru l'entendre pleurer à nouveau. Le personnel de l'hôpital avait insisté sur le fait qu'elle devait se reposer et rester sous surveillance au cas où le traumatisme crânien dégénérerait, mais, Eliza lui ayant assuré qu'elle s'en chargerait, Ben se sentait inutile. Au moins, cela lui avait laissé du temps pour essayer de rappeler Kirsten, ce qui s'était conclu par de nouvelles suppliques sur sa boîte vocale.

Et désormais ils étaient en route vers Scarborough ; malgré tous ses efforts, la maison sentait encore légèrement la peinture mais il s'occuperait de ça à son retour. Il n'avait toujours aucune nouvelle de Kirsten et se demandait dans combien de temps elle daignerait lui adresser à nouveau la parole. Rien de tel ne s'était jamais produit entre eux. Bien sûr, comme tout couple, ils avaient connu des hauts et des bas : des disputes absurdes, de la rancœur, des frustrations qui prenaient parfois des proportions absurdes. Mais qu'elle casse des objets, projette de la peinture partout, fasse sa valise et parte en colère… c'était une première. Il n'avait aucune idée de ce qu'il était censé faire, à part continuer de s'excuser.

Bien sûr, il comprenait qu'elle soit fâchée. Pour commencer, il y avait le choc énorme dû à l'existence d'Eliza, et puis le fait que même s'il enjolivait les choses il l'avait trompée. Certes, techniquement, avant son départ ils avaient décidé d'un commun accord de faire une pause dans leur relation, mais il devait reconnaître que ce n'était pas très classe de sa part d'avoir couché avec une autre fille quelques heures à peine après lui avoir dit au revoir. *Le truc, c'est que je suis tombé raide dingue d'elle dès la première seconde.* Bon, ce n'était pas la meilleure chose à lui dire. *Au cours de cette soirée incroyable, j'ai cru avoir rencontré l'âme sœur.* Non, ça non plus.

Dans le rétroviseur il jeta un coup d'œil à Lara qui s'était endormie et son cœur se serra, contre toute attente. Même dans son état actuel, alors qu'elle était blessée et secouée sur le plan émotionnel, quelque chose chez elle l'attirait. L'intriguait. « Je n'avais plus rien à lui offrir », avait-il expliqué à Eliza la veille, mais entre-temps un autre souvenir lui était revenu : de passage à Londres pour les trente ans d'un ami, il avait repensé à elle en traversant Camberwell. Ce devait être deux ou trois ans après son voyage à New York mais, soudain, arrêté à un feu rouge sur Coldharbour Lane, il s'était revu dans ce bar du Lower East Side en train de parler à Lara du Sun, qui s'était révélé être le pub tout proche de chez elle. Assis là, à attendre au croisement, il avait senti son cœur s'emballer. Et s'il faisait un saut au pub, juste au cas où ? Il avait du temps à tuer, il y avait peu de circulation et avait promis de la retrouver dans le message confus qu'il avait laissé au bar à huîtres. En plus, il était tout seul, Kirsten travaillait ce week-end-là et n'avait pas pu l'accompagner. La nuit lui appartenait, songeait-il lorsque le feu était passé au vert. Puis, avant de pouvoir changer d'avis, il avait mis son clignotant et s'était engagé dans une petite rue pour se garer.

Bien sûr, il était idiot de sa part d'imaginer qu'elle était restée dans le coin. C'était un rêve fugace d'imaginer qu'il allait entrer dans le pub et la trouver là. Pour lui dire quoi ? Il était marié à Kirsten, désormais ; il lui avait juré amour et fidélité. Qu'est-ce qui lui avait pris d'agir ainsi sur un coup de tête ? De toute façon, peu importait, car bien sûr elle n'était pas là. Personne dans le bar ne la connaissait, ni ne l'avait identifiée à partir de sa description. La Lara qui l'avait envoûté à New York devait être partie depuis longtemps, que ce soit à Berlin, à Helsinki ou à Madrid. Une ville cool et palpitante où elle devait mener la grande vie.

Ou non, s'avérait-il aujourd'hui… Comment pouvait-on se forger une idée si précise de quelqu'un pour se rendre compte finalement qu'on s'est fourvoyé ? Comment, par exemple, cette jeune femme d'une vingtaine d'années fascinante, décalée et sublime était-elle devenue cette monitrice de conduite stressée quadragénaire ? Sous les couches de maturité et d'expérience accumulées au fil des années, que restait-il de celle qui lui avait fait tourner la tête dans une ville inconnue, si loin de chez lui ? Malgré tout, il se rendit compte qu'il était curieux de le découvrir.

— Donc, voilà la plage, indiqua Eliza sans que ce soit nécessaire, avec un geste vers l'immense étendue de sable doré.

C'était la fin de l'après-midi, ils étaient enfin arrivés à Scarborough. Sa mère était toujours un peu patraque et n'avait pas dit grand-chose, mis à part présenter ses excuses confuses au chat, et il revenait à Eliza de jouer les intermédiaires entre ses parents. *Parents*, au pluriel ! Un mot qui jusque-là n'appartenait qu'aux autres ! Pendant que Lara se reposait à la maison, Eliza avait proposé à Ben de lui montrer sa ville. La plage semblait un bon point de départ.

South Bay était celle qui figurait sur toutes les cartes postales, un immense croissant de sable encadré par l'imposant Grand Hotel et par les ruines du château au sommet de la colline, avec un front de mer animé. L'été, le littoral était bondé de vacanciers, la mer regorgeait de bateaux touristiques et de yachts, et de vieux ânes tiraient des enfants dans une charrette grinçante en crapahutant d'un bout à l'autre de la plage. En avril, en revanche, c'était désert, hormis quelques promeneurs avec leur chien et une nuée de mouettes picorant le sable mouillé, laissant dans leur sillage de petites empreintes en forme de flèches.

— Waouh ! fit Ben lorsqu'ils descendirent de la promenade le long de l'eau.

Un vent violent s'engouffrait dans leurs cheveux et dans leur veste alors que la mer venait s'écraser sur la côte, les vagues se fronçant comme les frous-frous d'une robe de bal de fin d'année.

— C'est splendide. Tu as de la chance d'avoir ça à côté de chez toi toute l'année. Quelle plage !

Eliza sourit, ravie de l'avoir impressionné.

— C'est mieux dans ces conditions, précisa-t-elle. Quand c'est désert, je veux dire. On ne vient jamais l'été, c'est trop fréquenté.

— Le ciel semble immense, non ? Ce bon vieil horizon, dit-il en inclinant la tête pour le contempler. Il met tout en perspective. En un sens, il minimise tous les problèmes.

Eliza n'avait pas l'intention de rire de manière si sarcastique mais elle ne put s'en empêcher.

— Hum... répondit-elle en haussant un sourcil. Pas sûr que maman soit d'accord avec toi sur ce point, ni ta femme, d'ailleurs, mais c'est une jolie théorie.

Après avoir prononcé ces mots, elle se demanda si elle s'était montrée trop critique, trop indiscrète, mais il lui retourna un sourire narquois, le nez plissé. Heureusement pour elle, il n'avait pas l'air du genre susceptible, à prendre la mouche pour un rien.

— Pas faux, commenta-t-il. Mais... je ne sais pas, face à la mer et au ciel, il y a un truc qui me fait me sentir insignifiant. C'est-à-dire que... quoi qu'il arrive, le monde continuera de tourner, la marée de monter et de descendre. Comme un rappel que nous ne sommes tous que des petits, petits points dans le grand bouillon de l'humanité.

— Des croûtons, peut-être, lança Eliza. Dans le bouillon.

— Des croûtons, exactement !

Il rit, ce qui suscita en elle une onde de plaisir.

— Parfois, c'est bien d'être un croûton et de se souvenir de sa place, ajouta-t-il.

— Parle pour toi ! rétorqua-t-elle. J'aspire à être... une nouille. Ou peut-être un très gros morceau de tomate.

Il rit à nouveau.

— Bravo. Le monde a besoin de gens ambitieux. Une tomate, hein ? De quoi rendre très fier n'importe quel père.

Elle sourit, intimidée à l'idée qu'il soit un jour fier d'elle, si possible pour quelque chose de moins bête que des délires de tomate. Sous son cynisme, elle désirait secrètement qu'il éprouve réellement de la fierté pour elle. Qu'il la présente comme « Eliza, mon incroyable fille », une lueur d'orgueil dans les yeux. À moins qu'il ne se rende compte à quel point elle était tordue et névrotique et ne finisse par être tout à fait déçu. Mais, pour l'instant, c'était plus facile qu'elle ne l'aurait pensé, en pouvant par exemple parler de trucs débiles. Et très sympa aussi, au beau milieu de cet intense mélodrame, qu'ils rigolent à propos de bouillon. Ça ne faisait vraiment que trois jours qu'elle était allée trouver Steve à Whitby, mettant le feu aux poudres ?

La culpabilité monta en elle lorsqu'elle se remémora la dernière remarque de Steve concernant les commentaires à une seule étoile de ses services de décoration qu'elle avait publiés sur plusieurs sites. Oui, d'accord, il l'avait démasquée. *Steve Pickering a abandonné son travail*, avait-elle écrit, ou des variantes de ce style. *Il semble incapable de s'engager dans quoi que ce soit. Ne lui faites pas confiance !* Elle avait créé différents pseudos pour brouiller les pistes, des noms passe-partout comme Alison Smith et Robert Winter, mais aussi quelques-uns plus farfelus tels que colonel G. Maddingley ou Venetia Peacock, pour s'amuser. Elle ferait mieux de les supprimer. Maintenant qu'elle savait qu'il avait eu une bonne raison de quitter sa mère, même si elle aurait aimé qu'il ne lui tourne pas si facilement le dos à elle, pratiquement sa fille.

— Ça a dû être génial, de grandir ici, dit Ben, et Eliza revint à l'instant présent.

— C'était pas mal, je suppose, répondit-elle, n'ayant jamais vécu ailleurs.

Quand elle était allée visiter des universités dans des grandes villes lors des journées portes ouvertes – Birmingham, Newcastle et Édimbourg –, elle s'était sentie grisée par le rythme et l'atmosphère de ces lieux, la taille des immeubles, l'intensité de la circulation. À son retour, Scarborough lui avait paru petit et calme. Ennuyeux, disaient même ses amis qui avaient hâte de vivre dans des endroits qui offraient de meilleurs magasins, des bars plus cool et davantage d'opportunités pour s'amuser. Mais était-ce si simple ? Elle était déjà tiraillée.

Ils avaient désormais presque atteint le bord de l'eau et Ben ramassa une pierre plate, inclina le poignet et l'envoya ricocher sur la mer capitonnée : une, deux, trois, quatre fois.

— Ce n'est pas juste, protesta Eliza. Tu ne vis même pas ici et tu sais faire ça. Moi je n'ai jamais réussi.

— Tout est dans le mouvement du poignet, expliqua-t-il en cherchant une autre pierre. Tiens, essaie avec celle-là.

Il lui tendit un caillou bleu-gris, lisse et plat, et lui montra comment le tenir, entre le pouce et l'index, de sorte que la pierre repose sur son majeur.

— Baisse-toi un peu pour te mettre au niveau de l'eau, puis plie ton poignet vers l'arrière avant de le lancer en avant.

Il envoya son caillou raser l'eau sans effort, ploc-ploc-ploc-plouf.

— À toi.

C'était agréable, d'être là à faire des ricochets ensemble, ou plutôt à essayer de faire des ricochets, car malgré ce cours particulier elle ne parvenait à faire qu'un ou deux rebonds. À chaque tentative, il se montrait patient et encourageant et elle ne pouvait s'empêcher d'entrevoir dans un coin de sa tête la vie parallèle qu'elle aurait pu mener, de s'imaginer ici bien plus jeune pour apprendre cette technique des années plus tôt.

Déstabilisée par les émotions que faisaient naître ces visions, elle préféra couper court. Mieux valait sans doute ne pas trop penser à ce qui aurait pu se passer. À quoi bon ?

— Je m'entraînerai, promit-elle en riant tandis qu'elle levait les bras en s'avouant vaincue.

— La prochaine fois que je viens, j'espère constater de gros progrès, la défia-t-il. Dix rebonds, au minimum.

Elle sourit.

— Alors tu comptes revenir ? On ne t'a pas trop rebuté ?

— Oh, je compte carrément revenir, répondit-il aussitôt. Si tu es d'accord, bien sûr. Bon Dieu, oui, absolument, j'ai vraiment envie de faire partie de ta vie maintenant.

À ces mots, Eliza fut incapable de parler, trop émue. Trop heureuse de l'entendre dire ça. À l'hôpital, elle avait plaisanté au sujet de lui avoir fait passer un test, mais à présent il lui semblait que c'était elle qui l'avait réussi.

— Ça me plairait aussi, dit-elle timidement.

— Génial ! déclara-t-il un sourire aux lèvres. Fantastique ! J'ai déjà pensé à des trucs qu'on pourrait faire ensemble, ici ou à Cambridge, si je te réserve des billets de train. Et peut-être même… hésita-t-il, nous pourrions partir quelque part, juste toi et moi, se lança-t-il avec une expression d'incertitude, comme s'il s'attendait à un refus. C'est juste une idée comme ça, sans aucune obligation.

Eliza n'eut toutefois pas envie de décliner, bien au contraire. Elle éprouva de la jubilation à l'état pur. *Mais oui !* N'était-ce pas le genre de choses dont elle avait toujours rêvé ? Enfant, chaque fois qu'elle se faisait des films du genre *Le retour de papa*, elle s'imaginait toujours Steve revenir, se confondant en excuses d'avoir été absent si longtemps et la couvrant de cadeaux hallucinants pour se faire pardonner : un poney, un lit de princesse, des cours de plongée, une méga virée shopping (« Choisis tout ce qui te fait plaisir »), des vacances sous les tropiques avec du sable blanc et des palmiers… Bien sûr, ce n'était pas la raison principale pour laquelle elle était allée trouver Steve, puis Ben, mais n'empêche, la perspective d'un voyage en bonus dans un endroit incroyable cochait une case.

— Oui, super ! dit-elle, songeuse, se voyant déjà à Paris, Copenhague ou Prague.

Juste tous les deux, de magnifiques villes regorgeant de culture à explorer, où il prendrait en charge tous les frais (et avec un peu de chance sans lésiner sur la dépense, contrairement à sa mère). Peut-être comptait-il même mettre le paquet en organisant une véritable aventure : Tokyo ou Sydney ! Un road-trip en Californie ! N'oublions pas qu'ils avaient perdu beaucoup de temps précieux. Se rattraper avec le ricochet, ce n'était que le début.

— Je suis partante pour n'importe quoi, répondit-elle, espérant que le sous-entendu *Sois aussi généreux que tu le souhaites !* soit clair et net.

— On pourrait faire une virée à vélo, reprit-il, une suite de mots qui balaya aussitôt de l'esprit d'Eliza les vues panoramiques pour les remplacer par des visions de jambes lourdes sous un ciel gris. Prendre des tentes et partir à l'aventure ?

Du camping, encore pire. Petite, elle avait dû rentrer d'un camp de scoutisme plus tôt que prévu car Imogen Farrington avait raconté des histoires de fantômes si terrifiantes qu'Eliza en était devenue hystérique de peur. Certes, depuis, elle avait levé la malédiction en se rendant à des festivals avec des copains et en campant lorsqu'elle avait obtenu le troisième prix du duc d'Édimbourg dans les Yorkshire Dales, des expériences très sympas, mais elle n'était quand même pas certaine d'être fan de plein air et de nuits à la belle étoile. Elle appréciait le confort de quatre murs, d'un lit autre que le sol, de toilettes avec chasse d'eau et d'une douche correcte, merci bien.

Cependant, elle ne voulait pas passer aux yeux de son père ni pour une gamine fourrée dans les jupons de sa mère ni pour une ingrate ; elle parvint donc à feindre un sourire enthousiaste.

— Cool ! J'adorerais.

Il semblait enchanté, le mensonge en valait la peine.

— Fabuleux, commenta-t-il avec un de ses sourires niais. Kirsten ne veut jamais faire de sorties à vélo. Elle préfère passer la nuit dans des hôtels chics mais... eh bien, je ne sais pas toi, mais je trouve que ce genre d'endroit manque d'âme. J'aime autant une tente et la nature.

Le sourire d'Eliza se crispait de seconde en seconde, d'autant plus qu'elle était tout à fait de l'avis de Kirsten à propos des hôtels chics, mais heureusement elle n'eut pas besoin de mentir davantage parce qu'à ce moment-là quelqu'un l'appela. En se tournant, elle vit Bo, Saskia et six ou sept autres amis agglutinés sur un banc, certains garçons avec des bouteilles de vodka et ce qui ressemblait à un joint entre les doigts de Joel.

Elle leur adressa un signe de la main, sans faire mine d'aller les rejoindre. Même si elle avait tenu Bo au courant de son excursion en « terre de patrie » (comme Bo surnommait désormais Cambridge), elle redoutait la rencontre entre ses deux mondes. Pour commencer, elle ne savait pas à quel point Ben se montrerait critique envers les gens qui fumaient de l'herbe. D'autre part, elle se rendit compte tout à coup qu'il portait une veste kaki plutôt ringarde et elle n'avait pas franchement envie de subir les railleries de ses amis à ce sujet le lendemain à l'école. Elle ne le connaissait que depuis deux jours, d'accord ? Il était encore trop tôt pour se moquer de son style ou tenter de l'améliorer comme ses copains le faisaient avec leur père. Ça, plus la virée vélo-camping qu'elle venait d'accepter : avoir un père se révélait plus délicat qu'elle ne l'avait prévu.

— Ça te dit d'aller au château ? s'empressa-t-elle de proposer en le voyant regarder ses amis, afin de couper court à tout commentaire ou toute question potentiels.

Elle était quasi certaine que, en règle générale, les pères adoraient les châteaux.

— Excellente idée, affirma-t-il avec entrain, et elle le pressa tout en s'efforçant de démêler un enchevêtrement d'émotions.

Elle avait sans doute été naïve jusque-là, mais elle espérait vraiment qu'avoir un père deviendrait plus facile avec le temps. Non ?

CHAPITRE 17

— Je devrais y aller, déclara Ben le lendemain matin.

Il était 10 heures et en temps normal à cette heure-là Lara donnait une leçon de conduite, mais hélas elle avait dû rediriger tous ses élèves vers d'autres moniteurs des environs pour les six semaines à venir, jusqu'à ce qu'elle puisse reprendre le volant. Au moins, elle allait enfin tirer profit de l'assurance hors de prix à laquelle elle cotisait depuis des années.

Était-ce petit de sa part de compter les minutes jusqu'au départ de Ben ? Pourtant, c'était la réalité. Dormir chez lui et endurer le long voyage en voiture avait déjà été suffisamment pénible. La veille au soir, elle avait réussi à se montrer polie au cours de la conversation coincée du dîner, puis Eliza avait montré à Ben un tas de vieilles photos de famille et de vidéos, et elle les avait regardés se pencher côte à côte au-dessus des albums.

Lara était ravie qu'ils s'entendent bien. Non, vraiment. À l'hôpital, elle avait eu une frayeur en imaginant ce qui aurait pu se passer : si c'était une voiture et non un vélo qui l'avait renversée, si sa tête avait heurté un tout petit plus fort la chaussée, si elle avait fini dans le coma, voire à la morgue. Tout aurait pu arriver. Bien sûr, Eliza avait besoin d'un second parent, c'était tout à fait légitime qu'ils tissent de nouveaux liens, tous les deux. Peu importait ce que Ben pensait d'elle – et vice versa –, du moment qu'il était présent pour Eliza. Lara passerait outre ses sentiments mitigés envers lui et leur laisserait de l'espace en se tenant à l'écart.

C'est ce qu'elle avait réussi à faire jusque-là, avec une retenue impressionnante. Eliza était désormais en cours et Ben sur le point de repartir pour Cambridge, et Lara n'aurait pas à le revoir avant longtemps. Elle se leva le plus tard possible, afin qu'ils n'aient que peu de temps à passer ensemble, puis elle pourrait refermer la porte derrière lui avec un soupir de soulagement et se pelotonner avec Bruce pour une journée de repos. Elle imaginait déjà l'air réorganiser ses particules une fois que Ben serait parti, puis la semaine retrouver son rythme habituel de jours d'école et de repas. Avec un peu de chance, ce serait bientôt comme s'il n'avait jamais été là.

Mais… Voilà qu'il se rasseyait à la table de la cuisine, son téléphone entre les mains, une expression lugubre sur le visage. Puis il dit quelque chose à propos de son train qui avait du retard, et pouvait-il se faire un autre café ? *Pour l'amour du ciel !* Même si Lara n'avait qu'une envie, se débarrasser de lui, elle grommela oui à travers ses dents serrées, présumant qu'elle ne devrait probablement pas mettre le père de sa fille à la porte. Comment faisait-il pour se préparer ainsi tranquillement du café, comme si ce n'était pas la situation la plus bizarre et la plus oppressante qui soit ? Combien de temps allaient-ils devoir passer ensemble sans Eliza pour désamorcer la tension ?

— Oh, fit-il en regardant avec une expression perplexe la boîte sur laquelle il était écrit *Café*. Il y a des sachets de thé là-dedans.

— Eh oui, répondit-elle sèchement.

— Et donc… où est le café ?

— Tu vois le pot avec *Thé* dessus ? C'est là.

— OK, dit-il en le prenant sur l'étagère. Il y a une raison particulière à ce système ?

Il se foutait d'elle ou quoi ? Elle en eut les poils hérissés.

— Je ne vais pas laisser des pots me dicter ce que je dois en faire, rétorqua-t-elle comme si ça tombait sous le sens. Je peux choisir toute seule.

Il la fixa, ne sachant pas si elle était sérieuse.

— Ils ne te dictent pas ce que tu dois faire, objecta-t-il. Ils ne font qu'exister en tant que récipients obligeamment étiquetés.

Quel imbécile arrogant ! songea-t-elle. Bref. Elle n'allait quand même pas admettre qu'elle avait inversé par erreur le café et le thé et avait été trop têtue, ou peut-être trop fainéante pour les échanger par la suite. Qu'il en pense ce qu'il voulait.

— Eh bien, je préfère prendre mes propres décisions, rétorqua-t-elle.

— D'accoooord, répondit-il d'une voix qui ne laissait aucun doute sur son avis.

Qu'il pense ce qu'il voulait, elle s'en moquait éperdument.

Le silence s'abattit sur eux, laissant entendre le ronronnement sourd du frigo et le chant occasionnel d'un oiseau sur le rebord de la fenêtre. Un couple de merles avait construit un nid dans l'aubépine et elle avait admiré leur travail d'équipe.

— Des nouvelles de ta femme ? demanda-t-elle finalement.

Cette femme que tu as si commodément omis d'évoquer quand on se bécotait sur la piste de danse du Cafe Wha?, ajouta-t-elle dans sa tête, acerbe, mais elle réussit à garder ce commentaire pour elle. *Les hommes, franchement.* Elle en avait terminé avec eux. Tous autant qu'ils étaient. Elle allait finir comme sa mère, enlisée dans l'amertume, à juger chaque homme selon ses propres mauvaises expériences. La vie était beaucoup plus simple ainsi.

Il versait du lait dans une tasse, le dos tourné, mais elle remarqua ses épaules se crisper à cette question.

— Non. Elle ne répond pas à mes appels.

Elle aurait mieux fait d'en rester là, de le prendre de haut et de profiter de cette supériorité. Mais on a tous un quota journalier de self-control.

— D'elle ou de moi, je ne sais pas qui était la plus surprise de découvrir l'existence de l'autre, s'entendit-elle dire, aussi légèrement et gaiement que s'ils parlaient de la pluie et du beau temps.

Elle crut percevoir un soupir de sa part.

— Mmm, fit-il, évasif. Ce n'était pas exactement...

Il se retourna, prêt à se lancer dans de longues explications, mais se ravisa en voyant l'expression de Lara.

— Eh bien, tout le monde sait tout, maintenant, je suppose, conclut-il simplement.

— On dirait bien que oui.

C'est vrai qu'elle non plus n'avait jamais parlé de lui à Steve, mais il y avait une différence, se convainquit-elle : Ben l'avait immédiatement oubliée, elle était prête à le parier. Son nom, son visage, ce qu'elle lui avait confié sur elle-même, tout s'était dissipé en un claquement de doigts à la minute où il avait quitté les États-Unis. Alors que, pour elle... Bêtement, malgré les meurtrissures laissées par son rejet, elle avait continué à vénérer cette soirée, son parangon de bonheur. Elle savait désormais que ses précieux souvenirs n'étaient rien de plus qu'un fantasme, de la poudre aux yeux. Il était parti sans un regard en arrière et, avec le recul, elle aurait voulu avoir le cynisme – ou peut-être la sagesse – d'en faire autant.

Pourquoi les trajectoires alternatives de la vie étaient-elles si puissantes dans notre imagination ? Si séduisantes dans leurs mystères ? Pourquoi avions-nous l'impression que nous pourrions faire tellement mieux si on nous donnait une seconde chance ? Elle lui revenait maintenant, la vision qu'elle avait eue à l'hôpital : son mariage fictif avec Ben (leur lune de miel !) et leurs enfants imaginaires, et elle se força à réfléchir à cette étrange hallucination. Était-ce un aperçu de ce qui aurait pu se passer si le sort en avait décidé autrement ? Si le cœur du père de Ben avait simplement frémi, ne lui causant qu'une grosse frayeur plutôt que de mener à l'inéluctable ? S'ils s'étaient retrouvés, comme prévu, au bar à huîtres, s'ils étaient devenus un vrai couple ? *À quoi bon envisager tout ça,* se réprimanda-t-elle avec colère, *puisqu'on ne peut pas changer le passé ?*

— Pour parler d'autre chose : Eliza est vraiment géniale, dit-il en s'asseyant à la table de la cuisine en face d'elle.

Son sourire chaleureux la désarma et son instinct lui souffla aussitôt de se méfier. S'il s'avisait de déconner avec sa fille, elle pourrait en venir aux mains, que Dieu lui pardonne.

— Oui, confirma-t-elle, sur ses gardes. Elle est géniale.

— Si tu es d'accord, je lui ai proposé de l'emmener en vacances cet été, après ses examens, poursuivit-il avec un enthousiasme timide. On pourrait prendre des tentes et partir à vélo, peut-être dans le Suffolk. Elle semblait emballée quand on en a parlé.

Lara ne put s'empêcher de pouffer, moqueuse.

— Je n'y vois pas d'objection, mais tu ferais bien de revérifier avec elle : elle déteste camper.

Elle devait vraiment avoir un mauvais fond, parce qu'elle sentit un frisson triomphal la parcourir en le voyant se décomposer (exactement l'effet escompté). Elle jubilait, même. *Ouais, va te faire foutre, Ben. Tu ne sais rien du tout.* L'euphorie fut cependant de courte durée, car elle finit par prendre conscience de sa mesquinerie et en avoir honte. Autant pour la bienséance ; ça n'avait pas duré longtemps.

— Oh, lâcha-t-il, penaud. Elle ne m'a pas donné cette impression mais... Je proposerai autre chose, conclut-il en baissant les yeux sur son café.

Elle étudia ses ongles, comme si tout ça lui était bien égal, se sentant vache de l'avoir rabaissé mais sans non plus se presser de réparer ses torts. Bon sang ce que c'était compliqué ! Elle s'était embourbée toute seule et ne savait plus comment s'en sortir.

— Si j'avais eu l'occasion de rencontrer Eliza plus tôt, j'imagine que je l'aurais su, reprit-il sur un ton acerbe.

Elle leva un sourcil vers lui, le visage impassible. C'était reparti.

— Oui, en effet, rétorqua-t-elle, espérant paraître lasse et sarcastique, tout sauf qu'il s'imagine que son avis lui importait.

Et puis la colère prit le pas sur sa tentative de feindre la nonchalance et elle explosa. Il l'avait cherché.

— Sauf que, si tu avais pris la peine de me rechercher une fois de retour en Angleterre, tu vois, juste par politesse au cas où je n'aurais pas eu ton message, ce qui est le cas...

Elle flancha un instant, rattrapée par la culpabilité, avant de continuer :

— Alors nous aurions pu rester en contact, j'aurais pu te dire que j'étais enceinte et nous aurions pu prendre des décisions ensemble.

Sa voix se brisa. *Je n'aurais pas couché avec Steve si j'avais eu le message,* pensa-t-elle avec amertume. *Il n'y aurait eu aucun doute sur qui était le père d'Eliza.* Ses mains tremblaient et elle les posa sur ses genoux, luttant contre ses émotions, cherchant à tout prix à ne pas lui donner la satisfaction de savoir qu'elle en avait bavé.

— Tu l'aurais connue dès le premier jour, en fait, si tu l'avais voulu, lui rappela-t-elle. Alors n'essaie pas de me faire culpabiliser, d'accord ? Parce que ça ne marche pas. Ça ne marche pas une seule seconde, lança-t-elle en brandissant le doigt au-dessus de la table.

Il parut insensible à sa tirade.

— Mon père était en train de mourir, riposta-t-il froidement. Ma famille était effondrée. Alors pardonne-moi si je n'ai pas donné la priorité au fait de te retrouver pour m'excuser de ne pas être venu à un rendez-vous. Je te connaissais depuis moins de vingt-quatre heures et je t'avais laissé un message pour te dire que je ne pourrais pas venir. Et…

Il s'arrêta soudain et Lara en profita pour revenir à la charge.

— Oh bien sûr, mais j'étais quand même censée partir à ta recherche pour t'informer que j'étais enceinte et que le bébé était peut-être de toi quand je n'avais représenté pour toi qu'un coup d'un soir ?

— Mais non ! Ce n'est pas vrai ! protesta-t-il et sa mâchoire se crispa. En tout cas, pour moi ce n'était pas que ça.

— Et comment je pouvais le deviner ? Ça en avait tout l'air, pourtant, rétorqua-t-elle. Tu ne t'es pas non plus donné la peine de me préciser que tu avais une copine ! Et...

Elle n'en avait pas fini (loin de là), mais il lui coupa la parole, exaspéré.

— On s'était séparés ! Juste avant que je parte en voyage on s'était séparés ! J'étais célibataire, OK ? Et oui, je me suis remis avec Kirsten après la mort de mon père mais quand je t'ai rencontrée on n'était pas ensemble. Je n'ai trompé personne.

Lara se pinça les lèvres. Elle n'était pas convaincue que Kirsten voie les choses de cette manière, mais peu importait.

— Quoi qu'il en soit, reprit-elle, comme je te l'ai déjà dit, j'ai essayé de te retrouver. Quand Steve nous a quittées et que j'ai compris qu'Eliza était ta fille, j'ai téléphoné à tous les satanés McManus de Glasgow et de Cambridge de l'annuaire jusqu'à ce que je trouve ton numéro, puis je t'ai appelé deux fois. J'ai laissé un message avec mes coordonnés. Et tu n'as pas été fichu de me recontacter.

— Je n'ai jamais eu ton message ! protesta-t-il. On n'est pas enregistrés sous mon nom, mais sous Jensen, celui de Kirsten. Tu es sûre que tu avais le bon numéro ?

— Oui ! Je ne suis pas complètement demeurée ! Et c'était bien ton numéro, ou quelqu'un de ta famille, car la deuxième fois on m'a demandé si j'étais Kirsten.

Elle le toisa.

— La première fois, la femme à l'autre bout du fil était très remontée, à croire qu'elle te détestait. Elle a refusé de me parler et a raccroché. Alors si tu cherches à blâmer quelqu'un tu pourrais me foutre la paix et peut-être t'en prendre à cette femme, voire à la deuxième, qui a noté mon message mais ne te l'a pas transmis.

Elle était à bout de souffle d'avoir tant crié ; on aurait dit deux boxeurs s'affrontant du regard, refusant de céder. Le cœur de Lara battait à cent à l'heure. *Nous y voilà*, pensait-elle. *Terminé les fausses politesses.* L'heure de jouer cartes sur table avait sonné.

Mais, avant qu'ils puissent développer le sujet des appels manqués, ils entendirent le bruit de la clé dans la porte. *Eliza ?* Non, une autre voix retentit.

— Ce n'est que moi, ne te lève pas !

C'était Heidi et Lara fut contrariée d'être surprise au milieu d'une dispute très personnelle, comme si son amie entrait alors qu'elle était à moitié nue.

— Je suis venue jeter un œil à cette bosse à la tête, m'assurer que tu n'avais pas complètement perdu les pédales.

— Je suis à la cuisine, lança Lara d'une voix égale, en adressant un coup d'œil Ben qui voulait dire : *Va-t'en maintenant, s'il te plaît.* Et…

Mais Heidi continuait à babiller.

— Et je voulais aussi tout savoir sur ce connard fini chez qui tu t'es retrouvée coincée. Quel cauchemar ! s'exclama gaiement son amie en déboulant dans la pièce.

C'est alors qu'elle vit Ben et elle en resta bouche bée, si brusquement qu'elle eut de la chance de ne pas se déboîter la mâchoire, les yeux écarquillés par la panique.

— Oh, merde. Je ne m'étais pas rendu compte que…

Lara grimaça. Oui, elle avait envoyé un texto assassin à son amie à propos de lui, et oui, elle avait peut-être insulté Ben, mais elle n'avait jamais imaginé que ces mots lui parviendraient aux oreilles. *Que la terre se fende et m'engloutisse !* implora-t-elle, mais le sol de la cuisine resta résolument ferme sous ses pieds.

— Je te présente Ben, marmonna-t-elle pour briser l'horrible silence qui s'était abattu sur eux.

— Bonjour, dit Ben, maussade. Le connard en personne.

Lara ferma brièvement les yeux, souhaitant être ailleurs, loin d'ici. Est-ce que ça pouvait être pire ? Puis il se leva, sans avoir touché à son café.

— Eh bien, j'aimerais pouvoir dire que ce fut un plaisir de te revoir, lança-t-il à Lara. Mais ce serait un peu exagéré.

Laisse couler, se dit Lara en se raidissant.

— Le sentiment est partagé, inutile de le préciser, rétorqua-t-elle sans bouger alors qu'il traversait la pièce.

Qu'il se barre, elle n'en avait rien à faire. Elle en avait sa claque de toute cette mascarade.

Il s'arrêta à la porte et se retourna vers elle.

— Que t'est-il arrivé, Lara ? demanda-t-il sur un ton dédaigneux. Pourquoi tu es devenue si méchante ?

Et il partit sans attendre de réponse. Heureusement, car Lara, blessée, eut soudain la gorge nouée. Méchante ? Elle n'était pas méchante. Comment pouvait-il dire ça ? Elle haleta, s'efforçant de ne pas laisser transparaître ses émotions puis, lorsque la porte d'entrée claqua derrière lui, elle se prit la tête entre les mains et poussa un grognement venu du fond de ses entrailles.

— Merde ! jura-t-elle. Meeeeeeeerde !

Heidi se précipita vers elle.

— Oh mon Dieu, je suis tellement désolée, gémit-elle. Je pourrais me baffer. Je ne savais pas qu'il était là ! Ça va ? Tu me détestes ? Lara, je suis mortifiée. Navrée ! Navrée !

Lara émit un son à mi-chemin entre le rire et le sanglot.

— Je suis vraiment trop conne, gronda-t-elle.

— *Toi* ? Et moi, alors ? s'écria Heidi.

— De l'avoir mis sur un tel piédestal, ajouta Lara.

Elle se sentait si bête, si furieuse contre elle-même qu'elle n'arrivait même pas à regarder Heidi.

— L'avoir érigé en mythe. Une légende ! Alors que pendant tout ce temps... enfin, tu l'as vu. C'est juste un homme. Un type lambda, assez minable, qui...

Tout à coup, elle eut envie de pleurer.

— ... qui me trouve méchante.

— Oh ma belle.

Heidi passa un bras autour d'elle. Ses courts cheveux blonds sentaient le miel.

— Je pourrais le frapper d'avoir dit ça. Parce que tu es la dernière personne sur Terre qu'on pourrait qualifier de méchante, OK ? Oublie ça tout de suite, c'est faux. S'il y a quelqu'un de méchant, c'est lui. Tu avais raison, c'est bel et bien un connard.

Elle serra fort Lara et déposa un baiser sur le haut de son crâne.

— Et ne sois pas trop dure envers toi-même à cause de ce que tu ressentais pour lui. Tu étais pleine d'espoir, c'est tout. Optimiste. Et ce sont des qualités ! Tu avais un rêve, et tout le monde a besoin de rêves.

— Ouais, sauf que le mien ne s'est pas réalisé. Il n'a pas fallu grand-chose pour le bousiller.

Elle se frotta les yeux de sa main valide, le plâtre à son poignet lui paraissant chaud, irritant et lourd comme jamais.

— Qu'il aille se faire foutre, alors, répondit Heidi. Il n'est pas assez bien pour toi, de toute façon. Tu l'as surestimé dans tes souvenirs, ce n'est pas ta faute s'il n'est pas à la hauteur.

Affligée, Lara se tut un moment. Heidi ne comprenait pas. Lara s'était raccrochée à ses illusions romantiques. Elle avait nourri l'espoir, s'était laissée berner. Et désormais, sans cet espoir, que lui restait-il ? Est-ce qu'un jour elle connaîtrait à nouveau l'amour, ou avait-elle déjà épuisé sa dernière chance ?

— Ça n'a plus d'importance, finit-elle par dire.

Le pire est passé, se répéta-t-elle comme si ça pouvait lui apporter un quelconque réconfort. Il était évident que Ben ne l'appréciait pas, et à présent il savait qu'elle ne l'appréciait pas non plus. Au moins ils étaient enfin honnêtes l'un envers l'autre.

— Bon débarras, franchement. Bon débarras, merde !

DEUXIÈME PARTIE
ÉTÉ

CHAPITRE 18

C'était le début du mois de juin et un beau soleil brillait sur Scarborough. La mer grouillait de baigneurs et de bateaux, la plage était jonchée de transats et de châteaux reconstruits chaque jour. Les boutiques de souvenirs renouvelaient leurs stocks, les restaurants du front de mer mettaient à jour leur menu et, dans tous les hôtels et maisons d'hôtes, les draps étaient blanchis, les carreaux lavés et les rénovations de dernière minute entreprises en vue de l'afflux estival de vacanciers. Lara adorait cette époque de l'année, la promesse de ses matins radieux et de ses longues soirées, quand toute la ville semblait connaître un nouvel élan, au gré d'une brise joyeuse.

Enfin, presque toute la ville. Car, si les saisons défilaient, si les gens prenaient de l'âge et si les humeurs changeaient, il y avait une constante sur laquelle Lara pouvait toujours compter : la bougonnerie de sa mère, Frances, quoi qu'il arrive. Ce jour-là, par exemple, alors que les rayons du soleil filtraient par la fenêtre, que le temps était doux et agréable et que Lara était venue lui apporter un bouquet de roses blanches très parfumées et des petits sablés faits maison, Frances n'avait qu'une chose en tête : son nouveau voisin, qu'elle méprisait au plus haut point.

— Inouï. Juste inouï. « Bon sang, je lui ai dit, qu'est-ce que vous fabriquez ? Ôtez ce truc de ma haie sur-le-champ ! » Et tu sais ce qu'il a répondu ? Devine ce qu'il a dit, ce vieux bouc.

Lara écarta les mains ; elle n'essayait plus depuis longtemps d'imaginer la dernière ignominie infligée à sa mère. En dépit du soleil et du très joli jardin, elles étaient assises dans le salon encombré. En croisant le regard de son frère sur la cheminée, figé dans le temps en tant que bonhomme aux dents écartées en uniforme scolaire, elle aurait tout donné pour qu'il soit là en vrai afin de pouvoir échanger des grimaces avec lui.

— Je n'en ai aucune idée, maman.

— Il a soutenu que c'était sa haie, qu'il avait vérifié sur le cadastre et qu'elle était à lui !

Frances devenait rouge d'indignation, à moins que ce ne soit aussi dû en partie à la température quasi tropicale de la pièce.

— Je lui ai dit, « Excusez-moi mais c'est moi qui l'ai plantée il y a douze ans, merci bien. Et vous pouvez remballer votre pelle, parce que ma haie reste là où elle est ».

— Bravo, commenta Lara en prenant le bouquet de roses sur ses genoux. Je peux les mettre dans un vase ? Et nous servir quelque chose à boire ?

— Mais tu sais ce qu'il a eu le culot de me répondre ? « Eh bien, je suis désolé, ma chère ». Oui, il a vraiment dit ça, « ma chère », ce vieux schnock effronté, comme si on était amis alors qu'on ne se connaît même pas. « Je suis désolé, ma chère, mais je ne supporte pas le laurier. Or il a tout envahi. Et il est sur ma propriété. »

Elle fit une pause pour reprendre son souffle, nouant ses mains furieusement sur ses genoux, une lueur belliqueuse dans les yeux.

— Eh bien ! Je n'allais pas me laisser faire, crois-moi. J'ai dit, « Il faudra me passer sur le corps d'abord, monsieur Granger. Me passer sur le corps ! »

Lara se leva, gagnée par une vague de compassion pour M. Granger. Il n'avait clairement pas la moindre idée de celle à qui il se frottait.

— Je vais les mettre dans de l'eau, déclara-t-elle en se dirigeant vers la cuisine. Il fait beau dehors, lança-t-elle par-dessus son épaule tandis qu'elle remplissait un vase. Pourquoi on ne s'installerait pas au jardin ?

— Quoi ? Pour qu'il écoute notre conversation ? C'est tout à fait son genre, tu sais. Quel goujat ! Un sale type !

Hors de sa vue, Lara leva les yeux au ciel. Au jugé, M. Granger n'était rien de tel. Comme toujours, en règle générale.

— En parlant d'homme, entendit-elle ensuite, c'est quoi cette histoire d'Eliza qui va revoir son père ? Elle m'a dit qu'elle était allée à Manchester avec lui, tout ça. On va voir combien de temps ça va durer. Dans l'intérêt d'Eliza, j'espère qu'il prendra son rôle plus au sérieux que ton père avec toi, c'est tout ce que je peux dire.

— La barre n'est pas très haute, répondit sèchement Lara.

Elle ne savait pas grand-chose sur son père, Eric, si ce n'est que Frances l'avait rencontré dans un parc, parce que leurs chiens avaient commencé à se bagarrer. À croire que ces prémices avaient donné le ton à leur relation (« Vu l'attitude de son chien, j'aurais dû savoir que c'était de la mauvaise graine », avait pesté Frances plus d'une fois), même si Lara avait souvent songé que c'était grâce au staffie d'Eric qu'elle avait vu le jour.

— Enfin, il a intérêt à ne pas mal se comporter avec Eliza ou il aura affaire à moi, menaça Frances lorsque Lara revint. Il le regrettera.

— Heureusement pour lui, je crois que tout va bien se passer, répondit Lara.

En effet, quoi que Ben pense de Lara, jusque-là il avait été plutôt génial avec Eliza : il l'appelait souvent pour discuter et lui envoyait des messages après chaque examen pour savoir comment ça s'était passé. Le mois précédent, quand ils s'étaient retrouvés à Manchester, il l'avait emmenée voir une exposition de manga qui les intéressait tous les deux, puis il lui avait fait la surprise de lui réserver une séance de chute libre dans un simulateur (« Maman, c'était juste dingue ! »). Il l'avait aussi invitée à dîner dans un restaurant japonais hipster, où ils avaient mangé des plats dont Lara n'avait jamais entendu parler.

Frances ne sembla guère impressionnée.

— C'est facile de gâter un enfant, souligna-t-elle. Mais est-ce qu'il a les qualités requises d'un vrai père ? Il va devoir faire mieux que ça s'il veut me convaincre qu'il est à la hauteur.

Au fond d'elle, Lara était d'accord, mais c'était compliqué. Elle se sentait tiraillée entre l'envie que Ben commette des erreurs pour qu'elle puisse le calomnier (*Être parent, pas aussi simple que tu le pensais, hein ?*), et en même temps elle espérait vraiment qu'il ne merde pas, pour le bien d'Eliza. C'était le plus important. (Du coup, est-ce que ça donnait raison à Ben et que ça faisait d'elle une méchante ?)

Quoi qu'il en soit, le principal, c'était qu'Eliza était revenue rayonnante de son séjour avec lui ; il s'en sortait donc plutôt bien. Qui plus est, Eliza avait plus ou moins pardonné à sa mère de ne pas lui avoir parlé de Ben plus tôt et paraissait mieux dans ses baskets. Elles avaient retrouvé leurs petits rituels à elles, leurs programmes télé favoris, leur traditionnelle génoise du lundi après-midi, ainsi que leur « instant beauté du dimanche soir » consacré à s'appliquer des masques sur le visage et à se vernir les ongles chaque semaine mutuellement. « Se toiletter comme des singes », plaisantait Eliza.

— Ça me fait mal de l'admettre, mais il s'en sort plutôt bien, confia Lara à sa mère. Elle a l'air de vraiment l'apprécier. Alors je les laisse faire, pour être honnête, et tu peux abandonner ton rôle de grand-mère vengeresse pour l'instant, OK ?

— Hum, fit Frances. Il y a quand même quelque chose en sa faveur : sans lui, on n'aurait pas Eliza. T'imagines ?

À Cambridge, le soleil diffusait sa lumière dorée et sirupeuse sur les immeubles aux vieilles pierres, et l'accalmie habituelle avait gagné la ville tandis que la population étudiante se préparait aux examens. Les bibliothèques et salles d'études vibraient de la concentration intense de ceux qui bûchaient. Les pages bruissaient, les surligneurs faisaient ressortir les phrases clés, les dates et les formules. Et la nervosité était palpable entre les tables bien alignées dans les vastes salles résonnantes où les étudiants prenaient des notes fébriles, calculaient, argumentaient et résumaient des données sur des pages noircies tandis que les minutes s'égrenaient implacablement. Dans les jours à venir, une fois que le dernier examen serait terminé et rendu, l'allégresse de la libération déferlerait dans les rues avec de la musique, des fêtes et une exaltation généralisée sur l'ensemble des campus. Mais d'ici là, la ville retenait son souffle, dans l'attente, en pianotant du bout des doigts.

Pour Kirsten aussi, le temps semblait suspendu. Bien sûr, en tant que sage-femme, la charge de travail ne refluait jamais et elle était sans cesse occupée entre ses consultations, les accouchements et l'accompagnement des mamans et de leurs bébés du mieux qu'elle le pouvait. Mais, au niveau personnel, elle se sentait coincée, en stand-by. Après le week-end où son mariage s'était effondré, Ben était venu la retrouver devant la maternité et l'avait suppliée de revenir.

— C'est toi que je veux, avait-il plaidé, les larmes aux yeux. Toi, Kirsten. S'il te plaît, est-ce qu'on peut au moins discuter ?

Mais elle était trop brisée. Trop meurtrie. Comment avait-elle pu se retrouver dans une telle situation ? s'interrogeait-elle, blessée dans son orgueil. Ben et elle s'étaient connus plus de vingt ans auparavant, lors de l'évacuation de la gare de Liverpool Street à cause d'une alerte à la bombe. Une rencontre fortuite entre deux parfaits inconnus ; la conversation s'était engagée avec l'homme drôle et séduisant qui se tenait à côté d'elle en cette soirée froide de janvier, ce qui avait abouti à un échange de numéros, un verre, un baiser, une relation, les vacances, le mariage… et ainsi de suite, des jours et des nuits, des semaines et des années, jusqu'à ce jour où, en le regardant, elle se disait, *Je ne sais même plus qui tu es. L'ai-je jamais su ?*

— Et si en fait cette fille avait un effet… réparateur ? avait suggéré Vick, l'amie chez qui Kirsten était allée dormir. Pour le moment c'est un choc, je comprends, mais elle pourrait vous apporter quelque chose ? Enclencher une nouvelle dynamique familiale, à trois plutôt qu'à deux. Ça peut marcher, tu sais, avec le temps.

Il était rare que Vick se fourvoie à ce point. Décidément, les parents ne comprenaient jamais ce qu'on ressentait quand on n'avait pas d'enfants.

— Mais c'est une dynamique familiale dont je ne fais pas partie, souligna Kirsten en grimaçant.

— Tu pourrais. C'est ce que j'essaie de dire, Kirst. Tu pourrais en faire partie, si tu voulais essayer.

Difficile de savoir quoi tenter ou quoi faire. Après avoir squatté la chambre d'amis de Vick pendant deux semaines, elle ignorait toujours quelle décision prendre. Il lui semblait inconcevable de rentrer chez elle avec Ben et de reprendre là où ils en étaient restés. Tant de discussions impossibles restaient en suspens entre eux. Kirsten avait donc posé une semaine de congé et était allée se réfugier chez ses parents, dans l'espoir de se clarifier les idées. De retour dans sa chambre d'enfant, dans le cocon familial, elle s'était détendue pour la première fois depuis longtemps et en avait profité pour dormir énormément, savourer le temps passé avec sa mère et son père et rendre visite à de vieux amis d'enfance à Stony Stratford, non loin. Cambridge était une très jolie ville mais on avait souvent l'impression de vivre dans un parc d'attractions avec les hordes de touristes et les étudiants qui envahissaient les rues. Cet endroit, au centre de l'Angleterre, lui paraissait plus authentique. Un lieu où réfléchir et où se faire dorloter, un lieu pré-Ben où elle s'était toujours sentie à sa place.

Pourtant elle ne pouvait pas fuir éternellement. À son retour, elle avait pris un appartement en location de courte durée près de l'hôpital afin de s'accorder plus de temps. Un mois s'était écoulé et elle n'avait toujours pas avancé. Retourner à sa vie conjugale avec Ben, vivre dans le confort de leurs existences enchevêtrées, se réveiller chaque matin à son côté… Elle avait le sentiment qu'un canyon s'était creusé entre eux.

— Kirsten, comment vas-tu ? avait demandé Charlotte en lui sautant dessus quand elles s'étaient rencontrées par hasard dans Sidney Street, la semaine précédente. Tu nous manques. Tout va bien ?

Tu nous manques, comme si les sœurs de Ben formaient un conseil, prenant toutes leurs décisions ensemble ; comme si aucune d'elles n'était capable de parler en son propre nom. C'était plus ou moins le cas, en fait. Elles lui avaient toutes laissé pratiquement le même message vocal, disant qu'elles espéraient qu'elle allait bien, à croire qu'elles avaient préparé collectivement un communiqué sur le sujet.

Kirsten avait fait un pas en arrière, ne laissant rien transparaître.

— Je vais bien, merci, avait-elle affirmé.

Une réponse vague.

Par exemple, elle ne rendait pas compte du cocon tranquille que lui offrait son petit appartement, ni de l'habitude qu'elle avait prise de s'acheter des fleurs chaque semaine, ni des petits plaisirs qu'elle s'accordait : son savon de Marseille préféré (citron), des barquettes de fruits, un tournesol en pot pour lui remonter le moral. Elle ne trahissait pas non plus les sentiments contradictoires qu'elle éprouvait, allongée dans son lit, où elle savourait de ne pas entendre son mari ronfler tout en regrettant la chaleur d'un corps auprès d'elle. Des bras pour l'envelopper.

Mais elle n'avait aucune envie d'expliquer ça à la sœur de Ben.

— Comment vas-tu ? avait-elle demandé pour détourner l'attention.

Non, avait-elle songé pendant que Charlotte jacassait, elle n'allait certainement pas se confier au beau milieu de la rue, sachant pertinemment que n'importe quelle bribe d'information révélée à sa belle-sœur serait rapportée sans faute au reste de la meute comme un os à ronger.

Charlotte s'était interrompue d'un air hésitant qui ne lui ressemblait pas.

— Ce n'est pas mon rôle de parler de ça, je le sais, mais je tiens à te dire que je suis désolée que…

Elle avait buté sur les mots, ses yeux verts affolés derrière ses lunettes.

— Nous sommes tous désolés que Ben et toi… Tu sais.

Kirsten était venue à sa rescousse.

— Quoi, qu'il m'ait trompée et qu'il ait mis une autre femme enceinte ?

Elle venait de terminer une permanence de douze heures et n'était pas d'humeur à prendre des pincettes.

Charlotte s'était décomposée. Réceptionniste dans un hôtel, elle semblait trop habillée en cette journée moite, avec son tailleur framboise et ses collants couleur chair, son badge épinglé sur le revers de sa veste. *Charlotte Pringle, à votre service. En cet instant, elle n'a rien à m'offrir,* avait pensé Kirsten les lèvres pincées. *Rien du tout.*

— Eh bien… il est vraiment désolé, avait ajouté sa belle-sœur après un instant.

— Je le sais, répondit Kirsten ; Ben le lui avait répété au moins cent fois.

Elle en avait marre de l'entendre, d'ailleurs ; le mot s'était vidé de tout sens.

— Mais le fait qu'il soit désolé ne change rien aux faits, si ?

Il n'y avait rien à répondre à ça, elles le savaient toutes les deux, et elles étaient parties chacune de leur côté peu après. Nul doute que Charlotte avait poussé un soupir de soulagement aussi profond que le sien. Enfin, elle, au moins, ne l'avait pas ignorée, contrairement à Annie deux jours plus tard, lorsqu'elles s'étaient croisées devant un magasin Marks & Spencer. La deuxième sœur de Ben avait clairement paniqué, pour finalement prétendre de ne pas voir Kirsten et tourner rapidement les talons, tête baissée. Pathétique. Quant à Sophie, la plus jeune du trio, Kirsten était ravie d'avoir une excuse pour ne pas aller à sa fête d'anniversaire la semaine suivante, d'autant plus qu'il s'agissait d'une soirée déguisée. Cette affaire avait de bons côtés, en fin de compte.

Bref, tout ça appartenait au passé. Aujourd'hui, elle ne travaillait pas et elle déjeunait avec Vick à La Mimosa, un restaurant italien au bord du fleuve. Malgré la situation avec Ben, Kirsten était de bonne humeur, après avoir profité d'une grasse matinée et pris son temps pour se préparer. Elle s'était fait un brushing et ses cheveux blonds étaient souples, le soleil brillait et elle portait une robe légère à bretelles, couleur crème avec des pois bleu marine, dont la jupe virevoltait agréablement lorsqu'elle marchait.

Vick avait mis le grappin sur une table en terrasse et après qu'elles se furent embrassées et que Vick l'eut complimentée sur sa nouvelle robe, Kirsten s'assit, envahie par une sérénité bienvenue. Elle allait s'en sortir. Elle avait des amis, un travail qu'elle adorait, son propre appartement, et elle allait savourer un long déjeuner entre copines au soleil, sous les gazouillis des oiseaux, le doux cliquetis des couverts et le pop des bouchons des bouteilles de vin qu'on ouvrait. Si c'était ça, la vie sans Ben, elle s'en accommoderait.

— C'est sympa, ici, commenta-t-elle.

— N'est-ce pas ? J'ai demandé une carafe d'eau fraîche mais je me disais que j'allais me dévergonder et prendre aussi un cocktail fruité. Ça te tente ? C'est le genre de journée qui veut ça, tu vois ce que je veux dire ?

Kirsten voyait exactement, oui.

— Je suis carrément partante. L'après-midi nous appartient.

Après étude minutieuse de la liste des cocktails et du menu, elles passèrent commande puis se mirent à discuter. Mais, pendant que Kirsten racontait à Vick l'histoire des jumeaux nés la veille, elle entendit une voix d'homme familière, à l'accent du Nord. Un frisson la parcourut, comme si son corps la prévenait d'une chose importante. Elle s'interrompit au milieu d'une phrase et se tourna vers l'allée le long du fleuve, où un homme au téléphone marchait seul. Il s'arrêta pour s'appuyer contre la balustrade et elle le reconnut : c'était celui qu'elle avait rencontré en avril au magasin de bricolage et qui avait flirté avec elle à propos des couleurs de peinture. Certes, Cambridge n'était pas très grande, mais quand même, c'était un signe du destin. *Rebonjour, vous.*

— Continue, comment ça s'est passé ensuite ? la pressa Vick avant de tourner la tête dans la même direction que Kirsten. C'est qui, ce type ?

Le visage de Kirsten s'échauffa tout à coup. Neil, c'était ça. Il s'appelait Neil et il était jardinier, et elle avait fini par acheter cette horrible peinture violette parce qu'il lui avait fait les yeux doux. Cette peinture dont elle avait aspergé le salon en guise de réplique finale. La dernière fois qu'elle avait fait un saut à la maison pour y récupérer des affaires, Ben avait tout nettoyé, comme si le pot de « Prune glacée » n'était jamais passé par là.

— Personne, répondit-elle avant de rectifier, pour coller un peu plus à la vérité : Juste… quelqu'un.

Vick lui adressa le regard qu'elle lançait à ses enfants quand ils essayaient de ruser.

— « Personne. Juste quelqu'un », répéta-t-elle, impassible, en levant le menton. C'est tout à fait logique. Allez, Kirst. Tu me caches quelque chose, je le sens. Raconte.

Kirsten se sentit rougir. Neil était plus grand que dans son souvenir et carrément sexy dans son T-shirt bleu pâle et son jean qui épousaient son corps élancé et svelte. Elle sentit des pulsations dans sa culotte et tenta de se ressaisir au moment où il raccrochait, fourrait le téléphone dans sa poche et regardait vers elle. Il y avait un parapet et pas mal de végétation entre eux, mais Kirsten étouffa un cri et fit semblant de chercher quelque chose dans son sac. *Seigneur.* L'avait-il surprise en train de le fixer ?

Inutile de préciser que Vick se délectait de la scène.

— Mais raconte, bon sang ! susurra-t-elle en donnant un petit coup de pied à Kirsten sous la table. Si je ne te connaissais pas par cœur, je penserais que tu me caches quelque chose. Il est beau gosse, je te l'accorde. Oh… et il part. Vite, lève-toi tant que tu peux encore apercevoir ses fesses.

Kirsten se redressa, mais pas pour voir les fesses de Neil, quoi qu'en dise son amie.

— Désolée, marmonna-t-elle, se sentant faible et bête comme si elle avait à nouveau quinze ans et reluquait les garçons de terminale avec ses copines.

— Hum… oui ? Et ? C'est qui ce mec, alors ? Qu'est-ce que tu manigances ?

— Eh bien…

Kirsten fronça le nez, gênée de se comporter ainsi quand il y avait si peu à raconter. Il n'y avait même rien à raconter, en fait, si ce n'est quelques fantasmes pathétiques de femme d'âge moyen. Il ne s'était rien passé, sinon dans les folles envolées de son imagination.

— Honnêtement, c'est... Tu vas être déçue, mais...

— Laisse-moi en décider par moi-même, dit Vick. Je t'écoute.

Kirsten se passa la main dans les cheveux, les joues en feu et affreusement embarrassée, mais le serveur tomba à pic en leur apportant leurs cocktails. Elle but une gorgée de son Bellini à la mangue en s'efforçant de se reprendre.

— OK, commença-t-elle. Je l'ai rencontré il y a quelques mois, en choisissant de la peinture dans un magasin de bricolage.

— Un spot réputé pour son romantisme, ironisa Vick.

— Tu m'en diras tant. Bref, il était dragueur et... eh bien, je dois dire qu'il m'a plu. Non pas que j'aie fait quoi que ce soit, évidemment ! s'empressa-t-elle de préciser en voyant Vick hausser les sourcils. L'infidélité est peut-être dans l'ADN de mon mari, mais pas dans le mien. J'ai juste regardé et profité du spectacle.

— Tu as juste regardé et profité du spectacle, répéta Vick. Hum-hum. Je vois. Mais maintenant, techniquement, tu n'as peut-être plus besoin de te contenter de regarder, si ? Vu que tu es décidée à ne pas retourner chez ton pauvre mari éploré, tout ça ?

Son amie lui tapait sur les nerfs. Vick l'avait beaucoup encouragée à retenter le coup avec Ben, à suivre une thérapie de couple, à accepter ses excuses pour tourner la page. Quoi qu'elle sous-entende, Vick ne lui suggérait certainement pas de se lancer dans quoi que ce soit d'inconsidéré avec le bellâtre qu'elles venaient d'apercevoir. Toutefois, Kirsten ne résista pas à l'envie de la prendre à son petit jeu.

— Tu as raison, dit-elle innocemment. Qu'est-ce qui m'empêche de le contacter ? Peut-être qu'une amourette d'été est précisément ce dont j'ai besoin.

Vick s'étrangla avec son Pimm's glacé.

— Tu es sérieuse ?

Était-elle sérieuse ? Elle se le demanda. Elle cherchait à faire marcher Vick mais tout à coup elle répugna étrangement à éclater de rire en niant. C'était l'été, elle était célibataire, et cet homme était entouré d'une aura de danger qu'elle trouvait alléchante. C'était quand, la dernière fois qu'elle avait fait quoi que ce soit de grisant ou d'hédoniste ? Quand s'était-elle embarquée dans une aventure ? Acheter des savons chics et des fruits d'été, c'était bien beau, mais rien de tout ça ne faisait naître une once de l'excitation que Neil venait de provoquer en passant devant elle, laissant dans son sillage une nuée de phéromones qui lui faisait tourner la tête. Elle pouvait bien s'accorder une petite gâterie.

Elle sourit, sentant ses terminaisons nerveuses se réveiller, ses centres du plaisir bâiller et s'étirer avec délice après ce qui lui avait semblé être une très longue hibernation.

— Je suis on ne peut plus sérieuse, répondit-elle. Affaire à suivre.

CHAPITRE 19

PLUS TARD CE JOUR-LÀ, Lara flottait à côté de Heidi dans la mer striée de traînées rose et orange du soleil couchant. La ville n'était pas encore saturée de touristes et la plage était vide, mis à part un groupe de jeunes sur une couverture tout au bout de l'immense étendue de sable. Les deux femmes étaient venues piquer une tête à la fin d'un après-midi chaud et moite, et c'était divin.

— C'est tellement relaxant, commenta Lara, rêveuse, en battant lentement des pieds dans l'eau fraîche pour rester à la surface. Comme si une main géante me retenait. Me soutenait. Bon Dieu, ce que c'est agréable ! On devrait faire ça plus souvent.

— Totalement d'accord, répondit Heidi. On devrait s'inscrire dans un groupe de nage en mer. Ma voisine y va tous les jours de l'année, par tous les temps. Même quand il neige, la tarée.

Elle pivota en une pirouette aquatique.

— Et j'ai toujours voulu porter du néoprène, en plus. Surtout les chaussettes. Et aussi un gros bonnet à pompon en laine – irrésistible !

— C'est un style, commenta Lara en souriant.

Elle bougea doucement les bras sous l'eau, en traçant des huit parallèles, ménageant son poignet tout juste rétabli. Quel bonheur d'être débarrassée du plâtre et de retrouver une vie normale ! Pouvoir travailler, conduire, cuisiner et s'habiller grâce à deux mains fonctionnelles qu'elle avait jusque-là prises pour acquises. Non pas qu'elle soit restée assise à regarder le temps passer pendant son arrêt maladie. Certes, elle avait mis deux semaines à se tirer du gouffre de désespoir dans lequel elle avait sombré suite à leur excursion à Cambridge, mais elle s'en était sortie. Elle s'en était sortie, et elle s'était sérieusement remise en question. Les mots de Ben résonnant à ses oreilles – *Que t'est-il arrivé ? Pourquoi est-ce que tu es devenue si méchante ?* –, elle avait comparé la jeune femme qu'elle avait été à celle qu'elle était devenue : la Lara de New York et la Lara d'aujourd'hui, examinant les changements tels qu'il avait dû les percevoir. Un exercice consternant, c'était peu de le dire.

Tomber enceinte, comprit-elle, l'avait déviée de la voie qu'elle s'était tracée pour la mener dans une direction radicalement différente. L'effervescence sociale de sa jeunesse, sa penderie remplie de strass et de robes de soirée, ses ambitions professionnelles avaient plus ou moins été réduites à néant à partir du moment où les deux lignes bleues étaient apparues sur le test. Fini les nuits à danser dans les bars, les articles tapés à toute vitesse la veille d'une échéance. Sous le coup de la panique elle s'en était remise à Steve, avec qui elle avait rapidement déménagé dans le Nord pour donner une chance à leur couple et à la vie de famille. *Que t'est-il arrivé ?* La question tournait en boucle dans sa tête : Ben avait raison. Pour rien au monde elle n'aurait renoncé à être la mère d'Eliza ; sa fille était la meilleure chose qui lui soit jamais arrivée. Mais elle avait renié de nombreux aspects de sa personnalité. Elle s'était faite plus petite, était devenue passive. En d'autres termes, les aléas de la vie l'avaient rattrapée.

Le plus effrayant, c'est qu'elle n'avait rien remarqué. Au fil des années, son manque de confiance en elle s'était accentué et son horizon s'était peu à peu restreint à un petit cercle de gens, un petit périmètre de rues et de maisons. Après la virée à Cambridge, Lara avait déterré une boîte de vieilles photos qu'elle avait examinées pour constater que sa coupe de cheveux était bien mieux quand elle avait vingt ans (pourquoi s'était-elle laissé pousser la frange ?) et son audace vestimentaire beaucoup plus affirmée. Ce fabuleux manteau violet qu'elle portait en toutes occasions ! Ces sublimes bottes en cuir rouge ! Et sa robe de prédilection, droite, jaune moutarde avec des poches, celle de la fille stylée par excellence. Elle était tombée dans l'abnégation et semblait ne plus mériter les réjouissances de telles tenues. Était-il trop tard pour y remédier ? Peut-être était-il temps de prendre les choses en main au lieu de tout accepter docilement ?

Pendant sa convalescence, elle s'était promenée tous les jours le long de la mer et s'arrêtait souvent pour contempler l'immense étendue indigo jusqu'à l'horizon, ses pensées aussi agitées que les vagues. *Comment me rendre heureuse, m'épanouir ?* cogitait-elle. Comment se reconnecter avec l'ancienne Lara, celle qui avait un jour le monde à ses pieds ? *Je ne le fais pas pour Ben,* se disait-elle chaque fois que son visage dédaigneux surgissait dans son esprit. Elle ne le faisait certainement pas dans l'espoir de le récupérer, ni même de le faire changer d'avis à son égard. Il avait tout de même fallu cette remarque acerbe et un poignet cassé pour qu'elle en arrive à cette prise de conscience.

— Oui, ça me tente bien, la nage en mer, dit-elle à Heidi en songeant que c'était là une opportunité de tisser de nouveaux fils dans sa vie.

Lorsque ses leçons de conduite l'amenaient près de la côte, elle les voyait, ces nageurs ici, toute l'année, leur tête coiffée de bonnet de bain affleurant à la surface comme autant de têtes de phoques colorés. Elle avait toujours admiré leur bravoure, quoique avec un léger frisson à l'idée d'immerger dans l'eau glacée ses propres jambes. Pourtant, tout bien considéré, la perspective de se compter parmi ces courageux lui plaisait, de ressortir de la mer en se sentant vivifiée et la peau parcourue de picotements. Elle pourrait peut-être même se sentir fière. D'accord, elle risquait d'être pénible et de saisir la moindre occasion pour faire savoir qu'elle était trop balèze. En fait, elle serait insupportable.

— Génial. Je vais te prendre au mot, alors inutile de prétendre que cette discussion n'a jamais eu lieu, menaça Heidi avec un regard entendu.

— Pas la peine d'utiliser ce ton ! protesta Lara. Je veux changer. Croquer à nouveau la vie à pleines dents. Voici la nouvelle Lara, toujours partante. Prête à en découdre.

— Au risque de faire une suggestion douteuse : l'ancienne Lara était déjà assez géniale, rétorqua Heidi tandis qu'elles nageaient côte à côte un lent dos crawlé. Tu n'as rien à prouver à personne, Lara, et encore moins au connard en chef.

Lara fronça le nez car justement le connard en chef lui avait envoyé un texto un peu plus tôt, lorsqu'elle était revenue de chez sa mère, demandant ce qu'il pouvait faire pour aider Eliza dans ses révisions. Il avait déjà proposé plusieurs fois à sa fille de lui donner un coup de main, mais jusque-là elle avait décliné. Il avait aussi partagé avec Lara quelques photos de leur virée à Manchester, ce qui était gentil, elle devait le reconnaître. Mais ça lui faisait l'effet d'un étalage de vertu. Comme s'il essayait de montrer à quel point il était formidable comparé à elle, la « méchante ». Elle avait été tentée de riposter en lui envoyant des photos de la machine à laver remplie de vêtements d'Eliza, de la chambre de sa fille avant et après le rangement de Lara, des placards pleins de la cuisine où Lara préparait à manger à leur fille chaque jour. *Bonne mère, merci bien,* aurait été le message sous-jacent. *Une mère qui s'occupe de notre merveilleuse fille depuis dix-huit ans, soit dit en passant !* Mais elle s'était sentie un peu trop mesquine. *Merci,* avait-elle répondu froidement. *Je le lui dirai.*

— Je fais ça pour moi, dit-elle à son amie, pas pour lui.

Heidi ne pouvait pas comprendre : elle n'avait jamais fréquenté l'ancienne Lara, celle qui aimait le rouge à lèvres, la bière et les cigarettes. Elle ne connaissait que la version mère célibataire qui prenait son pied en allant faire ses courses au supermarché et en nettoyant les joints des carreaux de sa douche.

— Tu n'en as pas marre parfois de faire la même chose toutes les semaines ? demanda Lara.

— Je fais la même chose toutes les semaines parce que c'est ce que j'aime, répliqua Heidi avec douceur. Mais je suis là pour t'aider à surmonter ta crise existentielle, ne t'inquiète pas. Je te soutiendrai dans n'importe quel achat farfelu. Même si je dois dire qu'une voiture de sport rouge, c'est complètement *has been*. Et pas sûr que ça existe avec double commande…

Lara rit. Traversait-elle une crise existentielle ? Elle voyait plutôt cela comme un nouveau départ. Quelque chose de positif. Sur un coup de tête, la veille, elle était allée à la friperie près de chez elle et s'était acheté une paire de chaussures à tomber par terre, rouge écarlate et brillantes comme de la grenade. Elle avait aussi gagné aux enchères sur eBay un superbe manteau en peau de mouton qui valait dix fois le prix qu'elle l'avait payé et qu'elle garderait pour l'automne, ainsi que deux jolies chemises à manches courtes, l'une à imprimé flamant rose, l'autre avec des lapins argentés qui bondissaient. C'était stimulant de porter chaque jour quelque chose qui lui faisait du bien plutôt que d'enfiler le premier haut propre et le premier jean qui lui tombaient sous la main. Elle adorait les chaussures rouges et les motifs vifs. Comment avait-elle pu l'oublier ?

Sur sa lancée, deux semaines plus tôt, elle avait aussi déterré son ordinateur portable et avait ouvert un nouveau document pour écrire en secret un article sur le plaisir de retomber amoureuse des vêtements. Les mots avaient coulé aussi naturellement que le fait de respirer, comme si elle ne s'était jamais écartée de son clavier, et elle avait senti la confiance grandir en elle à chaque nouveau paragraphe. Elle avait abandonné le journalisme à contrecœur car, en déménageant ici, elle aurait dû travailler pour la presse régionale. S'il n'y avait rien de mal à ça, c'était loin des magazines glamour et du milieu clinquant qui allait avec et qu'elle avait connus à Londres. Mais le monde avait beaucoup changé depuis cette époque, notamment grâce à

Internet, et désormais les journalistes pouvaient travailler de partout. Alors qu'est-ce qui la retenait ?

Elle avait réfléchi à d'autres idées et ébauché quelques projets. Elle avait démarré un blog intitulé *Vu du siège passager*, une série d'articles romancés et humoristiques sur la vie de moniteur d'auto-école. Elle travaillait en parallèle sur une chronique intitulée provisoirement « Demande à la mère d'une copine », des conseils pour ados qu'elle projetait de proposer pour les pages famille des journaux du week-end. Il lui était venu à l'esprit qu'après tant d'années à apprendre la conduite à des jeunes elle avait acquis une connaissance intime de la vie des adolescents. La voiture faisait office de confessionnal, un espace où s'épancher. Elle avait aussi souvent endossé le rôle de confidente informelle pour les amies d'Eliza, à tel point qu'il arrivait à sa fille de se plaindre sur le ton de la plaisanterie de ne plus savoir pour qui étaient venues ses copines. L'étape suivante consisterait à passer quelques coups de fil à des rédacteurs en chef pour savoir si ses idées les intéresseraient. Si elle avait le cran de se lancer, bien sûr.

— Ne t'inquiète pas, je n'ai pas l'intention d'acheter de voiture de sport. Enfin, c'est peu probable. En revanche je vais peut-être m'accorder une nouvelle coupe de cheveux. Réponds-moi franchement : tu trouves qu'une frange m'irait bien ?

CHAPITRE 20

BEN SORTIT DE LA BOUTIQUE d'encadrement avec la satisfaction d'avoir accompli une tâche qui attendait depuis trop longtemps. Le plan noir et doré de Manhattan que Kirsten avait arraché du mur et fracassé par terre au printemps dernier était de nouveau protégé sous un verre et soigneusement enveloppé dans du papier à bulles et du carton. Comme neuf.

C'était curieux, que Kirsten ait considéré cette carte comme une preuve de la tromperie de Ben. Compréhensible, certes : en la voyant, elle avait dû s'imaginer qu'il repensait avec nostalgie à son séjour là-bas. Peut-être même interpréter ça comme un désir lancinant pour Lara et la liberté. En vérité, Ben n'avait jamais fait le lien entre cette affiche et son histoire à New York. Au cours des dernières semaines, toutefois, il s'était demandé si, après tout, l'affiche ne reflétait pas des sentiments enfouis, des braises dans les tréfonds de son inconscient. Pourquoi avoir acheté cette carte de Manhattan puisqu'il n'en avait eu qu'un court aperçu ?

Il avait passé beaucoup plus de temps dans d'autres villes – Cambridge, Glasgow, Londres. Et il n'avait pas fait encadrer un plan de leurs rues. Était-ce la grille esthétique de la Grosse Pomme qui avait plu à son œil de graphiste ? Ou juste une tentative pitoyable de se faire passer pour un globe-trotter ayant vécu à New York ?

Il n'aurait su le dire, mais il ne comptait pas raccrocher l'affiche à sa place. Kirsten le prendrait comme un affront et il valait mieux éviter de commettre des impairs stupides. Il avait passé des semaines à tenter de la récupérer à coups de promesses et de fleurs, de propositions de dîners ou de verres ici ou là, allant même jusqu'à concevoir leur carte à tous les deux, avec les villes où ils avaient vécu et la croisée de leurs chemins, d'abord à Londres, puis à Cambridge. D'ailleurs, n'était-il pas révélateur qu'il n'en ait pas eu l'idée plus tôt ? D'autant plus que leur périple en tant que couple était peut-être terminé, à en croire l'attitude de Kirsten ? Enfin bref, l'affiche finirait dans son arrière-boutique, où sa femme n'allait jamais. Et, quoi qu'elle en pense, ce n'était rien de plus qu'une affiche. Ils étaient mariés depuis dix-huit ans, ça signifiait quand même plus que le plan d'une ville où il avait séjourné à peine deux jours, non ?

À vrai dire, il ne savait plus trop où il en était. Lui qui s'était toujours targué d'être quelqu'un de bien et de faire autant que possible ce qui lui paraissait juste, il se retrouvait à se demander régulièrement si en fin de compte il n'était pas plutôt un sale type. Un connard, comme l'avait dit Lara à son amie. Il s'efforçait de ne pas s'attarder là-dessus mais la question lui trottait dans la tête. Était-il vraiment un sale type ? De ceux dont les femmes parlaient sur un ton amer ? Dès que le doute le rattrapait, il établissait la liste mentale de toutes les choses gentilles qu'il avait faites pour ses sœurs, sa mère, ses amis, Kirsten, comme s'il devait présenter sa défense au jury : services rendus, travaux manuels, soutien, oreille attentive, trajets en voiture... Pourtant l'inquiétude ne le quittait pas. Il faisait de son mieux pour être un bon père, au moins. Il organisait des journées sympas avec Eliza, qu'il voulait vraiment apprendre à connaître même s'il avait l'impression qu'elle gardait légèrement ses distances. C'était toujours lui qui téléphonait, qui proposait des choses alors qu'elle ne l'appelait pas encore papa. Elle ne semblait toujours pas savoir comment l'appeler, d'ailleurs. Et elle déclinait systématiquement son aide. L'appréciait-elle ou partageait-elle la piètre opinion que sa mère avait de lui ?

« Tu ne peux pas créer une relation comme par magie », lui avait dit son ami Rob quand il lui avait fait part de ses inquiétudes au cours d'une sortie à vélo à Ely.

Rob avait deux belles-filles. Être un père novice, il savait ce que c'était.

« Tu dois gagner sa confiance, monter au front, y faire tes armes, et aussi participer aux trucs chiants du quotidien. Ça ne se fait pas du jour au lendemain. »

Des conseils avisés, et Ben appréciait de pouvoir parler avec lui. En temps normal, il se serait tourné vers ses sœurs, mais il en avait ras-le-bol de cette clique. Il les avait fait venir chez lui, sa mère et elles, pour leur annoncer qu'il avait une fille. Une fois qu'elles avaient eu fini de crier, de réclamer des photos et de le harceler pour connaître toute l'histoire, il avait adopté un ton plus grave. Il était déterminé à tirer au clair qui avait répondu aux coups de fil de Lara lorsqu'elle avait tenté de le joindre. Il en était arrivé à la conclusion qu'elle avait dû composer le numéro de sa mère, auquel cas n'importe laquelle des quatre femmes avait pu prendre les appels. À cette époque-là, Sophie vivait chez leur mère avec ses deux petits garçons, elle venait de divorcer, mais Charlotte et Annie y passaient aussi beaucoup de temps, comme lui.

Quand il avait abordé le sujet, sans surprise, aucune n'avait rien dit. Après tout, cela remontait à treize ou quatorze ans et il était compliqué de se souvenir de messages ou de discussions si anciens. Toutefois, les deux tentatives ratées de Lara pour le contacter lui restaient en travers de la gorge. La première fois, selon sa version des faits, on lui avait brusquement raccroché au nez. La deuxième, on avait promis de transmettre le message. Il ne connaissait pas d'autre Lara. Si on lui avait dit qu'elle avait appelé, il s'en souviendrait, aucun doute là-dessus. Plus il repensait à l'air impassible de ses sœurs lorsqu'il leur avait posé la question, plus il était énervé. Classique. Il donnait sans jamais rien obtenir d'elles en retour. Elles n'avaient même pas été fichues de gérer les appels qui auraient pu le mettre en relation avec sa fille des années plus tôt. Oui, il leur en voulait. Il était furieux d'avoir perdu un temps si précieux, tout ça parce qu'elles avaient été incapables de faire la moindre chose pour lui.

Maussade, il y réfléchissait en arrivant à sa boutique quand son téléphone sonna. *Eliza,* s'étonna-t-il en souriant. L'avait-elle déjà appelé ? Quel progrès ! À moins, bien sûr, qu'il ne se soit produit quelque chose de grave. Il paniqua, balayant à la hâte l'écran du doigt.

— Salut toi, dit-il avec anxiété alors qu'il entrait dans le magasin en adressant un geste à Nick derrière le comptoir avant de se précipiter vers l'arrière-boutique, dont il referma la porte. Tout va bien ?

Elle émit un grognement qui l'affola : une attaque cardiaque ? une rupture d'anévrisme ? Jusqu'à ce qu'il comprenne qu'il ne s'agissait que d'un mélodrame typique chez les ados. OK, les choses n'étaient peut-être pas si alarmantes.

— Je n'en peux plus, gémit-elle. Je suis juste… J'abandonne !

— Tu parles de quoi ? Des examens ? De la vie ? De ne pas faire la différence entre ta droite et ta gauche ?

C'était une blague entre eux ; évidemment, elle savait différencier sa droite de sa gauche. Mais pour une fille de monitrice de conduite elle était une piètre copilote : elle les avait fait se perdre plusieurs fois dans Manchester.

— Ha ha ! s'exclama-t-elle avec sarcasme sous lequel il crut déceler un sourire. Non, j'abandonne la bio. Je ne sais même pas si j'irai à mon dernier examen vendredi. Je ne pige rien, de toute façon. J'ai beau essayer, ça ne rentre pas. Je suis débile.

— Tu es loin d'être débile, rétorqua-t-il avec sérieux.

Après avoir posé sur le bureau son cadre bien emballé, il l'ouvrit tout en écoutant les doléances de sa fille : elle n'arrêtait pas de s'emmêler les pinceaux avec le cycle de Krebs et n'arrivait toujours pas à orthographier « pyruvate » ; elle perdait son temps puisque de toute façon elle allait se taper une mauvaise note, certains de ses amis venaient de terminer leurs examens et elle était tentée d'aller boire un coup avec eux à la plage.

— Wow, wow, wow ! lâcha-t-il quand elle s'interrompit pour reprendre son souffle. N'abandonne pas maintenant, si près du but. Tu as ton manuel sous la main ? Et si tu me lisais les passages que tu ne comprends pas. On pourrait essayer de dénouer tout ça ensemble.

Il lui avait déjà proposé ce genre de coup de main, à elle directement ainsi que par l'intermédiaire de Lara, mais elle n'avait jamais accepté, c'est pourquoi il n'avait pas beaucoup d'espoir que ce soit différent cette fois. C'est alors qu'elle lui demanda d'une petite voix :

— Tu es sûr ? Tu as le temps ? Je suis désolée, je sais que c'est vraiment chiant, mais…

— Ce n'est pas chiant du tout, lui assura-t-il en essayant de dissimuler son plaisir. Et, oui, absolument, j'ai tout le temps du monde pour toi, Liz. Tu veux que je te rappelle, pour te faire économiser ton forfait ?

Il entendit ses épaules s'affaisser, du moins se plut-il à l'imaginer. *Papa à la rescousse,* songea-t-il, se figurant une cape de superhéros onduler sur ses épaules tandis qu'il bandait ses muscles.

— Merci, dit-elle. Ce serait génial, si ça ne te dérange pas.

— Donne-moi cinq minutes, je me fais un café et je suis tout à toi, déclara-t-il avant de raccrocher et de remplir la bouilloire, sentant son ego boosté.

Et même une pointe d'arrogance. *Ah ! Pas si mal, pour un connard, hein, Lara ?* pensa-t-il en proposant quelque chose à boire à Nick. Il ne l'avait pas vue, elle, se précipiter pour parler respiration anaérobie et glycolyse avec Eliza. À vrai dire, c'était sans doute parce que Lara était à la merci de ses élèves de conduite, à leur expliquer patiemment en ce moment même le demi-tour en trois temps dans une rue de banlieue. Mais peu importait. Ce n'était pas une compétition. Il était ravi de pouvoir l'aider.

Une fois son café préparé, il termina de déballer son poster, y jeta un coup d'œil mélancolique, se demandant s'il retournerait un jour à New York, puis composa le numéro de sa fille.

— Alors. Dis-moi tout sur la décarboxylation du pyruvate et le complexe pyruvate déshydrogénase. Je suis prêt.

Elle gloussa.

— Tu viens de vérifier ça.

— En effet. Mais vas-y. Explique-moi. On va s'en sortir.

Elle se mit à lire, d'abord hésitante, puis ils discutèrent des concepts, les éclaircissant du mieux qu'ils pouvaient. Il s'était écoulé pas mal de temps depuis que Ben avait étudié le sujet, mais il avait l'esprit suffisamment logique et la patience pour comprendre assez vite les notions et au bout d'une heure environ il lui sembla qu'elle les maîtrisait elle aussi. Était-ce ce dont Rob lui avait parlé, monter au front de la parentalité ? Outre les séances de chute libre et les restaurants de sushis, détricoter des modules de sciences ? Prendre conscience de tout ce que Lara avait dû accomplir seule au fil des années lui donnait à réfléchir. Quel boulot remarquable elle avait fait !

— Je suis très impressionné par les efforts que tu déploies, tu sais, félicita-t-il Eliza lorsqu'ils eurent tout passé en revue. Bravo.

Elle rit.

— Tu m'impressionnes aussi d'avoir eu la patience d'écouter ces trucs chiants à propos d'enzymes, etc. Tu as bien mérité ton badge de super papa.

Kirsten l'aurait sans doute traité de cœur d'artichaut, mais les mots de sa fille lui mirent du baume au cœur. Elle avait dit « papa ». Elle l'avait vraiment dit. Il rayonnait de joie.

— Un badge de super papa ? Ça marche comment ?

— Tu sais… Tu accumules des points en réalisant du bon boulot de père.

Elle semblait légèrement gênée, comme si elle essayait de se faire à cette idée avant de dépersonnaliser aussitôt la situation.

— Il devrait y avoir une sorte de système de récompenses – un badge, un diplôme, un truc comme ça, poursuivit-elle, avant d'improviser tout un système de notation.

Il écoutait en souriant mais ses pensées revenaient sans cesse aux mêmes phrases clés. *Je suis un type bien. Elle trouve que je suis un bon père.* C'était tout ce qui comptait.

— Et donc, j'ai obtenu un badge ? demanda-t-il à la fin. Super. Je vais l'exhiber avec fierté, crois-moi.

Oh, il aurait tellement aimé arborer un vrai badge avec les mots « BON PÈRE ». La reconnaissance dont il avait toujours rêvé.

— Hé, c'est bientôt la fête des pères, non ? lança-t-elle soudain. Je ne l'ai jamais célébrée.

— On ne me l'a jamais fêtée.

— Peut-être que je pourrais… venir te voir ? proposa-t-elle d'une voix timide. D'ici là, j'aurai fini mes examens. Enfin, si tu n'es pas trop occupé.

Il crut que son cœur allait déborder, exploser dans sa poitrine.

— Si jamais je suis occupé, j'annulerai tout, affirma-t-il. Ce serait génial. Envoie-moi tes dates et je te réserverai des billets de train.

Enfin ! songea-t-il, comblé. *Une relation où chacun donne et y met du sien. Où chacun a envie que ça marche.* Le reste de sa famille le prenait pour acquis depuis si longtemps que recevoir quelque chose en retour était une nouveauté.

Il se rendit compte que, tout en parlant, il suivait du bout du doigt les rues quadrillées sur la carte, tournant à l'angle de Central Park, et il se mit à réfléchir à toutes les routes, à tous les virages et à tous les carrefours qui l'avaient mené à ce moment-là, à cette conversation.

— Hé, et peut-être que quand tu seras là on pourra organiser des vacances ensemble, comme on l'avait évoqué ? lança-t-il.

— Oui, répondit-elle sans grand enthousiasme.

Son hésitation fit ressurgir dans l'esprit de Ben l'échange désagréable qu'il avait eu avec Lara : son expression railleuse lorsqu'elle lui avait dit qu'Eliza détestait le camping.

— Pas forcément du camping, si ça ne te dit trop rien, enchaîna-t-il. On pourrait faire quelque chose de plus excitant, comme…

Son doigt traçait toujours les contours de Central Park.

— Tu aimerais aller à New York ? s'entendit-il dire.

Il perçut un hoquet de surprise.

— New York ? Tu es sérieux ? Enfin, le vrai New York ? Pas juste le… York ?

Il regrettait son impulsivité – ce n'était pas comme ça qu'on se montrait présent au front en tant que parent, si ? Il retombait dans la facilité de la séduire par sa générosité, comme si une malheureuse heure de révisions lui en avait donné le droit. Et que penserait Lara de cette idée ? Que dirait Kirsten ? S'il devait emmener quelqu'un en voyage, c'était sa femme, non ? Le plaisir évident et contagieux d'Eliza suffit toutefois à balayer sur-le-champ toutes ses réticences. Et puis merde, il avait vraiment envie de partir en voyage avec sa merveilleuse fille, drôle, spontanée et passionnante. Alors pourquoi pas ?

— Bien sûr, rétorqua-t-il. Je suis sérieux : pas juste le York, le vrai New York. En guise de récompense pour ton dur labeur pour les examens. Pour la torture infligée à ton cerveau sur la décarboxylation du pyruvate ou je ne sais quoi. À mon avis, on mérite tous les deux une gratification, alors oui. Allons-y. Allons à New York.

— Oh mon Dieu. Je n'arrive pas à le croire ! Je suis trop contente ! C'est complètement fou ! s'écria-t-elle. Merci beaucoup. C'est incroyable. Merci beaucoup ! Je vais vraiment tout donner pour ce dernier exam, tu vas voir. Wouah, New York !

Il ne se lassait pas de savourer le bonheur d'Eliza, en parfaite corrélation avec sa propre joie. Car il en débordait. Il souriait de toutes ses dents, là, tout seul dans son arrière-boutique, la voix de sa fille montant encore dans les aigus.

— De rien, répondit-il.

Il se sentait comme un roi. Un héros semant l'allégresse. Il n'allait pas s'en vouloir de faire des folies pour sa propre fille, quand même !

— J'ai hâte aussi. Ça va être génial !

— Je ne vous dérange pas ? demanda Kirsten le cœur affolé, debout dans un recoin abrité devant l'hôpital, un café tiède à la main.

Elle venait de terminer son service, après avoir blotti un petit garçon de quatre kilos contre ses parents radieux une heure plus tôt. Malgré les années d'expérience, c'était toujours le plus incroyable des privilèges que de participer à la venue au monde d'un nouvel être minuscule, de le voir émerger tout mouillé en clignant des yeux. De partager ce moment avec des parents exaltés, de voir leur visage s'émerveiller lorsqu'on plaçait le bébé propre et examiné dans leurs bras impatients. Peut-être était-ce le mélange entêtant de sa satisfaction professionnelle et du bonheur des autres qui l'avait poussée à composer ce numéro avant de prendre une inspiration, tendue. *Pourquoi pas ?* répétait Vick dans son esprit, alors qu'elle tâchait de garder son calme.

Pourquoi pas, en effet. Elle méritait une petite gâterie. S'il était partant lui aussi.

— Absolument pas, l'entendit-elle dire. En quoi puis-je vous aider ?

C'était lui, aucun doute. Elle reconnut son accent rauque du Nord comme si elle en connaissait les moindres intonations et son corps tout entier réagit aussitôt, frétillant d'impatience. *J'en ai besoin*, se dit-elle. *J'ai besoin de m'amuser. Est-ce vraiment mal ?* La veille, elle avait tenu la main d'une femme en larmes qui venait de perdre un bébé et elle avait eu l'impression que l'univers lui soufflait : *La vie est courte. Vas-y. Finalement nous ne sommes que chair et sang, non ?*

— Bonjour, dit-elle au téléphone, à la fois gênée et fébrile face à sa propre audace. Vous ne vous souvenez probablement pas de moi, mais nous nous sommes rencontrés dans un rayon de peinture il y a quelques mois et…

— Oh, je me souviens de vous, la coupa-t-il, et l'après-midi chaud de juin sembla soudain porteur de promesses ; un fruit mûr sur la vigne, les pétales d'une fleur s'ouvrant au soleil. Votre choix de peinture, ça a donné quoi ?

Il se souvenait d'elle. Il avait aussitôt remis leur rencontre, sous les néons peu flatteurs du magasin, avec leurs blagues vaseuses sur la peinture. Wow. Voilà qui était flatteur. Elle chancela avant de s'appuyer au mur derrière elle.

— Rien de bon, répondit-elle en se remémorant le mélange de satisfaction et d'horreur qu'elle avait ressenti en jetant le pot de peinture à travers le salon.

Non pas qu'elle ait l'intention de lui livrer les détails. Il rit et elle sursauta, comme sous le coup d'une décharge électrique.

— Et pour vous ?

— Pareil, répondit-il. J'ai déjà repeint par-dessus avec une couleur ennuyeusement de bon goût, en fait. Ça nous apprendra, hein ? Ce qu'il faut en retenir, c'est que les coups de tête c'est très bien, sauf en matière de décoration intérieure. Bref, conclut-il. En quoi puis-je vous être utile aujourd'hui ? Ne me dites pas que vous vous tournez désormais vers moi pour des conseils en matière de papier peint ?

— Non, dit-elle en riant.

Elle avait toujours la main posée sur le mur et la brique était chaude sous ses doigts. Des « coups de tête », avait-il dit comme s'il avait lu dans ses pensées.

— Quoique, maintenant que vous le dites…

Le courant qui passait entre eux était-il le fruit de son imagination ? La fluidité de leur conversation dissimulait un lien plus profond, plus impérieux, même s'ils n'étaient pas physiquement réunis.

— Je plaisante, ajouta-t-elle. Non, je voulais un devis pour réaménager mon jardin et je suis tombée sur votre entreprise sur Internet. Et je me suis rappelé votre nom pour l'avoir lu sur votre pull, alors…

Bon sang, c'était nul ! Comme si elle l'avait recherché et inventait un prétexte pour le contacter. Ce qui était le cas : l'appartement qu'elle louait se situait au premier étage et elle n'avait pas de jardin. Pas même un balcon. Même le tournesol avait tourné de l'œil et s'était fané la semaine précédente ; elle avait oublié de l'arroser.

— Je me suis donc dit que j'allais voir si vous étiez disponible, poursuivit-elle en se détournant lorsqu'elle reconnut un homme et une femme, tous les deux infirmiers venir dans sa direction.

Puis elle se redressa, refusant de se comporter comme quelqu'un de coupable. Elle demandait un devis à un jardinier, basta. Il n'y avait rien de mal à ça, si ? Enfin, d'accord, elle n'avait pas de jardin.

— Bien sûr, répondit-il. Je peux avoir quelques détails pour commencer ? De quel genre de service avez-vous besoin ?

Elle sourit et leva la main pour saluer ses collègues. Louise et Mark. Ils travaillaient tous les deux aux soins intensifs et, à en croire la rumeur, s'adonnaient à des activités coquines en parallèle. Cette pensée l'enhardit.

— En fait, autant jouer franc jeu, dit-elle dans un élan d'audace. Je ne vais pas pipeauter. Je recherche quelque chose d'un peu… différent.

Il y eut une pause et elle cilla. Les conversations téléphoniques, c'était très bien, mais il manquait beaucoup d'indications visuelles capitales : le langage corporel, les expressions, le regard. S'était-elle fourvoyée ? Peut-être valait-il mieux faire machine arrière.

— Hum, fit-elle, mais il reprit la parole.

— Intriguant, commenta-t-il d'une voix traînante. J'aime bien ce qui est différent. Dites-m'en plus.

— OK. Eh bien… je n'ai pas de jardin, avoua-t-elle sans détour. C'était juste un prétexte.

Son cœur battait si fort qu'elle porta la main à sa poitrine. Cela dit, il y avait pire endroit qu'un hôpital pour faire une attaque.

— Quand je disais chercher quelque chose de différent, je voulais dire… Est-ce que ça vous tenterait de prendre un verre un soir ?

Elle retint sa respiration. *C'est maintenant ou jamais,* songea-t-elle sous le soleil tapant. *Maintenant ou jamais.*

— D'accord, répondit-il. Pourquoi pas jeudi ?

CHAPITRE 21

LARA PASSAIT UN MAUVAIS LUNDI. Habituée à pouvoir compter sur le pas lourd d'Eliza en guise de réveil si elle se rendormait, elle avait bondi en sursaut vingt minutes avant sa première leçon. Eliza était partie à Cambridge pour la fête des pères et ne rentrait que le soir. Sans elle, la maison était anormalement calme.

Sa fille avait l'air de s'amuser ; elle avait réservé une table dans un gastropub pour un déjeuner surprise avec Ben le dimanche, et la veille il l'avait présentée à ses trois sœurs, qui apparemment s'étaient pâmées devant Eliza (« J'ai des tantes, c'est trop bizarre ! » lui avait-elle raconté au téléphone). C'était très positif, Lara ne cessait de se le répéter. Tant mieux pour sa fille. Même si elle n'avait rien jamais organisé de si somptueux ni attentionné pour la fête des mères… Malgré tous ses efforts, Lara n'avait pas le moral depuis qu'elle l'avait déposée à la gare. Un petit navire voguant seul en eaux houleuses.

La leçon de l'après-midi avec Judy, sa cliente la plus âgée, du haut de ses soixante-trois ans, n'avait pas allégé son humeur. Judy s'était récemment séparée d'un mari abusif (« La meilleure chose que j'aie jamais faite ! ») et, dans un nouvel élan d'émancipation et d'indépendance, elle changeait sa vie d'innombrables façons admirables, notamment en apprenant à conduire. Si un tel courage méritait d'être salué et si Judy était de charmante compagnie, elle se montrait aussi assez excentrique et ce jour-là elle avait insisté pour emmener son corgi, Rufus. Accrochez-vous : elle avait rêvé qu'il mourait tout seul et avait très peur que ça se réalise.

Lara aimait les chiens – elle était de ce monde grâce à un irascible staffie, ne l'oublions pas. Elle avait donc accepté, juste pour cette fois. Cependant, Rufus avait quelques soucis avec la conduite de sa maîtresse, en particulier dans les ronds-points. Il avait déjà vomi deux fois, et il régnait dans l'habitacle une forte odeur de pâtée pour chien régurgitée. Heureusement, c'était la dernière leçon de la journée, même si elle s'inquiétait à l'idée du temps que ça allait lui prendre de tout nettoyer.

— Et comment va votre fille ? Ses examens se sont bien passés ? demanda Judy.

Professeure de mathématiques à la retraite depuis deux ans, elle avait suivi les examens d'Eliza avec presque autant d'attention que Lara.

— Elle était soulagée de finir, je crois, répondit Lara. Commencez à freiner, Judy, vous voyez le croisement, là-bas ? Nous allons tourner à gauche, alors actionnez votre clignotant. C'est ça. Oui, elle a terminé et se réjouit de passer un bel et long été.

— Formidable, dit Judy en négociant le virage en douceur, avec un seul couinement nerveux de Rufus à l'arrière. Et comment allez-vous ? Les choses se sont arrangées avec le type de Cambridge ?

— Eh bien…

Lara sourit faiblement. Judy avait dû faire partie de ces professeurs malins comme des singes à qui rien n'échappait. Elle ne se laisserait pas berner par une réponse vague, même les yeux rivés sur la route.

— En fait, ces derniers temps, nos rapports se sont un peu améliorés, reconnut-elle.

— Vraiment ? Je suis ravie de l'entendre.

Lara aussi en était ravie. Elle n'aurait su dire à quel moment le dégel avait commencé entre Ben et elle, mais la glace était bel et bien en train de fondre, au goutte-à-goutte. Il y avait eu son coup de pouce pour sortir Eliza d'une impasse au cours de ses révisions, par exemple, et la très gentille bouteille de champagne qu'il lui avait envoyée le lendemain pour fêter la fin des examens. Mais son idée de voyage à New York avait fait l'effet d'une bombe à Lara. *Tu RIGOLES ?* avait-elle pensé quand Eliza lui avait annoncé la nouvelle, au comble de l'excitation. *Cette ville, entre toutes ?* Avec sa fille – OK, leur fille –, qu'il connaissait à peine ? La dernière fois que Lara l'avait entendu parler de vacances, il envisageait de l'emmener faire du camping. Enfin, jusqu'à ce qu'elle refrène son idée…

Comme s'il avait senti son malaise, un e-mail de sa part était arrivé le soir même.

Chère Lara,

J'espère que ça ne te posera pas de problème mais tout à l'heure, sur un coup de tête, j'ai proposé à Eliza d'aller à New York. J'en ai parlé sans réfléchir. Serais-tu d'accord pour que je l'emmène là-bas ?

Je sais que tu ne me tiens pas en haute estime en ce moment, mais je te promets que ce n'est pas une tentative de m'attirer vos faveurs ou d'être un de ces pères du dimanche qui couvrent éhontément leurs enfants de cadeaux. J'adore passer du temps avec Eliza et je voulais juste lui faire plaisir. Sans compter que tu étais assez catégorique quant à mon idée d'aller faire du camping !

Dis-moi ce que tu en penses.

Ben

— Qu'avez-vous répondu ?

Judy mit son clignotant et se rangea prudemment sur le côté, sans que Lara le lui ait demandé. Elle se recula sur son siège, le coude sur le volant comme si elle s'appuyait au comptoir d'un bar.

— Je dois dire, ajouta-t-elle, que je trouve tout à son honneur de s'expliquer ainsi. Même s'il a un peu tendance à reporter la faute sur vous, avec ce que vous lui avez dit sur le camping. Quel mal y a-t-il à camper, d'ailleurs ?

Avant que Lara puisse répondre, elles furent interrompues par Rufus qui, debout sur ses pattes arrière, grattait à la fenêtre en aboyant sur un cocker qui passait.

— Couché, imbécile de chien ! lui lança Judy, un ordre qu'ignora royalement le corgi, qui jappa de plus belle. RUFUS ! rugit-elle, et l'animal se calma, redescendant sur le siège. Désolée. Qu'est-ce qu'on disait ? Ah oui, le camping.

Lara sourit faiblement.

— Non, il n'y a rien de mal à camper, répondit-elle. On voit toutefois qu'il n'a pas l'habitude des enfants, ne put-elle s'empêcher d'ajouter avec sarcasme. Ils n'oublient jamais les promesses non tenues, et on ne peut pas se permettre de lancer des idées de cadeaux si énormes par simple lubie, sans être complètement sûr de pouvoir aller au bout. Cela dit, poursuivit-elle à contrecœur, oui, c'était gentil de sa part de m'envoyer ce message. Prévenant. J'espère juste qu'il ne la décevra pas.

— En effet, acquiesça Judy en connaissance de cause. Mais comment vous sentez-vous par rapport à ce voyage ? Et par rapport à lui, de manière générale ?

Ses yeux bleu de Chine étaient si résolument plantés sur Lara qu'il était impossible de regarder ailleurs, et encore plus de se défiler. Mais il était sans doute préférable de discuter de ça avec Judy, si calme et si sage, plutôt qu'avec Heidi ou Frances, qu'elle adorait toutes les deux mais qui avaient des idées bien arrêtées sur sa situation.

Comment se sentait-elle ? C'était la grande question. Elle était rassurée, pour commencer, que Ben prenne ses sentiments en considération. Optimiste, également, qu'ils puissent avancer vers des rapports plus cordiaux. Légèrement perplexe, toutefois, qu'il emmène Eliza à New York, parmi toutes les villes du monde. Devait-elle y voir une signification ? Peut-être y allait-il fréquemment, après tout, sans qu'il y ait aucun lien avec Lara. Et, oui, d'accord, elle était assez grande pour le reconnaître : elle était aussi un rien jalouse. New York était le dernier lieu où elle s'était vraiment sentie vivante, où elle avait eu l'impression que tout pouvait arriver.

— Ça va, je crois, dit-elle finalement.

Elle avait écrit à son tour à Ben ; quelques lignes polies et amicales disant que le voyage était une super idée et qu'Eliza était très emballée. Le remerciant aussi de se montrer si gentil avec elle.

Tout le plaisir est pour moi, avait-il répondu. *Elle est géniale. Tu as fait du super boulot.*

Ce qui était aussi gentil, n'est-ce pas ? Même si ça lui donnait un peu le bourdon en songeant une fois de plus aux occasions manquées, au message non reçu, aux appels non relayés. Tout ce qui aurait pu se passer. Et si elle avait écouté son cœur plutôt que son patron le soir où elle devait le retrouver au bar à huîtres ? Si elle avait appelé une troisième fois le numéro de Cambridge, plutôt que de jeter l'éponge dans un accès de colère ? Ils auraient pu aller tous les trois à New York et faire grimacer Eliza en lui parlant de sa conception là-bas. *S'il vous plaît ! Arrêtez tous les deux !* aurait-elle protesté, les mains sur les oreilles, feignant le dégoût. *Je vais rentrer complètement traumatisée !*

Rufus poussa un nouveau gémissement, probablement d'ennui, puis entreprit de creuser un trou dans le siège arrière. La rêverie de Lara prit brusquement fin lorsque Judy se tourna d'un bond pour le gronder d'un air sévère.

— Je commence à me dire que j'aurais mieux fait de te laisser à la maison, que tu meures ou non ! tonna-t-elle.

Reprends-toi, s'intima Lara. Elle était prête à parier que Ben ne rêvassait pas ainsi bêtement à ce qui aurait pu se passer avec elle.

— OK ! On en était où ? se reprit Lara tandis que Rufus se recouchait en poussant un soupir las, les oreilles basses. Bon, Judy. Dès que vous êtes prête, vérifiez votre rétroviseur, mettez le clignotant, un dernier regard pardessus l'épaule et engagez-vous, s'il vous plaît.

Kirsten avait du mal à se concentrer. En pleine consultation prénatale, elle avait l'esprit totalement ailleurs, obnubilée par un autre sujet : Neil. Sa voix à son oreille, basse et sexy. Sa peau contre la sienne, fraîche et douce. Il lui avait paru si naturel de partager avec lui une bouteille de vin chez elle avant de finir au lit, en s'arrachant leurs vêtements avec une passion fébrile. Bon Dieu, il était délicieux ! Et ça faisait vraiment du bien. Une aventure pour l'été, jusqu'à ce qu'elle prenne une décision concernant son mariage. Où était le mal ? Quelle importance, puisqu'il la faisait vibrer de désir pour la première fois depuis des années ?

Elle cligna des yeux pour revenir à la réalité, derrière son bureau, face à Alice Weatherly, interrogatrice et amusée.

— Désolée, s'excusa Kirsten en espérant qu'une expression d'extase déplacée n'avait pas trahi ses pensées. Comment vous sentez-vous ? Des douleurs ou des gênes ?

Enceinte de vingt-huit semaines, Alice traversait une période de petits tracas et de fatigue, mais tout allait bien dans l'ensemble. Après plusieurs fausses couches, elle commençait enfin à croire que cette fois elle allait devenir mère. Et, même si Kirsten savait d'expérience qu'il n'y avait jamais de garanties au cours d'une grossesse, les signes étaient globalement positifs. Alice avait toutes les raisons d'avoir de l'espoir. Elle irradiait de bonheur et d'excitation lorsqu'elle lui confia qu'elle avait commencé à regarder les couffins et les petits habits de bébé, juste regardé, sans tenter le sort en allant jusqu'à acheter quoi que ce soit. Et c'était une nouvelle promesse. La foi d'entamer enfin un nouveau chapitre, celui auquel elle aspirait depuis si longtemps.

Kirsten était ravie pour elle et Alice semblait auréolée de joie, assise les mains sur le ventre.

— Toutes les femmes auxquelles je parle à mon cours de yoga prénatal ou aux classes préparatoires se plaignent d'être énormes, d'avoir chaud, de se sentir fatiguées... Ce n'est pas du tout mon cas, raconta-t-elle tandis que Kirsten mesurait son ventre (parfait) et écoutait le cœur du bébé (parfait également). Je suis ridiculement heureuse d'être énorme, d'avoir chaud et d'être fatiguée du moment que ça veut dire que mon bébé grandit en bonne santé ! Allons-y, je peux le supporter !

— C'est formidable, répondit chaleureusement Kirsten en griffonnant quelques notes. Et comment vous sentez-vous quant à la naissance elle-même ?

Allons-y, se répéta-t-elle mentalement tandis qu'Alice parlait d'accouchement dans l'eau et d'hypnothérapie. Elle se demandait déjà quand elle reverrait Neil.

CHAPITRE 22

LES SEMAINES S'ÉCOULÈRENT, juillet succéda à juin et les journées longues et moites s'allongèrent, ponctuées d'orages diluviens qui surprenaient la foule des plages de Scarborough. Lara accompagna plusieurs élèves à leur examen du permis de conduire, y compris Jake, le futur étudiant en marine biologique, qui avait été si heureux de réussir qu'à son retour il l'avait serrée dans ses bras en même temps que son père.

Toujours déterminée à prendre sa vie en main, elle avait un peu plus pris soin d'elle et franchi le pas d'une nouvelle coupe de cheveux : un carré dégradé jusqu'aux épaules avec une frange, et elle l'adorait. Parmi ses élèves, presque toutes les femmes l'avaient complimentée. Heidi lui avait dit que ça la rajeunissait de dix ans et Eliza l'avait gratifiée d'un sifflement lorsqu'elle avait découvert son nouveau look. Sa fille avait joué les trouble-fête en lui faisant remarquer qu'avec une coupe pareille elle n'aurait même pas besoin de se payer du Botox puisque sa frange cachait son vieux front ridé.

Une insolence qui lui avait valu des tapes et des remontrances amicales. Outre la coupe de cheveux, Lara avait aussi constitué une nouvelle garde-robe colorée, dénichant de bonnes affaires en seconde main avec la ferveur d'une jeune convertie. Une jupe en patchwork en daim à la fermeture Éclair cassée (facile à réparer), pour deux livres. Un sac à main vintage violet à bandoulière avec un superbe fermoir argenté mais un peu déchiré au niveau de la doublure : cinq livres. Un incroyable collier en faux jais qu'elle n'avait pas encore osé porter mais qu'elle prévoyait de mettre pour l'anniversaire de Heidi la semaine suivante : trois livres cinquante. Peu importe ce qu'en penserait Ben : elle méritait bien ces quelques dépenses.

— Regarde-toi ! Bon sang ! Serais-tu amoureuse ? s'était écriée Frances quand elle avait vu sa fille avec sa coupe de cheveux et ses nouveaux vêtements. Tu es splendide, Lara. Si jeune et dynamique !

Bien sûr, elle avait presque aussitôt embrayé sur son sujet préféré : les derniers crimes et méfaits de son malheureux voisin (qui avait osé faire un barbecue avec ses petits-enfants alors que les draps propres de Frances séchaient dehors ; elle avait dû tout relaver car ils sentaient la saucisse et le charbon. Quelle indélicatesse !). Malgré tout, ses compliments préliminaires avaient été agréables.

Lara continuait à écrire et, même si son article sur les plaisirs vestimentaires n'avait été retenu par aucun des magazines ni sites Web auxquels elle l'avait timidement soumis, quelques-uns avaient demandé à voir d'autres textes, ce qui l'avait enorgueillie. Elle n'était peut-être pas encore tout à fait dans la course, mais au moins elle avait l'impression d'être sur la bonne voie.

Pendant ce temps-là, Eliza passait de longues journées à travailler dans une boutique de souvenirs du centre-ville, tout en faisant régulièrement du baby-sitting au bout de la rue pour Mme Partridge, fraîchement divorcée. (L'infidèle M. Partridge avait été mis dehors, d'après les racontars du quartier.) Avec tout ça, on aurait pu s'imaginer qu'elle aurait hâte de prendre le large. Pourtant, à la surprise de Lara, Eliza semblait hésitante par rapport au voyage à New York, à présent que Ben parlait de bloquer des dates pour prendre les billets.

— Ce n'est pas comme si je n'étais pas reconnaissante, confia-t-elle un soir à sa mère.

Eliza avait pris un fish and chips à emporter en revenant du travail, et Lara était venue la rejoindre au parc. Assises sur un banc près du lac de plaisance, les plats chauds sur leurs genoux, elles piochaient dans les frites tout en ignorant les mouettes à l'affût, penchées autour d'elles, les yeux globuleux.

— Tu n'as pas envie d'y aller ? demanda Lara, perplexe.

Jusque-là, sa fille n'avait exprimé que joie et émerveillement à la perspective de ce voyage. À présent, Eliza gardait la tête baissée sur son dîner, le regard perdu.

— Qu'est-ce qui ne va pas ?

Lara tapa du pied vers une mouette effrontée qui s'approchait trop près à son goût.

— Oust ! gronda-t-elle alors que l'oiseau battait en retraite dans un claquement d'ailes. Désolée ma chérie, je t'écoute.

— C'est juste que… J'ai vraiment envie d'y aller et tout, mais c'est quand même cinq jours ensemble, juste lui et moi. Je l'aime beaucoup, ce n'est pas ça, mais…

Elle tenta de prendre un morceau de poisson du bout de sa fourchette en plastique mais n'y parvint pas, puis soupira comme si tout était vraiment trop difficile.

— Rien que le vol dure huit heures. Huit heures assise à côté de lui ! Ça va être trop bizarre ! Et s'il me trouvait chiante ? S'il se lassait de moi ?

— Oh ma chérie, fit Lara, pleine de compassion.

N'avait-elle pas elle-même été d'avis que ce projet était excessif, précipité ? Au moins, Ben tenait sa promesse. Mais qu'est-ce qui lui avait pris de passer d'un week-end vélo en Angleterre à un voyage long-courrier quand il aurait pu trouver une option intermédiaire en choisissant une destination plus proche, comme Paris ? Il n'avait sans doute pas réfléchi.

— Primo, tu es tout sauf chiante. Deuzio, il t'aime vraiment beaucoup, insista-t-elle. Et puis, tertio, tu ne seras pas obligée de parler pendant huit heures. Vous allez regarder des films, lire, vous aurez à manger régulièrement. Tu pourras même dormir. Personne ne s'attend que vous ayez une conversation profonde et sérieuse sur tout le trajet, crois-moi.

— Je sais, mais…

Eliza haussa les épaules, peu convaincue. Une mèche de cheveux s'était échappée de sa queue-de-cheval et pendouillait le long de son visage, ondulant lorsqu'elle expira.

— Je dois avoir l'air d'une enfant gâtée, non ? marmonna-t-elle. Une diva. Peut-être que j'aurais dû me montrer plus enthousiaste à l'idée du camping.

Lara lui donna un petit coup de coude pour la tirer de sa morosité.

— Tout doux, rétorqua-t-elle. Ne nous emballons pas. Toi, dans une tente, au milieu de nulle part ? Sans réseau téléphonique ? Au moins à New York il y aura du wi-fi !

Comme Eliza restait impassible, Lara changea de tactique.

— Ne t'en fais pas. Concentre-toi sur les aspects positifs. Ils sont incroyables, ne l'oublie pas. L'hôtel qu'il propose a l'air fabuleux. Veinarde ! J'aimerais pouvoir séjourner dans un endroit pareil, dans la plus belle ville où je sois jamais allée. Ça va être génial. Beaucoup mieux que toutes les vacances qu'on a passées ensemble. Et carrément plus grisant qu'un week-end à pédaler et à camper sous la pluie qu'il aurait organisé sans ça. Franchement, ça vaudra bien n'importe quel petit malaise dans l'avion, je te le garantis.

Sa gorge se serra lorsqu'elle se revit monter dans le bus de l'aéroport pour Manhattan, puis contempler les gratte-ciel avec un ébahissement sans précédent, bouche bée, dans un waouh silencieux. Le contraste avec le spectre limité de sa vie actuelle – son grand frisson de la semaine avait été de découvrir que son shampooing préféré était en promotion à Tesco – était risible. Ce constat la frappa à tel point qu'elle mit à moment à enregistrer ce que sa fille dit ensuite.

— Pourquoi tu ne viendrais pas avec nous, maman ?

Lara faillit s'étrangler avec le morceau de poisson qu'elle venait de mettre en bouche.

— Ne sois pas ridicule, rétorqua-t-elle. C'est votre voyage à tous les deux, à ton père et à toi.

— Ça ne le dérangerait pas !

Lara renâcla.

— Bien sûr que si, protesta-t-elle, maussade, en repensant à leur dernier échange de textos, un jour où ses hormones lui jouaient des tours.

J'ai proposé à Eliza de lui payer sa robe de soirée de fin d'année, j'espère que ça ne pose pas de problème, avait-il écrit, et Lara avait levé les yeux au ciel. *Wouah, bravo. Quel héros !* Il voulait une médaille ou quoi ? *Cool. Je lui ai acheté un billet pour le festival de Leeds, j'espère que ça ne pose pas de problème,* avait-elle répondu avec sarcasme, ça avait été plus fort qu'elle. Peut-être avait-il un meilleur fond qu'elle, après tout, car il avait simplement répondu : *Excellente idée !* Rien d'autre.

— Moi, m'incruster dans un séjour qu'il organise spécialement pour toi ? reprit-elle. Hors de question. Il ne voudra pas que je sois là.

— Pourquoi tu dis ça ? Il t'aime bien ! protesta Eliza, ce à quoi Lara ne put répondre que par une expression incrédule du type *Oh tu crois ça ?* De toute façon peu importe. Et si moi, j'avais envie que tu viennes ?

— Tu te dis ça maintenant, mais fais-moi confiance : une fois là-bas tu changeras d'avis. Le but est que vous appreniez à vous connaître ; trois personnes, c'est toujours une de trop.

Il y eut une courte pause lorsqu'une jeune joggeuse en cycliste rose passa devant elles, expirant bruyamment. Puis la curiosité l'emporta.

— Qu'est-ce que tu veux dire par « il t'aime bien » ?

— Exactement ce que ça veut dire ! Il prend toujours de tes nouvelles. Et il dit des trucs du genre « elle a tout à fait raison » quand je lui donne ton avis ou que je lui rapporte tes propos.

Eliza lui adressa un regard en coin.

— Écoute, je sens qu'il t'aime bien, d'accord ? Et il est célibataire, au fait. Tu le savais ? Sa femme et lui ne vivent plus ensemble, alors… Et toi, tu l'aimes bien ? Tu ne parles jamais vraiment de lui.

Lara déglutit. Elle n'avait pas anticipé la tournure qu'avait prise la discussion.

— Eh bien… il est sympa, répondit-elle prudemment, concentrée sur un sachet de ketchup.

Les choses ne s'étaient pas arrangées entre Ben et Kirsten ? Elle ignorait que ça allait toujours aussi mal entre eux. Considérait-il que Lara était responsable de leur séparation ? Kirsten, oui, probablement. Et c'était légitime. Mais, si Eliza pensait que leur situation pouvait intéresser Lara, elle se mettait le doigt dans l'œil.

— Juste « sympa » ? insista Eliza.

— Je veux dire… Je ne le connais plus vraiment, mais il m'a l'air d'un type correct.

Lara pataugeait. Ses sentiments à l'égard de Ben étaient beaucoup plus compliqués. Elle-même n'était pas capable de les analyser correctement, quant à les expliquer à sa fille…

Eliza fronça le nez en entendant cet avis mitigé.

— Tu vas y réfléchir, au moins ? demanda-t-elle après un instant.

— À quoi ? À venir à New York avec vous ? Non, ma chérie. Comme je viens de te le dire, je n'ai rien à faire à…

— Il aimerait que tu viennes, la coupa Eliza. Il me l'a dit.

— Il te l'a dit ?

Surprise, Lara laissa tomber une frite, aussitôt chipée par une mouette. Ses idées s'embrouillèrent. Voilà qui était inattendu. Qu'est-ce que ça voulait dire ? Que devait-elle en déduire ?

— Bon, hésita-t-elle après quelques secondes d'atermoiements. Qu'est-ce qu'il a dit ?

— Juste ça, en fait, répondit Eliza. Que ce serait super de faire un voyage en famille ensemble, en gros.

Le mot « famille » lui fit l'effet d'un électrochoc ; n'était-ce pas exactement ce que Lara avait toujours voulu pour Eliza, une vraie famille ? Elle hésita, pesant le pour et le contre. Si sa présence pouvait atténuer le stress d'Eliza, c'était plutôt une bonne raison d'accepter. Mais cette histoire de Ben qui prétendument l'appréciait et avait proposé qu'elle vienne aussi… c'était un autre sujet. Qu'était-elle censée en penser ?

— Alors… c'est oui ?

Lara avait toujours le regard rivé sur son fish and chips comme si la réponse s'y trouvait.

— Laisse-moi y réfléchir, finit-elle par dire d'une petite voix.

— Naaaan ! s'écria Heidi quand Lara lui rapporta cet échange plus tard le soir même.

Elles se changeaient sur la plage et Heidi s'interrompit pour digérer la nouvelle, une jambe dans son short et l'autre en dehors.

— Mais c'est en train de devenir une fabuleuse comédie romantique ! Vous deux, de retour à New York vingt ans plus tard, là où tout a commencé, avec votre fille. Fa-bu-leux. J'adore !

— Oui, bon.

Lara plia sa jupe et la posa sur la pile bien rangée avec son haut et sa serviette.

— Peut-être, si j'y allais. Mais évidemment je n'y vais pas.

— Quoi ?

Le short de Heidi tomba par terre lorsqu'elle fit volte-face.

— Lara, allez. Pourquoi pas ?

— Parce que… L'idée me met vraiment très mal à l'aise, répondit-elle en triturant la bretelle de son maillot de bain.

C'était un maillot décolleté violet dans le style des années 1950 qu'elle avait dégoté pour cinq livres dans une friperie et qui la faisait se sentir comme une starlette – d'âge moyen, certes, mais il fallait oser et s'assumer.

— Eliza s'en sortira très bien sans moi.

— Ce n'est pas ce que je voulais dire et tu le sais, rétorqua Heidi en la toisant. Je voulais parler du fait que si Ben a dit qu'il t'aimait bien et qu'à en croire Eliza il est célibataire, je ne vois pas pourquoi tu décides de ne pas partir avec eux alors qu'ils te l'ont tous les deux proposé. Ce serait l'occasion pour Ben et toi d'apprendre à vous connaître… À mon avis, tu te dégonfles.

— Pas du tout ! Ce n'est pas ça.

Elles avaient déjà eu d'autres discussions de ce genre, et Lara s'était prise au jeu des idées romantiques que Heidi lui fourrait dans la tête pour finir déçue, en se sentant ridicule. Cette fois-ci, elle refusait de se laisser entraîner là-dedans.

— Quoi qu'il en soit, *hello*, dois-je te rappeler que je ne connais même pas ce type ? répliqua-t-elle. Je ne l'ai jamais vraiment connu. Alors…

— Exactement ! Tu le connais à peine, et pourtant tu as passé l'une des meilleures soirées de ta vie avec lui. Une soirée dont tu gardes un précieux souvenir, malgré tout.

Heidi abaissa ses lunettes de natation d'un mouvement sec.

— Tu n'es même pas curieuse de savoir si l'étincelle existe encore, le frisson ? Tu croyais que c'était le bon, à l'époque. Tu m'as dit que tu pensais avoir rencontré l'âme sœur, que vous aviez partagé un truc extraordinaire.

Lara brandit les mains d'exaspération.

— J'avais vingt-six ans et j'étais bourrée d'idéaux ! Depuis, les choses ont changé – j'ai changé. J'ai mûri, pour commencer, et je ne crois plus aux contes de fées.

Elle se frotta les bras, couverte de chair de poule à cause de la brise.

— Allez, entrons dans l'eau avant que je perde mon sang-froid.

Affairée à plier ses vêtements, Heidi ne semblait pas pressée, cherchant toujours à faire valoir son point de vue.

— Peut-être que ce n'était pas le bon timing à ce moment-là, renchérit-elle. Et si maintenant votre heure était venue ? Cet été, cette année, cette ville. Je trouve que c'est carrément romantique et que tu devrais y aller. Tu en pinces toujours pour lui, non ? Admets-le. Une petite flamme brûle pour lui quelque part au fond de ton cœur. Tu dois avoir envie de voir s'il en ressort quelque chose.

— Il n'y a pas si longtemps, tu le traitais de connard, ne put s'empêcher de lui rappeler Lara.

— Ouais, parce que c'est ce que tu m'avais dit ! Mais j'ai l'impression que tu as changé d'avis, ces derniers temps, en le voyant si attentionné avec Eliza. Je me trompe ?

— Oui, tu te trompes, rétorqua Lara sans grande conviction alors qu'elles se dirigeaient vers le rivage, le sable frais et ferme sous leurs pieds.

Elles se joignaient à un groupe de nage en mer pour la première fois et Lara vit dans l'eau plusieurs personnes coiffées du même bonnet de bain rouge. La journée avait été étouffante et la mer scintillait sous les rayons dorés du soleil qui ondulaient vers elles.

— Je lui trouve un petit côté moralisateur, pour être honnête, ajouta-t-elle avant de se sentir aussitôt médisante.

Car, à la vérité, quand Eliza lui racontait des conversations qu'elle avait eues avec Ben, ou des choses qu'il avait faites, Lara éprouvait à contrecœur du respect envers lui. Une minuscule pointe de respect, certes, qui ne durait jamais longtemps mais qui existait tout de même.

— Fais-le pour moi, alors, insista Heidi lorsqu'elles atteignirent la mer, l'eau clapotant autour de leurs chevilles. Laisse-moi vivre des sensations fortes par procuration grâce à ta vie beaucoup plus trépidante que la mienne. Aide-moi à oublier le fait que j'ai surpris Ned en train de mater du porno vraiment sinistre hier soir et que je n'ai pas réussi à le regarder en face de la journée.

— Oh mon Dieu, lâcha Lara avec compassion.

Ça semblait être un thème récurrent chez toutes ses amies qui avaient des garçons en pleine adolescence.

— Et puis le seul romantisme auquel j'ai droit en ce moment, c'est à travers mon travail. Parce que Jim fait de l'apnée du sommeil, et chaque nuit j'ai envie de le tuer. Sans compter que ma belle-mère arrive dans deux jours pour passer une semaine chez nous alors que la maison est un véritable chantier. Ah oui, et Danny a perdu son job d'été parce qu'il s'est fait prendre en train de bécoter la fille du patron. Enfin… j'en ai ma claque d'eux tous, autant qu'ils sont, franchement. Ma vie est un désastre en ce moment.

Plus courageuse que Lara, elle avait déjà de l'eau jusqu'aux genoux, et cilla à peine lorsqu'une vague vint s'écraser sur ses cuisses.

— Donc en gros j'irai à New York avec eux si tu n'y vas pas.

Lara commençait à se dire qu'elle aurait mieux fait de ne pas aborder le sujet ; elle préférait ne pas poursuivre une conversation si personnelle dans de telles circonstances, au milieu d'un groupe de nageurs.

— Ce n'est pas aussi simple, protesta-t-elle mollement, pour n'obtenir de Heidi qu'un grognement impatient.

— Bien sûr que si. C'est très simple. Va à New York, passe du temps avec lui et vois ce qui se passe. Soit vous retombez follement amoureux, auquel cas c'est génial ; soit tu obtiens confirmation qu'il ne correspond pas à l'homme incroyable de tes rêves. Auquel cas c'est génial aussi, car tu peux enfin passer à autre chose. Tu gagnes à tous les coups, Lara. Au moins tu seras fixée. Rien que pour ça, ça vaut la peine d'y aller, non ? Et je ne te parle même pas du shopping !

Certes, le shopping lui avait aussi trotté dans la tête, mais heureusement Lara n'eut pas besoin de répondre car deux personnes se jetèrent à l'eau derrière elles en leur criant bonjour.

— Bonjour Rachel, bonjour Ollie ! leur lança Heidi en retour.

En tant que photographe de mariage, elle avait rencontré tous les habitants de la ville à un moment ou un autre.

— On rejoint le groupe de nage, vous en faites partie ? demanda-t-elle.

— Oui ! Soyez les bienvenues ! s'exclama la femme aux cheveux auburn relevés en chignon et avec un piercing dans le nez.

Lara, moins volubile que son amie, leur sourit à tous les deux. Il lui semblait avoir déjà vu l'homme aux cheveux foncés – Ollie, donc –, mais sans parvenir à le remettre.

— Bonjour, dit-elle timidement. Je suis Lara. Enchantée.

Comme elle ne savait pas quoi ajouter et parce qu'elle avait vraiment besoin de se vider la tête, elle s'immergea dans l'eau froide et se mit à nager un crawl régulier à travers la baie. Elle n'avait plus l'habitude d'avoir une vie sociale et elle se sentait comme une ado empotée plutôt que comme une femme de quarante-cinq ans apte à affronter ce genre de situation.

— Hé, ralentis, Rebecca Adlington, cria Heidi derrière elle. Tu veux nous faire passer pour des fainéants ou quoi ?

Après les séances de nage, la tradition voulait qu'on reste pour discuter autour de Thermos de boissons chaudes, voire de quelque chose d'un peu plus fort. Et, pour le plus grand plaisir de Lara, d'une quantité impressionnante de gâteaux. La nage en soi avait été très agréable, mais l'aspect social rendait l'expérience encore meilleure. Tout le monde arborait une mine satisfaite en sortant de l'eau et l'ambiance était animée et conviviale.

Ce soir-là, ils étaient une vingtaine à s'être réunis sur le sable, un verre à la main, et, alors que le jour tombait et que les lumières du port perçaient la pénombre, Lara éprouva un profond bien-être à se trouver en compagnie de ces gens chaleureux, pour savourer un délicieux brownie, les muscles fatigués, encore sous le coup des endorphines. *Beaucoup mieux que se pelotonner devant la télé*, pensa-t-elle. Elle se sentait renaître.

— Bonjour, dit soudain une voix à côté d'elle. Lara, c'est ça ? Ollie. On s'est brièvement rencontrés tout à l'heure. Je voulais vous demander, vous ne seriez pas la monitrice d'auto-école ?

Lara rit en entendant le titre.

— C'est moi, confirma-t-elle. Ça figure même ainsi sur mon passeport. Qui vous l'a dit ?

Il lui sourit en retour. Elle remarqua qu'il était bel homme, tout en tâchant de ne pas se laisser distraire.

— Mon fils. Jake. Il vient de passer son permis. J'ignore quel miracle vous avez opéré sur lui, mais bien joué ! On en est presque venus aux mains quand j'ai essayé de lui apprendre avec ma voiture. Vous devez avoir une patience de sainte.

Ah ! Bien sûr. C'était là qu'elle l'avait vu – au centre d'examen, un peu plus tôt dans la semaine.

— Le monde est petit, déclara Lara.

Jamais elle n'aurait pensé que c'était le père de Jake. Il était beaucoup plus grand et de carrure plus imposante que cet adolescent dégingandé, même si, en y regardant de plus près, elle reconnut son grand sourire.

— J'ai beaucoup aimé avoir Jake comme élève, poursuivit-elle. C'est vraiment un garçon adorable, passionnant, drôle et intelligent. Tout ce que j'ai appris pendant nos leçons... Il va me manquer.

En buvant une gorgée de thé qu'un des organisateurs lui avait servi, elle repensa à la joie de l'adolescent le jour de l'examen.

— J'ai été impressionnée qu'il réussisse du premier coup.

— Moi aussi ! renchérit Ollie. D'autant plus qu'il a dégoté un boulot d'été à Robin Hood's Bay. Maintenant, grâce à vous, il peut y aller tout seul en voiture, sans compter tout le temps sur son bon vieux papa-taxi.

— Oh, génial. Pour tous les deux, je veux dire. C'est super, non, quand on n'a plus à faire le chauffeur sans arrêt ? Ma fille a à peu près le même âge que Jake et le permis a été une véritable émancipation.

Enfin, sauf quand ils décident de faire une virée à Cambridge sur un coup de tête, pensa-t-elle.

— Surtout quand on est un parent solo comme moi, s'entendit-elle ajouter, et qu'on a dû assurer tous les trajets jusque-là.

Elle se demandait ce qui lui avait pris de dire une chose si personnelle quand Ollie répondit un « Pareil » sincère qui la prit de court.

— Oh, fit-elle en fronçant les sourcils au souvenir de la fée du logis en tablier qu'elle avait parfois vue saluer Jake avant ses leçons. Je croyais... je veux dire...

Peut-être qu'ils s'étaient séparés, ce qui aurait expliqué pourquoi il était venu nager avec la femme aux cheveux auburn qu'elle avait aperçue plus tôt. Rachel, c'était bien ça ?

— Votre femme, ou votre ex-femme, ne conduit pas ? hasarda-t-elle, cherchant à en savoir plus.

Il secoua la tête.

— Chrissie ? C'est mon ex, confirma-t-il. Et non, elle ne... hésita-t-il comme s'il se demandait quoi révéler. En fait, elle est agoraphobe. Elle n'est pas sortie de la maison depuis un moment. Ça a causé pas mal de problèmes dans notre mariage, malheureusement... Du coup oui, c'est moi qui ai toujours conduit Jake partout. Ce qui n'est pas grave, évidemment ; Chrissie fait plein d'autres choses et n'est pas responsable de sa phobie.

— Bien sûr, approuva Lara tout en reconsidérant les idées préconçues qu'elle avait eues sur la mère de Jake ; voilà qui lui apprendrait à cataloguer les gens. Absolument. Mon Dieu, ça ne doit pas être facile pour elle.

— Oui. Elle a toujours été du genre anxieux, et puis il y a eu ce fichu accident, il y a une dizaine d'années. Une maison qui s'est effondrée dans une rue à deux pas de chez nous. Un conduit de gaz qui a explosé, totalement aléatoire. Chrissie était juste à côté quand c'est arrivé ; elle n'a pas été blessée mais l'amie avec laquelle elle se trouvait est morte à cause de l'effondrement d'un mur. Ça l'a anéantie. Et jamais elle n'a pu remarcher dans cette rue. Peu à peu, elle a cessé de sortir.

— La pauvre, c'est atroce, commenta Lara.

Cela lui rappela le glissement de terrain dont elle avait entendu parler à la radio : le sol pouvait littéralement se fendre sous vos pieds.

Voir une amie mourir sous ses yeux dans de telles circonstances devait vraiment être traumatisant. Au point de ne plus jamais se sentir en sécurité.

— Ouais, reprit Ollie, contrit. Désolé, je ne sais pas pourquoi je vous raconte tout ça. Parlez-moi de vous. Vous disiez que vous aviez une fille ?

Ils discutèrent un moment : de leurs enfants et du sentiment bizarre, mais en même temps chouette, de les voir grandir et suivre leur propre voie, puis du travail d'Ollie (il fabriquait des meubles sur mesure), avant que la conversation s'oriente vers le groupe de nage, qu'ils venaient de rejoindre et trouvaient génial. Il était si sympathique et drôle que Lara ne put s'empêcher d'être déçue quand Rachel apparut à son bras.

— Ça te va si on rentre bientôt ? demanda-t-elle avant de tourner des yeux verts et amicaux vers Lara. Désolée de vous l'enlever.

— Pas du tout ! répondit Lara, gênée.

Elle passait un si bon moment qu'elle avait oublié Rachel. Ollie était le premier homme avec qui elle discutait ainsi depuis… *Mon Dieu !* Elle préférait ne pas faire le calcul, tant la réponse serait déprimante.

— Ravie de vous avoir rencontrés, s'empressa-t-elle d'ajouter en reculant d'un pas pour que Rachel ne se fasse pas d'idées.

Non pas qu'elle ait une raison de se faire des idées, bien sûr. Ne vous inquiétez pas, eut-elle envie de dire. Je vais peut-être à New York avec Ben, de toute façon, le père de ma fille que j'ai considéré un jour comme l'amour de ma vie, donc, vous voyez, ce n'est pas comme si je cherchais à compliquer les choses encore plus en ce moment ! Elle sourit poliment, les salua et chercha Heidi. C'était absurde, mais son cœur battait de manière un peu erratique et ses joues s'étaient empourprées. Sans doute parce qu'elle avait perdu l'habitude de parler à des hommes gentils et que des endorphines circulaient encore dans ses veines…

Après avoir accepté un brownie de plus, elle rejoignit Heidi et deux autres femmes qui parlaient du nouveau thriller sur Channel 4 qu'elles regardaient en ce moment. *Bien joué, Lara, tu es sortie de ta zone de confort*, se félicita-t-elle, *tu discutes avec de nouvelles personnes sur la plage, génial !* Puis elle prit un gobelet de vin blanc, tandis que la mer reflétait sur la péninsule des stries violettes et que de grandes ombres se dessinaient sur le sable. Elle se sentait bien, constata-t-elle en riant franchement lorsqu'une des femmes se lança dans une imitation comique du policier de la série. Elle passait un bon moment. Ce groupe de nage lui plaisait vraiment beaucoup.

CHAPITRE 23

CHARLOTTE PRINGLE, née McManus, remontait la rue chargée d'un gros bouquet de pivoines rose bonbon et de gypsophiles écumeuses, d'une bouteille de vin et d'une boîte de chocolats. Elle vérifia le numéro des maisons en avançant : 37, 39, 41… Elle y était presque. Plus elle se rapprochait de sa destination, plus sa bouche lui semblait sèche. Du papier de verre. Peu importaient toutes les guerres lointaines, tous les conflits internationaux : elle avait sa propre mission de paix à mener et était déterminée à fumer le calumet de la paix. Comme sa conscience ne cessait de le lui rappeler, c'était le moins qu'elle puisse faire.

En général, Charlotte se considérait comme quelqu'un de bien. Elle versait des dons aux associations caritatives, se portait volontaire pour aider à l'école de ses enfants et se montrait toujours cordiale avec ses voisins, même les plus pénibles. Elle avait donc frémi d'horreur en entendant Ben leur poser des questions accablantes, à ses sœurs, leur mère et elle, à propos des deux appels que cette femme,

Lara, avait essayé de lui passer de nombreuses années plus tôt, pour lui annoncer qu'il avait une fille. Ce dont il avait toujours rêvé. Indéniablement, on l'avait laissé tomber, on l'avait privé tout ce temps de sa chance d'être père.

Charlotte avait été envahie par la honte lorsque Ben avait raconté, très remonté, ce qui s'était passé, parce qu'elle ne pouvait se départir du sentiment pernicieux que c'était elle qui avait noté les coordonnées de Lara lors de ce second coup de fil fatidique. Qu'elle avait allègrement promis de les transmettre à son frère mais que, pour une raison ou une autre, ça lui était sorti de l'esprit. Elle avait tourné et retourné le sujet dans sa tête, certaine que ses sœurs en étaient arrivées à la même conclusion. Toute sa vie, ses amis et sa famille l'avaient taquinée pour son étourderie, sa distraction, et elle avait toujours joué le jeu, plutôt satisfaite de l'image déjantée qui lui collait à la peau. Après tout, quand vous étiez frivole, vous n'aviez pas besoin de vous comporter vraiment en adulte. Personne ne se reposait sur vous ni ne vous confiait de véritables responsabilités, parce qu'on savait que vous alliez tout foutre en l'air. En son for intérieur, elle n'était pas très fière de cette tactique d'esquive, mais elle s'en était tout de même accommodée. Laisser les autres prendre les choses en main. S'en remettre à plus compétent pour résoudre les problèmes.

Toutefois, il lui fallait peut-être revoir cette conception. En fin de compte, cette approche à la cool n'était peut-être pas la meilleure stratégie ; pour personne. Car, si les défauts de communication qui avaient empêché Ben de rencontrer sa fille plus tôt étaient le fait de la négligence de Charlotte, elle prenait conscience, tel un coup de massue, qu'être tête en l'air n'apportait rien de bon. Absolument rien.

Le pire, c'est que Ben avait tout fait pour elle, pour elles toutes, et qu'elles avaient profité de sa nature généreuse en de maintes occasions. Et la seule fois où ça avait vraiment été important, Charlotte lui avait fait faux bond. Et pas seulement à lui, mais aussi à sa fille, et à cette Lara. Sa culpabilité était écrasante.

Elle n'avait pas confié ses tracas à Ben sur-le-champ. Aucune d'entre elles ne s'était montrée désolée, soutenant sur la défensive qu'elles n'y étaient sûrement pour rien, et puis comment auraient-elles pu savoir que c'était si crucial ? Mais les jours suivants le doute s'était insinué dans la conscience de Charlotte.

— Écoute, tu ne peux pas savoir avec certitude si c'était toi, avait prudemment avancé son mari, Gari, un soir au lit alors qu'elle ressassait le sujet. Les faux souvenirs, ça existe, non ? Peut-être que tu en tires cette conclusion parce que tu as de la peine pour lui.

— Peut-être, avait-elle marmonné, sentant qu'il perdait patience.

Plus tard la même semaine, elle avait proposé à Sophie et Annie de se retrouver au Mill, un pub le long du fleuve, dans l'espoir d'aborder la question avec elles.

— Écoutez, j'ai quelque chose à vous dire : je crois que c'est moi qui ai parlé à Lara la deuxième fois, avait-elle déclaré avant de boire nerveusement une gorgée de son gin tonic. Plus j'y pense, plus je me crois capable de faire ça : prendre un message important et le perdre cinq minutes après. L'oublier complètement. Du moi tout craché, non ? Je m'en veux tellement. J'en suis malade !

Annie avait acquiescé, le regard baissé.

— Je te comprends, avait-elle dit. Car je crois que c'est moi qui lui ai raccroché au nez la première fois. Vous vous souvenez que j'étais un peu colérique, à l'époque.

À l'époque ? Charlotte et Sophie n'avaient pu s'empêcher d'échanger un regard entendu ; les tendances colériques d'Annie étaient toujours d'actualité.

— Eh bien, Dieu merci, vous dites que c'est votre faute, s'était écriée Sophie avec une sorte de soulagement déplacé, rejetant la tête en arrière avec un grand soupir. Parce que d'après mes calculs j'habitais chez maman en ce temps-là, avec les garçons. Ça devait être quand Jason s'est tiré en Espagne et ça n'allait pas fort pour moi. Donc j'étais partie du principe que c'est moi qui avais merdé les deux fois.

— Eh bien, c'est possible, avait objecté Annie en redressant le menton, mais Sophie avait secoué la tête.

— Non. Maintenant que vous l'avez toutes les deux reconnu, je suis d'accord que ça vous ressemble plus. Carrément. Ce qui me met hors de cause. Ouf.

Charlotte avait froncé les sourcils pendant que Sophie feignait d'essuyer la sueur sur son front. Ses sœurs étaient à côté de la plaque.

— Ce n'est pas un jeu, leur avait-elle rappelé. Qui que ce soit, on a vraiment déconné et j'ai beaucoup de peine pour Ben, contrairement à vous, visiblement. Kirsten n'est toujours pas rentrée et il commence à perdre tout espoir que les choses s'arrangent. Vous savez ce qu'il m'a dit, d'ailleurs ? Qu'il aurait aimé qu'on se soit montrées plus sympas avec elle. Qu'on l'ait mieux intégrée. Elle s'est toujours sentie mise à l'écart.

Annie avait fait claquer sa langue, exaspérée.

— On a été sympas ! Personne ne l'a mise à l'écart ! Bon sang, le nombre de fois où on l'a invitée et où elle n'est pas venue… Qu'est-ce qu'on était censées faire de plus ?

— C'est elle qui n'a jamais été sympa avec nous, avait renchéri Sophie. Si elle s'est sentie mise à l'écart, elle ne peut s'en prendre qu'à elle-même.

Charlotte avait bu une autre gorgée de sa boisson, déconfite de voir qu'elle l'avait déjà presque finie.

— Ça n'a quand même pas dû être facile pour elle. Gérer toute une belle-famille de grandes gueules alors qu'elle était fille unique, habituée à un environnement plus calme. Bon, je ne vous reproche rien, je n'ai pas fait plus d'efforts que vous, avait-elle ajouté en voyant ses sœurs échanger des coups d'œil sombres. Je me demande juste si on peut faire quelque chose pour nous rattraper auprès de Ben.

— Comme quoi ?

Comme ça, par exemple. Venir dans la rue où Kirsten louait un appartement, les bras chargés de cadeaux, dans l'espoir de faire amende honorable. Si, pour le bien de Ben, Charlotte pouvait encourager sa belle-sœur à regagner le giron conjugal, lui assurer qu'ils l'appréciaient tous, qu'elle leur manquait et qu'ils voulaient qu'elle revienne, alors Ben verrait qu'elle essayait de l'aider. Qu'elle n'était pas seulement une tête de linotte qui n'était bonne qu'à prendre, prendre, et encore prendre. Qu'elle se souciait de lui et qu'à présent elle serait là pour lui.

Cinquante-trois, c'était là. Charlotte s'avança vers la porte d'entrée, les jambes flageolantes. C'était le moment. Elle s'était assurée que Kirsten ne travaillait pas ce jour-là et, avec un peu de chance, les deux femmes pourraient s'asseoir et discuter. Charlotte plaiderait la cause de Ben en rappelant à Kirsten toutes les qualités de son frère. Sa gentillesse, sa loyauté et sa bonté. Posant les sacs de cadeaux devant la porte, elle pointa le doigt vers la sonnette, quand un bruit lui parvint de plus haut. Une sorte de râle. Suivi d'un gémissement aigu.

— Oh oui ! cria une voix de femme.

Une voix qui ressemblait beaucoup à celle de Kirsten.

Charlotte leva la tête et vit une fenêtre ouverte au premier étage, de laquelle lui parvint un nouveau grognement de plaisir. *Bon sang,* se dit-elle en gloussant de surprise. *Kirsten semble à deux doigts de l'extase, là-haut. Wouah !* Ben et elle étaient donc de nouveau ensemble ? Sûrement ! Auquel cas ce n'était pas le moment de débarquer avec des fleurs et des mots gentils. Des retrouvailles passionnées, c'était la dernière chose qu'elle avait envie d'interrompre.

C'était aussi la dernière chose qu'elle avait envie d'entendre, d'ailleurs, et l'idée d'écouter les gémissements de son frère suffit à lui faire ramasser ses sacs en vitesse et retourner à sa voiture avant que ses oreilles ne souffrent. Une fois à distance raisonnable, elle posa les cadeaux sur un muret puis sortit son téléphone, incapable de résister à l'envie de lui lancer une petite pique insolente. Quelle bonne nouvelle ! Une très bonne nouvelle. Si Ben et Kirsten s'étaient déjà rabibochés, Charlotte n'aurait plus à essayer d'arranger les choses, comme elle l'avait prévu. Dieu soit loué, il existait des secondes chances ! Dieu soit loué, Kirsten avait fini par accepter les excuses de Ben !

Trop contente pour vous deux ! écrivit-elle à son frère par texto. *Même si j'ai presque les oreilles qui saignent de vous avoir entendus à l'instant. La prochaine fois, pensez à vos voisins et fermez les fenêtres !* Elle ajouta une série d'émoticônes clin d'œil pour montrer qu'elle plaisantait. *Ravie que les choses soient revenues à la normale, excellente nouvelle,* conclut-elle avant d'appuyer sur « Envoyer » et de reprendre sa route. Oooh, ça voulait dire qu'elle pouvait garder les fleurs ? Elle avait un vase qui serait parfait pour le bouquet, et puis Kirsten aurait pu trouver un peu exagéré de sa part de venir avec des pivoines si Ben et elle s'étaient réconciliés. Peut-être n'aurait-elle pas non plus besoin de lui donner le vin et les chocolats : encore mieux ! La journée s'améliorait à chaque minute. Arrivée à sa voiture, elle ouvrit la portière d'un geste enthousiaste.

En s'asseyant derrière le volant, elle posa délicatement les fleurs au pied du siège passager et était sur le point de démarrer quand son téléphone sonna. C'était Ben.

— Je viens d'avoir ton message, commença-t-il. De quoi parles-tu ?

Charlotte fronça les sourcils, perplexe.

— Eh bien, de Kirsten et toi, répondit-elle, prise de court.

Une horreur sourde la gagna. Une minute – avait-elle mal interprété la situation ? Ça ressemblait vraiment à la voix de Kirsten, là-haut. Mais elle n'avait quand même pas… ?

— Qu'est-ce que tu veux dire, Kirsten et moi ?

Charlotte se mordit la lèvre, atterrée. *Oh non. Quel cauchemar !*

— Je… je viens de passer chez elle, lâcha-t-elle, trop ahurie pour trouver un mensonge convaincant. Et j'ai cru vous entendre, tous les deux. Ensemble.

— C'était pas moi, répondit-il. Je suis à la boutique. Ça fait des jours que je ne l'ai pas vue.

Un silence atroce s'éternisa. Charlotte ferma les yeux, maudissant sa stupidité. Si ce n'était pas Ben qui faisait gémir et haleter Kirsten, c'était qui alors ?

— Qu'est-ce que tu as entendu, exactement ? demanda-t-il, suspicieux.

— Euh…

Charlotte sombra dans la panique. *Trouve quelque chose ! Invente une histoire ! Vite ! N'importe quoi !* Mais son imagination refusait de coopérer, son esprit restait désespérément vide et, comme Ben attendait et qu'elle subissait l'énorme pression de dire quelque chose, elle se retrouva à bêler d'une petite voix triste :

— Des cris de plaisir.

— Oh, fit-il avec un calme effroyable. Je vois.

— Ben, je suis vraiment désolée, gémit Charlotte.

Elle regretta sa décision de prendre les choses en main et de rendre visite à Kirsten, comme son satané manque de discernement à s'empresser d'envoyer un message à Ben. Elle avait envenimé la situation. C'était un million de fois pire ! Elle lui avait brisé le cœur.

— Je suis désolée ! Je croyais que…

— Ne t'inquiète pas, la coupa-t-il sur un ton sec avant de raccrocher.

Charlotte poussa un cri de détresse, si fort que sur le trottoir d'en face un enfant se retourna pour la fixer. Dans un mouvement de rage impuissante, elle jeta le téléphone vers le bouquet de pivoines ; il rebondit sur la cellophane avant de disparaître sous le siège passager. Puis elle enfouit la tête entre ses mains et s'appuya contre le volant, grognant avec désespoir. Qu'avait-elle fait ? Qu'avait-elle fait ?

Éternel optimiste, Ben n'avait jamais cessé de croire que Kirsten et lui parviendraient à surmonter leur séparation temporaire, que leur mariage était assez solide pour survivre à un tel cataclysme. Mais, après le coup de fil de Charlotte, les dernières bribes d'espoir s'effilochèrent, jusqu'à disparaître. Ses supplications, ses fleurs, la carte qu'il lui avait faite, tout ça pour rien : c'était terminé, maintenant. Si elle fréquentait un autre homme, il ne faisait aucun doute que leur mariage était mort et enterré et il était le dernier imbécile à s'en rendre compte. Bon sang, elle devait vraiment prendre son pied, si on l'entendait de la rue.

Est-ce que lui-même l'avait déjà fait crier ainsi ? Il craignait fort que la réponse soit négative. Auquel cas elle ne reviendrait jamais.

Les jours suivants furent pesants, et il dut déployer des efforts surhumains pour faire passer chaque heure au travail, chaque soirée calme à la maison, hanté par les images de sa femme en pleins ébats passionnés avec un autre. Un homme sûrement beaucoup mieux, beaucoup plus drôle et beaucoup plus beau que lui, un homme dont elle était déjà éperdument amoureuse. Cette idée le rendait fou de jalousie à tel point qu'il se retrouva à frapper le canapé pour extérioriser sa colère. Son travail n'aidait pas vraiment : toutes ces commandes de couples qui avaient réussi à entretenir des relations à distance dans des villes aussi éloignées que Liverpool et Truro, Norwich et Inverness. Il avait l'impression qu'ils se fichaient de lui, aggravant son tourment. Comment les gens parvenaient-ils à entretenir la flamme si loin l'un de l'autre quand lui-même n'arrivait pas à raviver la leur au sein de la même petite ville ?

Il se força à voir des amis autour d'une bière, à se faire couper les cheveux, à enfiler ses baskets et aller courir – des petites choses qui l'aidaient à supporter la journée. Mais, même comme ça, l'étau de la perte et du désarroi continuait de lui comprimer la poitrine, si fort qu'il dut s'arrêter un jour à mi-parcours lors d'un footing et se pencher en avant, le souffle court, haletant, la respiration sifflante, parce que son cœur battait trop vite. Une angoisse vint le titiller lorsqu'il repensa à la remarque d'Eliza à propos du caractère héréditaire de certaines maladies cardiaques et il se demanda, en se redressant pour se remettre en route, s'il allait finir comme son père. Si, peut-être, il ne serait pas sage de consulter, au cas où.

Mais non, il se montrait négatif et défaitiste. Il y avait déjà assez de stress dans sa vie sans qu'il s'inquiète de ça par-dessus le marché. Il allait bien ! Son père avait beaucoup fumé et bu ; il adorait les graisses saturées et ne faisait presque aucun exercice. En comparaison, Ben était un modèle de vertu, point final.

Et puis, Dieu merci, c'était enfin le week-end et Eliza venait lui rendre visite, ce qui lui donnait doublement de quoi se réjouir. Après la formidable fête des pères qu'ils avaient passée ensemble, avec la cérémonie de remise du badge de « super papa » qu'elle avait fait fabriquer par une entreprise locale (quel autre père pouvait se targuer d'avoir reçu un cadeau si touchant ?), il refusait de laisser le coup de théâtre de la vie amoureuse de Kirsten gâcher quoi que ce soit entre sa fille et lui. Eliza avait demandé qu'il lui fasse visiter Cambridge et il s'était décarcassé pour préparer le parfait programme d'activités.

Dès qu'il la vit à la gare, il se sentit mieux. Elle était là, sa personne préférée. Tant qu'il l'avait, elle, il pouvait gérer tout le reste.

— Voyez-vous ça, une nouvelle coupe de cheveux, lui lança-t-elle, les mains sur les hanches, avec un hochement de tête approbateur. T'as fière allure comme ça, cher père. Je ne voulais pas me mêler de ce qui ne me regarde pas, mais ta tignasse commençait à être un peu trop touffue.

— C'est un compliment ? Très bien alors, répondit-il en souriant alors qu'il mettait son sac dans le coffre de la voiture.

Cher père, nota-t-il, comme si elle n'arrivait toujours pas à employer « papa » de manière naturelle. Mais c'était un début, supposa-t-il. Il était content de la voir. Sa grand-mère avait toujours appelé Ben et ses sœurs ses « stimulants » et il n'avait jamais vraiment compris ce que ça voulait dire jusqu'alors. Mais maintenant il avait Eliza, son propre stimulant.

— OK, alors tu es prête pour une journée touristique ? Première étape : une balade en bateau sur la Cam.

— Oui ! s'exclama-t-elle avec un enthousiasme touchant en passant le bras sous le sien. Du moment que tu ne me mènes pas en bateau.

Elle rit à sa propre plaisanterie.

— T'as compris ? J'ai dit…

Il rit à son tour et lui ébouriffa les cheveux.

— Hé, laisse les blagues de papa aux vrais pères, si tu veux bien. Allez viens, Guignol. Par là.

— Alors, dit Eliza à voix basse environ une heure plus tard alors que Josh, leur guide à queue-de-cheval, éloignait leur embarcation de la rive.

La journée était ensoleillée et la ville grouillait de touristes ; apparemment nombre d'entre eux avaient eu la même idée de promenade sur la rivière. Après avoir longtemps fait la queue à l'embarcadère, ils étaient enfin assis dans un bateau plat avec une famille bruyante de quatre enfants.

— J'ai réfléchi.

— Bravo, la charria Ben en lui donnant un petit coup du bout du pied. C'est un bel accomplissement pour un samedi après-midi. Je suis fier de toi.

— Ha ha ! rétorqua-t-elle en roulant des yeux tout en s'amusant secrètement de la taquinerie.

Elle était ravie de l'entendre blaguer, car ce jour-là il lui paraissait inhabituellement réservé. Comme si quelque chose le turlupinait. Elle espérait ne pas le renfrogner encore plus avec ce qu'elle s'apprêtait à dire.

— Non… J'ai réfléchi à New York, poursuivit-elle après une profonde inspiration.

— Super ! Moi aussi !

Il lui sourit et elle se sentit envahie par une bouffée de chaleur ; elle adorait voir son visage s'éclairer ainsi.

— Tu as jeté un coup d'œil à l'hôtel dont je t'ai envoyé le lien ? poursuivit-il. Ça a l'air parfait, je trouve ; proche de tout. J'ai demandé à un de mes amis qui connaît bien la ville ce qu'il en pensait et il m'a confirmé que c'est très bien placé.

— Génial, répondit Eliza en se remémorant les photos de l'hôtel cool à l'esprit bohème qu'il lui avait proposé et dont elle avait étudié les photos dans les moindres détails, au point de déjà savoir ce qu'elle allait commander au petit déjeuner. Ouais, il a l'air incroyable. Euh… hésita-t-elle, cherchant les bons mots.

Elle fut distraite par deux petits garçons au bout du bateau qui criaient « pipi » avant d'éclater de rire en batifolant comme des chiots. Leur mère, qui portait un bébé en écharpe, leur sourit avec tendresse, puis se tourna vers le père, qui avait un jeune enfant aux cheveux de lin sur les genoux. *Voilà*, songea Eliza avec une pointe de tristesse : *une famille heureuse. Exactement comme maman en a toujours voulu*. Des frères et des sœurs. Deux parents. Un petit lapin mignon dans une cage à la maison, à tous les coups. Des barbecues dans le jardin, entourés d'amis et de proches à la pelle. Un grand sapin avec des cadeaux à Noël. Il n'était pas trop tard, décida-t-elle. Est-ce que ça ne valait pas la peine d'essayer ?

— Le truc… reprit-elle au moment où le guide s'éclaircit la gorge pour prendre la parole.

— Nous nous approchons désormais du pont des mathématiques, expliqua-t-il. Véritable bijou d'ingénierie, ce pont entièrement composé de poutres droites a été construit par James Essex en 1749.

— Construit par du pipi, piailla l'un des petits garçons.

— C'est toi le pipi, renchérit son frère, et tous les deux éclatèrent à nouveau de rire.

— Ça suffit, les gronda leur mère avec un froncement de sourcils réprobateur.

Eliza jeta un coup d'œil poli vers les poutres du pont, certainement très impressionnantes pour qui se passionnait pour ces choses-là, avant de se retourner vers Ben. *Crache le morceau,* s'intima-t-elle.

— Comme je le disais… commença-t-elle en prenant une profonde inspiration.

— Oh, il n'est pas question à nouveau du tatouage, si ? la coupa-t-il. Je sais… tu veux t'en faire faire un en douce à New York ? Ou un piercing, ou toute autre mutilation corporelle qui me vaudra une flagellation de ta mère ?

— Non. Quoique, maintenant que tu en parles…

Elle déviait à nouveau du sujet et se remit dans le droit chemin avant de perdre son sang-froid.

— Euh… donc : New York. En fait, j'ai envie de proposer à maman de venir. Qu'est-ce que tu en dis ?

Il y eut un blanc, rien que le lent bruissement de l'eau le long du bateau, et le cliquetis de l'appareil photo du père de famille qui immortalisait le pont et ses fils aux joues roses en train de glousser. Quand elle osa regarder Ben, elle vit un léger plissement sur son front ; il ne savait pas quoi dire.

Oh non, est-ce qu'elle l'avait blessé ? Ou énervé ?

— Je sais que ça paraît bizarre, poursuivit-elle en faisant la moue.

À l'avant du bateau, les garçons se chamaillaient désormais et l'un d'eux hurla lorsqu'il fut bousculé un peu trop fort et se cogna le coude.

— Ce serait sympa d'y aller ensemble. Une sorte de voyage en famille…

Comme pour contredire l'idée qu'un voyage en famille serait « sympa », le garçon qui s'était fait mal poussa un cri indigné et tapa le bras de son frère. Ben frémit sans répondre, et Eliza croisa les doigts. *Allez*, pria-t-elle en silence. *Dis oui, s'il te plaît.* Elle avait plus ou moins réussi à amadouer sa mère, même si elle avait dû avoir recours à une petite altération de la vérité (OK, un mensonge), mais elle devait encore convaincre Ben.

— Imaginez qu'ils tombent amoureux ! avait rêvé Eliza avec Bo et Saskia quand elle leur avait exposé son plan.

Ça pouvait marcher, pas vrai ? Ils n'étaient pas trop vieux pour succomber à la magie de retrouvailles à New York, si ?

— Je ne sais pas si je devrais dire ça mais… je crois qu'elle a vraiment envie de te connaître mieux, ajouta Eliza pour meubler le silence.

Ses doigts devenaient exsangues tant elle les croisait fort, mais le mensonge était d'intérêt général. Lara n'avait pas besoin de le découvrir.

— Et quand j'ai proposé de te poser la question pour savoir si elle pouvait nous accompagner, elle était très emballée. Bien sûr, elle va payer sa part. Ce n'est pas ce que je demande.

— Je vois, répondit-il en hésitant, avant que Josh ne reprenne son topo.

Merde, peut-être avait-elle choisi le mauvais moment pour aborder le sujet. Elle se rappela trop tard le type bourré sur lequel elle était tombée l'autre soir en sortant du travail et qui lui avait beuglé, le visage rouge, qu'elle avait détruit sa vie. C'était M. Partridge, le type sinistre pour qui elle avait fait du baby-sitting, avant que sa femme le foute dehors.

— À cause de toi j'ai tout perdu, avait-il braillé avant que le patron d'Eliza ne sorte de la boutique et ne lui dise de déguerpir.

Eliza avait essayé de l'ignorer mais la culpabilité s'était logée sous sa peau. Elle ne voulait pas bousiller la vie des autres, et encore moins celle de ses parents. Mais il n'y avait pas de mal à donner un petit coup de pouce au destin, n'est-ce pas ?

— Nous arrivons désormais à la pelouse du fameux King's College, annonça Josh en désignant une vaste étendue d'herbe devant le bâtiment sublime, tout en les faisant avancer à l'aide de sa perche.

Eliza hasarda un nouveau coup d'œil vers Ben. Il fixait le fond de l'embarcation sans écouter Josh qui énumérait toutes les personnalités prestigieuses qui avaient étudié dans cette université. En avait-elle trop demandé ? Jouait-elle avec le feu ? « Profite de cette période, en ce moment il ne peut rien te refuser », lui avait conseillé Saskia avec la sagesse d'une fille de divorcés qui avait manipulé ses beaux-parents comme une pro.

Une dernière tentative, décida-t-elle.

— S'il te plaît ! Je sais que nous devions partir juste tous les deux, ce qui est très généreux de ta part, et ce n'est pas un manque de reconnaissance, au contraire, je te suis vraiment reconnaissante…

— Je sais, ne t'inquiète pas, dit-il en souriant.

— Et maman serait un peu gênée de venir avec nous, mais en même temps je sais qu'elle souffre d'un énorme sentiment de culpabilité pour ne pas avoir pu m'offrir une vraie famille, donc je crois que ça lui ferait très plaisir. Mais si ça te pose un problème, on s'en tient au plan A, bien sûr.

Elle avait le visage en feu.

— C'était juste une idée comme ça.

— OK, je vois, dit Ben, et Eliza dut caler ses deux mains entre ses genoux pour arrêter de gigoter.

Ils étaient faits l'un pour l'autre, ça tombait sous le sens – maman était Bélier, comme elle, et Ben était Sagittaire ; deux signes de feu qui iraient parfaitement ensemble s'ils en avaient l'occasion. Sans compter que c'étaient tous les deux de vraies têtes de mule, si bornés qu'il incombait à Eliza de les pousser dans cette voie-là.

Après une pause supplémentaire, Ben hocha la tête. Il n'avait pas l'air convaincu ; en fait, un instant il eut l'air plutôt triste, abattu même, avant de se ressaisir.

— Eh bien… d'accord. Pourquoi pas ? Elle préfère prendre son billet elle-même, à ton avis, ou j'organise le voyage pour tout le monde ?

— Je vais lui en parler, répondit Eliza du tac au tac, rayonnante. Merci, ajouta-t-elle en s'appuyant contre lui, envahie par une poussée d'adrénaline à l'idée que son plan fonctionne, ainsi que par une pointe d'appréhension face à ce qu'il pouvait advenir. Merci beaucoup. Ça va être génial, je le sens !

CHAPITRE 24

Chère Lara,

J'espère que tu as passé un bon week-end. Eliza est dans le train en ce moment, elle doit arriver à 18 h 51 à Scarborough. Elle a dit qu'elle t'enverrait un SMS s'il y avait du retard.

Nous avons parlé de partir à New York en famille – bien sûr, tu es aussi la bienvenue. Je vais regarder les vols et je reviendrai vers toi.

Ben

Lara dut relire l'e-mail plusieurs fois avant d'en intégrer enfin le sens. C'était donc vrai. Depuis sa conversation impromptue avec Eliza au sujet d'un voyage à New York tous les trois, elle se demandait si sa fille n'avait pas un peu fantasmé. Mais peut-être que non, puisque Ben l'invitait à se joindre à eux. Certes, son message était guindé et un peu formel, mais ça ne changeait rien aux faits. Alors que faire ? Elle imagina Heidi applaudir, la larme à l'œil, puis la mine sceptique de sa mère, secouant la tête et marmonnant qu'on a beau chasser le naturel, il revient au galop. Le diable et l'ange sur chacune de ses épaules. Mais elle, que voulait-elle ?

Elle ouvrit un nouvel onglet sur son navigateur et tapa les mots New York dans le moteur de recherche. Apparurent alors des images de gratte-ciel scintillants, de Central Park, de la statue de la Liberté et du plan de Manhattan. Son sang ne fit qu'un tour lorsque son regard s'attarda sur les photos. *Et puis merde,* pensa-t-elle. Elle avait toujours eu envie d'y retourner. Alors s'il le proposait pourquoi pas, bon sang ?

Cher Ben,

C'est incroyablement sympa de ta part, merci. Bien sûr, je vais payer ma part. On peut diviser par deux toutes les dépenses du voyage, si c'est plus simple ?

Lara

Chère Lara,

Si ça te va, j'aimerais inviter Eliza. J'ai des choses à rattraper de ce côté-là.

B

— Comme tu voudras, marmonna Lara en lisant le dernier message.

Puis elle relut les mots de Ben, cette fois sans paranoïa. *Il se montre gentil, pauvre andouille,* se gronda-t-elle en caressant Bruce, qui avait sauté sur la table en quête d'attention. *Merci,* tapa-t-elle, puis elle hésita, se demandant comment il se sentait de retourner à New York, si elle oserait poser la question. Non. Elle n'osait pas. Il valait probablement mieux en rester là avant qu'ils se remettent à se disputer. *Cordialement, Lara,* conclut-elle avant d'appuyer sur « Envoyer ».

Voilà. Polie, civilisée, reconnaissante, songea-t-elle en expirant nerveusement. Bon sang, elle espérait vraiment que ce voyage se passerait bien.

Kirsten était allongée sur le lit, haletante, et Neil s'effondra à côté d'elle. Sa peau moite après l'effort était d'un brun doré avec une ligne blanche au niveau de son pantalon et l'imaginer torse nu dans son jardin lui procura un frisson de plaisir. C'était la troisième fois qu'il venait chez elle en dix jours et elle se sentait mordue. Éblouie. Être avec lui n'était que plaisir corporel, toucher et sensation. Laisser son cerveau en sourdine et son côté animal prendre le dessus pour une fois était fantastique.

— Pfiou, lâcha Neil d'une voix fatiguée, en enveloppant le corps de Kirsten. C'était incroyable. Tu es spectaculaire.

Kirsten se pelotonna contre lui, un sourire aux lèvres. Lui avait-on déjà fait un tel compliment ? *Spectaculaire.* Elle pourrait s'y faire.

— Toi aussi, répondit-elle, sentant son cœur reprendre un rythme normal et sa peau se rafraîchir sous une brise arrivée par la fenêtre ouverte.

Il était 16 heures ; elle avait fini son service une heure plus tôt, envoyé un texto à Neil pour le prévenir qu'elle était libre et il était apparu à sa porte vingt minutes plus tard. Ils découvraient le corps l'un de l'autre et elle aimait beaucoup celui de Neil : plus mince et plus ferme que celui de Ben. Athlétique et svelte, il avait la poitrine musclée, sans un gramme de graisse.

Faire l'amour un lundi après-midi, tellement hédonique ! Elle se sentait à nouveau jeune et séduisante, libertine ; elle avait encore quelque chose à offrir. En outre, cette passade lui permettait de prendre conscience qu'elle était indépendante, maîtresse d'elle-même, et non pas coincée dans son mariage. N'était-ce pas exactement ce qu'elle recherchait : un peu d'excitation, de frisson ?

Si, se dit-elle avec détermination, songeant à ces années de soirées tranquilles passées devant la télé avec Ben. Assis sur le canapé, ils ressentaient plus de passion pour le thriller scandinave qu'ils regardaient que l'un pour l'autre. Être avec Neil lui rappelait de vivre l'instant présent. De vivre tout court.

Pourquoi aurait-elle dû culpabiliser ? Ce n'était pas comme si Ben se morfondait dans son coin. Quand elle était retournée chez eux la veille pour récupérer le courrier et des bricoles, elle avait cru que le monde allait se dérober sous ses pieds. C'était un dimanche soir et apparemment Eliza avait passé le week-end là. *Peu importe*, s'était dit Kirsten en se raidissant comme chaque fois qu'il était question de sa fille. Ben était à la cuisine, distrait, concentré sur l'écran de son ordinateur portable. Jusque-là, quand ils se voyaient, il redoublait de gentillesse envers elle, lui répétant qu'il l'aimait et voulait qu'elle revienne. Mais cette fois il n'avait même pas pris la peine de l'interroger sur sa semaine, et encore moins de lui dire quoi que ce soit de flatteur ou d'amical. Était-ce le fruit de son imagination, ou il ne la regardait même pas dans les yeux ? Voilà qui était étrange. Inattendu.

— Je ne serai pas longue, avait-elle dit en prenant une poêle dans le placard dans l'intention de cuisiner un steak à Neil un soir de la semaine suivante tout en se demandant vaguement si Ben lui faisait la tête.

Puis, en passant derrière lui, elle avait vu sur l'écran de son ordinateur qu'il étudiait une page de billets d'avion. *Aha ! Intéressant.* Il essayait de se faire pardonner en organisant une escapade romantique ? Était-ce pour cette raison qu'il se comportait de manière si mystérieuse ?

— Tu pars quelque part ? s'était-elle enquise sur un ton mielleux, comme une coiffeuse cherchant à faire la conversation ; comme s'ils n'avaient jamais été mariés.

D'ailleurs, il s'était fait couper les cheveux. Et c'était une nouvelle chemise qu'il portait ? Ces détails lui avaient fait un drôle d'effet, faisant apparaître son mari sous un nouveau jour. Le rendant attrayant, avait-elle dû admettre. Il avait opté pour une coupe plus courte que d'habitude et ça lui allait bien. Elle lui donnait un air juvénile.

Ses épaules avaient semblé se contracter et il avait mis un instant pour répondre.

— Euh… à New York, répondit-il sans se retourner.

On aurait dit que la pièce s'était vidée de tout son air.

— Oh, avait-elle fait, la bouche sèche, certaine que le voyage n'était pas pour elle.

Ses doigts tremblaient alors qu'elle glissait la poêle dans le carton qu'elle avait apporté. Puis elle s'était assise à côté de lui pour en savoir plus.

— Avec… avec Eliza ?

— Euh, oui, avait-il acquiescé, avant de marmonner quelque chose qu'elle n'avait pas saisi.

— Comment ?

Elle avait cru entendre le prénom de la mère d'Eliza.

— J'ai dit, « Lara vient aussi », avait-il bougonné les yeux rivés sur l'écran.

Les murs avaient semblé se refermer sur eux ; la pièce où ils avaient cuisiné et mangé ensemble des années durant s'était soudain transformée en un lieu froid et hostile dans lequel elle n'avait plus sa place. Lara venait aussi. Très bien. C'était donc ça ? Inutile d'en dire plus.

Un sanglot dû au choc était monté dans sa gorge ; elle l'avait ravalé brusquement.

— Oh. Je vois.

— Ce n'est pas ce que tu crois, dit-il en pivotant. C'est…

Elle s'était levée afin de ne pas entendre ses excuses, quels que soient les piètres arguments qu'il comptait lui servir ; elle ne les supporterait pas. Elle préférait ne pas en savoir plus, au risque de recevoir des pieux supplémentaires dans le cœur, ce serait beaucoup trop douloureux. Elle avait senti ses narines se dilater lorsqu'elle avait attrapé son carton. *Tire-toi, tire-toi.*

— Fais ce que tu veux, Ben, avait-elle lâché, cinglante. Ce ne sont pas mes oignons. Je me fous de savoir avec qui tu pars en vacances.

C'était loin d'être le cas, bien sûr. Cela lui avait fait l'effet d'une gifle. Quelle idiote ! La semaine précédente, il l'implorait encore de revenir et à présent il réservait un séjour aux États-Unis avec son ex et leur fille. Incroyable. Quel genre de connard se comportait ainsi ? La colère s'était cristallisée en elle tandis qu'elle repensait à toutes les fois où elle avait émis l'idée de partir en voyage et qu'il avait toujours remis le projet à plus tard. Et cette fille n'avait qu'à claquer des doigts pour qu'il organise un somptueux périple. En quoi était-ce équitable ?

— Mais je croyais que tu n'en avais plus rien à faire de lui, s'était étonnée Vick quand Kirsten l'avait appelée pour calomnier Ben. Je croyais que tu profitais de ton aventure ?

— Oui, c'est le cas, mais…

À court de mots, elle ne savait comment décrire les sentiments confus qui l'habitaient. Ce n'était pas tant de ne plus rien en avoir à faire. Depuis qu'ils étaient séparés, Ben lui manquait régulièrement, et même à tel point que plusieurs fois elle avait été sur le point de faire ses valises pour rentrer, incapable de supporter plus longtemps la solitude. Mais la fierté l'avait emporté. Sans compter l'impression que revenir aurait constitué davantage une régression qu'un progrès ou qu'une décision prise pour de bonnes raisons. De toute façon, elle avait peut-être trop attendu à présent, puisqu'il partait avec cette Lara et leur fille.

Elle ferma les yeux, s'efforçant de chasser la vision du visage de Ben éclairé par l'écran d'ordinateur et mis en valeur par sa nouvelle coupe. Elle choisit plutôt de se serrer contre Neil, à la recherche de réconfort. *Vis au jour le jour,* se rappela-t-elle. *Profite de l'instant présent.*

— Tu as faim ? Je pourrais nous préparer quelque chose, murmura-t-elle en passant le doigt sur son torse bronzé.

Sur le trajet de retour, elle avait acheté du bacon, des œufs, une miche de pain croustillante et deux steaks ; de quoi le faire rester un peu plus longtemps.

Mais ses mots rompirent le charme : un instant plus tard, il s'extirpait de sous son bras et s'asseyait, se grattant la tête avant d'enfiler le T-shirt qu'il avait jeté par terre un peu plus tôt.

— Je ferais mieux d'y aller, déclara-t-il en attrapant son boxer et son jean. Ma camionnette est garée n'importe comment.

Sans lui, le lit semblait froid ; son corps laissait un vide.

— D'accord, dit-elle en prenant un air détaché.

C'était le marché pour une passade comme celle-ci, non ? Ne pas se montrer dépendant ni exprimer d'attentes envers l'autre. Il lui fallait apprécier cette histoire pour ce qu'elle était avant de reprendre le cours de sa vie. Ça lui convenait. Ça lui convenait parfaitement.

— Ciao ma chère, dit-il, puis il s'approcha, écarta délicatement ses cheveux de son visage et l'embrassa langoureusement. C'était super. Je suis content que tu m'aies appelé.

— Moi aussi. À bientôt.

Elle entendit la porte de l'appartement se refermer et s'assit dans le lit, se rejouant la scène sous un angle favorable en vue de tout raconter à Vick. *Il avait à peine passé la porte qu'on était déjà en train de s'arracher nos vêtements*, dirait-elle. *Je n'ai jamais connu du sexe comme ça. Je me sens si vivante !*

Que Ben aille à New York avec cette femme et leur fille, ça lui était égal ! Elle serait trop occupée à prendre du bon temps pour remarquer qu'il était parti.

CHAPITRE 25

— DEVANT VOUS SE DRESSE l'Empire State Building, expliquait le guide alors que le bus remontait la Cinquième Avenue. Haut de cent deux étages, avec son style Art déco iconique, ce gratte-ciel a été construit entre 1930 et 1931 et s'élève à quatre cent quarante-trois mètres. En incluant l'antenne, bien sûr.

Quelques semaines s'étaient écoulées. En ce mois d'août, Lara, Eliza et Ben étaient assis au niveau supérieur d'un bus touristique à deux étages qui sillonnait le centre de Manhattan, et Lara en avait la tête qui tournait tant elle exultait. Bien sûr, Eliza et elle étaient parties en vacances par le passé – à Majorque et à Mykonos, au bord du Lake District et dans les îles écossaises –, mais elle n'avait pas ressenti un frisson si viscéral à être loin de chez elle depuis longtemps. Dans cette incroyable ville bouillonnante, bruyante et grisante, elle se sentait dépassée par la charge sensorielle et elle en redemandait. Elle avait du mal à réaliser qu'elle était là. Qui eût cru que Ben se révélerait ouvert d'esprit au point de l'inviter à venir ?

Assis derrière elle, ses compagnons de voyage semblaient tout aussi subjugués, émerveillés alors qu'ils mitraillaient la ville et pointaient du doigt les lieux emblématiques avec un enthousiasme non réprimé. Après une politesse guindée pendant le vol, Manhattan avait bousculé leur petit trio, lui en mettant plein la vue avec son glorieux mélange d'ancien et de moderne, son énergie et son ébullition. Ce nouveau monde les ensorcelait, balayant toute timidité ou gêne.

Elle ne s'attendait pas à éprouver une telle exaltation en revenant ici, à se sentir vibrer sous le coup de souvenirs profondément enfouis. Même vingt ans plus tard, une épicerie à un coin de rue suscitait des réminiscences ; un panneau de métro, la silhouette d'un gratte-ciel. C'était stupéfiant. Une boule se forma dans sa gorge lorsqu'ils passèrent devant le verdoyant Madison Square Park, où elle se revit manger sous les arbres son tout premier sandwich au pastrami lors de sa pause déjeuner, les jambes chauffées par le soleil. *Coucou, jeune et idéaliste Lara, toi qui étais ouverte à tout, prête à sauter sur toutes les occasions que la vie t'offrait, je te présente ta version adulte, cynique et je-sais-tout,* pensa-t-elle avec un sourire contrit.

Mais elle se reprit : elle n'avait pas entièrement fermé la porte aux opportunités, pas vrai ? Pas tout à fait. Peut-être s'était-elle enlisée un temps dans son train-train, se confortant dans la sécurité des habitudes, mais au cours des dernières semaines elle avait eu l'impression de s'épanouir à nouveau, telle une plante cherchant la lumière. Heidi et elle continuaient d'aller nager chaque semaine dans la mer du Nord vivifiante, et non seulement sa forme s'était améliorée à la vitesse grand *V*, mais elle appréciait aussi l'aspect social du groupe. Elle avait été invitée par une femme, Cath, à sa prochaine fête d'anniversaire pour ses cinquante ans, et s'était liée avec une autre, Shona, dont elle avait admiré le superbe short en lin. Shona l'avait aussitôt conviée à une soirée d'échange de vêtements qu'elle organisait, dont Lara était revenue avec un sac plein de superbes habits en échange de vieilles fringues à elle. D'ailleurs, la tenue qu'elle portait aujourd'hui – une salopette courte rose pâle (oui !) avec une ceinture, venait de là. Shona lui avait aussi donné de bonnes adresses de boutiques vintage à Greenpoint, à Brooklyn, que Lara comptait explorer sans faute si elle en avait le temps.

Outre ces nouvelles rencontres, Lara avait apprécié de discuter à plusieurs reprises avec Ollie, le fabricant de meubles. Il était très sympa ; amical, cultivé et accessible.

— Il est canon, non ? avait commenté Heidi, à qui il n'avait pas échappé que Lara et lui s'étaient rapprochés. Et célibataire, aussi, au fait. Si ça t'intéresse.

— Mais je croyais que Rachel…

— C'est sa proprio. Il lui loue un appartement. Je ne te l'avais pas précisé ? Elle est mariée à une femme adorable, Isla, qui travaille au théâtre. J'ai fait les photos de leur mariage il y a quelques années ; elles forment un beau couple. Pourquoi tu es toute rouge, Lara ? Tu me caches quelque chose ?

Lara avait esquivé l'interrogatoire indiscret mais la nouvelle du célibat d'Ollie l'avait mise dans l'embarras. Certes, elle l'appréciait et le trouvait séduisant, mais oserait-elle imaginer quoi que ce soit avec lui ?

En parallèle, elle avait franchi un pas de plus dans ses démarches pour relancer sa carrière de journaliste. La veille du départ à New York, elle s'était assise devant son ordinateur, avait relu une dernière fois son projet de chronique familiale, avant de le joindre à l'e-mail de présentation qu'elle avait préparé pour les chefs de rubriques qui lui avaient fait des retours encourageants. Oui, son doigt avait un peu tremblé en cliquant sur « Envoyer ». Et, non, elle n'avait parlé de ses velléités à personne. Ni à Heidi ni même à Eliza, car il y avait peu de chances que cela aboutisse. Mais elle avait pris du plaisir à rédiger le descriptif et la chronique d'exemple, lustrant et polissant chaque phrase jusqu'à ce que soit aussi bon que possible. Quel que soit le résultat – et elle savait que ce n'était pas gagné –, elle était fière de ce qu'elle avait accompli. Sans compter qu'envoyer ces propositions lui donnait l'impression de renouer avec celle qu'elle avait été autrefois, la jeune femme aux rêves fous qui tentait sa chance. Celle qui disait *Bien sûr, pourquoi pas ?*

— Notre prochain arrêt est ici, à côté du Washington Square Park, avec son fameux arc en marbre dessiné par Stanford White à la fin du XIXe siècle, annonça le guide, et Lara sentit son cœur se serrer en reconnaissant l'endroit, juste au moment où Ben se penchait en avant avec une expression interrogatrice.

— Je crois que c'est l'arrêt le plus proche de... commença-t-il avant de s'interrompre, ne sachant comment finir sa phrase.

— De là où nous nous sommes promenés ce soir-là, compléta Lara à sa place. Oui, je me disais la même chose.

Bien sûr, pourquoi pas ? répéta sa voix intérieure.

Eliza se leva lorsque le bus s'arrêta.

— Allez, venez, lança-t-elle. Faites-moi faire la visite privée. Montrez-moi où les jeunes dépravés que vous étiez ont passé leurs dernières heures de liberté avant ma conception.

Ben dévisageait encore Lara avec cette lueur de doute dans les yeux mais elle hocha la tête. Oui, ils pouvaient accorder ça à Eliza. N'était-ce pas le but de ce voyage ?

— D'accord, dit Lara. Si tu es partant, j'en suis. D'ailleurs, je crois que ça fait dix-neuf ans que je te dois une bière.

Il lui sourit en retour, des pattes-d'oie au coin des yeux, et elle s'étonna de reconnaître le jeune homme qui l'avait fait craquer dans ces rues. L'homme qui riait, qui l'avait prise par la main à une époque encore insouciante pour tous les deux, animés par l'espoir et l'enthousiasme propres à la jeunesse, maîtres de la ville pour une nuit.

— Je suis partant, répondit-il. Je suis curieux de voir cet arbre, de toute façon, dix-neuf ans plus tard.

— Quel arbre ?

Lara avait de nombreux souvenirs de cette soirée-là, mais rien à propos d'un arbre.

— Celui que tu as planté ! Tes pépins de pomme ! J'espère que tu vas pouvoir récolter le fruit de ton labeur, déclara-t-il, la mine grave.

Elle rit, le plaisir se mêlant à la surprise. Les pépins de pomme ! Elle n'arrivait pas à croire qu'il s'en souvienne.

— Eh bien, ce sera un coup dur si ce n'est pas le cas.

— S'il n'est pas là, compte sur moi pour aller me plaindre auprès des autorités locales, renchérit-il lorsque Eliza les interpella dans l'escalier du bus.

— Dépêchez-vous !

— On se fait gronder, dit Lara en grimaçant avant de la suivre.

— Son impatience, tu crois qu'elle la tient de toi ou de moi ? demanda Ben à voix basse.

Lara pouffa.

— Je préfère ne pas m'exprimer sur le sujet.

Eliza leur lança un regard suspicieux lorsqu'ils descendirent, souriants.

— Qu'est-ce que vous manigancez, tous les deux, à chuchoter derrière mon dos ?

Puis, sans leur laisser le temps de réagir, comme si elle avait déjà décidé qu'elle ne voulait pas connaître la réponse, elle les prit par la main.

— OK, alors, maman et – accroche-toi, je vais le dire – *papa*...

Elle en eut les joues écarlates et le visage ravi de Ben se fendit d'un grand sourire, puis il fit un geste de victoire maladroit. C'était assez mignon, songea Lara, mais elle s'abstint de tout commentaire, notamment parce qu'Eliza butait sur les mots en s'efforçant de surmonter sa gêne.

— Emmenez-moi sur les traces du passé, là où tout a commencé, notamment moi, lança la jeune fille.

Eliza passait d'excellentes vacances. Même le stress lié à l'attente des résultats de ses examens la semaine suivante ne pouvait entacher sa bonne humeur alors que ses parents et elle (ses parents ! ensemble !) suivaient le minutieux programme concocté par Ben. La veille, après le tour en bus, ils avaient exploré les rues où elle et lui s'étaient promenés lors de leur unique rendez-vous, ce qui, bizarrement, avait inclus la recherche d'un pommier inexistant que sa mère avait prétendument planté ce soir-là. Surprise, surprise, il n'était pas là (avaient-ils sérieusement cru le contraire ?), même si Lara se plaisait à dire avec un air mystique que quelqu'un l'avait sans doute déterré pour l'emporter dans son propre jardin.

— Je suis convaincue qu'il existe un arbre né de ce pépin quelque part.

N'importe quoi, avait songé Eliza, ne comprenant pas pourquoi ils faisaient toute une histoire de ce truc. Ni pourquoi ils avaient insisté pour acheter un sac de pommes dans une épicerie afin de semer d'autres pépins dès qu'ils trouveraient des endroits propices.

— C'est une sorte d'héritage, avait dit Ben quand Eliza avait refusé de prendre part à leur petit jeu.

— Mmh, oui, bien sûr, avait-elle répondu. Vous pourriez arrêter vos trucs bizarres ? Sinon je vous renie tous les deux.

Ensuite, ils avaient fait une croisière autour de Manhattan, admirant la statue de la Liberté, le pont de Brooklyn et Ellis Island. Ce matin, ils s'étaient promenés sur la High Line puis avaient déjeuné au marché de Chelsea, et désormais ils étaient à l'observatoire du Top of the Rock, avec sa vue à couper le souffle sur la ville qui s'étalait à leurs pieds, entre les gratte-ciel scintillants et le large ruban bleu de la rivière à l'horizon. *J'adore cet endroit,* n'arrêtait pas de penser Eliza en passant d'un panorama à l'autre. New York lui ouvrait les yeux sur un champ de possibles, lui insufflant son rythme et son énergie comme le lui avait annoncé son horoscope. « Un réveil sismique aura lieu aujourd'hui », disait la prédiction pour les Béliers. « La vie recommence ! »

C'était exactement ce qu'elle ressentait. Comme si la vie lui laissait entrevoir toutes les directions possibles, des horizons à perte de vue. Comme si des milliers d'univers différents apparaissaient sous le quadrillage des rues. Toutes ces fenêtres éclairées dans les immeubles, tous ces bars remplis de beau monde, ces citadins, ces mendiants, cette omniprésente tour de Babel... *Tant de vies, tant d'opportunités, tant d'histoires,* pensait-elle, incapable d'appréhender une telle profusion. Un filtre inédit apparaissait ; à des années-lumière des tons fades de sa jolie petite ville de bord de mer. Elle s'était souvent considérée comme faisant tache à Scarborough, hantée par la crainte que les autres ne la trouvent bizarre, pas à sa place. Mais, dans une ville comme celle-ci, tout le monde était le bienvenu. Les excentriques étaient admis, la différence encensée. C'était libérateur !

Sans compter que Lara et Ben semblaient également passer un bon moment, heureux de partager cette expérience avec elle et, malgré un démarrage dans la gêne, de la partager tous les deux. Eliza charriait sa mère chaque fois qu'ils croisaient un cycliste.

— Attention, maman, cycliste à l'approche, si tu pouvais éviter de tomber et de te cogner la tête.

Rapidement Ben s'y était mis aussi.

— Je ne suis pas tombée ! Je me suis fait renverser ! En essayant de t'aider toi, misérable ingrate ! protestait Lara en vain. Oh, la ferme, grognait-elle pour finir, riant avec eux.

Eliza tâchait de se faire toute petite et de leur laisser de l'espace afin qu'ils puissent renouer et, de loin, elle voyait qu'ils commençaient à se rapprocher, à coups de blagues bon enfant et de taquineries. Est-ce que ça signifiait que… ? Y avait-il une chance que… ?

Elle ne devait pas nourrir de faux espoirs. Elle devait laisser ses parents se rendre compte par eux-mêmes qu'ils étaient faits l'un pour l'autre. Que la vie (et la mort, et des appels manqués) les avait séparés pendant près de vingt ans, mais qu'il n'était jamais trop tard pour attiser les braises jusqu'à raviver la flamme. *Bon sang*, songea-t-elle en fronçant le nez devant le tour fleur bleue qu'avaient pris ses pensées. On aurait dit les paroles d'une chanson d'amour ringarde. Ça suffisait, là.

Revenant à la vue, elle aligna son téléphone pour identifier les bâtiments en contrebas grâce à son application de carte. Ah, donc ce gratte-ciel avec une pointe était le Chrysler Building. Et plus loin il y avait le siège de l'ONU, waouh. Et quelque part au premier plan se trouvait apparemment Grand Central. *Minute*, pensa-t-elle en plissant les yeux. Ce n'était pas là que ses parents étaient censés se retrouver pour leur deuxième rendez-vous ? Le fameux deuxième rendez-vous qui n'avait jamais eu lieu ?

— C'est époustouflant, non ? dit Lara à ce moment-là en passant un bras autour des épaules de sa fille. Le genre de vue dont on ne se lasse pas. Incroyable.

— Carrément, acquiesça Eliza en s'appuyant contre elle.

Découvrir la ville lui faisait éprouver un respect nouveau envers sa mère. Que Lara ait traversé l'Atlantique seule pour venir vivre à New York quatre mois révélait une trempe et un courage dont Eliza ne l'aurait jamais crue capable. Ça avait dû demander un sacré cran. Jusque-là, Lara avait simplement été sa maman : gentille, fatiguée, pragmatique, casse-pieds, mais à présent qu'Eliza avait un aperçu de son passé, elle la considérait d'un œil nouveau.

Elle reportait son regard sur les rues animées quand une idée lui traversa l'esprit. Elle avait lu son horoscope pour elle-même, mais il s'appliquait aussi à Lara, du même signe qu'elle. Le réveil sismique, la vie qui recommençait… Est-ce que ça voulait dire ce qu'Eliza espérait ? Alors que sa mère s'éloignait, elle tapa rapidement dans la barre de recherche de son téléphone, les pensées se bousculant dans sa tête. Parfois il fallait donner un coup de pouce aux autres, non ? se dit-elle les doigts sur l'écran, avide de mettre son plan à exécution. Si ses parents étaient trop timorés pour faire le premier pas, elle, elle ne l'était pas.

C'est seulement lorsque l'ascenseur les eut ramenés sur la terre ferme, au grand soulagement de Lara, qui n'avait jamais été très à l'aise avec l'altitude, qu'elle remarqua qu'elle avait reçu deux textos, tous les deux de sa mère.

« À l'hôpital. Mais n'en fais pas tout un plat », avait-elle écrit dans le premier.

— Oh mon Dieu, s'exclama Lara.

Qu'est-ce qui… ?

« De retour à la maison. Pas encore morte. Ça me coûte combien d'envoyer ces messages, d'ailleurs ? » disait le deuxième, expédié une heure plus tard.

— Tout va bien ? demanda Ben en voyant Lara se figer.

Ils étaient au Rockefeller Plaza, où un marché de producteurs battait son plein et il lui prit doucement la main et l'attira sur le côté pour lui éviter de finir piétinée par un groupe de touristes.

— C'est ma mère, répondit-elle en appelant aussitôt Frances. Maman ? Ça va ? s'enquit-elle dès qu'on décrocha.

Quelqu'un s'éclaircit la voix.

— Euh… c'est Harry Granger. Le voisin de Frances. C'est Lara ?

— Oui, confirma-t-elle, stupéfaite.

Le voisin de sa mère ? Celui de la haie et de la vendetta du barbecue ?

— Elle va bien ? demanda-t-elle.

— Elle se porte bien.

Il avait une voix charmante, distraite, profonde et suave. Il fallait être suave pour pouvoir vivre à côté de Frances Spencer.

— Elle a fait une petite chute ; heureusement je passais par là et j'ai pu l'emmener aux urgences. Pas de casse. Je vais vous la chercher, elle me prépare un café. J'en ai de la chance, non ?

Il gloussa et Lara sourit, sa peur refluant.

« Frances ! Vous êtes là ? » entendit-elle.

— Je t'avais dit de ne pas en faire tout un plat, furent les premiers mots de sa mère quand elle arriva au bout du fil.

— Oui, dit Lara sèchement. Ton « Pas encore morte » était parfaitement rassurant. Tu es sûre que ça va ? Que s'est-il passé ?

Elle leva le pouce en direction d'Eliza, qui la scrutait avec inquiétude, et ils se mirent tous les trois à déambuler parmi les étals, humant les odeurs de fromage, de pains rustiques au levain et de fruits frais, pendant que Lara continuait d'écouter le récit de Frances. Apparemment, elle avait trébuché sur un pavé qui dépassait sur son allée, juste au moment où son voisin sortait de chez lui.

— J'ai bien dit à Harry que j'allais parfaitement bien…

Tiens, c'était « Harry », maintenant, hein ? releva Lara, amusée.

— … je le lui ai même répété plusieurs fois, mais tu crois qu'il m'aurait écoutée ? Bien sûr que non. Je n'ai jamais rencontré d'homme aussi borné : il a insisté pour qu'on aille à l'hôpital. Quel cirque, franchement ! Je me porte comme un charme. Solide comme un roc, tu me connais.

— C'est gentil de sa part, quand même, non ? ne put s'empêcher de glisser Lara. Un bon voisin. On dirait qu'il s'est mis en quatre pour toi.

— Eh bien, bredouilla Frances, oui, on dirait. Mais qu'est-ce que tu fais à m'appeler d'Amérique ? Ça doit te coûter une fortune ! Allez ! Arrête de parler ! Ne gaspille pas ton argent pour moi !

— Je ne gaspille pas mon…

— Tu passes un bon séjour ? la coupa Frances. Rapidement, avant que tu files : ça va ? Eliza est heureuse ? J'imagine que ma carte postale est déjà en route ?

— On passe un super moment, lui assura Lara. Et je viendrai te voir à mon retour. Peut-être même avec un souvenir, si tu es sage. Sois gentille avec Harry d'ici là, d'accord ?

Elle raccrocha et leva les yeux au ciel.

— Il n'y a que ma mère pour m'envoyer un texto disant « Pas encore morte » et trouver ça normal, commenta-t-elle. Dans l'intérêt de ce pauvre Harry, j'espère juste qu'il a les épaules assez solides.

CHAPITRE 26

BEN AURAIT DÛ S'Y ATTENDRE. Depuis qu'il avait émis l'idée du voyage à New York au début de l'été, il ignorait s'il avait bien fait. Et quand Eliza lui avait timidement demandé si sa mère pouvait se joindre à eux, une nouvelle vague de doute l'avait assailli, lui rappelant que, malgré les bons points qu'il avait gagnés jusque-là en tant que père, il se sentait toujours dépassé par les événements quant à la façon d'aborder une adolescente.

— Chaque fois que je commence à avoir l'impression de savoir ce que je fais, un imprévu me tombe dessus, avait-il dit dans un soupir à Charlotte lorsqu'il avait dîné chez elle le dimanche précédent.

Elle l'invitait désormais régulièrement, peut-être sous l'effet de la culpabilité de son appel « Kirsten-couche-avec-quelqu'un ». Mais peut-être aussi parce que, face au plaisir qu'avait manifesté Ben la première fois qu'il avait savouré un bon repas préparé par une autre personne et assorti d'une véritable conversation, elle l'avait trouvé sous-alimenté à plus d'un égard.

Elle avait émis un bougonnement amusé.

— À qui le dis-tu ! On galère avec ses enfants : surprise !

Il était en train de laver la vaisselle et elle l'essuyait. Elle lui avait donné un petit coup de coude.

— C'est dur, c'est un fait. Mais ça veut dire que vous vous familiarisez chacun avec votre rôle, si tu vois où je veux en venir. Ce sera toujours plus compliqué que tu ne le pensais, hélas. Personne ne t'enseigne ces choses-là ; il faut apprendre sur le tas, encore et toujours.

C'est ce qu'il découvrait. Si au départ Eliza et lui avaient été des pages blanches l'un pour l'autre, peu à peu ils se dessinaient, avec des contours, des couleurs et des traits personnels. Il avait été naïf de penser que, par rapport à toutes les jeunes années qu'il avait ratées, ce serait plus facile. Peut-être s'était-il aussi laissé aveugler par le fait qu'elle l'avait enfin appelé « papa » au cours de leur premier après-midi à New York ; une sorte de sortilège qui rendrait tout plus simple. Mais, deux jours plus tard, il devait à nouveau se rendre à l'évidence : leur relation n'allait pas forcément couler de source, comme il l'avait espéré. Et sa fille n'y était pas pour rien.

Malgré l'aversion autoproclamée de Lara contre les cyclistes, Eliza et Ben l'avaient convaincue de louer des vélos à Central Park dans l'après-midi.

— Essaie de n'envoyer personne à l'hôpital, maman, lui avait recommandé Eliza avec sarcasme.

— Ni toi-même, avait renchéri Ben, et elle lui avait tiré la langue.

Le temps était chaud et agréable, une brise faisait bruire les arbres. Ben avait voulu suivre le chemin balisé de la carte qu'il avait achetée, mais Eliza s'était moquée de son strict respect des règles et avait clamé qu'elle préférait découvrir les lieux avec spontanéité. Pris de court face à cette mutinerie – s'était-il montré trop rigide avec son programme ? –, il avait acquiescé malgré sa réticence. La route de la carte avait l'air géniale et proposait un itinéraire optimisé à travers le parc en passant par tous les points dignes d'intérêt.

Mais bon. C'était aussi son voyage à elle. Et jusque-là Ben avait plutôt apprécié le circuit mené par la curiosité d'Eliza. Il s'était abstenu de souligner que, en fait, d'après ses coups d'œil discrets au plan, ils suivaient plus ou moins le parcours préconisé. Il essayait de se détendre et de profiter de la balade plutôt que de vouloir l'organiser, une manie que lui avait souvent reprochée Kirsten. Ses épaules s'affaissèrent un peu lorsque le visage de sa femme lui apparut et son cœur se serra en pensant à quel point elle aurait adoré explorer Central Park avec lui, dans d'autres circonstances. S'était-il montré trop inflexible avec elle ? Aurait-il pu déployer plus d'efforts pour la rendre heureuse, pour arranger les choses ? Elle l'avait toujours encouragé à aller de l'avant au lieu de regarder en arrière, et il n'avait pas voulu envisager qu'elle ait raison.

Quoi qu'il en soit, c'était de l'histoire ancienne. Kirsten était passée à autre chose avec ce nouveau type et il doutait qu'elle s'attarde encore sur Ben et leur relation. Il devait essayer d'en faire de même. Il était ici, non ? C'était un bon début : enfin revenu à New York, et, même s'il ressentait de temps à autre une pointe d'angoisse d'être si loin de chez lui après ce qui s'était produit la dernière fois. À sa connaissance, pour l'instant aucun membre de sa famille n'était mort en son absence. Peut-être avait-il brisé la malédiction.

Derrière Eliza qui fonçait en jouant les pilotes en chef, Ben gardait un rythme plus pondéré à côté de Lara, qui n'était pas montée sur un vélo depuis des années, mais avançait vaillamment. Après quelques fluctuations nerveuses et de petits problèmes de guidon, elle était installée plus sereinement sur la selle, d'un port de reine, même, et ça l'amusait de la voir gagner en assurance.

— Regarde-toi, toi qui disais ne plus savoir faire de vélo, tu pédales comme une vraie pro, la taquina-t-il. Pour un peu, je croirais que tu cherchais à faire ton intéressante.

Elle rit, le souffle court, les joues roses. Elle avait l'air plus jeune : insouciante, les cheveux au vent, le visage libéré de toute tension. D'ailleurs, s'était-elle fait couper une frange ? Il s'en rendit compte tardivement, s'efforçant de ne pas trop la fixer. Ça lui allait bien, et pour la première fois il revoyait sur ses traits celle qu'il avait connue vingt ans plus tôt.

— OK, j'avoue, je suis une ancienne championne olympique. J'ai fait semblant d'être nulle et dénigré les amateurs afin de ne pas t'intimider.

— J'en étais sûr. Eh bien, j'apprécie ta considération. C'est très gentil.

Ils étaient désormais près du Réservoir, et Ben devait sans cesse se pincer pour avoir confirmation qu'ils étaient bien là, à des endroits qu'il avait vus si souvent dans des séries et des films : l'eau scintillant au soleil, l'air chaud estival qui troublait la vue sur les immeubles en arrière-plan. Depuis qu'il avait commencé à s'inquiéter pour son cœur, il s'était efforcé de prêter davantage attention aux signaux de son corps. Il avait eu quelques palpitations, il lui arrivait de se sentir à bout de souffle, mais tout le monde connaissait ça, non ? Là, il se sentait bien. Mieux que ça, en fait : il se sentait au top de la forme.

— C'est génial, non ? s'exclama-t-il alors qu'ils passaient devant un couple qui prenait un selfie devant la vue. Être là, je veux dire. Se promener. C'est super.

Lara vacilla légèrement en tournant la tête pour lui adresser un sourire.

— C'est incroyable, acquiesça-t-elle avec cet entrain adorable qui l'avait séduit lors de leur rencontre.

Innocente, s'était-il dit alors. Quelqu'un qui avait le cœur sur la main. Lui aussi avait été comme ça, jusqu'à ce que la vie l'endurcisse, ajoute un filtre suspicieux et le rende cynique. Mais ce voyage semblait leur faire baisser la garde érigée par les années.

— C'était très gentil de ta part de m'inviter, poursuivit-elle avec un autre coup d'œil en coin. Quand Eliza m'en a parlé, j'ai eu du mal à croire que tu étais si obligeant.

Il mit une seconde à intégrer ce qu'elle venait de dire. L'inviter ? Ce n'est pas exactement ainsi qu'il aurait présenté les choses.

— Je... commença-t-il, les mains soudain moites sur le guidon.

Il fronça les sourcils alors qu'il cherchait un moyen de dissiper le malentendu ; il se revit sur le bateau à Cambridge, où Eliza lui avait demandé tout de go si Lara pouvait venir. De manière peut-être égoïste, son instinct lui avait soufflé de leur réserver ce voyage à tous les deux plutôt que de compliquer les choses avec Lara ; pour commencer ils se connaissaient à peine, et puis à cette perspective il s'était senti déloyal envers Kirsten. Tout ça pour dire qu'il n'avait pas invité Lara. Elle s'était invitée elle-même.

— Qu'est-ce qu'il y a ? demanda-t-elle en le regardant sans comprendre pourquoi il laissait sa phrase en suspens. Tu as l'air nerveux tout à coup. Quelque chose ne va pas ?

— Arrêtons-nous une minute, proposa-t-il puisqu'il était impossible de pédaler, de réfléchir et de trouver les bons mots à la fois.

Ils freinèrent près d'un banc, le cœur de Ben battant la chamade. Qu'avait manigancé Eliza ?

— Tu viens de dire que j'avais eu l'obligeance de t'inviter à venir, commença-t-il, mais Eliza m'a demandé sans détour si tu pouvais venir avec nous, pour que ce soit un voyage en famille. En évoquant ton rêve d'avoir une « vraie famille ». Ce n'était pas mon idée, je le crains.

— Quoi ? C'est pas vrai !

Lara en resta bouche bée.

— Sérieusement ?

Ils se dévisagèrent un long moment, cherchant tous deux à démêler la situation.

— Elle m'a dit qu'elle se sentait un peu… angoissée à l'idée du voyage, reprit Lara. Inquiète. Malgré toute la bonne volonté du monde, je crois qu'elle trouvait ça… un peu énorme. Désolée. Mais…

— Je vois.

Il soupira. À présent il se sentait mal. Pire, paumé ; le père novice coincé sur les pistes pour débutants de la parentalité.

— Je ne m'en étais pas rendu compte, répondit-il, prenant conscience de sa propre naïveté. Moi aussi je suis désolé. Je suis toujours en phase d'apprentissage. Et clairement je me plante pas mal.

Elle secoua la tête.

— Hé, ne sois pas trop dur envers toi-même. Moi aussi j'apprends encore. Comme tous les parents. Ça n'en finit jamais, malheureusement. Et, de toute façon, ajouta-t-elle, le visage empourpré, c'est plutôt à moi de te présenter des excuses – c'est terriblement gênant, parce qu'Eliza m'avait donné l'impression que me joindre à vous était ton idée. Ça ne me serait jamais venu à l'esprit de m'incruster dans votre voyage. Jamais de la vie. J'ai été très claire avec elle. Je lui ai expliqué que je ne voulais pas m'imposer, que c'était votre virée à tous les deux.

Elle porta les mains à ses joues en feu, sous le choc qu'Eliza ait pu la manipuler si facilement.

— Elle m'a explicitement dit que tu avais envie que je vienne ! Mon Dieu, je suis mortifiée. Je ne devrais pas être là ! Je me sens atrocement mal !

— Non, arrête, s'empressa-t-il de dire en la voyant paniquer.

Mais il ressentit un soupçon de désarroi, voire de colère, en repensant à quel point Kirsten avait paru bouleversée quand il lui avait annoncé qu'il partait avec Lara et Eliza. Depuis lors, elle se terrait dans le silence. Plus aucun texto à propos de factures à partager ou autres questions financières. Tout ça pour découvrir que ce prétendu voyage en famille reposait en fait sur un malentendu, voire une supercherie… Innocemment ou non, Eliza avait peut-être brisé pour de bon son mariage. Il s'efforça de respirer calmement.

— Ne t'inquiète pas. C'est bien que tu sois là. Je suis…

— Tout va bien ? Maman, ne me dis pas que tu as déjà un point de côté ? les interrompit Eliza, qui avait fait demi-tour pour voir pourquoi ils s'étaient arrêtés.

Ben et Lara échangèrent un coup d'œil qui voulait dire *plus tard. Ce qui est fait est fait, après tout,* raisonna Ben ; inutile de ressasser la situation ou de reprocher cette mascarade à leur fille. Mais malgré tout il n'aimait pas la sensation de s'être fait berner. Il avait pris pour argent comptant tout ce qu'Eliza lui avait raconté parce qu'il voulait lui faire confiance, la voir sous son meilleur jour. Désormais, il lui semblait ne pas la connaître aussi bien que ça.

— Tout va bien, répondit-il en repérant un marchand de boissons à proximité. Je me demandais si quelqu'un d'autre avait soif. Je suis déshydraté. On va boire quelque chose ?

Lara lui lança un regard reconnaissant pour avoir inventé ce prétexte et Eliza sembla mordre à l'hameçon ; elle poussa joyeusement son vélo vers eux.

— Au fait, dit-elle en s'attachant les cheveux à l'aide d'un chouchou, je passe d'excellentes vacances. Vraiment excellentes, les meilleures de ma vie.

Elle avait les yeux qui brillaient d'émotion, son menton tremblait même un peu. Si Ben avait remis en question sa sincérité une minute auparavant, elle ne faisait aucun doute en cet instant.

— Je suis vraiment super heureuse d'être ici, à Central Park, quoi, à New York, quoi, avec vous ! Merci à tous les deux, merci beaucoup pour tout. Sans ces vélos, j'insisterais pour qu'on se fasse un câlin collectif, là, tout de suite. Et vous savez combien je méprise les gens qui s'étreignent en public.

Ben rit malgré lui. Quoi qu'il se trame dans la tête de sa fille, quoi qu'elle ait mijoté, il devait admettre que lui aussi était ravi d'être là avec elles. C'était comme si le compteur se réinitialisait, comme s'ils pouvaient recommencer de zéro tous les trois.

— Les gens qui s'étreignent en public sont de la pire espèce, répondit-il, impassible, avant de tendre la main pour lui serrer l'épaule. Moi aussi je passe un excellent moment.

— Et moi de même, ajouta Lara en fermant la marche.

— En fait, poursuivit Eliza lorsqu'ils arrivèrent au stand de boissons, c'est moi qui vous invite à dîner ce soir, pour vous remercier. Oui, c'est pour moi ! J'insiste ! J'ai mes économies de la boutique de souvenirs, je peux me le permettre, déclara-t-elle en levant la main pour couper court aux protestations de Lara. De toute façon, j'ai déjà tout organisé, inutile de discuter. Notre table est réservée à 20 heures ce soir. Tenue correcte exigée.

Lara porta une main à son cœur.

— C'est adorable de ta part ! s'écria-t-elle. Tu es sûre ? Ça m'aurait suffi que tu nous paies une glace…

— Je suis sûre, affirma Eliza, satisfaite d'elle-même. C'est moi qui régale.

— Merci, ma chérie, dit Ben, touché par le geste.

Comment pouvait-elle le faire passer du mécontentement à une tendresse infinie en vingt mètres ? Parfois, la paternité était un mystère.

— Ça a l'air génial. Tenue correcte exigée, hein ? Heureusement que j'ai apporté mon costume en velours frappé !

L'humeur s'était allégée, et Eliza et Lara se retenaient à présent de sourire tout en échangeant des regards.

— Je crois qu'il plaisante, hasarda Lara.

— Tant que ce n'est pas sa veste kaki et une cravate de dessin animé, je survivrai, commenta Eliza en se pinçant les lèvres.

— Hé ! Ne critique pas ma veste kaki ! rétorqua Ben. J'y tiens beaucoup.

— J'ai remarqué, le titilla Eliza. Je commençais à me dire qu'elle était chirurgicalement attachée à toi, papa.

— Oh, je vois, fit Ben en feignant d'être blessé. C'est mon quart d'heure, c'est ça ? On se moque des choix vestimentaires d'un homme… eh bien, d'un homme charmant. Est-ce que j'ai l'air du genre à porter une cravate de dessin animé ?

— Ouais, répondit Eliza en gloussant à nouveau. Carrément.

— Maintenant que tu le dis… renchérit Lara.

— Vous voulez quelque chose à boire, tonna une voix à ce moment-là, ou vous comptez rester là à gober les mouches toute la journée en bloquant ma clientèle, hmm ?

Ils se tournèrent tous les trois, coupables, vers une femme en tablier qui derrière la caisse avait croisé ses bras potelets sur sa poitrine tout en les fusillant du regard. Puis elle posa les yeux sur Ben et se radoucit en battant de ses faux cils.

— Au fait, mon chou, tu es très bien, si tu veux mon avis. Mesdames, arrêtez de malmener ce pauvre homme, vous m'entendez ?

En général, Ben n'était pas du genre à se laisser aller au sentimentalisme ni à idéaliser quoi que ce soit, mais lorsqu'Eliza, Lara et lui éclatèrent de rire avant de commander obligeamment des boissons et des glaces, il ressentit de la joie à l'état pur, puissante comme un espresso ; ils partageaient un moment unique. Il semblait impossible de rendre justice à cet instant en cherchant à mettre des mots dessus, mais il savait qu'Eliza et Lara ressentaient la même chose : une impression authentique, étincelante et chaleureuse. *Je suis heureux*, songea-t-il alors qu'ils remerciaient la femme et s'éloignaient avec leurs vélos. Et, quoi que leur réserve la suite, ce jour-là, ils étaient heureux ensemble. Ce qui, en soi, représentait un triomphe.

CHAPITRE 27

DE RETOUR À L'HÔTEL, Lara put enfin reprendre son souffle. La journée avait été si agréable ! Un tourbillon de visites, d'activités et de moments qui resteraient gravés dans sa mémoire. Sans compter le sentiment qu'ils avaient tissé un lien, tous les trois ; ils échangeaient des plaisanteries et partageaient de précieuses expériences. Au départ, l'idée de cette balade à vélo l'avait laissée sceptique, mais contre toute attente elle avait savouré la sensation de se dégourdir les muscles. La brise lui chatouillait les cheveux, et une fois qu'elle avait retrouvé son équilibre sur deux roues (en fait, faire du vélo, ça s'oubliait bel et bien), elle avait adoré.

Ensuite, en chemin vers l'hôtel, ils avaient assisté à une altercation de l'autre côté de la rue entre le portier d'un restaurant et un homme d'affaires saoul, qui se résumait à une avalanche d'insultes suivies par une menace du portier exaspéré :

— Ne m'obligez pas à appeler la sécurité pour venir vous botter le cul, avait-il tonné.

— Ah ouais ? C'est moi qui vais appeler la sécurité pour te botter le cul ! avait crié l'ivrogne avant de buter contre une poubelle et de tomber à la renverse.

Eliza s'était empressée de faire de cette phrase sa nouvelle réplique culte, et en montant les marches de l'hôtel ils étaient tous essoufflés d'avoir tant ri de son usage répété.

Et pourtant. Lara avait beau essayer, elle n'arrivait pas à faire totalement abstraction de ces quelques minutes étranges à Central Park, lorsque Ben et elle avaient compris que leur fille avait essayé de leur arranger le coup, que Lara n'avait pas du tout été invitée à venir avec eux. La facilité avec laquelle elle était tombée dans le panneau la perturbait. Qu'est-ce que Ben avait dû penser d'elle, à s'incruster ainsi dans leur voyage, comme un chaperon ? Lui en avait-il voulu ? Son culot avait dû le surprendre. Pourtant, elle était là, à Manhattan. Donc soit Ben avait fait preuve d'une incroyable bonté en disant oui à Eliza, soit la fougue de sa fille l'avait trop intimidé pour qu'il refuse. (Ce qui était tout à fait possible. Eliza pouvait être assez effrayante quand elle s'y mettait.)

Ou alors, avait suggéré Heidi quand Lara lui avait relaté les derniers rebondissements par SMS, *depuis le début il avait secrètement envie que tu viennes avec eux ?! Ce n'est pas comme si vous étiez allés passer un week-end à Bridlington. Vous êtes à New York ! Tu crois vraiment qu'il aurait accepté que tu viennes si l'idée lui avait répugné ???*

Lara soupira et se versa une nouvelle tasse de thé. (Car oui, bien entendu, elle avait apporté un stock de sachets de thé du Yorkshire. Ça avait été l'une des premières choses rangées dans sa valise.) Assise sur le lit, les jambes étirées devant elle pendant qu'Eliza prenait une douche, elle avait la tête qui tournait. Elle était seule pour la première fois de la journée et tentait de s'éclaircir les idées lorsqu'un nouveau message de Heidi arriva en bipant.

Qu'est-ce que ça peut faire, de toute façon ? Tu passes un bon moment, non ? Vous vous entendez bien, comme Eliza l'espérait ? Ça paraît génial. Au fait, tu nous as manqué hier soir à la plage. PLEIN de gens ont demandé où tu étais – y compris Ollie. Un petit triangle amoureux, ça te dit ???

Elle envoya la photo du groupe en train de faire signe à l'objectif, et le cœur de Lara se réchauffa alors qu'elle examinait chaque visage. Cathy, Shona, Heidi. Ollie. Rachel. Ce type sympa, Edward, qui avait réservé des leçons de conduite pour sa fille. Peter, bénévole au sein des secours en mer, et Jane, sa femme, qui faisait les brownies les plus fondants du monde. Ils l'avaient tous accueillie parmi eux, lui donnant l'impression de faire partie de quelque chose. Ses yeux s'attardèrent sur le sourire d'Ollie et elle repensa à ce qu'il lui avait dit sur son ex-femme Chrissie, qui traversait une période vraiment difficile à cause de sa phobie. Puis elle se demanda à quel point cela avait affecté Ollie et Jake. Elle se rappela avoir d'abord envié Chrissie en la prenant pour un modèle maternel et se reprochant, en comparaison, de ne pas être à la hauteur avec Eliza. Mais la famille idéale existait-elle ? Même Heidi et son mari Jim connaissaient des hauts et des bas. Peut-être que Lara avait toujours souhaité l'impossible. Peut-être que, au bout du compte, la configuration de leur cellule n'était pas si mal.

Comment vas-tu ? Toujours « pas encore morte » ? J'espère que tu te sens bien, écrivit-elle à sa mère, en proie à une vague de tendresse. Leur relation mère-fille n'était pas parfaite, ni même très conventionnelle, mais elle ne l'aurait changée pour rien au monde. (Enfin, peut-être un tout petit peu.)

Eliza surgit de la salle de bains dans un nuage de vapeur, enveloppée dans une serviette blanche et les cheveux enrubannés dans un turban identique.

Lara ne réagit pas tout de suite ; elle était concentrée sur un e-mail qu'elle venait de recevoir sur son téléphone, de *Notre Yorkshire*, un mensuel plutôt chic. Probablement un refus, quoique les refus se manifestent généralement sous la forme de silences polis. Elle ouvrit le message le cœur battant, parcourut le contenu et poussa un cri.

— Oh là là !

— Quoi ?

L'e-mail provenait d'une certaine Bryony Foster, la rédactrice en chef du magazine, et, même si elle ne proposait pas à Lara un contrat juteux pour sa chronique (dommage), elle lui avait écrit qu'elle aimait son style et suggérait qu'elles se rencontrent autour d'un café ou qu'elles se parlent au téléphone pour discuter d'autres idées.

— Quoi, maman ? Arrête de piailler comme ça ! s'écria Eliza. Tu es contente ou énervée ? Je n'arrive pas à savoir.

— Je suis contente ! répondit Lara en lui lisant le mail à voix haute. Waouh. Je n'arrive pas à le croire. Elle aime mon écriture. Elle veut me rencontrer.

Elle bondit du lit et prit Eliza dans ses bras.

— C'est trop génial !

— Wow, maman, oui, c'est génial ! dit Eliza en lui rendant son étreinte. Tu as écrit sur quoi ? Sur ta crise existentielle ?

Elle s'écarta, la serviette qui lui tenait les cheveux lui glissant sur un œil tandis que Lara attrapait un coussin pour le lui lancer.

— Les sensations fortes de la vie de monitrice de conduite ? Hé, arrête ! protesta-t-elle lorsqu'un oreiller suivit. Je rigole, je rigole. T'es cool. Fabuleuse. Tu ne traverses absolument pas de crise existentielle.

Elles se sourirent.

— Maintenant va prendre ta douche, s'il te plaît, prépare-toi pour ton dîner classe, et puis arrête de balancer des trucs comme une malade. Ne m'oblige pas à appeler la sécurité pour venir te botter le cul.

— C'est moi qui vais appeler la sécurité pour venir te… OK, j'y vais, abdiqua Lara en riant avant de filer dans la salle de bains.

La journée devenait de mieux en mieux.

Ils se retrouvèrent dans le lobby de l'hôtel une heure plus tard. Lara portait une robe portefeuille d'un vert olive rétro, avec un décolleté qu'elle espérait pas trop plongeant et une pince strass dans les cheveux. Eliza, elle, était vêtue d'une robe noire moulante trop sexy au goût de sa mère et de hauts talons. Elle n'avait pas dû se sentir totalement à l'aise dans cette tenue car elle y avait ajouté un long gilet noir ample. Ben, quant à lui, n'avait pas mis un costume en velours frappé mais un élégant jean foncé et une chemise fluide grise imprimée de petites ombres d'oiseaux en vol.

— Oooh, le taquina Eliza en le voyant. On dirait que tu as sorti ta chemise préférée.

Ses yeux s'illuminèrent lorsqu'il lui sourit et Lara devina que c'était une blague entre eux. Ça lui faisait chaud au cœur de voir à quel point ils s'entendaient bien. Malgré les chamboulements causés par ces retrouvailles, malgré toutes ses réticences, elle était ravie qu'Eliza et Ben aient établi une telle complicité. Et que leur fille constitue un pont entre ses parents, les liant à nouveau. Qui l'aurait cru ?

Eliza refusa de leur révéler où ils allaient (« Quoi, et la surprise alors ? »), mais dès qu'ils eurent remonté quelques blocs, le malaise gagna Lara ; elle commençait à comprendre. Eliza n'avait pas osé, quand même ? Fomenter un tel coup aurait été maladroit de sa part. Maladroit et carrément gênant. Car ce n'était pas un jeu, il était question de la vie des gens et…

Ils tournèrent et devant eux se dressa la gare de Grand Central, avec ses hauts vitraux voûtés et ses colonnes. Le cœur de Lara manqua un battement. Seigneur. C'était donc bien ça : Eliza les emmenait au bar à huîtres. Elle lança un coup d'œil à Ben ; il semblait ne pas avoir pigé ce qui se passait. Il fronçait les sourcils devant son téléphone et paraissait distrait. Lara donna un petit coup de coude à sa fille, la mine sévère.

— Liz… marmonna-t-elle sur le ton de l'avertissement. J'espère que ce n'est pas ce que je crois.

— Je ne vois pas de quoi tu veux parler, répondit Eliza avec un grand sourire qui voulait dire tout le contraire et même qu'elle était très fière d'elle.

Lorsqu'ils traversèrent la rue et franchirent l'entrée principale de la gare, Ben comprit enfin de quoi il retournait. Impossible de ne pas remarquer ce plafond turquoise vertigineux, ces chandeliers étincelants, ce sol de pierre lustré et l'agitation du hall bondé. Lara avait oublié à quel point c'était beau. Même si, splendeur mise à part, elle ne pouvait s'empêcher de penser qu'elle n'avait toujours pas réussi à dire l'entière vérité à Ben à propos de ce soir-là. Il valait mieux passer certaines choses sous silence, non ?

— Ah, fit Ben en rangeant son téléphone et en regardant autour de lui. Je vois. L'histoire se répète. Ou plutôt...

— Le présent corrige, dit Eliza, fière de sa trouvaille.

Lara lança à Ben un regard irrité qu'elle espérait vouloir dire *Non, je n'étais pas au courant non plus.*

— Écoute, ma chérie, nous apprécions ce que tu essaies de faire, commença-t-elle, mais Eliza s'arrêta au milieu du hall en se tapant théâtralement sur le front.

— Oh non, je suis trop bête ! s'écria-t-elle en ignorant sa mère. J'ai réservé une table au bar à huîtres pour deux au lieu de trois. Oups ! Pas de problème : je vais me prendre un burger et tuer le temps en me faisant faire quelques tatouages pendant que vous profiterez d'un agréable dîner. Vous n'avez pas le choix de toute façon, j'ai payé cent dollars pour votre repas, enchaîna-t-elle pour couper court à toute protestation. Vous me direz si ça coûte plus cher, je vous rembourserai.

Elle se pencha en avant et leur lança un baiser à chacun.

— Le restaurant est au niveau inférieur, d'après le site. Prenez votre temps, profitez, et je vous vois tous les deux au petit déjeuner demain matin, conclut-elle en reculant. Amusez-vous bien !

Lara se sentit comme un ballon perforé dont l'air s'échappe. Immobile, elle regardait Eliza s'éloigner d'un pas désinvolte.

— Fais attention ! pensa-t-elle à lui crier. Et j'espère que tu plaisantes à propos de ces tatouages !

— Je suis d'accord avec ta mère ! renchérit Ben tout de suite après, ce à quoi Eliza répondit par un simple geste, sans se retourner.

Lara et Ben se dévisagèrent.

— Je te présente mes plus plates excuses au nom de ma fille, déclara Lara, émue.

— Je te présente mes plus plates excuses au nom de la mienne, répondit Ben avant de lui donner un coup de coude.

Heureusement, il semblait plus amusé qu'énervé.

— Elle a à nouveau réussi à nous rouler. Lara, on est des idiots finis ou quoi ? Je commence à avoir la nette sensation qu'elle fait de nous ce qu'elle veut. Avec beaucoup trop de facilité.

Elle lui adressa un sourire triste.

— Je suis d'accord. Je reporte la faute sur les parents. Ils doivent vraiment être cons pour tomber sans cesse dans le panneau.

Ils étaient toujours dans le hall, et les immenses écrans de départ se mettaient à jour. Les passagers tiraient des valises dans tous les sens, la lumière dorée de la gare baignant les grandes colonnes de pierre. Lara allait s'excuser à nouveau, cette fois ça allait trop loin, quand Ben haussa les épaules et dit :

— Mais pas assez cons pour se priver d'un dîner gratuit dans un restaurant emblématique. J'ai pas raison ?

Elle hésita.

— Tu crois ? demanda-t-elle. Ne te sens pas obligé juste parce que…

— J'en ai envie, dit-il fermement. Je serais venu sans faute la première fois si mon père n'avait pas égoïstement décidé de faire une crise cardiaque.

Ils échangèrent un sourire gêné.

— Je me félicitais d'ailleurs tout à l'heure de ne pas avoir provoqué la mort soudaine d'un autre membre de ma famille en revenant à New York.

Elle n'aurait su dire s'il plaisantait.

— Tu craignais que la foudre frappe deux fois au même endroit ?

Il acquiesça, légèrement embarrassé.

— J'imagine que oui. D'un point de vue rationnel, je sais que la mort de mon père n'a aucun rapport avec mon voyage mais… ça m'a quand même bloqué et empêché d'aller où que ce soit. Jusqu'à maintenant. C'est ridicule, non ?

— Non. Pas du tout. Ça a dû être horrible d'apprendre la nouvelle en étant si loin. Pire que tout.

Il lui adressa un petit sourire reconnaissant, mais elle perçut une lueur de chagrin dans ses yeux. On ne sortait pas indemne d'un événement si traumatisant.

— Quoi qu'il en soit, reprit-il en se ressaisissant, c'est du passé. Revenons au présent. Nous sommes bien habillés, chics comme demandé. Tu es ravissante, d'ailleurs. Cette couleur te va très bien.

Il y eut un blanc ; Lara ne sut que répondre, puis Ben désigna l'escalier menant au niveau inférieur.

— Alors merde, lâcha-t-il. Mieux vaut tard que jamais, si tu veux mon avis. On y va ?

— La moindre des choses serait de trinquer en l'honneur de la jeune fille exaspérante qui a organisé tout ça en douce, répondit Lara avec une pointe d'excitation.

Ben et elle, finalement réunis à cet endroit, dix-neuf ans plus tard… Elle peinait à le croire. Si cette fois elle ne courait pas comme une dératée à travers la gare, son cœur n'en battait pas moins la chamade, en proie à l'émotion.

Ils se dirigèrent en silence vers l'escalier. Depuis qu'ils s'étaient revus à Cambridge, les choses avaient été compliquées entre eux, mais leur retour à New York semblait avoir adouci leurs rapports. Non, il n'était plus le beau jeune homme d'une vingtaine d'années qui avait provoqué en elle ce tourbillon émotionnel, mais elle n'était plus non plus la jeune femme idéaliste de l'époque. Ils avaient tous deux mûri, étaient devenus des personnes différentes, pourtant le Ben quadragénaire était tout aussi drôle et surprenant et – OK, oui, d'accord –, tout aussi séduisant que sa version jeune. Malgré tout ce qui s'était passé, elle l'appréciait beaucoup. Mais lui, qu'éprouvait-il ?

Tandis qu'ils descendaient les marches, elle sentait des papillonnements dans son ventre en se revoyant les dévaler à la hâte la première fois. Puis arriver à bout de souffle, fébrile, regardant désespérément autour d'elle pour ne trouver aucun signe de lui. Tout ça appartenait au passé. « L'histoire se répète », avait commenté Ben, mais tout avait tellement changé entre-temps. On ne pouvait pas revenir en arrière et modifier le passé, même si on le désirait. N'est-ce pas ?

CHAPITRE 28

MIEUX VAUT RIRE DU CULOT ÉHONTÉ D'ELIZA, se convainquit Ben lorsque, au restaurant, ils attendaient d'être placés. En rire ou s'arracher les cheveux, ce qui, pour un quadragénaire commençant à se dégarnir, n'était pas recommandé. Franchement, pour qui se prenait-elle à jouer ainsi les Cupidon, à leur réserver en douce une table et à disparaître à la dernière minute, en ricanant en chemin ? Qu'on ne vienne pas le nier : Eliza Spencer avait la fibre d'une entremetteuse.

Toutefois, il y avait pire endroit pour se faire piéger, dut-il reconnaître. La beauté du plafond voûté, les carreaux étincelants, épatants par leur géométrie, valait le détour à elle seule. Des serveurs aux bras chargés de plateaux d'huîtres et de crabes à carapace molle se faufilaient entre nappes blanches tandis qu'un morceau de piano tintait en arrière-fond. Une chose toutefois lui faisait de la peine : imaginer Lara l'attendant patiemment au-dehors, des années plus tôt. Cette vision le hantait depuis qu'elle lui avait dit ne pas avoir reçu son message ; se la représenter là, pleine d'espoir, consultant sa montre à intervalles réguliers pour finir par partir, abattue et délaissée, lui était insupportable. Ça avait dû être horrible.

Mais ils étaient là. De l'eau avait coulé sous les ponts et cette fois il comptait profiter de la soirée.

— Waouh ! fit-il en s'imprégnant de l'ambiance. OK, je retire ce que j'ai dit. Tout. Notre fille est un génie. C'est superbe, non ?

— Fabuleux, renchérit Lara les yeux écarquillés.

Il ne cessait de se dire qu'elle était superbe avec ses cheveux ondulés et sa pince brillante au-dessus de l'oreille. Puis tous deux remarquèrent qu'elle était agrippée à la manche de Ben et elle la lâcha, gênée.

— Oups, désolée, fit-elle, taquine. Je ne m'étais pas bien séché les mains en sortant des toilettes tout à l'heure, alors... ça ne te dérange pas ?

Il éclata de rire.

— Tu peux y aller.

Il avait oublié à quel point elle était drôle.

— Chemise préférée ou serviette, poursuivit-il, les usages sont multiples.

Un serveur leur tendit des menus avant de les conduire à une table. Ils commandèrent une bouteille de vin et une carafe d'eau, puis se retrouvèrent seuls. Pour la première fois de la journée, Ben ne savait plus quoi dire. Ils s'étaient fait embobiner pour se retrouver dans l'endroit le plus romantique du monde, et tout à coup il lui sembla surréaliste que son chemin croise à nouveau celui de Lara, qu'ils soient assis là, parents d'une jeune femme, alors qu'ils se connaissaient à peine. Pourtant, tout aurait pu être différent. Et s'ils ne s'étaient jamais perdus de vue ? *Dites-lui que je la retrouverai*, avait-il promis sur ce répondeur, et une nouvelle fois il se mordit les doigts de l'avoir laissée lui échapper.

— Je suis allé te chercher un jour à Camberwell, tu sais, avoua-t-il.

Tout à coup, il voulait qu'elle sache qu'elle avait compté pour lui, que leur nuit ensemble restait un précieux souvenir.

— C'est vrai ?

— Oui. De passage à Londres, je m'étais arrêté au Sun pour voir si tu y étais. Juste au cas où. C'était quelques années après notre rencontre.

Elle lui adressa un faible sourire.

— J'étais partie depuis longtemps, à ce moment-là.

— C'est ce que je me suis dit.

Il prit le menu, mal à l'aise.

— Je t'imaginais dans une autre ville incroyable, lui confia-t-il. Berlin ou Madrid. Un lieu palpitant. Où tu aurais travaillé pour des magazines branchés en plantant des pommiers.

— Bon Dieu, si seulement ! Au lieu de quoi j'étais mère et femme au foyer dans une bourgade du Nord, me persuadant que j'étais heureuse. À chanter des berceuses entre deux lessives m'interrogeant sur ma vie.

Ils se dévisagèrent, exprimant en silence tous les non-dits. Puis il baissa la tête sur le menu, sans en lire un mot, jusqu'à ce qu'elle lui demande :

— Qu'est-ce que tu m'aurais dit si j'avais été au pub le jour où tu y es entré ?

Il reposa le menu.

— Je t'aurais sûrement dit que j'aurais voulu…

Il s'interrompit, sentant qu'il avançait en terrain miné. À quoi bon se demander ce qu'il aurait dit ? Qu'aurait-il voulu ?

— Je ne sais pas, conclut-il. Je voulais juste te revoir.

— Si seulement. Si seulement on s'était revus !

Ils échangèrent un regard lourd de sens et elle ouvrit la bouche comme si elle s'apprêtait à en dire plus, avant de se raviser. Ni l'un ni l'autre ne semblaient capables de parler sans Eliza pour point d'ancrage.

— Ça aurait marché à ton avis, nous deux ? demanda-t-il.

— J'ai reçu une bonne nouvelle aujourd'hui, dit-elle au même instant, joyeuse.

Elle hésita, les yeux ronds, mais ce moment fut interrompu par le serveur, qui arrivait avec leur bouteille de vin.

— Êtes-vous prêts à passer commande ? s'enquit-il en leur versant un verre à chacun.

— Euh…

Ben n'avait toujours pas lu une ligne de la carte. Lara n'avait même pas regardé la sienne.

— On peut encore avoir un instant ? répondit Ben avant de boire une gorgée de vin.

Un vin croquant et rafraîchissant ; il dut se retenir de vider son verre d'un trait. Pourquoi avait-il demandé une chose si débile ? Le silence tendu était encore préférable.

— Tu disais que tu avais reçu une bonne nouvelle ? lança-t-il une fois le serveur reparti.

Avec un peu de chance, elle n'avait rien entendu.

— Et toi tu m'as posé une question beaucoup plus intéressante, répondit-elle en plantant son regard dans le sien – aïe ! Je me la suis aussi posée, ajouta-t-elle. Ce que ça aurait donné, nous deux. Nous trois, plutôt.

— Ou plus encore, renchérit-il. On aurait peut-être eu d'autres enfants. Un plein wagon.

Elle rit.

— Peut-être, concéda-t-elle en agitant doucement son verre. Ou alors on se serait rendus malheureux. On aurait fini par se disputer à propos de bêtises sans importance, par découvrir qu'on n'avait finalement pas tant de choses que ça en commun. On se serait peut-être séparés.

— Ouais, fit-il en haussant les épaules. Mais on aurait aussi pu vivre heureux pour toujours. À Cambridge. Ou dans le Yorkshire. Ou... Je ne sais pas. À Sydney. Ou Pourquoi pas ici, à New York.

Ils gardèrent le silence le temps que des myriades de vies, de villes, de trajectoires différentes se déroulent dans l'esprit de Ben, et peut-être aussi dans celui de Lara : une bobine d'images de famille heureuse. Les nombreux scénarios possibles.

— On devrait regarder le menu, dit-elle, rompant le charme. Notre pauvre serveur paraît à bout et n'arrête pas de nous jeter des coups d'œil.

— Oui, approuva-t-il en se forçant à étudier la liste de plats, même si leur conversation lui accaparait l'esprit.

Elle semblait moins disposée que lui à envisager des alternatives heureuses, mais lui, le sujet lui trottait dans la tête depuis qu'ils étaient descendus de l'avion. La soirée de leur rencontre avait été monumentale pour lui ; à l'époque il était convaincu que Lara était la bonne. Ses réticences actuelles signifiaient-elles qu'elle était satisfaite de la tournure des choses ? Se fichait-elle d'imaginer que tous trois auraient pu former une « vraie famille », comme l'avait dit Eliza ?

Après avoir commandé des huîtres à partager en entrée, un incontournable, puis des plats principaux, ils ne pouvaient plus se cacher ni derrière cet interlude ni derrière leurs cartes.

— Du coup, reprit-il, si tu me parlais de ta bonne nouvelle ?

Elle pencha la tête une fraction de seconde avant de faire la moue.

— J'aimerais autant qu'on mette notre cœur à nu, répondit-elle, et les mots provoquèrent en lui une pulsion adolescente en lui remémorant de quelle façon il l'avait mise nue tant d'années auparavant.

Il se revit embrasser son joli visage et son corps incroyable, persuadé d'être amoureux. *Bon sang, Ben, reprends-toi,* s'ordonna-t-il.

— Juste pour savoir où on en est tous les deux, poursuivit-elle. Je commence ?

Il n'avait pas la moindre idée de ce qu'elle s'apprêtait à dire mais il hocha la tête puis prit une nouvelle gorgée de vin pour faire bonne figure. Ces derniers jours, ils s'étaient plutôt bien entendus, leurs rapports s'étaient considérablement améliorés, mais l'expression de Lara était grave et pensive, et il se demanda dans un frisson où cette conversation allait les mener.

— OK, entama-t-elle. Respire, Lara. Je vais être très honnête parce que, après tout, pourquoi pas ? Nous sommes deux adultes. Des gens convenables. On peut le faire.

À présent, il baignait dans l'appréhension. Elle paraissait si adorablement sérieuse qu'il n'était pas certain d'être en mesure de résister si elle faisait des propositions plus qu'amicales. Se berçait-il d'illusions en imaginant qu'une telle chose était encore d'actualité ?

— Entendu, dit-il, sentant son cœur s'accélérer.

Elle lui plaisait toujours. Elle lui plaisait vraiment beaucoup. Mais, et Kirsten ? Cette histoire pouvait-elle connaître une fin heureuse ?

— Je crois, déclara-t-elle lentement, que tu as raison. Je crois que nous aurions été très bien ensemble si nous en avions eu l'occasion. Cette soirée avec toi... c'était fabuleux. Ça avait vraiment collé entre nous. J'étais incroyablement heureuse. Et pas à cause de l'alcool, c'est certain. Je me suis réveillée à côté de toi et me suis dit… Au risque de donner dans le mélo, je me suis dit que j'avais enfin trouvé la bonne personne.

Plutôt mal à l'aise, elle rit. Ben, muet, était assailli par l'émotion, comblé.

— J'ai ressenti la même chose, intervint-il. Ce n'était pas une histoire sans lendemain pour moi, tu sais, se sentit-il obligé d'ajouter à cause d'une remarque qu'elle avait faite et qui continuait de le turlupiner.

Elle eut la grâce de rougir.

— Écoute, j'ai dit ça parce que… parce que j'étais sur la défensive, pour appuyer où ça pouvait faire mal. Tu sais très bien que je ne le pensais pas. Pas à l'époque, en tout cas.

— Oui, approuva-t-il.

— Alors peut-être que oui, nous aurions tenu la distance. Il y aurait eu des disputes à propos des tâches ménagères et de l'éducation, des mélodrames avec nos enfants et nos belles-familles, les trucs habituels. C'est sûr. Ce genre de choses. On ne peut pas savoir comment nous aurions réussi à traverser les tempêtes, ni même *si* nous aurions réussi. Et ça me brise le cœur, tu sais, de ne pas avoir eu cette vie ensemble pour connaître les réponses à ces questions. Surtout si cette vie avait été faite d'aventures aux quatre coins du monde, à Sydney et New York et dans plein d'autres villes. Ça aurait pu être merveilleux.

Elle prit un air enjoué, mais sa gestuelle trahissait de la tristesse.

— Je sais, dit-il, plein de regrets lui aussi. Si papa n'avait pas été malade…

— Si j'étais arrivée pour avoir ton message… ajouta-t-elle avant de refermer aussitôt la bouche.

Il la dévisagea sans comprendre. Il avait dû mal entendre.

— Attends… Si tu étais arrivée ? Qu'est-ce que tu veux dire ?

Elle avait les joues en feu, la mine mortifiée.

— Je… Eh bien, OK, je ne t'ai pas tout révélé à propos de ce soir-là, bredouilla-t-elle en fuyant son regard.

Ben n'en croyait pas ses oreilles.

— Es-tu en train de dire ce que je crois ? Que tu n'es pas venue non plus à notre rendez-vous ? Et que c'est pour ça que tu n'as pas eu mon message ?

Elle avait gâché la soirée. Son cœur battait à cent à l'heure, le visage brûlant de culpabilité. Oh mon Dieu. Comment avait-elle pu commettre une telle bourde ? Être ici, boire trop vite, laisser ses sentiments la subjuguer, ça lui avait fait baisser la garde.

— Ce n'est pas ce que tu crois, protesta-t-elle, incapable d'endurer l'expression soudain glaciale de Ben, son incrédulité blessée tandis qu'elle crachait le morceau, revenant sur le soir où elle devait le retrouver mais où tout était allé de travers.

À commencer par son chef, qui l'avait retenue tard au bureau, lui demandant des corrections de dernière minute sur lesquelles elle avait à peine été capable de se concentrer. En proie à la panique, elle voyait l'heure tourner au-delà de ses horaires habituels. Et puis la rame de métro pleine à craquer dans laquelle elle était finalement montée, fétide et étouffante, était restée à l'arrêt pendant vingt minutes dans un tunnel avant d'avancer enfin jusqu'à la station suivante. Il y avait eu un incident voyageur sur la ligne, et tout le monde avait été invité à descendre et à utiliser des moyens de transport alternatifs. Il était alors 18 h 45 et Lara était en nage, complètement désemparée. En essayant de héler un taxi devant la station, elle avait été bousculée par un grand type agressif en costard qui s'était précipité pour la doubler et l'avait fait tomber ; elle s'était écorché les mains et les genoux.

Ben restait indifférent à la liste de ses mésaventures.

— Venons-en au fait. Es-tu venue oui ou non à notre rendez-vous ce soir-là ?

— Oui ! s'écria-t-elle, désespérée par son air hostile.

Si quelques minutes plus tôt il s'imaginait des wagons d'enfants, désormais il avait l'air éteint.

— Mais j'étais en retard, avoua-t-elle. Genre... une heure en retard.

Une heure et demie en retard, en fait. En larmes, les collants troués, les mains éraflées. Pour éclater en sanglots et repartir presque aussitôt en voyant que, bien sûr, elle arrivait trop tard et que personne ne l'attendait. Que bien sûr elle l'avait raté. Comment avait-elle pu laisser une chose pareille se produire ?

— Attends une seconde, disait Ben comme s'il essayait de digérer ces informations. Comment se fait-il que tu me racontes tout ça seulement maintenant ? Après m'avoir fait culpabiliser, croire que tu m'avais attendu, convaincue que je t'avais posé un lapin ? Quand en fait de nous deux c'est toi qui m'as posé un lapin ! Au moins, moi, je me suis débrouillé pour te laisser un message. Pas étonnant que personne ne te l'ait transmis ; j'avais dit 18 h 30 au restaurant. *Elle m'attendra dehors à 18 h 30 !*

Lara baissa la tête, incapable de répondre ; il avait raison.

— Je sais, convint-elle au fond du gouffre, regrettant de ne pas avoir été honnête dès le départ.

Une fois encore, elle avait déformé la vérité et devait en assumer les conséquences. N'avait-elle toujours pas retenu la leçon ?

— Je suis quand même allée à ton auberge de jeunesse le lendemain, ajouta-t-elle timidement pour se racheter.

— Oui, ça, tu l'as déjà dit. Quelle perte de temps ça a dû être pour toi !

— Eh bien…

Le serveur reparut pour poser avec cérémonie un plateau d'huîtres sur un lit de glace pilée et de quartiers de citrons pulpeux.

— Merci, dit-elle obligeamment.

Elle avait perdu l'appétit. Le serveur repartit et elle rassembla son courage pour poursuivre cette difficile conversation.

— Oui, je suis allée à ton auberge de jeunesse le samedi ; je me sentais terriblement mal. Quand on m'a dit que tu étais parti le jour précédent, avant même notre rendez-vous, j'ai été dévastée.

Au souvenir de sa stupéfaction, elle eut envie de pleurer. Sidérée, elle avait fixé le type dégingandé de la réception. « Parti ? » avait-elle répété. « Que voulez-vous dire, il est parti ? »

— Parce que, ignorant que tu m'avais laissé un message la veille – oui, c'était ma faute, j'étais arrivée beaucoup trop tard –, j'ai cru que ça n'avait été qu'un jeu pour toi. Que ça n'avait pas compté.

Il soupira et elle fut incapable de décrypter son expression, qui ressemblait quand même à de l'exaspération.

— Ce n'était pas un jeu, dit-il avec raideur en pressant un citron sur une huître. Ça avait compté.

— Eh bien, maintenant je le sais, mais…

Quel gâchis. Ce samedi-là, quand elle s'était rendue à la première heure à l'auberge de jeunesse où elle pensait le trouver, elle était mortifiée mais aussi pleine d'espoir. En chemin, elle lui avait acheté une affreuse statue de la Liberté miniature, rose fluo, en espérant le faire sourire, déterminée à lui prouver combien elle était navrée. Il lui pardonnerait forcément une fois qu'elle lui aurait tout expliqué, non ? Il comprendrait, ces choses-là se produisaient, parfois la vie nous mettait des bâtons dans les roues, mais il aurait peut-être envie d'aller prendre un brunch et de faire quelque chose le week-end ?

Entendre le réceptionniste blasé lui dire que Ben était parti, qu'elle l'avait raté de toute une journée, avait été le pire coup de massue de sa vie.

— Ensuite, plus jamais je n'ai fait confiance à un homme, gémit-elle en espérant qu'il comprendrait à quel point ça l'avait affectée.

En guise de réponse, il se contenta de hausser les épaules comme s'il refusait de culpabiliser pour une chose dont il n'était pas responsable. *Soit.*

— Et qu'est-il arrivé à ma statue de la Liberté rose fluo ? se contenta-t-il de dire.

— Quoi ? Oh. J'ai dû la jeter dans la première poubelle venue. Mais si c'est important, ajouta-t-elle dans une tentative d'alléger l'atmosphère, je peux t'en acheter une autre !

Le sourire de Ben était timide et pas particulièrement chaleureux.

— Ce n'est pas important, rétorqua-t-il.

Elle avait baissé dans son estime pour ne pas avoir été franche avec lui dès le départ. Or c'était important, en fait, et elle se sentait au plus bas ; elle avait entaché leur amitié par omission.

— Tu me trouves de nouveau méchante ? demanda-t-elle d'une petite voix.

Heureusement, cette fois, il la regarda vraiment et il dut lire le désarroi sur son visage car il secoua la tête.

— Non.

Se faisait-elle des idées, ou s'était-il un peu radouci ?

— À moins qu'il n'y ait autre chose que tu ne m'as pas dit.

— Non, rien d'autre. Je le jure.

Elle finit par prendre une huître dans son assiette et la saupoudrer de sel.

— Je suis désolée, reprit-elle, sachant qu'elle n'avait pas été à la hauteur. J'étais tellement en colère contre moi-même d'avoir été en retard… et je le suis encore plus depuis que j'ai appris pour ton message. Mais…

— Écoute, la coupa-t-il d'un l'air las. C'est de l'histoire ancienne. Il paraît évident que certaines choses ne devaient pas avoir lieu.

— Non.

Elle baissa à nouveau la tête car les larmes lui montaient aux yeux. *Ne devaient pas avoir lieu ?* Cette phrase définitive était insupportable.

— Quoi qu'il en soit, je suis navrée qu'on ne se soit pas retrouvés avant aujourd'hui, lâcha-t-elle. Pour savoir si…

Terrassée par les regrets, elle ne parvint pas à terminer.

— Enfin, tu vois, conclut-elle avec maladresse.

Ben serrait les lèvres avec une expression indéchiffrable.

— Je sais, dit-il avant de changer de sujet. Et ta bonne nouvelle, alors ?

Elle s'efforça de se reprendre, de calmer la tempête émotionnelle.

— Ah oui. Ma bonne nouvelle. Eh bien, ce n'est pas grand-chose, mais j'ai appris tout à l'heure que le rédacteur en chef d'un magazine voulait me rencontrer pour discuter d'une collaboration.

Elle avait toujours les joues en feu ; elle détestait les conflits. *Apprécie-moi de nouveau, s'il te plaît,* aurait-elle voulu l'implorer ; elle aurait tout donné pour retrouver leur complicité.

— Ta-da. Voilà.

— Wow, lâcha-t-il.

Dieu merci, sa voix semblait libérée de toute froideur et il paraissait à nouveau normal. Il souriait même, quoique d'un air légèrement forcé.

— C'est génial. Tu vas écrire sur quoi ?

La tension diminua à mesure qu'elle lui confiait ses espoirs et ses projets pendant qu'ils faisaient un sort à leur plateau d'huîtres. Lorsque le serveur vint débarrasser leurs assiettes, elle en avait assez de palabrer sur elle et décida de changer de sujet.

— Mais et toi ? demanda-t-elle lorsqu'elle en eut l'occasion. Parle-moi de toi et de Kirsten. Elle est gentille ? Eliza m'a dit que les choses avaient été un peu compliquées entre vous ; c'est réglé, maintenant ?

Plus tard ce soir-là, en se démaquillant dans sa chambre d'hôtel, Lara se dit qu'elle aurait mieux fait de poser une autre question. Car les choses étaient loin d'être « réglées » sur le plan conjugal. Eliza lui avait dit que Ben et sa femme vivaient séparés, mais Lara ignorait que Kirsten fréquentait déjà quelqu'un d'autre. Et ça lui faisait de la peine pour Ben, qui avait paru lugubre et malheureux en lui annonçant la nouvelle. Sans compter qu'elle avait du mal à ne pas se blâmer, vu le rôle qu'elle avait joué dans la bombe qui avait fait exploser leur mariage quelques mois plus tôt.

Enfin, au moins elle avait évité l'humiliation. Parce que, avant que la discussion ne prenne une tournure épineuse, elle avait été emportée par des élans de romantisme envers Ben. Quand ils avaient évoqué leurs vies parallèles, par exemple, imaginant ce qui aurait pu arriver, elle avait été attendrie, le regardant droit dans les yeux, des papillons dans le ventre et le trouvant adorable. À un moment, elle avait même presque cédé à la pulsion d'aller droit au but et de se pencher par-dessus la table pour l'embrasser. Heureusement qu'elle n'en avait rien fait ! Ben était toujours amoureux de Kirsten. Et puis n'avait-il pas dit lui-même que « certaines choses ne devaient pas avoir lieu » ? Si Lara s'était lancée la bouche en cœur, se serait-il écarté avec horreur ?

Soulagée de s'être abstenue et d'avoir ainsi évité le ridicule, elle en était venue à confier à Ben qu'elle aimait bien Ollie, du groupe de nage, afin de ne pas passer pour une pauvre fille. *Tout va bien ! Je m'intéresse à quelqu'un d'autre, de toute façon !* C'était pathétique, non ? Probablement, mais elle ruminait toujours le fiasco de son retard à leur rendez-vous. Aussi avait-elle mis les bouchées doubles en prodiguant à Ben des conseils à propos de Kirsten et en l'encourageant à tout faire pour la retrouver.

Pour être honnête, si une personne avait besoin de conseils en la matière, c'était bien Ben.

— Je crois que j'ai envenimé les choses en organisant ce voyage, avait-il reconnu. Elle ne m'a pas donné de nouvelles depuis.

Lara avait retenu un cri d'horreur.

— Elle sait que je suis aussi ici ? Mais tu lui as bien dit que toi et moi… qu'on était juste amis, n'est-ce pas ? Tu le lui as clairement expliqué ?

— En fait…

Il s'était décomposé.

— Pas exactement, avait-il marmonné.

Puis il avait tout déballé. Qu'il avait été jaloux et blessé d'apprendre pour Kirsten et son mystérieux amant, et bien content de lui rendre la monnaie de sa pièce, ou du moins de lui donner l'impression qu'il était passé à autre chose lui aussi. Ce qui d'après Lara était compréhensible quoique assez puéril.

— Je dois faire quoi, à ton avis ? avait-il demandé à la fin de son triste récit.

— Dis-lui la vérité, que tu l'aimes toujours. Emmène-la en voyage pour une destination tout aussi fabuleuse.

Bon sang, elle se sentait vraiment mal que son intrusion avec Eliza dans la vie de Ben y ait fait tant de dégâts. Malgré ses sentiments contradictoires à son égard, elle se devait d'apaiser sa culpabilité en l'aidant à panser les blessures.

— Prouve-lui que tu tiendras toutes les promesses que tu lui as faites, que tu tiens à donner une seconde chance à votre mariage. Ou au moins débrouille-toi pour savoir qui est le type qu'elle fréquente et pète-lui les dents. Ou envoie-lui Eliza.

Lara se contemplait dans le miroir de la salle de bains tout en maudissant le faible éclairage lorsqu'elle se demanda justement où était Eliza et quand elle rentrerait. Elle avait été si abasourdie par son coup fourré qu'elle n'avait pas réfléchi à là où sa fille comptait aller dans cette robe sexy. Une jeune femme seule, loin de chez elle, ça pouvait mal tourner. Et Eliza avait beau se trouver cool et adulte, elle n'était pas aussi mûre et sophistiquée qu'elle le pensait. *Tu es sûre que tu ne veux pas que je te rejoigne ? Tout va bien ?* lui avait demandé Lara par texto, suivi d'autres du même acabit. Jusque-là, les réponses d'Eliza avaient été laconiquement (et désespérément) obscures et concises. Un avant-goût de ce que ce serait une fois qu'elle irait à la fac. Dans quelques mois à peine, en fonction de ses résultats, Eliza déménagerait dans une résidence étudiante d'une autre ville et Lara n'aurait plus la moindre idée de l'heure à laquelle elle rentrerait le soir. Ni de ce qu'elle porterait, de qui elle fréquenterait ni de ce qu'elle ferait. C'était peut-être tout aussi bien, résolut-elle en se remémorant ses propres années de débauche estudiantine. Mais, quand même, quel parent parvenait à dormir sur ses deux oreilles tant que son enfant n'était pas rentré sain et sauf ?

Tu as bien ta clé de la chambre, hein ? écrivit-elle, une autre excuse pour échanger avec elle. Une émoticône avec les yeux levés au ciel arriva sur-le-champ, suivie par la consigne de se détendre car elle n'était pas morte (ce genre de message devenait une manie dans la famille) ni retenue prisonnière dans une cave. Ce qui était rassurant, d'une certaine manière. Et puis Lara ne pouvait pas se montrer trop fâchée envers Eliza après une soirée si sympathique avec Ben. Enfin, jusqu'à ce qu'elle mette les pieds dans le plat. Lui avait-il pardonné ? Difficile à dire.

Dans l'ensemble, ça avait été un charmant deuxième rendez-vous, bien que tardif. Ben était d'excellente compagnie, un homme vraiment merveilleux. Une fois que Lara s'était enfin montrée honnête envers lui, même si cela avait été compliqué, ils avaient trouvé un terrain d'entente. Oui, elle avait des regrets, mais elle allait cesser de les ressasser. Kirsten avait de la chance. Elle espérait, pour le bien de Ben, que sa femme était consciente de tout ce qu'elle avait à perdre.

Lara étalait une crème de nuit sur son visage quand la porte s'ouvrit sur Eliza, débraillée, des coulures de maquillage sous les yeux et les cheveux emmêlés, mais non moins radieuse… *Tiens…* Lara l'examina d'un air suspicieux. *Joie ? Sexe ?* Ou alors elle planait ?

Eliza se laissa tomber sur le lit, bras et jambes écartés.

— C'était la meilleure soirée de ma vie, commença-t-elle avec son sens dramatique habituel. De toute ma vie.

Elle sourit avec extase vers le plafond et Lara renifla furtivement. *Alcool – oui. Herbe – oui.*

— Et ? Arrête de faire durer le suspense. Qu'est-ce que tu as fait ?

Eliza poussa un profond soupir de contentement évident envers le monde, puis sembla reprendre ses esprits. Elle roula sur le côté et fixa Lara en louchant légèrement.

— Mais, une minute, j'avais complètement oublié : comment s'est passée ta soirée avec *papa* ?

Lara sourit à la merveilleuse femme-enfant qu'était sa fille.

— Oh non, rétorqua-t-elle. Ça devra attendre. Je t'ai demandé en premier. Raconte-moi tout.

CHAPITRE 29

Au départ, la soirée d'Eliza ne s'était pas présentée comme la meilleure de sa vie. En fait, passé l'excitation et le sentiment de triomphe d'avoir arrangé le rendez-vous entre ses parents (un coup de génie !), elle s'était mise à errer, se demandant comment elle allait occuper les heures à venir. Pour la première fois depuis son arrivée à New York, son niveau de stress augmenta, maintenant qu'elle se retrouvait toute seule. Un SDF la siffla depuis un porche sombre et elle accéléra le pas. Deux amoureux main dans la main, très épris l'un de l'autre, la bousculèrent par mégarde, mais elle se sentit démesurément heurtée. Une sirène retentit au loin au moment où deux types devant un bar la reluquaient, et elle tira sa robe avant de se résigner à rentrer à l'hôtel. Seule, elle était dépassée par la ville.

Mais, quelques instants plus tard, comme si une entité bienveillante avait voulu la récompenser de s'être si bien débrouillée jusque-là, elle tomba sur une galerie éphémère dans un local aux murs blancs à quelques pas de Grand Central. Pourquoi pas, décida-t-elle, en y voyant des gens de son âge et la mention « Entrée Libre » sur la vitrine. Elle était bien habillée et une occasion se présentait. À défaut de mieux, elle aurait au moins des photos cool à poster sur les réseaux sociaux.

Les œuvres exposées étaient un mélange de différents styles : elle étudia d'abord des clichés mélancoliques en noir et blanc de vieux pianos et d'autres instruments abandonnés dans des lieux improbables – une prairie, un carrefour, un monticule de neige. Ensuite, il y avait une série de graffitis fluo brodés sur des morceaux de velours aux couleurs de pierres précieuses : aigue-marine, rubis et améthyste. *Magnifique*, estima-t-elle, jusqu'à ce qu'elle voie les prix exorbitants, qui lui donnèrent le tournis. Un peu plus loin, dans une grande boîte transparente en Plexiglas accrochée au mur, se trouvait une collection étrange de bracelets et de colliers qui, à en croire le cartel, avaient été fabriqués – c'était une blague ? – à partir d'os laqués de rongeurs attrapés par le chat de l'artiste (*non merci*, pensa Eliza en frissonnant). Il y avait aussi d'immenses peintures impressionnistes, des dessins au trait, des collages de style Pop Art et d'autres choses encore. En lisant la fiche accompagnant chaque œuvre, Eliza comprit que l'exposition présentait le travail de jeunes diplômés d'une école d'art du quartier – d'où son éclectisme.

Elle s'arrêta, le sourire aux lèvres, devant trois peintures à l'huile de chiens à l'air hautain, avec la même déférence que s'il s'agissait de rois et de reines. Le titre était humoristique : *(Vieux) Maîtres de personne.*

— Mon préféré, c'est le caniche, dit une voix derrière elle.

Eliza se tourna pour découvrir une jeune femme aux cheveux fuchsia coupés en un carré flou avec une frange asymétrique. Elle portait une veste léopard en fausse fourrure sur une minijupe en jean. En d'autres mots, probablement la personne la plus cool qui ait jamais adressé la parole à Eliza.

— C'est génial, les caniches, renchérit Eliza, heureuse d'avoir un avis sur le sujet puisque le père de Saskia en avait un noir étonnamment docile qui réalisait des tours en échange de bouts de saucisse.

Elle regarda à nouveau le portrait, un caniche noir à la mine renfrognée, un collier doré et clouté autour du cou, et un jouet rouge pour chien mâchouillé qui à l'arrière-plan sapait son air pompeux.

— Des peluches bouclées et futées, que demander de plus ?

— Exactement ! Tout à fait d'accord, renchérit la femme aux cheveux roses, ou plutôt la fille, car elle n'était pas beaucoup plus âgée qu'Eliza.

Elle portait de petites boucles d'oreilles dorées en forme de perroquet et du mascara bleu électrique.

— Deux en un.

— Je les adore, dit chaleureusement Eliza.

Elle venait de remarquer, sur le petit encart fixé au mur, la photo de l'artiste aux cheveux roses et boucles d'oreilles dorées perroquet.

Phoebe Kaminska, lut-elle.

— Les peintures, je veux dire, pas les chiens ; même si je les adore aussi. Donc tu es Phoebe ?

— C'est moi, confirma-t-elle. Hé, tu es anglaise ?

— Comment tu as deviné ? demanda Eliza en imitant certaines filles qu'elle avait croisées aux portes ouvertes de la fac, dont l'accent évoquait des leçons de tennis, des poneys et des verres en cristal.

Oui, je suis Eliza, ajouta-t-elle de sa voix normale. Enchantée.

— Donc tu t'es fait une amie – super ! s'exclama Lara lorsque Eliza lui raconta tout ça dans la chambre d'hôtel.

Lara défit sa robe et la passa par-dessus sa tête, étouffant brièvement ses mots.

— Génial. Et vous êtes restées ensemble après l'exposition ?

Eliza sourit, agrippée à la couverture, se demandant ce qu'elle devait raconter. Si elle devait dire à sa mère que, plus tard, après la fermeture de l'exposition, Phoebe l'avait invitée chez elle avec quelques autres personnes et que, installés sur la terrasse improvisée du toit de l'immeuble, ils avaient fumé des joints et écouté de la musique. Puis que, alors que la nuit s'épaississait et que des étoiles floues perçaient l'obscurité brumeuse, Phoebe avait planté son regard dans le sien avant de venir s'asseoir à côté d'elle, l'odeur de son parfum (jasmin ?) la faisant décoller comme un pancake qu'on faisait sauter. Son horoscope lui était revenu à l'esprit – *Un réveil sismique aura lieu aujourd'hui. La vie recommence !* – lorsqu'un instant plus tard Phoebe s'était penchée pour l'embrasser doucement. Cette prédiction lui était donc bien destinée. Eliza avait eu l'impression que la Terre s'était arrêtée de tourner. Oh mon Dieu. Son corps tout entier vibrait et elle avait du mal à respirer.

— Ça va ? avait murmuré Phoebe en prenant ensuite Eliza par la main pour l'emmener vers sa chambre et y éveiller tous ses sens.

— Oui, avait-elle chuchoté en retour, subjuguée par la kyrielle de petites explosions qui détonaient dans son corps.

Qui suis-je ? s'était-elle demandé des mois durant ; elle avait enfin la réponse. Voilà. C'est moi, là, maintenant. Les gènes et la biologie étaient une chose, mais tout n'était pas héréditaire. Finalement, c'étaient les gros trucs, les expériences et la façon dont on les appréhendait qui façonnaient notre être, le vrai et pur.

— Ouais, on a traîné ensemble, fut tout ce qu'Eliza dit à Lara.

Elle lui en parlerait un jour, bien sûr, mais pour le moment elle voulait garder cette soirée rien que pour elle, revivre en privé ces merveilleuses étincelles. Aller se coucher en se sentant femme. Bon sang, cette ville était le meilleur endroit du monde ! Puis, somnolente, elle ferma les yeux avec un sourire final. Tout habillée, oubliant même de tirer les vers du nez à Lara, Eliza se lova dans une position confortable pour sombrer dans le sommeil profond et satisfait qui couronne les très bons moments.

TROISIÈME PARTIE
AUTOMNE

CHAPITRE 30

— OK, VOUS ÊTES DILATÉE de cinq centimètres, Alice, c'est très bien, dit Kirsten en griffonnant l'heure et la mesure sur son dossier, avant de serrer la main de la femme en plein travail. Des inspirations profondes, c'est ça. Tout se présente parfaitement bien. Des nouvelles de votre conjoint ?

— Il est en route, haleta Alice, les cheveux trempés et collés sur le visage.

C'était la première semaine du mois de septembre, chaud pour la saison. À la maternité, même avec les fenêtres ouvertes, l'air semblait chargé d'un poids oppressant.

— Génial, commenta Kirsten en lui offrant une gorgée d'eau.

Alice était arrivée seule une demi-heure plus tôt ; enceinte de trente-huit semaines, elle était restée en bonne santé tout du long de sa grossesse, mais Kirsten savait qu'un premier bébé pouvait prendre son temps pour pointer le bout de son nez. Le soutien de proches était essentiel.

— Essayez de vous détendre entre les contractions, si vous le pouvez. Votre corps sait quoi faire.

À la fin de sa phrase, elles entendirent frapper à la porte et le visage d'un homme apparut. Kirsten sursauta.

— Qu'est-ce que… ? commença-t-elle, mais, avant qu'elle puisse terminer, l'homme – Neil – se précipita vers Alice.

— Ça va ? s'enquit-il en lui prenant la main.

Elle hocha la tête en souriant, puis il tira un mouchoir d'une boîte sur la petite table de chevet et tamponna tendrement son front moite.

— Je viens d'avoir ton message, j'étais à Great Shelfort et il y avait très peu de réseau. Désolé, ma chérie. Comment ça se passe ?

— Ça va, murmura-t-elle les yeux mi-clos. Je suis contente que tu sois là.

— Moi aussi.

C'est à ce moment qu'il leva les yeux vers Kirsten, qui tentait de retrouver son sang-froid. Quand leurs yeux se rencontrèrent, la stupéfaction de Neil fut sans équivoque. Elle le vit déglutir, en proie à la panique, puis cligner des yeux avant de parvenir à se recomposer une expression neutre.

— Bonjour, je suis Neil. Le compagnon d'Alice.

— Kirsten, répondit-elle d'une petite voix. Bonjour. Hum, Alice se porte très bien. Voulez-vous bien m'excuser un instant, s'il vous plaît ? Alice, je reviens tout de suite.

Elle parvint à traverser la pièce pour sortir dans le couloir, à distance raisonnable. Là, elle s'appuya au mur, le cœur martelant sa poitrine, les paumes moites, les poumons à court d'air. Elle ferma les yeux pour calmer le tourbillon de ses pensées. *Merde.* Neil était le compagnon d'Alice ? Neil était avec quelqu'un et sur le point d'être père ? Bêtement, Kirsten n'avait jamais, *jamais*, pensé à ça. Ne lui avait-il pas dit explicitement au magasin de bricolage, lors de leur rencontre, qu'il était célibataire ? Ou plutôt... Elle tenta de se remémorer leur échange, de s'éclaircir les idées. Il avait dit ne pas avoir de femme, se souvint-elle avant de rire jaune. OK. Très malin, Neil. Tu n'as pas de femme, mais tu as une copine enceinte et, à en juger par l'historique des fausses couches d'Alice, qui apparemment avaient toutes eu lieu avec le même partenaire, ils devaient être ensemble depuis plusieurs années. Un paquet d'années, même. Quel connard. Quel connard fini !

Elle voulut se réfugier aux toilettes pour se ménager un moment seule, pourquoi pas pour pleurer, mais trop tard : Neil émergeait de la salle d'accouchement, les yeux écarquillés.

— Kirsten, on peut parler ? demanda-t-il à voix basse.

— Pour dire quoi ? Non, on ne peut pas parler. Ta petite amie en plein travail a besoin de toi. Va lui tenir la main, sale...

Elle s'interrompit, consciente d'être sur le point de l'insulter. Or tant qu'elle portait sa blouse et était en service elle se devait de rester professionnelle, quoi qu'il arrive. En dépit de ce qui venait de se rompre en elle et de la sensation que le sol allait se dérober sous ses pieds. Elle devait s'éloigner, sans quoi elle risquait de craquer. Elle s'était attachée à lui et se sentait pitoyable. Elle s'était laissé séduire par leur aventure, par lui, même s'il ne lui avait jamais rien promis. Même si chaque fois il était parti un tout petit peu trop tôt. Même si elle s'était persuadée qu'elle ne cherchait que du sexe. Elle se sentait complètement vide. En fin de compte, elle cherchait peut-être aussi de l'amour. Elle était vraiment stupide.

— Je dois y aller, dit-elle brusquement. Je ne serai pas longue. Retourne auprès d'Alice.

Elle partit sans lui donner l'occasion de l'arrêter ni de rien dire de plus ; les larmes roulaient sur son visage. *Et maintenant ?* se demanda-t-elle, perdue. *Et maintenant je fais quoi ?*

— Oh ma grande, soupira Vick ce soir-là quand Kirsten lui raconta l'incident. Comment tu te sens ?

Elles étaient assises sur la terrasse de Vick, où l'air humide commençait à se rafraîchir avec la tombée du jour. Après son service, Kirsten était venue droit chez son amie, incapable de rester seule dans son appartement.

— Je me sens… comme engourdie, en fait, répondit-elle en piquant sa fourchette dans l'assiette de tagliatelles que Vick lui avait préparées.

Elle n'arrêtait pas d'y penser : à chaque fois, Neil avait filé de chez elle en vitesse, parce qu'il était garé n'importe comment. Elle ne valait donc même pas un ticket de stationnement.

À travers une fenêtre ouverte à l'étage leur parvinrent les cris et les éclats de rire des enfants dans leur bain, et Kirsten sourit en entendant l'air de pirate qu'entonnait Sean, le mari de Vick, qui chantait faux, ce qui fit redoubler les rires aigus.

— Je suis navrée que tes oreilles aient à supporter ces horreurs, s'excusa Vick. Donc… Neil. C'est fini, j'imagine ?

— Oui, clairement, confirma Kirsten. Alice est une femme adorable, je me sens super mal d'avoir couché avec son mec tout l'été. Oups, désolée, dit-elle en baissant la voix et en espérant que ces derniers mots ne soient pas arrivés jusqu'à la salle de bains. Oh, et tu connais la meilleure ? Ils ont eu une petite fille, parfaite et sublime : Alice a plaisanté en disant qu'ils allaient l'appeler Kirsten en mon honneur. Tu aurais dû voir la tête de Neil ! Il était blême, c'en était presque comique.

— Oh là là, lâcha Vick avec compassion. Quel cauchemar !

— Carrément.

Kirsten enfourna une nouvelle bouchée de pâtes, s'efforçant de la savourer et non de la gober. Le jardin de Vick étincelait des couleurs du début de l'automne – les sauges rouge et violette en pleine floraison, les roses couleur crème diffusant leur parfum, la lavande encore ouverte pour les abeilles retardataires. Kirsten se força à respirer profondément et à se laisser apaiser par ce cadre.

— Merci, au fait, dit-elle. Je ne savais pas où aller.

— Quand tu veux, répondit Vick. Dis, tu n'envisages pas de rentrer chez toi ? Avec Ben, je veux dire ?

Il y eut une pause tendue.

— Parce qu'il me semble, reprit-elle, que ça pourrait être le moment de vous redonner une chance. Une fois que tu auras digéré cette histoire avec Neil le connard, bien sûr.

Les épaules de Kirsten s'affaissèrent.

— Je… je ne sais pas.

Depuis son retour de New York, Ben l'avait recontactée et lui avait fait comprendre qu'il ne se passait rien avec Lara. Il avait toujours envie de sauver leur mariage. Il avait même proposé qu'ils partent en vacances ensemble, ce qui d'après Kirsten était un peu précipité. Comment pouvait-il imaginer que c'était une bonne idée alors qu'ils s'étaient à peine adressé la parole depuis des semaines ?

— On doit se voir jeudi, en fait. Pour boire un verre et discuter. Je suppose qu'il faut qu'on prenne une décision.

— Et tu sais de quoi tu as envie ? insista Vick. Parce que… enfin, je ne veux pas trop schématiser les choses, mais Ben a fait une erreur, si j'ai bien compris. Une seule erreur en vingt ans. Et il a toujours voulu être père. Donc…

— J'en sais rien, répondit Kirsten sans lui laisser le temps de continuer.

Vick la regardait d'un œil compatissant.

— C'est légitime, déclara-t-elle. Mais accorde-lui une chance, d'accord ?

— Oui, répondit Kirsten en tressaillant intérieurement. Je lui accorderai une chance. J'écouterai ce qu'il a à dire.

Il y avait du changement dans l'air. Pour Lara, c'était indéniable : depuis New York, elle se sentait mue par une énergie nouvelle. Et elle n'était pas la seule.

— Et on a donc fini un peu éméchés tous les deux et tu sais quoi ? Finalement, c'est un homme très gentil, ce Harry Granger, lui raconta Frances, étonnée, quand Lara passa chez elle après le voyage.

— Qui l'eût cru ? commenta Lara en s'efforçant de ne pas paraître sarcastique. La guerre des haies est terminée alors ? Je vois qu'elle a été taillée.

— Oh, la haie, répondit Frances comme si c'était le cadet de ses soucis. Je lui ai dit : « Harry, si à partir de maintenant on est amis, qu'est-ce qu'on va faire à propos de la haie ? » Et tu sais ce qu'il a répondu ?

— Je n'en ai pas la moindre idée, maman.

— Il a dit – pardon pour la formule mais ce sont ses mots et pas les miens –, il a dit : « La haie on l'emmerde, Frannie. »

— C'est pas vrai ?

Frannie, s'émerveilla secrètement Lara. Ce Harry Granger ne perdait pas de temps.

— Et j'ai dit : « Volontiers, Harry, mais quand même je sais me tenir. »

À la grande surprise de Lara, sa mère se mit à glousser. À glousser ! Lara ne se souvenait pas d'avoir jamais entendu ce son s'échapper des lèvres de sa mère.

— Tu as compris ? Parce qu'il a dit…

— J'ai compris, maman. Elle est bien bonne. Je parie que ça l'a fait rire.

— En effet ! Nous avons ri tous les deux, mais ri… Oui, nous avons beaucoup ri. En fait, il m'a même invitée à sortir, tu le crois, ça ?

— Sérieusement ? Genre, un rendez-vous galant ?

Lara avait du mal à intégrer ce qu'elle entendait. De mémoire, sa mère n'était jamais allée à un rendez-vous galant.

— Oui ! Il m'emmène chez Lazenbys, tu sais, le restaurant français ?

— Waouh ! C'est super !

Frances était là, tout sourire, un coq en pâte.

— Regarde-toi, maman. Toujours dans le coup, hein ?

Depuis, sa mère et Harry entretenaient une sorte de relation : ils allaient prendre l'air ensemble en bord de mer l'après-midi, sortaient dîner, et Harry avait même introduit Frances dans son club de poker (apparemment elle les dépouillait tous, avec son visage impénétrable). Lara et Eliza l'avaient rencontré, ce Harry, et elles l'avaient trouvé génial. Charmant et gentil, à la hauteur de l'irascible Frances, ou plutôt « Frannie », comme il l'appelait. Sa mère vivait-elle enfin sa grande histoire d'amour ? Qui aurait pu le prédire ?

Ces derniers temps, Eliza semblait épanouie, elle aussi. Elle avait réussi ses examens avec les notes dont elle avait besoin pour entrer à l'université d'Édimbourg et paraissait avoir gagné en confiance au cours de l'été. Les soirées chaudes, quand elles étaient toutes les deux à la maison, elles s'installaient sur les chaises longues pour boire des cocktails improvisés et se confier tout un tas de choses. L'histoire de la fille canon avec qui Eliza avait couché à New York, par exemple (« Je savais qu'il y avait quelqu'un ! » s'était écriée Lara), ou encore ce qu'elles appelaient en plaisantant les « leçons de vie de maman » concernant les erreurs que Lara avait faites sous le coup de l'alcool à l'époque où elle était étudiante. Et puis, un soir, le nom de Ben surgit dans la conversation, et Eliza prit Lara de court.

— Au fait, maman, il s'est passé quelque chose que tu ne me dis pas entre papa et toi à New York ? Vous sembliez vraiment heureux ensemble et puis tout à coup, après le dîner que je vous ai organisé, vous avez recommencé à vous faire des politesses comme si vous faisiez semblant de vous apprécier.

Elle leva ses lunettes de soleil pour regarder Lara, qui était au supplice.

— Est-ce que j'ai raison ?

Lara mit un moment à répondre. Avait-ce été si évident ? Sur le coup, il lui avait semblé que Ben et elle avaient plutôt bien géré les révélations du bar à huîtres mais, comme l'avait si finement remarqué Eliza, une sorte de malaise s'était installé entre eux par la suite.

— Eh bien, commença-t-elle, ne sachant trop quoi dire.

Et puis merde, elle en avait assez des cachotteries. Cette mauvaise habitude lui avait causé assez d'ennuis pour toute une vie.

— On s'est un peu disputés, oui. Par ma faute, en fait. Parce que je ne lui avais pas raconté que…

Après un soupir, elle confia à Eliza toute la vérité et les répercussions que ça avait eu pour sa fille.

— Mais, pour ma défense, j'ai toujours été persuadée qu'il était parti de son auberge de jeunesse avant notre rendez-vous. Que je sois restée coincée au travail puis arrivée à la gare une heure et demie trop tard… ça ne comptait pas comparé à ce que je croyais que lui avait fait.

— Oh, maman, lâcha Eliza avec compassion.

— J'étais convaincue d'avoir eu affaire à un sale type et je pensais devoir te protéger de lui plutôt que de m'échiner à le retrouver.

La voix de Lara flancha sous le poids des regrets et des alternatives dont ils avaient été privés tous les trois. Si ceci n'était pas arrivé, si cela était arrivé… tant d'éléments dans leur vie avaient découlé de ces ratés.

— Et, bien sûr, la faute à pas de chance, il se trouve qu'en fait il est génial, qu'il m'avait bel et bien laissé un message, qu'il ne s'en fichait pas du tout, mais malgré tout toi et moi sommes passées à côté de la chance de l'avoir dans notre vie.

Elle se mordit la lèvre, trop honteuse pour regarder Eliza dans les yeux.

— Je ne sais pas comment me pardonner, à vrai dire.

Eliza tendit la main pour saisir celle de Lara.

— Hé, ne culpabilise pas, maman. J'aurais fait exactement la même chose. J'aurais enragé comme toi si j'avais cru qu'on m'avait plantée ! Tu n'as rien à te pardonner : tu es une mère géniale, tu as plus que compensé son absence. En fait, j'ai plutôt de la peine pour lui qu'il n'ait pas eu la chance de nous avoir eues, nous, dans sa vie.

Lara en eut la gorge nouée. C'était le plus gentil compliment qu'elle ait jamais reçu. Un instant, ce fut comme si Eliza lui serrait le cœur aussi fort que la main ; Lara fut incapable d'exprimer le torrent d'amour qu'elle éprouvait pour cette merveilleuse fille qui avait trouvé les mots justes au moment où elle avait le plus besoin de les entendre.

— Merci, ma chérie, dit-elle en tâchant de se reprendre, sans y parvenir, car elle s'étrangla aussitôt sur un sanglot. Mon Dieu, qu'est-ce que je vais faire sans toi ?

Eliza haussa les épaules.

— Eh bien, pour commencer, j'espère bien que tu vas passer l'année à te languir de moi. Mais, sérieusement, tu dois surtout me promettre d'arrêter de t'autoflageller et de t'enliser dans le passé. La vie est trop courte ! Et puis tu vas être libre, sans enfant, pour la première fois depuis des années. Remballe les regrets, tu vas bientôt pouvoir faire absolument tout ce que tu veux sans m'avoir comme boulet. Lâche-toi !

Eliza exagérait volontairement, mais Lara se sentit obligée de réfuter malgré tout.

— Je ne serai pas « sans enfant » juste parce que tu pars faire tes études, souligna-t-elle.

Son cocktail était peut-être plus fort qu'elle ne le pensait parce que l'émotion la subjugua à nouveau.

— Tu seras toujours ma petite fille. Et, soit dit en passant, tu n'as jamais été un boulet pour moi. Au contraire. Tu m'as tellement apporté dans la vie. Tellement !

Tout ça devenait trop sentimental au goût d'Eliza, qui fit la moue.

— OK, ça suffit, conclut-elle en lâchant la main de Lara pour reprendre sa boisson et la vider d'un trait, après quoi elle brandit le verre vide avec une expression charmeuse. Peut-être que, tant que je suis encore là, tu pourrais me témoigner ton affection en… me préparant un autre cocktail ?

Lara rit mais se leva docilement, le cœur léger, comme si Eliza avait réussi à balayer une partie de la culpabilité qu'elle éprouvait depuis si longtemps. *Hé, ne culpabilise pas, maman ! J'aurais fait exactement la même chose.* Elles se ressemblaient de bien des façons – fougueuses, impulsives et certainement un peu trop impétueuses pour leur propre bien. Ça signifiait énormément pour Lara qu'Eliza le reconnaisse, et qu'elle prenne son parti de surcroît. Sa plus grande fierté avait été d'entendre Eliza la qualifier de mère géniale. Bon sang, elles revenaient de loin, toutes les deux ! Surtout que leur relation arrivait à la fin d'un cycle ; l'aurore dorée d'une ère nouvelle miroitait déjà à l'horizon. Mais c'était normal, avait-elle compris. Les choses changeaient, les gens grandissaient, les filles chéries allaient à la fac et quittaient la maison. Ce qu'elle en était aussi venue à réaliser, c'est que les mères pouvaient également changer. Qu'en définitive elle était capable de faire évoluer les choses pour elle aussi. Que la vie n'était pas encore terminée.

— Tout fait partie d'une implacable marche en avant, non ? avait relevé Judy, la doyenne de ses élèves, plus tôt au cours de l'été, après avoir appris qu'on avait diagnostiqué une sclérose en plaques à son gendre. La vie nous prend par surprise, parfois plus rudement et plus tragiquement qu'on l'aurait voulu. On peut se mettre en colère, ou on peut faire du mieux qu'on peut. S'aimer. Se montrer reconnaissants envers ce qu'on a et continuer de déployer des efforts. Et saisir les opportunités dès qu'elles se présentent.

Ces mots avaient résonné en Lara. Oui, des accidents se produisaient. Les vies entraient en collision. Les cellules mutaient. L'univers de tout un chacun pouvait être chamboulé en un clin d'œil – l'écroulement d'une maison, un glissement de terrain, un homme souriant qui captait votre regard dans un bar. Une bagarre de chiens pouvait engendrer une conversation, et des enfants. Une fillette pouvait dégringoler d'une poussette ou s'étouffer avec un raisin. Les caillots de sang migraient en silence, fatalement, dans le corps humain. De majestueux pommiers poussaient à partir de minuscules pépins. C'était ridicule, quand on y pensait, à quel point les existences étaient aléatoires : tous ces liens et connexions infimes qui se nouaient chaque heure, chaque jour. Qu'est-ce qui les reliait les uns aux autres, qu'est-ce qui faisait sortir les gens de leur lit le matin ? C'était l'amour, en fin de compte. L'amour, la résilience et la curiosité de voir ce qui allait arriver ensuite.

Elle appréciait ce que la vie lui donnait, pourtant, comme le lui avait recommandé Judy. Eliza, sa mère et ses amis. Ben, aussi, le fait qu'ils aient eu l'occasion d'apprendre à se connaître. Au moment de se séparer, à l'aéroport, ils s'étaient pris dans les bras, si proches qu'elle avait à nouveau humé son odeur de savon et de café. Ils avaient réussi à échanger un au revoir chaleureux et Eliza avait insisté pour qu'ils fassent un selfie tous les trois en portant la même casquette hideuse que Lara avait achetée en guise de souvenir. *On forme une bonne équipe*, avait écrit Ben plus tard sur leur groupe WhatsApp quand Eliza avait envoyé la photo. Un instant, Lara avait cru qu'il parlait d'eux deux, d'un point de vue romantique, et son cœur avait fait un bond, mais bien sûr il avait voulu dire en tant que famille. Ce qui était bien aussi, naturellement. Très bien.

Et puis Eliza avait raison de rappeler à Lara qu'elle allait bientôt bénéficier d'un renouveau d'indépendance. *Remballe les regrets, tu vas bientôt pouvoir faire absolument tout ce que tu veux. Lâche-toi !* Lara ne savait pas à quel point elle pourrait se « lâcher » après le départ d'Eliza pour Édimbourg, mais c'était quand même une perspective libératrice. Enivrante, même...

CHAPITRE 31

SES PARENTS LE LUI AVAIENT TOUJOURS INCULQUÉ : « Fais ce qu'il faut, Ben. Pas forcément le plus facile, ni le plus grisant, mais ce qu'il faut. »

« Si tu te retrouves à hésiter, lui disait son père, écoute ta conscience. Demande-toi si tu seras fier de tes actes dans dix ans. »

Ce soir-là, il faisait ce qu'il fallait. Il voyait Kirsten pour discuter autour d'un verre, comme il l'espérait depuis longtemps, à l'Empress, le pub où ils avaient leurs habitudes quand ils vivaient dans leur première location sur Mill Road.

— Comme au bon vieux temps, avait-il dit en proposant l'endroit.

Mais, à présent qu'il poussait la porte du pub, rattrapé par une avalanche de souvenirs, il se demanda s'il n'aurait pas mieux fait de choisir un endroit moins connoté sentimentalement. Leur dernière soirée dans ce pub devait remonter à quatorze ou quinze ans puisqu'ils étaient alors fraîchement mariés, jeunes et heureux.

Il était un autre homme désormais, un immense gouffre s'était creusé entre le présent et le passé.

C'est la bonne chose à faire, n'est-ce pas ? se demanda-t-il pour la centième fois lorsqu'il entra dans le bar, cherchant Kirsten du regard. Il lui avait prêté serment quand ils s'étaient mariés, et il y tenait. Il n'allait pas baisser les bras sans tenter de régler leurs différends, il lui devait bien ça. *Mais,* lui soufflait une petite voix intérieure, *ne te dois-tu pas aussi à toi-même d'être heureux ? Qu'est-ce qui est le plus important ?*

Il avait serré les dents, espérant que cette petite voix allait se taire. Elle n'aidait en rien. Ne voyant aucun signe de Kirsten, il commanda une pinte de brune et trouva une table dans un coin où il se laissa tomber sur la chaise, conscient de sa propre tension. Si c'était ce qu'il fallait faire, pourquoi ne se sentait-il pas plus enthousiaste, plus positif ? Il se sentait tel un condamné attendant sa sentence.

La situation aurait peut-être paru moins compliquée s'il n'avait pas passé de si bonnes vacances avec Lara et Eliza le mois précédent, malgré les émotions et les regrets que le voyage avait fait ressurgir. Il aurait eu les idées plus claires, moins embrouillées. Car, la semaine qui avait suivi leur retour, quand Eliza et Lara l'avaient appelé en visio pour lui annoncer l'excellente nouvelle qu'Eliza avait obtenu aux examens les notes qu'elle espérait pour être acceptée à l'université d'Édimbourg, il n'avait voulu qu'une chose : être avec elles pour fêter cette réussite ensemble. Une semaine plus tard, Lara l'avait rappelé seule pour lui parler du logement d'Eliza et lui donner la date de son déménagement, avant de lui demander timidement s'il voulait venir pour qu'ils la déposent ensemble. Il n'était pas exagéré de dire qu'à cette idée il avait ressenti une joie cristalline et qu'il avait hâte de les revoir toutes les deux. Il devait prendre l'avion pour Édimbourg une semaine plus tard et éprouvait un pincement de bonheur chaque fois que cette pensée lui traversait l'esprit. Était-il mièvre d'avouer qu'elles lui manquaient depuis leur escapade à New York ? Peu importait : c'était le cas. Et, au plus profond de lui, il avait la nette sensation qu'elles lui manquaient peut-être un peu trop alors qu'il était censé concentrer tous ses efforts à sauver son mariage.

— Tu dois faire ce qui est bien pour toi, lui avait soufflé Charlotte quand il était passé chez elle la veille au soir.

Il était venu au prétexte de lui prêter sa décolleuse à papier peint mais avait fini par rester pour discuter et il lui avait exposé son dilemme. Depuis qu'il avait essayé de tirer les choses au clair avec ses sœurs à propos des appels manqués, il avait remarqué qu'elles l'avaient toutes moins sollicité. Et, en bonus, elles se souciaient aussi davantage de savoir comment lui se sentait, si lui aussi avait besoin de quelque chose. Sa mère et elles avaient été merveilleuses avec Eliza. Elles l'avaient accueillie à bras ouverts dans la famille et déployaient de gros efforts pour lui faire une place, lui envoyant par exemple chacune des textos et de petits cadeaux à l'annonce de ses résultats aux examens et s'empressant (bien sûr) de lui raconter toutes sortes d'anecdotes embarrassantes sur l'enfance de Ben. Il n'était pas sûr de savoir qui s'en était délecté le plus, mais ça leur avait sans aucun doute permis de se rapprocher, nièce, tantes et grand-mère, à ricaner ensemble des atroces coupes de cheveux de Ben et de ses bêtises, preuves en image chaque fois que possible. Hormis ces affronts, Charlotte en particulier s'était révélée une oreille attentive pendant toute cette saga : avisée, sans porter de jugement, toujours à l'écoute.

Au moment de se dire au revoir ce soir-là, elle s'était attardée sur le seuil comme si elle cherchait à le retenir.

— Écoute, je sais que tu es la personne la plus loyale du monde, lui avait-elle dit. Mais promets-moi, Ben, que tu ne vas pas sacrifier ton bonheur en te laissant hors de l'équation. Il arrive que dans un mariage les gens s'éloignent sans que ce soit la faute de personne ; c'est la vie. Si tu crois que tu serais plus heureux avec Lara…

Ben avait été stupéfait. D'où ça sortait ?

— Je ne t'ai jamais rien dit sur Lara ! avait-il protesté. Pas de cette façon, en tout cas.

— Ce n'est pas nécessaire, avait-elle répondu en s'appuyant contre le cadre de la porte. C'est écrit partout sur ton visage quand tu parles de ton séjour à New York avec elle. Je ne t'ai pas vu si animé depuis des années, Ben. Tu l'aimes beaucoup, non ?

Il avait senti monter en lui une bouffée de chaleur, pourtant c'était la première soirée fraîche de la saison.

— Eh bien, oui, mais…

— Alors ne fais pas de proposition à Kirsten que tu risques de regretter. Vois les choses comme ça : tu as encore de nombreuses années à vivre, avec un peu de chance. Des décennies. Avec qui aimerais-tu passer le reste de ta vie, Kirsten ou Lara ?

— Je… je… avait-il bredouillé, en ébullition. Charlotte, ce n'est pas si simple.

— Ah non ?

— Non ! Lara a des vues sur un autre homme, de toute façon. Un nageur bien gaulé qu'elle vient de rencontrer. Elle et moi, ce n'est pas à l'ordre du jour, avait-il affirmé, éprouvant soudain de l'aversion pour ce type.

Il ne se souvenait même pas de ce qu'elle avait dit sur lui, mais il s'imaginait un dieu musclé avec des tablettes de chocolat et des biceps proéminents. Le genre de crétin qui vous déboîtait l'épaule d'un simple geste.

— Si tu le dis, Ben, avait répondu Charlotte, sceptique, avant de lâcher l'affaire et de lui souhaiter une bonne nuit.

Mais ses sous-entendus lui avaient fait froncer les sourcils sur tout le chemin du retour.

Oui, eh bien, pensait-il à présent, Charlotte pouvait bien croire ce qu'elle voulait, la situation était tout sauf « simple ». Lara lui avait fait comprendre clairement qu'elle n'était pas intéressée, le conseillant même sur la façon de raviver la flamme avec Kirsten. Mais devait-il vraiment se remettre avec sa femme s'il était en proie à tant de doutes ? Que faire ?

— Bonjour, entendit-il alors, et il leva la tête pour la voir à côté de lui, fatiguée mais jolie dans sa chemise à fleurs et son jean sombre, ses cheveux blonds lâchés sur ses épaules. Tu veux boire autre chose ?

— Non, ça va, merci, répondit-il en tentant de déchiffrer son expression.

Non. Impossible. En traître, il se surprit à penser au visage ouvert de Lara, dont il avait appris, en quelques jours à New York, à identifier d'un simple regard les sentiments : heureuse ou triste, agacée ou fatiguée. Il l'avait aussi vue gênée ou fuyante, lorsqu'elle s'était confessée au bar à huîtres. Et, oui, il avait été fâché contre elle de l'avoir induit en erreur pendant si longtemps. Jusqu'à ce que, la semaine précédente, sans crier gare, un colis arrive en provenance de Scarborough : Ben avait éclaté de rire en y découvrant une figurine miniature rose fluo de la statue de la Liberté qu'elle avait dû commander spécialement. *Mieux vaut tard que jamais*, avait-elle écrit sur la carte. *Tu me pardonnes d'être une andouille ?* Mais là il était question de Kirsten, pas de Lara, se rappela-t-il en souriant à sa femme avant qu'elle se dirige vers le bar.

— Alors, commença-t-il lorsqu'elle revint, merci d'être là. Je me suis dit que ce serait bien de parler tous les deux de ce que nous voulons pour pouvoir aller de l'avant.

Il s'interrompit, regrettant d'avoir dit « aller de l'avant », expression digne d'un consultant en management. Puis il s'empressa de continuer sur sa lancée.

— Tu sais ce que je ressens, tu sais que j'aimerais donner une seconde chance à notre mariage.

Que j'aimerais ou que je me sens obligé ? le reprit l'agaçante petite voix intérieure.

— Mais si ce n'est pas ce que tu veux je ne t'importunerai plus. Parce que je sais, enfin j'ai entendu dire que tu voyais quelqu'un d'autre, alors…

Elle frémit ; c'était la confirmation dont il avait besoin. Sa voix se brisa, car malgré tout cette réalité le blessa.

— Alors tu es peut-être déjà passée à autre chose, continua-t-il en s'efforçant de montrer qu'il en acceptait l'idée. Auquel cas, tu vois, c'est… compréhensible. Je pige.

Elle but une gorgée de son vin rouge avant de prendre la parole et la nervosité de Ben grandit.

— J'ai fréquenté quelqu'un d'autre, dit-elle calmement en l'évitant du regard. Mais c'est fini. Ce n'était rien de sérieux.

— OK, répondit-il en se laissant le temps de percuter. Si cette liaison était terminée, alors… ?

— Et où en es-tu maintenant ? Vis-à-vis de moi. De nous. Y a-t-il un futur pour nous à ton avis ?

Troublée, elle le regarda en face.

— Ben, dit-elle avec tristesse, et son cœur se serra car malgré tout il ne voulait que le bonheur de sa femme.

J'aimerais pouvoir te répondre un oui catégorique, car tu es un homme formidable. Et ce que je vais te dire n'a rien à voir avec le fait que tu as une fille ou… rien de tout ça.

Elle posa sa main sur la sienne, ses longs doigts frais et doux.

— Mais j'ai l'impression que nous avons atteint le bout de la route. De notre route en tant que couple, je veux dire. Pas toi ? J'ai beaucoup réfléchi et je me demande si je n'ai pas besoin d'un nouveau départ, de quelque chose de différent. Mes parents vieillissent et j'aimerais les voir plus souvent, alors…

— Tu vas déménager ? demanda-t-il, stupéfait.

Il ne s'attendait pas que Kirsten lui tombe dans les bras, vu sa réticence à répondre à ses tentatives pour la récupérer, mais il n'avait pas imaginé qu'elle se montre si implacable. Si résolue.

— Mon contrat de location prend fin dans six semaines. Je vais encore y réfléchir un peu, mais oui, mon intuition me souffle qu'un déménagement constitue la prochaine étape. Quelque part près de chez mes parents, loin de Cambridge. Dessiner un nouveau point sur la carte.

Elle lui adressa un petit sourire qui n'atteignit pas tout à fait ses yeux.

— Ça me semble être le bon moment.

Il expira lentement pour intégrer la nouvelle, incapable d'imaginer Cambridge et sa vie sans Kirsten.

— Bon Dieu, lâcha-t-il en se passant la main dans les cheveux. Eh bien… c'est super pour toi, je suppose, parvint-il à articuler.

Mon mariage est terminé, comprit-il, abasourdi et le cœur battant. *Ma femme, mon ex-femme quitte la ville et me quitte par la même occasion. C'est vraiment fini.* C'était une éventualité depuis le début, mais à présent c'était une certitude et il se sentait sonné.

Pourtant… alors que les mots s'imprimaient en lui, il n'était pas tout à fait surpris. Un an plus tôt, il aurait été dévasté par une telle annonce, désarmé par le choc. Mais une part de lui savait qu'elle avait analysé la situation avec justesse. En fait, elle avait le courage de les libérer tous les deux.

— Je crois que tu as raison, admit-il, des regrets dans la voix.

Ce truc énorme arrivait si vite.

— Tout ce temps, poursuivit-il, j'espérais qu'il y aurait encore une chance, mais…

— Je suis désolée, dit-elle. J'ai longtemps été heureuse d'être ta femme, Ben. Tu le sais, n'est-ce pas ? Tu es quelqu'un de génial. Un merveilleux mari. Je t'ai vraiment aimé, de tout mon cœur, pendant des années et des années. Je suis juste…

Ses lèvres tremblèrent.

— Je suis désolée de ne pas avoir pu te donner ce que tu voulais. Je suis désolée que nous n'ayons pas pu avoir d'enfants.

Son cœur se fendit devant le regard vulnérable de Kirsten. Lors de leurs tests de fertilité, elle s'était toujours montrée forte quand lui s'était effondré. Ce n'était peut-être pas seulement de la robustesse, mais un mécanisme d'autoprotection.

— Tu m'as donné ce que je voulais, rétorqua-t-il pour la réconforter à tout prix. Tu étais là pour moi quand mon père est mort, la période la plus dure de ma vie. Et nous allons bien, maintenant, non ? On a surmonté tout ça.

Elle acquiesça en silence, les lèvres serrées. Il essaya à nouveau.

— Kirsten, tu ne dois t'excuser pour absolument rien. Rien du tout. Ça n'a rien à voir avec le fait de m'avoir donné un enfant ou non. Tu as donné de ta personne rien que pour l'idée qu'on devienne parents ; c'est toi qui as dû endurer ces FIV éprouvantes. Ça a été atroce pour toi, j'en suis conscient. Et tu l'as fait – pour moi, pour nous – parce que c'était ce dont nous avions envie. Alors merci. Merci de l'avoir fait.

Il s'essuya les yeux du dos de la main.

— Désolé. C'est si… énorme. Et si triste.

Il tenta de se reprendre.

— Mais je n'ai aucun regret quant à notre mariage, pas le moindre. Et nous resterons amis, n'est-ce pas ? Nous resterons en contact ?

— Bien sûr que oui, répondit-elle. Nous resterons toujours en contact.

La voix de Kirsten était plus gentille qu'elle ne l'avait été depuis des mois, comme si le chagrin l'avait adoucie.

À l'autre bout de la salle on se mit à brailler « Joyeux anniversaire », et Ben et Kirsten se sourirent tristement face à cette différence d'ambiance. Ben tentait de se projeter dans l'étrange no man's land de son nouveau statut de célibataire, une première depuis presque vingt ans. Il avait organisé ce rendez-vous dans l'optique de faire ce qu'il fallait pour leur relation, et pourtant bizarrement Kirsten l'avait peut-être devancé en faisant ce qu'il fallait vraiment, pour tous les deux. Elle avait été plus courageuse.

Ils finirent leur verre mais il ne semblait pas y avoir grand-chose d'autre à dire, si ce n'est les aspects pratiques : ce qu'il adviendrait de la maison (allait-il lui racheter sa part ?) et des meubles, de leur compte joint à clôturer et de la paperasse à gérer ; le démantèlement ordinaire de deux vies qui avaient été intriquées. Et puis la soirée toucha à sa fin, comme leur mariage. Il la raccompagna à sa voiture l'esprit embué. *Ma vie s'effondre*, se répétait-il. *Ma femme ne m'aime plus.*

Son cœur battait toujours à cent à l'heure lorsqu'ils se dirent au revoir et se séparèrent puis, alors qu'il se dirigeait vers l'endroit où il avait cadenassé son vélo, il eut soudain l'impression qu'on lui broyait la poitrine. Il avait du mal à respirer et prit appui contre un mur pour garder l'équilibre, à la recherche d'air, sans en trouver assez. Il porta les mains vers son cœur, des points noirs dansant devant ses yeux. Dieu. C'était en train d'arriver. Il pensa aux palpitations qu'il avait eues, aux quelques fois où il s'était retrouvé le souffle court, se rappela la question d'Eliza à propos des maladies cardiaques dans la famille. Tous les signes avant-coureurs avaient été là et pourtant…

— Ben ! Ça va ? lui demanda Kirsten, arrivée en voiture à son niveau. Ben ?

Il ne pouvait pas répondre. Il ne pouvait pas respirer. Son téléphone se mit à sonner dans la poche de sa veste mais il était incapable de bouger les bras pour le sortir. Le monde se divisa en une mosaïque d'images, de souvenirs qui lui brouillaient la vision. Assis en tailleur sur le sol lustré du couloir de son école privée, le genou écorché. La naissance de sa sœur Sophie, qu'il toisait avec ressentiment à travers les barreaux de son berceau quand personne ne le voyait. Une journée chaude dans le parc de Kelvingrove, une canette de bière à la main. Une cacahouète voltigeant dans la bouche d'une jolie jeune femme. Un œillet blanc à la boutonnière d'une veste gris anthracite. Le sourire timide d'Eliza en lui remettant son badge de super papa. Et un pépin de pomme marron poli, de la forme d'une larme, reposant sur le bout d'un doigt avant d'être enfoui sous la terre chauffée par un soleil d'été.

Il suffoquait. Il avait besoin d'air. Quelle ironie, mourir exactement comme son père quand lui, plus que quiconque, aurait dû savoir que le cœur humain était faillible ! Que la vie pouvait basculer d'une seconde à l'autre. Pourquoi était-il parti du principe qu'il était protégé ?

La rue tangua devant lui, les lumières s'estompèrent, des cercles jaunes et flous tandis que son corps s'affaissait et tombait par terre. Kirsten le rattrapa à temps et il eut un instant de regret envers tout ce qu'il allait perdre, tout ce qu'il avait fait. Il essaya de s'excuser, il voulait dire au revoir mais c'était trop tard : les lumières clignotèrent une dernière fois puis il partit.

CHAPITRE 32

Les cheveux mouillés, Lara était sur la plage, un gobelet de vin à la main, pleine de l'énergie qui suivait ses séances de nage dans la mer fraîche de septembre et sous le coup de l'afflux de sucre de son brownie post-effort. Elle se sentait formidablement bien, peut-être même assez sûre d'elle pour proposer à Ollie d'aller boire un verre un soir. Ne se devait-elle pas de se jeter à l'eau, au sens propre comme au figuré ?

L'autre jour, Judy lui avait dit qu'il fallait saisir toutes les opportunités qui se présentaient, et Lara était d'accord. On pouvait attendre là, à espérer que l'autre fasse le premier pas, ou inverser les rôles, inspirer profondément et prendre soi-même les choses en main. Curieusement, cette notion l'avait hantée tout l'été : elle était digne d'amour, et elle en avait à revendre. Après tout, comme sa mère, elle ne fermait pas la porte à une idylle.

Mais, après avoir bu une gorgée de vin pour se donner du courage et s'être mise en marche vers Ollie, elle se rendit compte que le mot « idylle » ne suscitait pas spontanément des images du visage d'Ollie ni d'eux main dans la main ou en train de s'embrasser. Elle se vit plutôt rire avec Ben à Central Park, repensa à tous les regrets qu'elle avait éprouvés quant à ces vies parallèles, elle le vit lui dans sa prétendue chemise préférée, le sourire aux lèvres, la regardant dans les yeux. Elle se remémora le bien-être qu'elle avait éprouvé le lendemain matin de leur rencontre, dans son minuscule appartement, le baiser qu'il avait déposé sur son épaule nue, la faisant fondre de l'intérieur. Et, en fait, à la réflexion, c'était Ben qui lui avait redonné le sentiment d'être digne d'amour, Ben qui lui avait rappelé sa propre valeur. Ça avait toujours été Ben. Elle avait tellement ri devant la photo qu'il lui avait envoyée de l'horrible statue de la Liberté posée fièrement sur sa cheminée (par ailleurs décorée avec bon goût), soulagée de savoir qu'il lui pardonnait. La vérité la frappa soudain comme la foudre, comme si elle s'était toujours trouvée sous son nez : bien sûr, elle était toujours amoureuse de lui. À quoi elle pensait, à aller discuter avec Ollie alors que c'était pour Ben qu'elle avait des sentiments ? Elle aimait Ben !

Debout sur le sable, sous le coup de cette révélation, elle finit son verre d'un trait puis prit une décision : elle allait le lui dire. C'était la chose à faire. Si par hasard il partageait ses sentiments, il fallait qu'elle le lui dise, qu'elle crache le morceau. Pourquoi attendre ? La vie était courte, comme l'avait dit Eliza l'autre soir. Et Lara et Ben avaient déjà perdu assez de temps. Elle ressentit le besoin pressant de lui avouer ce qu'elle éprouvait ; au diable les conséquences. Tout de suite ! Elle ne pouvait pas attendre une minute de plus !

Avant de changer d'avis, elle composa son numéro. Les phrases se bousculaient dans sa tête. *Salut, tu sais quoi, je t'ai toujours aimé. Non, ridicule,* se ravisa-t-elle pendant que ça sonnait. *Beaucoup trop direct. Bonjour, ça peut te paraître un peu brusque mais je suis dingue de toi. Je l'ai toujours été. J'aurais dû me fier à mon instinct dès le départ.* Il n'avait toujours pas décroché, heureusement, car cette tirade semblait encore plus folle que la première. Elle allait devoir improviser. Se laisser porter par l'instant. S'il voulait bien répondre. Pourquoi ne répondait-il pas ? *Allez, Ben, décroche avant que je me dégonfle,* implora-t-elle à l'agonie. Mais son appel bascula sur la boîte vocale et son audace s'évanouit. Certes, elle avait la gâchette facile et s'était laissé porter par ses sentiments (et par le vin), mais elle savait qu'il y avait une limite et qu'on ne pouvait pas se livrer à une déclaration d'amour impulsive sur une boîte vocale.

La douche froide la fit presque rire ; n'était-ce pas un exemple typique de leur poisse perpétuelle ? Occasion ratée sur occasion ratée, et maintenant ce foutu répondeur, encore un obstacle entre eux ! Elle secoua la tête de frustration, l'adrénaline retombant peu à peu. Peut-être était-ce le signe qu'elle ne devait pas se précipiter tête la première dans cette conversation. Elle aurait probablement regretté son impétuosité dès le lendemain, de toute façon. Comme elle était censée le voir la semaine suivante à Édimbourg, ça aurait pu rendre les choses vraiment bizarres. Elle ferait mieux d'attendre et de voir comment ça se passerait quand ils se reverraient, de jauger le courant pour ensuite lui faire sa déclaration. Il était sans aucun doute préférable de s'ouvrir en personne à quelqu'un, de toute façon, pour pouvoir s'embrasser tout de suite si les sentiments étaient partagés. Ou, bien sûr, si ça tournait mal, elle pourrait aller noyer son chagrin dans le bar à whisky le plus proche.

— Tout va bien ? demanda alors Heidi. Tu as l'air bizarre. Viens goûter les cookies de Jane, ils sont incroyables.

Pendant le reste de la soirée, Lara se sortit Ben de l'esprit du mieux qu'elle put. Mais cette prise de conscience de ses sentiments pulsa dans tout ce qu'elle disait et faisait. Jusque dans les délicieux cookies de Jane. *Je suis amoureuse de lui. Il me manque. Je veux être avec lui. Est-il trop tard pour que nous soyons ensemble ? On s'est tellement bien entendus à New York. Il me rend heureuse. J'adore sa façon de rire. Est-ce que j'aurais dû essayer de l'embrasser, après tout ?*

— Tu es sûre que ça va ? s'enquit à nouveau Heidi. Tu es bien calme, tout à coup. Tu t'inquiètes à propos du départ d'Eliza à la fac la semaine prochaine ?

— Quelque chose dans ce goût-là, marmonna Lara en évitant son regard.

La révélation qu'elle venait d'avoir paraissait trop précieuse, trop pure pour être partagée comme ça sur la plage. Lara devait parler à Ben avant de se confier à quelqu'un d'autre. Oh, bon sang, impossible d'attendre jusqu'à Édimbourg, c'était trop difficile de se contenir ! Elle allait essayer de le joindre à nouveau. De toute façon, elle était incapable de se concentrer sur quoi que ce soit d'autre.

— Je vais juste passer un coup de fil en vitesse, déclara-t-elle en s'éloignant pour rappeler le dernier numéro.

Cette fois – Dieu soit loué ! –, il décrocha après deux sonneries.

— Salut ! lança-t-elle joyeusement, se fendant d'un sourire à la perspective d'entendre sa voix.

Je t'aime, pensa-t-elle, prise d'une hystérie vertigineuse. *Devine quoi. Je t'aime !*

— Lara ? C'est Kirsten, entendit-elle alors à sa grande surprise. Hum. Bonjour. En fait, Ben est… Je suis à l'hôpital avec lui.

— Oh mon Dieu ! s'écria Lara en retenant son souffle.

Il est mort, se dit-elle alors. *J'arrive trop tard et il est mort.* Pourquoi n'avait-elle pas agi plus tôt, quand elle en avait encore l'occasion ? Pourquoi ne s'était-elle pas jetée à son cou à New York, comme elle en avait eu envie ?

— Que s'est-il passé ? Est-ce qu'il est… ?

Elle ne parvint pas à terminer sa question, certaine de connaître la réponse.

— Est-ce qu'il va bien ?

— Il passe des examens, répondit Kirsten. Nous étions au pub et il s'est effondré. Il avait déjà eu des palpitations, apparemment, et…

Lara sentit les larmes lui monter aux yeux. *Non*, pensa-t-elle. *Non, pas une crise cardiaque de plus pour tout foutre en l'air. Je refuse que ça se reproduise !*

— Oh mon Dieu, répéta-t-elle.

— … et il est en observation, poursuivit Kirsten tandis que Lara levait la main vers son propre cœur, tourmentée. Attendez, il veut dire quelque chose. Oui, c'est Lara. Quoi ? Sérieusement ? entendit Lara. Hum… il me demande de vous dire qu'il n'est « pas encore mort ». Ce qui est plutôt brutal, si vous voulez mon avis, pour ne pas dire mélodramatique, mais…

Lara ne savait si elle devait rire ou pleurer.

— Dites-lui que ce n'est pas drôle, répondit-elle des sanglots dans la voix.

Pas encore mort. Jamais elle n'avait été plus heureuse d'entendre une blague si douteuse.

— Ce n'est pas drôle du tout, répéta-t-elle.

Il la rappela le lendemain matin, entre deux leçons de conduite. Il avait passé la nuit à l'hôpital pour rester en observation, mais il lui assura qu'il allait bien et que, suite à un électrocardiogramme et une série de tests sanguins, les médecins semblaient penser qu'il n'y avait pas de problème majeur avec son cœur.

— Ils imputent les palpitations au stress, expliqua-t-il. Et ma tension est trop haute, apparemment. Ça a été une sacrée année, il faut le reconnaître. « Juste une grosse crise de panique », m'a dit un praticien, même si sur le coup ça ne m'a pas fait l'effet d'être « juste » une crise de panique, c'était plutôt horrible. J'ai cru que j'allais mourir. J'ai vu ma vie défiler devant mes yeux.

— Oh Ben, dit Lara, malade rien qu'à cette idée.

Mais c'était un vrai soulagement de l'entendre à nouveau normal.

— Quand Kirsten m'a dit hier soir que tu étais à l'hôpital, j'ai eu cet affreux sentiment que... eh bien, que le pire était arrivé. Tu m'as fait peur.

— Je vais bien, crois-moi. J'espère pouvoir rentrer bientôt ; dès que j'ai la permission des toubibs, je sors d'ici. Ma sœur Annie va venir me chercher.

— Prends soin de toi, s'il te plaît, le pria-t-elle, encore trop secouée pour être rassurée si facilement. Tu comptes pour nous. Pour moi.

Et puis, alors qu'elle était sur le point de lui avouer ses sentiments, quelque chose lui traversa l'esprit. Un détail qu'elle aurait enregistré plus tôt si elle n'avait pas été si inquiète. « Nous étions au pub », lui avait dit Kirsten la veille. Qu'est-ce que Lara devait donc en déduire ?

— Hum. Et... Kirsten et toi, vous vous êtes vus hier soir ?

— Oui, nous étions au pub. Nous avons eu une discussion franche pour la première fois depuis une éternité, en fait. On a tout réglé, affirma-t-il, ce qui prit Lara de court.

— Oh, fit-elle en ravalant aussitôt la déclaration qu'elle s'apprêtait à faire. Génial, parvint-elle à couiner, la gorge sèche.

— Elle a été fabuleuse, hier soir. Heureusement qu'elle était là. J'ai l'impression que tout va rouler, désormais, déclara-t-il avant d'ajouter : Ah, le médecin est là. Il faut que j'y aille. On se parle bientôt, d'accord ?

— Oui, répondit-elle le cœur lourd. On se parle bientôt.

Et voilà. Elle avait à nouveau raté une occasion. Le sujet était clos. Terminé. Heureusement qu'elle avait une leçon de conduite dix minutes plus tard, sinon elle serait restée assise la tête sur le volant à pleurer tout son soûl. Au lieu de quoi elle prit une profonde inspiration, alluma le moteur et partit. Au moins elle ne s'était pas ridiculisée. Au moins il lui restait sa dignité, à défaut d'autre chose.

Une semaine plus tard, un tout nouveau chapitre l'occupait : le voyage à Édimbourg où Eliza allait entamer sa vie d'étudiante. Lara avait toujours du mal à réaliser que ça arrivait vraiment : que la chambre de sa fille était désormais vide, sans ses posters, ses vêtements, son maquillage et ses chaussures. Qu'une page se tournait et que rien ne serait plus pareil. Cette semaine-là, la vie n'était pas tendre avec elle. Ben prenait l'avion de Londres pour les rejoindre à Édimbourg et elle sortait tout juste du tourbillon de sentiments qu'elle avait traversé depuis ce soir-là sur la plage et l'hospitalisation de Ben. Elle avait tout de même retenu une précieuse leçon : à partir de maintenant, elle garderait son sang-froid et se tiendrait à distance. Il valait mieux se cuirasser.

Eliza s'était vu attribuer une chambre dans une résidence étudiante moderne proche de Holyrood

Abbey et, à leur arrivée, l'endroit grouillait de jeunes gens nerveux accompagnés de leurs parents. Enfin, Lara était d'emblée partie du principe qu'il s'agissait de leurs parents, mais, si cette année lui avait bien appris une chose, c'est que les familles se présentaient sous toutes les formes et les tailles possibles. Donc émettre des hypothèses sur la vie des autres était une erreur. Ben, Eliza et elle, par exemple. Personne n'aurait imaginé leur histoire en les voyant. Il ne faisait aucun doute qu'il y avait aussi d'autres configurations inhabituelles ce jour-là. Elle pensa à Ollie, qui devait emmener Jake à l'université de Bangor le week-end suivant, seul. Elle pensa à Judy, qui avait récemment obtenu son permis de conduire et pouvait désormais se rendre facilement chez sa fille à Pickering pour remplir son devoir de grand-mère pendant que son gendre suivait son traitement. Et elle pensa aussi à Romilly, la jeune fille discrète de vingt-deux ans qui avait perdu connaissance au volant de la voiture de Lara deux ans plus tôt, faible et affamée, souffrant de troubles de l'alimentation. Récemment, Lara avait été ravie de voir la jeune fille reprendre les leçons, après s'être rétablie : la peau lumineuse, les cheveux brillants, il y avait une détermination nouvelle dans son attitude. Et pourtant la mauvaise passe avait laissé des cicatrices : sa mère gardait une mine soucieuse lorsqu'elle saluait sa fille avant chaque leçon. Mais c'était exactement là où voulait en venir Lara : chaque famille connaissait sa part de bonheur et de problèmes, ses blessures et ses rédemptions. La famille parfaite n'existait tout simplement pas. *Amen, ma sœur,* pensa-t-elle avec sarcasme. Au même moment, elle repéra Ben à l'autre bout du parking et fit signe à ce troisième membre de leur cellule familiale non conventionnelle.

Malgré ses bonnes résolutions de se contenir, Lara ne put s'empêcher de courir vers lui pour le serrer dans ses bras, soulagée de le voir en parfaite santé et en forme, en train de marcher vers elles après être sorti du taxi.

— Comment vas-tu ? Tu te sens bien ? demanda-t-elle avant de s'écarter pour l'étudier. S'il te plaît, ne te sens pas obligé de porter les cartons d'Eliza si ça te demande trop d'efforts.

— Bonjour à toi également, répondit-il, amusé. Et pas besoin de me scruter de cette façon, j'y ai eu droit toute la semaine de la part de mes sœurs et de ma mère, à se faire du mouron pour moi, à craindre que je m'effondre à nouveau. Je vais bien, OK ? Solide comme un roc. C'est du gâteau, ces cartons. Bonjour ma chérie, dit-il lorsque Eliza les rejoignit. Prête ?

Une fois qu'ils eurent récupéré sa clé au bureau de sa résidence et qu'Eliza eut signé divers documents, ils portèrent chacun un carton jusqu'à sa nouvelle chambre : une simple pièce rectangulaire aux murs pâles, meublée d'un bureau, d'une chaise et d'un lit.

— Quel nid douillet, plaisanta Ben dans l'espace vide qui résonnait.

Lara était vraiment ravie qu'il soit là – certes, en partie parce qu'Eliza avait amené beaucoup de choses, mais aussi parce que sa présence affable et calme l'aidait à apaiser le maelstrom d'émotions en elle.

— Rendons-le douillet, parvint-elle à dire sur un ton enjoué. Tu veux commencer à déballer, Liz ? Ton père et moi allons chercher le reste de tes affaires.

Ça lui paraissait tellement étrange d'être en ce lieu où allait désormais vivre Eliza. De faire son lit avec elle et de l'aider à suspendre ses vêtements dans la petite penderie tout en restant un peu à distance tandis qu'Eliza rencontrait ses deux premières colocataires dans la cuisine commune. En l'espace de quelques semaines – de jours, voire d'heures –, elles deviendraient amies, confidentes, camarades de beuverie ; elles iraient danser ensemble dans des boîtes de nuit remplies d'étudiants en sueur, explorer les locaux de la fac et repérer les amphithéâtres les yeux écarquillés. Elles cuisineraient leurs premiers repas ratés et, si elles étaient toutes comme Eliza, oublieraient de faire la vaisselle par la suite. Quelle chance elles avaient d'être jeunes et insouciantes avec tant d'aventures et de découvertes à vivre !

Malgré la sensation permanente que le temps lui filait entre les doigts à mesure qu'approchait le moment de se dire au revoir, Lara faisait bonne figure. Des sourires amicaux aux autres parents, mais aucune tentative embarrassante d'engager la conversation, comme elle l'avait promis à Eliza. Absolument aucune larme, pas d'effusions. Pourtant, peu après, lorsque Ben et elle emmenèrent leur fille déjeuner tardivement dans un café proche, Lara se rendit compte qu'elle fixait le menu sans parvenir à en déchiffrer un mot. Et soudain ça la submergea, cette tristesse infinie de voir un cycle arriver à sa fin. Que sa petite fille devenue une jeune femme intelligente et assurée quitte le nid et que tout soit sur le point de changer pour toujours.

— Maman ? Tu sais ce que tu veux manger ? demanda Eliza.

En guise de réponse, Lara lâcha le menu, flanqua sa tête entre ses mains et éclata en sanglots.

— Oh, maman !

Si elle voulait éviter de lui faire honte, c'était raté. Après quelques minutes et une bonne poignée de serviettes, Lara maîtrisa ses larmes juste assez longtemps pour s'excuser de se donner ainsi en spectacle.

— Ne t'inquiète pas, dit Eliza avec toute la sagesse de qui avait sa propre adresse et sa clé. Nous nous étions préparés à ce que tu craques. En fait, nous pensions tous les deux que ça aurait lieu beaucoup plus tôt. Je commençais à me demander s'il n'y avait pas un problème avec tes conduits lacrymaux.

— Ne nous oblige pas à appeler la sécurité pour venir te botter le cul, la menaça Ben.

Ne sachant si elle devait rire ou continuer à pleurer, Lara prit congé et se réfugia aux toilettes pour essuyer son mascara qui avait coulé et se sermonner. *Allez. Le grand jour d'Eliza. Ne rends pas les choses encore plus difficiles pour elle en pleurnichant comme ça.*

Elle parvint à se ressaisir, revigorée par les compliments de la femme qui entra à ce moment-là dans les toilettes. Elle félicita Lara à propos de la robe chemisier qu'elle portait, noire et imprimée de feuilles de palmier dorées, et qui la faisait toujours se sentir bigrement bien. Une fois qu'elle revint à table, ils passèrent un déjeuner jovial à la fin duquel Ben sortit un paquet renfermant un joli bracelet pour Eliza, ainsi qu'une carte dessinée spécialement pour elle avec Édimbourg, Scarborough et Cambridge en turquoise, indigo et rouge écarlate. Lara fut à nouveau à deux doigts de flancher mais elle se planta les ongles dans ses paumes, serra les dents et respira profondément jusqu'à ce que l'émotion passe. *Bravo, Lara. Beau travail.*

Puis, après avoir fait tirer le plus possible le déjeuner en longueur, l'heure était venue de se quitter. La fraîchement indépendante Eliza ne voulait pas être raccompagnée à son logement, c'est pourquoi ils s'embrassèrent sur le trottoir. Leurs chemins se séparaient ici : Lara allait passer la nuit dans un hôtel du centre-ville (elle avait eu la sagesse de prévoir qu'elle serait trop à cran pour faire immédiatement les quatre heures et demie de route), et Ben avait réservé un vol du soir pour rentrer à Londres. Alors qu'ils étaient tous les trois enlacés en un petit triangle humain ému au coin de la rue, Lara dut faire de gros efforts pour ne pas fondre à nouveau en larmes.

— Prends soin de toi, ma grande, dit-elle en haletant. Je t'appelle demain pour savoir comme ça se passe, OK ? Tu vas tellement me manquer, ma chérie. Mais je t'aime et je suis très fière de toi, je sais que tu vas t'éclater ici.

— Dis-nous si tu as besoin de quoi que ce soit, d'accord ? ajouta Ben. Quoi que ce soit, de jour comme de nuit. On est là.

— Merci, répondit Eliza, à court de mots elle aussi à présent que le moment était venu. Envoie-moi des tas de photos de Bruce, d'accord ? Chaque jour.

— Compte sur moi, confirma Lara en notant de rappeler à sa mère qu'elle était censée nourrir le chat en son absence ; enfin, si Frances voulait bien se décoller de Harry un instant.

En parlant de se décoller de quelqu'un…

— Très bien, décréta Lara, consciente qu'il lui fallait laisser partir sa fille rapidement, sans quoi elle risquait de ne jamais le faire. Je t'aime. Passe une merveilleuse première soirée et fais attention à toi. Tu es très précieuse pour moi.

— D'accord, d'accord, répondit Eliza en roulant des yeux, signe qu'ils étaient revenus en territoire familier. À très vite. Au revoir, maman. Au revoir, papa.

Puis elle s'éloigna, à reculons d'abord pour leur faire signe de la main et leur envoyer des baisers, puis elle pivota sur un pied, une main en l'air, sans plus se retourner.

Lara resta plantée là un moment avec l'impression de manquer d'air jusqu'à ce que Ben pose une main réconfortante sur son bras.

— Elle avait l'air très heureuse, pas vrai ? fit-il remarquer.

— Je sais, répondit Lara d'une voix rauque, se réconfortant à cette idée.

Il est vrai qu'au cours des dernières semaines elle avait remarqué que sa fille marchait la tête un peu plus haute. Elle semblait plus sûre d'elle, comme si elle appréhendait mieux le monde. Lara déglutit en cherchant à retrouver son sang-froid, puis désigna d'un geste le café le plus proche afin de proposer à Ben d'aller prendre un verre avant son départ. Tout prétexte était bon pour retarder le moment où elle se retrouverait seule dans une chambre d'hôtel à pleurer sur l'oreiller.

— Un café ? Faisons mieux que ça, rétorqua Ben. Allez ! C'est un grand jour. Buvons quelque chose de festif, quelque chose de chic. Tu n'es pas d'accord ? Je ne suis pas pressé d'aller poireauter des heures à l'aéroport d'Édimbourg.

Comme si la ville le leur présentait sur un plateau, ils tombèrent sur l'endroit idéal : un vieux bar à vin calme près de la gare, aux murs d'un violet sombre et à l'éclairage tamisé, avec de confortables fauteuils en tweed regroupés en petits cercles intimes. Lara n'avait pas conscience d'être à ce point à fleur de peau. Mais, lorsqu'ils entrèrent et qu'elle entendit dans les haut-parleurs la voix mélancolique et douce de Nina Simone, elle sentit enfin son pouls reprendre un rythme normal.

— Oh oui, fit-elle avec reconnaissance. C'est une très bonne idée. Jamais je n'ai eu autant besoin d'un verre…

— Je suis d'accord, acquiesça-t-il en consultant la liste des vins. Tu sais quoi ? Je trouve que l'occasion exige même du champagne. C'est indécent, à 15 heures ?

Lara sourit ; cette proposition était infiniment plus alléchante que le café mélancolique qu'elle avait d'abord envisagé.

— Oui, c'est bel et bien indécent, surtout à ce prix-là. Mais on s'en fout, je te suis. Ce n'est quand même pas tous les jours que ton enfant unique quitte la maison. Soyons indécents à l'envi.

En s'adossant à sa chaise pendant que Ben attendait au bar, elle vit par la fenêtre un train quitter la gare et réfléchit à toutes les allées et venues qui avaient lieu dans une grande ville comme celle-ci. Avec toutes les nouvelles arrivées du jour, tant de trajectoires allaient se croiser, se fondre et se séparer en motifs aléatoires ! Eliza n'était qu'une entité parmi d'autres, un maillon dans le schéma complexe de la vie à Édimbourg. Avec le temps, cette ville deviendrait la sienne : l'histoire d'Eliza serait liée à ces vieilles rues historiques qui menaient à un château, aux bâtisses en pierre noircie et aux flèches gothiques, à ces rangées de petites cheminées et de fenêtres à carreaux. Elle apprendrait à en connaître les passages secrets et les portails, elle danserait sous des boules à facettes dans les sous-sols de boîtes de nuit, élirait ses pubs de prédilection et le meilleur endroit où manger un petit déjeuner pour se remettre d'une gueule de bois, elle prendrait des selfies à n'en plus finir sur la colline d'Arthur's Seat, le visage face au vent…

— Tchin, lança Ben à ce moment-là, réapparaissant avec deux coupes effervescentes. Alors, comment vas-tu ? Quoi de neuf depuis New York ?

— Tchin, fit Lara en trinquant.

Elle mit une seconde à reporter son attention sur elle-même, pour changer, après avoir mis jusque-là Eliza sous le feu des projecteurs.

— Ça va, répondit-elle. Délicieux, ajouta-t-elle après une gorgée. Oui, plutôt bien, en fait. Et encore mieux depuis que je suis ici, ce verre à la main.

Elle lui raconta sa rencontre quelques semaines plus tôt avec la rédactrice en chef de *Notre Yorkshire*, qu'elle avait réussi à convaincre avec son idée sur les artistes et artisans du Yorkshire.

— Wow ! s'écria-t-il en entendant que son article sur le peintre verrier de Ripon avait été accepté, assorti d'une commande de deux autres. Waouh, Lara ! C'est génial.

Elle rit de le voir la féliciter à grand bruit dans ce bar à vin si calme et brandit le poing en l'air. Le voir se réjouir pour elle lui faisait beaucoup de bien. Quand l'avait-on acclamée pour la dernière fois avec un enthousiasme si manifeste ?

— Si j'avais su qu'on avait tant de choses à fêter, j'aurais commandé une bouteille, ajouta-t-il en regardant son verre à moitié vide. Ça se boit trop vite. Qu'est-ce que tu en dis, l'après-midi est à nous ?

— Carrément ! J'adore l'idée, répondit-elle, son humeur passant en un clin d'œil du chagrin à l'exaltation. Mais… tu ne dois pas faire attention à ta consommation d'alcool après ton hospitalisation ? Et à quelle heure est ton vol ?

— Pas avant 19 heures, dit-il en consultant sa montre. Et pas de problème avec l'alcool. Honnêtement, Lara, je vais très bien. J'ai eu la frousse sur le moment mais je suis ravi d'avoir passé tous ces examens. Et d'être « pas encore mort ».

Lara lui lança un regard exaspéré.

— Sérieusement, Ben, si tu commences à reprendre les répliques de ma mère, j'ai bien peur qu'on ne puisse plus être amis. Et aussi…

Elle hésita, puis décida de se jeter à l'eau.

— Je le pensais vraiment quand je t'ai dit que tu m'avais fait peur. Je ne sais pas ce que j'aurais fait si… si les choses avaient mal tourné. Je n'aurais pas supporté que ce soit la fin de notre histoire.

Il hocha la tête d'un air plus grave.

— Je sais. Sans vouloir être un oiseau de mauvais augure, j'ai fait quelques rêves où… eh bien, c'est comme une réalité parallèle dans laquelle je meurs sur le trottoir : mon cœur s'arrête et ma vie défile sous mes yeux. Un tas de… d'images, les mêmes chaque fois. Je me revois enfant, à l'école, puis étudiant à Glasgow, ainsi que le jour de mon mariage.

Une expression étrange traversa son visage.

— Tu es là aussi, en train de lancer une cacahouète dans ta bouche jusqu'à manquer de t'étrangler…

— Cette foutue cacahouète ! maugréa-t-elle. Ton subconscient ne pourrait pas invoquer quelque chose de plus flatteur ?

— Et Eliza et… Écoute, les choses auraient pu être pires. Mais ce n'est pas le cas. Et ce n'est pas la fin de notre histoire. Rien que pour ça, laisse-moi nous commander une bouteille. Parce que la vie est belle. Et puis aussi parce que, merde, parfois il faut profiter de l'instant présent et le célébrer. Pas vrai ?

Elle leva la main, comme pour s'avouer vaincue.

— J'en suis.

— Très bien, dit-il en faisant un signe au serveur. C'est décidé, alors.

On devait les prendre pour un couple et cette idée fit sourire Lara lorsqu'elle croisa le regard d'une femme de son âge. Elle portait un manteau en laine magenta stylé. Un couple de touristes, ou juste un week-end romantique pour fêter un anniversaire ou un anniversaire de mariage. Elle reporta les yeux sur Ben, qui commandait une bouteille de champagne, et ressentit envers lui un nouvel élan de tendresse. Elle l'avait déjà perdu une fois, dix-neuf ans plus tôt. La semaine précédente, elle avait compris qu'elle n'était pas prête à le perdre à nouveau. Même si elle devait le partager avec Kirsten, elle s'en accommoderait.

— Et toi ? demanda-t-elle une fois que le serveur s'éloigna de leur table. Comment ça va au travail, tu es paré pour le rush de Noël ?

Il lui parla des nouvelles collections de cartes qu'il était en train de faire imprimer et des calendriers qu'il avait conçus pour l'année à venir, puis il hésita, gêné, avant d'ajouter :

— Maintenant que Kirsten déménage, nous allons probablement vendre la maison, donc il semble judicieux de faire le tri de…

Elle dut l'interrompre car elle sentit qu'elle avait raté quelque chose de fondamental.

— Attends, quoi ? Vous déménagez ? demanda-t-elle, surprise. Vous allez où ?

— Kirsten déménage, répondit-il, ce qui ne fit qu'accentuer la confusion de Lara. Elle veut se rapprocher de ses parents, qui sont dans le Northamptonshire.

Il baissa un instant les yeux sur la table, puis poursuivit :

— Kirsten et moi… on s'est séparés, en fait. C'est pour ça qu'on était ensemble le soir où j'ai eu ma crise de panique ; elle venait de me larguer au pub.

La mâchoire de Lara se décrocha. Ça n'avait aucun sens.

— Je croyais que tu avais dit que tout allait bien ? Que tout était réglé ?

— Oui, en effet. En décidant de se séparer, je voulais dire. Désolé, apparemment je n'ai pas été très clair…

Le cœur de Lara bondit.

— En même temps, tu étais à l'hôpital, concéda-t-elle en s'efforçant de se recentrer. Bon sang. Tu vas bien ? Tu penses que c'est ce qui a provoqué ton malaise ?

— Non, s'empressa-t-il de répondre. Ou alors c'était le point de bascule, je ne sais pas. Ces derniers mois, il m'arrivait d'avoir des palpitations mais je me disais que ce n'était rien. Enfin bref, oui, c'est terminé. Elle va postuler dans le Northamptonshire et vivra chez ses parents dans un premier temps, puis nous mettrons la maison en vente, probablement après le Nouvel An, donc…

Il écarta les mains comme s'il ignorait comment finir sa phrase. Ou peut-être était-ce trop douloureux.

— Oh Ben, je suis désolée, dit Lara, mal à l'aise.

Il marqua à nouveau une pause, triturant son verre pour le placer avec soin au coin de la table, avant de relever le regard vers elle.

— Eh bien… le truc, répondit-il, c'est que Kirsten et moi… comme nous avons passé pas mal de temps séparés au cours des derniers mois, rien ne me semble fondamentalement différent. Et, d'une certaine façon, tu sais…

Nouvelle pause. C'était clairement très difficile pour lui et Lara se sentit pleine de compassion.

— D'une certaine façon, reprit-il, elle a bien fait de prendre cette décision. Mes raisons de vouloir la récupérer n'étaient pas forcément les bonnes.

Lara se mordit la lèvre, pas tout à fait sûre de comprendre où il voulait en venir.

— Je vois, dit-elle avec prudence.

— Bizarrement, une fois que j'ai intégré l'idée que notre mariage était terminé, je me suis même senti…

eh bien, libéré, au risque de choquer, avoua-t-il. J'étais tellement bloqué sur le devoir de faire ce qu'il fallait et de rester avec elle que je n'avais pas considéré ce que je voulais, moi, dans le fond.

— Je vois, répéta Lara.

Qu'est-ce qu'il voulait, alors ?

— Et donc, au final, tu vas bien ? demanda-t-elle en le regardant intensément. Je sais que ça prend du temps de se remettre d'une telle relation, bien sûr, mais…

— Je vais bien, confirma-t-il. Je vais même étonnamment bien, oui. C'est triste, mais pas tragique. Nous allons rester en bons termes et aller de l'avant.

Il lui sourit.

— Vraiment, pas la peine de te faire du souci, Lara. Je vais bien. Ce genre de choses arrive. Avec le recul, ça faisait longtemps que nous ressemblions plus à des amis qu'à un couple. Même si c'est difficile de s'en rendre compte.

Elle ne savait pas quoi dire parce qu'elle s'efforçait de ne pas se faire trop d'illusions. De réprimer le tourbillon d'excitation quant au sens que ça pouvait prendre pour elle. C'était égoïste, non ? Très égoïste.

— Très bien, commenta-t-elle avant d'avoir aussitôt envie de se baffer. C'est très bien que tu ailles bien, je veux dire, pas que vous vous soyez séparés, précisa-t-elle.

Elle porta ses mains à son visage, morte de honte, mais il lui sourit en remplissant leurs verres.

— Pff, tu vois ce que je veux dire.

— Oui, ne t'inquiète pas, répondit-il. Merci. Et maintenant à ton tour d'être cuisinée. Où ça en est avec le type qui te plaisait de ton groupe de nage, alors ? Tu lui as déjà fait tourner la tête ? Est-il le plus grand veinard de Scarborough ?

Il la taquinait, bien sûr, mais Lara sentit tout de même le rouge lui monter aux joues. Elle avait oublié qu'elle lui avait parlé d'Ollie dans un accès de bravade le mois précédent.

— Pas exactement, répondit-elle en repensant à cette soirée sur la plage, au moment où tout lui était soudain apparu parfaitement clair.

Mais, bien sûr, ce n'était pas le bon moment pour faire ce genre d'annonce à Ben. Pas alors qu'elle s'était juré de garder son sang-froid.

— J'ai plus ou moins changé d'avis, admit-elle prudemment.

— Comment ça se fait ?

Oh mon Dieu. Pourquoi demandait-il ça ?

— Eh bien… s'interrompit-elle en cherchant une raison plausible sans révéler ses sentiments. Parce que ça ne vaut pas la peine de se précipiter. Tu vois ce que je veux dire ? Je n'ai pas envie de me jeter sur le premier homme venu juste pour le principe, il faut qu'il y ait un peu plus. Tu ne trouves pas ? J'ai besoin d'être sûre qu'il y a une étincelle.

— Ah, fit-il sagement. Mais comment savoir s'il y a une étincelle ? C'est une vraie question.

Elle sirota son verre.

— Eh bien, dit-elle alors que les bulles pétillaient dans sa bouche, on le sait, non ?

Ils se regardèrent et elle sentit une décharge passer entre eux. L'avait-il aussi perçue ?

— Enfin, reprit-elle, soudain prise d'un élan d'audace. Ce soir-là, quand on s'est rencontrés, tu as dû le sentir. Pour moi il y avait une étincelle, aucun doute là-dessus.

— Oh, pour moi aussi, acquiesça-t-il. Une étincelle énorme. Presque une explosion.

Ils échangèrent un nouveau regard, lourd et intense. La peau de Lara se couvrit de picotements. Peut-être étaient-ils tous les deux plus éméchés qu'ils ne le pensaient. De manière générale, il en fallait peu à Lara pour que l'alcool lui monte à la tête, alors en milieu d'après-midi… *Maîtrise-toi,* s'ordonna-t-elle. *Garde ce cœur rebelle sous contrôle.*

— Je suis surprise que nous n'ayons pas fini électrocutés, plaisanta-t-elle lorsqu'il s'approcha pour lui demander :

— As-tu jamais ressenti une étincelle pareille depuis ?

Elle ferma la bouche d'un coup.

— Deuxième vraie question, ajouta-t-il. Sois honnête.

L'intimité du moment la prit de court. Elle réfléchit.

— Hum. Pas vraiment, admit-elle. Bien que…

Elle risqua un coup d'œil vers lui, se demandant jusqu'où aller. Il avait dit « Sois honnête ». Mais oserait-elle lui révéler la vérité ? Car en cet instant comme à New York elle avait conscience de la connexion qui vibrait entre eux, qui l'attirait irrévocablement vers lui une fois de plus. Mais il était fragile, ce n'était pas le moment de lui infliger un grand huit émotionnel.

Mais bon, le timing leur avait-il été favorable un jour ? Quand elle avait cru Ben sur le point de mourir, son premier regret avait été de ne pas l'avoir embrassé au bar à huîtres. Ne devrait-elle pas suivre le conseil de Judy et saisir la moindre occasion ?

— Dis-moi, insista-t-il, la voix grave.

— Le soir au bar à huîtres, se lança-t-elle avec appréhension.

Même à présent, elle craignait encore de gâcher leur amitié naissante en lui avouant des sentiments non réciproques. Pourtant ils bouillonnaient en elle, de plus en plus irrépressibles.

— Oui, l'encouragea-t-il.

— Il y a eu une étincelle, répondit-elle. Entre nous. Tu l'as sentie ?

Il acquiesça, la regardant droit dans les yeux, et elle s'aperçut qu'elle retenait sa respiration.

— Oui, confirma-t-il. Je l'ai sentie.

— Jusqu'à ce que je fiche tout par terre. Encore désolée pour ça, d'ailleurs.

— Hé, dit-il en écartant les mains. L'eau a coulé sous les ponts. En fait, je trouve plutôt comique qu'aucun de nous ne soit arrivé à temps à ce rendez-vous. Et j'ai eu ma superbe statue de la Liberté... Alors ? De quoi je pourrais me plaindre ?

Il baissa les yeux vers la table, comme pour mieux se préparer à la suite.

— De toute façon, je devrais aussi m'excuser. Car le message que j'ai laissé au restaurant disait que je te retrouverais. Que je devais rentrer chez moi et que j'étais désolé de ne pas pouvoir venir, mais que je te retrouverais.

Sa bouche se tordit de regret.

— Pourtant, pour une raison que j'ignore, je ne l'ai pas fait. Je n'ai pas tenu parole, voilà ce que j'essaie de te dire. Il n'y en a pas un pour rattraper l'autre. Est-ce qu'on est quittes ?

Elle hocha la tête, dépassée par un tel amour pour lui qu'elle fut incapable de prononcer un mot pendant un moment.

— Nous sommes quittes, approuva-t-elle avant de lui tendre la main.

Leurs yeux se rencontrèrent en même temps que leurs doigts.

Et de nouveau cette étincelle, indéniable. C'était le moment de lui révéler ce qu'elle ressentait ; si elle ne le faisait pas, elle passerait sa vie à se demander ce qui aurait pu arriver. Et, franchement, elle en avait marre de toujours se demander ce qui aurait pu arriver.

— Vu qu'on joue cartes sur table, dit-elle en prenant une profonde inspiration, la vérité, c'est que, si je n'ai pas proposé à Ollie d'aller boire un verre, il y a une autre raison. C'est parce que malgré tout il s'avère que j'ai encore des sentiments pour toi, Ben. Je suis amoureuse de toi.

Il y eut un moment de silence où elle n'entendit que les battements de son cœur. Puis elle leva le poing, mal à l'aise.

— Maudit sois-tu, plaisanta-t-elle.

Quelques secondes éprouvantes s'écoulèrent.

— Dans ce cas, maudite sois-tu aussi, car je ressens exactement la même chose, dit Ben calmement. Je suis passionnément, ridiculement amoureux de toi.

Ils se dévisagèrent pour mieux intégrer ces paroles.

— Tu es sûr ? demanda-t-elle, suspicieuse.

Ça ne pouvait pas être si simple, si ? Après tant d'impasses et de faux départs, elle ne savait plus si elle pouvait croire qu'une chose réelle, pure et merveilleuse puisse émerger des vestiges de leur vie.

— Tu viens de te séparer de Kirsten, se sentit-elle obligée de faire valoir. S'il te plaît, ne parle pas par dépit, ne dis rien si tu ne le penses pas.

— J'en suis sûr. Sûr et certain. Ce n'est pas par dépit. J'ai essayé de nier, de refouler ces sentiments, mais je ne peux pas continuer à faire comme s'ils n'existaient pas. Ils sont là. Car même si on vit chacun à l'autre bout du pays et qu'on n'a passé en tout et pour tout que quelques jours ensemble en dix-neuf ans, je pense à toi sans arrêt.

Il planta son regard dans le sien avec une telle ardeur qu'un frisson remonta le long de la colonne vertébrale de Lara.

— Tout le temps, Lara. À ta façon de me faire rire. À ton beau visage expressif. À ta répulsion à ce qu'on te dicte quoi faire, y compris s'il s'agit d'un GPS ou d'un pot de café. À ton courage. Même à ton entêtement. Et je veux être avec toi. Apprendre à connaître absolument tout de toi. Passer des jours et des jours ensemble. Si c'est aussi ce que tu veux.

Lara n'en revenait pas. Tant de décisions, de réactions et de coups du sort les avaient menés à ce moment précis, dans ce bar d'Édimbourg. Et puis elle pensa à toutes les autres Lara, celles des univers parallèles. L'une n'avait pas eu le courage de partir faire son stage à New York. Une autre était endeuillée car sa petite fille avait été renversée par une voiture. Une Lara s'était heurté la tête si fort à Cambridge qu'elle ne s'en était jamais totalement remise, et puis il y avait celle qui était retombée amoureuse de Ben, mais qui l'avait vu mourir dans une crise cardiaque.

— C'est aussi ce que je veux, parvint-elle à articuler.

Heureusement, elle, elle était cette Lara-là, celle qui regardait Ben avec stupeur et émerveillement. Qui riait d'un rire étrange et plein d'émotion, comme lui, et qui se levait de sa chaise en même temps que lui pour se jeter dans ses bras et le serrer fort. Très fort. Et, d'une certaine façon, cette étreinte contenait absolument tout : l'amour, la joie, la passion, de même que la certitude, la certitude absolue, que c'était une évidence. Que c'était vrai et réel.

— Ne prends pas ton avion, lâcha-t-elle au creux de son cou ; leurs retrouvailles ne devaient pas en finir, pas encore, plus jamais. Pourquoi tu ne resterais pas ce soir ? Avec moi ?

— J'avais peur que tu ne le proposes jamais, répondit-il d'une voix grave dans son oreille, en levant la main vers ses cheveux.

Puis leurs lèvres se rencontrèrent et ils s'embrassèrent comme deux adolescents éperdument amoureux. Ils s'embrassèrent jusqu'à en perdre haleine, comme si rien d'autre n'importait.

— Eh bien, fit Lara étourdie lorsqu'ils s'écartèrent enfin. Premier baiser à New York, deuxième à Édimbourg ; ça en dit long sur nous mais je trouve que c'est un début plutôt classe, non ?

Les yeux de Ben étaient doux et brillants ; Lara sentit son cœur vaciller rien qu'en les regardant.

— On met la barre haut, concéda-t-il. Mais je suis prêt à faire des efforts. Même si j'espère que notre prochain baiser aura lieu à Édimbourg. Et le suivant aussi.

Ils se rassirent, se tenant toujours la main, comme si aucun d'eux ne supportait l'idée d'être séparé de l'autre.

— Et puis… eh bien, de nombreux autres, en fait. Si ça te va.

Lara ne pouvait s'arrêter de sourire.

— Humm, laisse-moi réfléchir… Oui, un million de fois oui. Mais là, tout de suite, sans vouloir paraître trop entreprenante si tôt dans notre relation, que dirais-tu de sortir d'ici pour aller à mon hôtel ?

— Je dirais que c'est la meilleure idée que tu aies eue de la journée.

Et, en fin de compte, il avait raison.

ÉPILOGUE

Une fin et un début

Hiver

C'ÉTAIT LA FIN FÉVRIER dans la région du Yorkshire Dales et la neige recouvrait les collines en une épaisse couverture scintillante. Michael Moffatt, directeur régional de l'agence immobilière White Rose, avait monté au maximum le chauffage du siège de sa voiture alors qu'il retournait à l'agence de Skipton, repensant au couple à qui il venait de faire visiter le Wharfe Cottage. À trente-huit ans, avec une vingtaine d'années d'expérience à son actif, et titulaire non pas d'un mais de deux trophées récompensant le nombre de ses ventes, Michael se targuait de cerner les clients au premier coup d'œil et voyait presque toujours juste. Mais le couple qu'il avait rencontré cet après-midi-là ne ressemblait à aucun autre.

Des gens qui voulaient plus petit, avait-il cru comprendre en les rencontrant devant le cottage. Ils avaient évoqué une fille à l'université et cherchaient une maison pas trop loin de l'endroit où elle avait grandi, et il en avait déduit qu'ils vendaient une vieille demeure familiale devenue trop grande pour eux. Mais non. Pas si simple. Ils formaient un tandem très inhabituel, aux priorités encore plus inhabituelles. La plupart des clients en quête d'une nouvelle maison avaient tendance à concentrer leurs recherches sur une zone en particulier. Eux, non : apparemment ils avaient envisagé les régions du Northumberland, de Newcastle, du York et du Chester avant de venir désormais faire des visites dans le Yorkshire Dales. Ils lui avaient expliqué être passés devant le cottage par hasard, et avoir décidé d'appeler l'agence pour y jeter un œil. En entendant cela, Michael avait espéré que ces gens ne lui faisaient pas perdre son temps. Ça arrivait parfois, surtout à cette période de l'année où les gens semblaient n'avoir rien de mieux à faire.

— Puis-je vous demander où vous travaillez ? s'était-il enquis poliment. Au cas où nous aurions d'autres propriétés qui pourraient vous intéresser ?

Ils pouvaient travailler de n'importe où, avaient-ils répondu, restant vagues. Elle était pour le moment monitrice de conduite à Scarborough mais en train de transmettre son affaire à un jeune homme du nom de Tyrone tout juste formé, car elle se lançait dans le journalisme en tant que free-lance. Quant à lui, il était graphiste, propriétaire d'un prospère commerce en ligne et d'une boutique à Cambridge depuis des années, mais il venait de nommer un gérant pour s'occuper de ses activités au quotidien. Michael avait fait de son mieux pour ne pas se montrer trop perplexe quant à ces informations.

La géographie n'était pas son fort, certes, mais, pour avoir une fille ensemble, ces deux-là semblaient tout de même vivre très loin l'un de l'autre.

Ce n'était pas tout. Ils avaient paru sous le charme de la maison ; le jardin était parfait pour Bruce (un autre enfant ? un cochon d'Inde ?) et l'homme était emballé par les opportunités de sorties à vélo qu'offrait le Dales. Il y avait une chambre pour Eliza (leur fille, devina Michael), de même qu'une chambre supplémentaire de taille généreuse qui serait parfaite pour… eh bien Michael n'avait pas retenu tous les prénoms, mais Lara et Ben s'attendaient à recevoir beaucoup de monde. Frances et Harry, Heidi et Jim, Gwen, Charlotte, Annie, Sophie… Pour être honnête, il avait décroché au bout d'un moment, la vie sociale des autres ne l'intéressant pas tant que ça. Bref, vous avez un tas d'amis, pigé, pas besoin d'en faire des tonnes.

Après la visite, Michael avait la forte impression que la propriété leur avait beaucoup plu, car ils ne s'étaient pas embêtés à garder cet air impassible que les acheteurs essayaient en général d'adopter.

— Ça pourrait être une super aventure pour nous, s'était exclamée la femme en passant la main sur le rebord de cheminée en chêne massif lorsqu'ils étaient revenus dans le salon.

— On pourrait construire un atelier, avoir un chien, voire quelques poules, avait renchéri l'homme, débordant d'enthousiasme. Il y a du potentiel, pas vrai ? Tout semble possible.

Le plus drôle, raconta plus tard Michael à ses collègues à l'agence, était qu'il avait failli oublier de leur faire voir le terrain. D'après son expérience, les clients étaient en général plus intéressés par la maison en elle-même que par la propriété, préférant tapoter sur les murs d'un air expert et ergoter sur les rideaux et les luminaires plutôt que sur la partie extérieure. Pourtant, dès qu'il leur avait dit « Ah oui, il me reste à vous montrer le verger », tous les deux s'étaient retournés pour le dévisager, incrédules, avant de se regarder, radieux.

— On aurait cru que je venais de leur dire qu'il y avait une piscine et une salle de sport plutôt que des rangées de vieux pommiers burinés, ricana-t-il en relatant l'anecdote.

Mais non, ils s'étaient mis à rire et à s'étreindre en s'exclamant « C'est un signe ! C'est celle-là ! » et d'autres trucs comme ça, tout ça pour quelques arbres au fond du jardin.

Les gens étaient fous, franchement. Le monde marchait sur la tête, aimait dire la mère de Michael, et elle avait raison car, honnêtement, à quoi ils carburaient ces deux-là ? Enfin, même aux yeux d'un cynique désabusé comme Michael, il était clair qu'ils étaient très heureux.

Il faut de tout pour faire un monde, s'était-il dit en secouant la tête, sidéré, lorsqu'il leur avait emboîté le pas dehors, sous le pale soleil d'hiver. Et, le bon côté des choses, c'est qu'il pressentait une bonne vente, ce qui le rendrait heureux lui aussi. C'était drôle comme les choses fonctionnaient bien, parfois, non ? Parfaitement en place, exactement comme il fallait qu'elles soient.

REMERCIEMENTS

J'ai toujours adoré écrire (et lire !) des histoires de personnages qui se jettent à l'eau et qui ont droit à un recommencement… et, après avoir écrit *Anything Could Happen*, j'ai décidé de prendre exemple sur ma propre héroïne. Changer d'éditeur a été à la fois excitant et stressant, mais je ne pourrais pas être plus heureuse d'avoir rejoint la puissante maison Quercus Books, dont j'ai adoré dès le départ l'enthousiasme et la créativité. Je dois un grand merci à Cassie Browne, ma merveilleuse nouvelle éditrice, qui a travaillé sans relâche sur ce roman, version après version (et elles furent nombreuses !). Cassie, j'apprécie énormément la minutie et l'attention que tu as dédiées à chaque phrase, toutes tes suggestions éclairées et pertinentes et ton soutien général envers ce livre ; j'espère que c'est le premier d'une longue série. Merci également à Kat Burdon et Sharona Selby pour leur fabuleux travail éditorial et la meilleure préparation de copie qu'aucun de mes livres ait jamais connue, je vous en suis très reconnaissante.

Je remercie Milly Reid et Bethan Ferguson, dont les idées de promotion et de marketing m'ont épatée d'emblée, ainsi que le reste de l'équipe, Jon Butler, Dave Murphy, Izzy Smith, Micaela Alcaino, Abbi-Jean Reid, Amy Knight et Frances Doyle. C'est un énorme plaisir d'apprendre à connaître des gens si talentueux et de travailler avec eux.

En revenant plus loin dans le passé… Un immense merci à mon agente, Lizzy Kremer, qui m'a tant aidée lors de l'ébauche de ce roman avec de nombreux, nombreux coups de fil et commentaires, avant de me guider brillamment dans le processus pour trouver un nouvel éditeur. Lizzy, tu m'as éblouie, comme toujours ; merci un million de fois pour tes conseils, ta bonne humeur et ton ambition à mon égard. Merci aussi à l'équipe de superstars de l'agence David Higham : Maddalena Cavaciuti, Kaynat Begum, Margaux Vialleron, Alice Howe, Emma Jamison, Sam Norman, Lucy Talbot, Imogen Bovill et Johanna Clarke pour votre dur labeur et pour faire voyager mes livres à travers le monde. Vous excellez tous dans ce que vous faites.

Merci à mes amis et à ma famille qui, comme toujours, ont dû supporter mes jérémiades en cours d'écriture, les « Je n'y arrive pas », « Je ne suis pas sûre de réussir à le finir, celui-là » et « Peut-être que je devrais chercher un vrai travail à la place ? » avec leur mélange habituel de patience et de gentillesse (et quelques moues et sarcasmes). Spéciale dédicace et cocktails flamboyants à Kate Tilley et Hayley Bangs : et si notre prochaine destination était New York ?! Grosses bises aux Swans et autres auteurs amis pour leur solidarité, les commérages et nos formidables déjeuners. Merci au commissaire Jason Kew pour ses conseils concernant la police ! (Il va de soi que toute erreur est de mon fait.)

Un grand merci à mes lecteurs de me faire rire, de m'encourager et de m'avoir envoyé tant de gentils messages au cours des années. Je suis tellement heureuse de bénéficier de votre soutien, que j'apprécie plus que vous ne pourrez jamais l'imaginer. Si c'est la première fois que vous lisez l'un de mes livres, merci ! J'espère vraiment qu'il vous a plu.

Pour conclure, enfin et surtout, tout l'amour du monde à Martin, Hannah, Tom et Holly. J'ai tant de chance de vous avoir dans ma vie. Merci.

La communauté Charleston a aimé !

Chez Charleston, nous sommes convaincus que loin d'être une aventure solitaire, la lecture est une invitation au partage. Nous échangeons constamment avec nos lecteurs et lectrices, et nous sommes fiers de la belle communauté d'amoureux des livres que nous formons tous ensemble. Chaque année, nous choisissons au sein de cette communauté vingt lectrices et lecteurs qui nous accompagnent tout au long de l'année et découvrent nos romans en avant-première. Voici leurs avis !

« Ce roman met en scène la touchante (re)construction d'une famille qui rend cette lecture attrayante et délicate. »

@mycosyreading

« Quand un secret bien gardé finit par éclater au grand jour, cela donne un roman rempli d'émotions, de doutes et de rebondissements. »

@lalectricegourmande

« Lucy Diamond nous invite à réaliser qu'il n'est jamais trop tard pour une seconde chance, et que tout peut arriver. »

@monprochainlivre

« Cette lecture était un moment de détente à l'état pur, une parenthèse hors du quotidien et de son rythme effréné. »

@viedelivres

« J'avais l'impression de faire partie du voyage, de m'être glissée dans l'une des valises des héroïnes. L'autrice amène avec fluidité et légèreté cette recherche du père inconnu. »

@_leslecturesdemanon_

« Un bonbon imbibé d'humour et parsemé d'amour. Ce roman doit son succès à des personnages finement travaillés et une intrigue parfaitement ficelée. »

@marie_livresque

Cet ouvrage a été imprimé en utilisant des papiers composés de fibres naturelles, renouvelables, recyclables et fabriquées à partir de bois issus de forêts qui adoptent un système d'aménagement durable. En outre, les fournisseurs de papier s'inscrivent dans une démarche de certification environnementale reconnue.

Achevé d'imprimer en mai 2023
par CPI Bussière
À Saint-Amand-Montrond (18)
Dépôt légal : juin 2023
N° d'impression : 2070305
Imprimé en France